[美国] 苏·蒙克·基德\著

胡斐 朱萍\译

Sue Monk Kidd

The Invention of Wings

长翅膀的女孩

译林出版社

图书在版编目（CIP）数据

长翅膀的女孩 /（美）苏・蒙克・基德（Sue Monk Kidd）著；胡斐，朱萍译．— 南京：译林出版社，2017.5

书名原文：The Invention of Wings

ISBN 978-7-5447-6893-1

Ⅰ．①长… Ⅱ．①苏… ②胡… ③朱… Ⅲ．①长篇小说—美国—现代 Ⅳ．① I712.45

中国版本图书馆 CIP 数据核字（2017）第 052262 号

著作权合同登记号 图字：10-2014-110 号

长翅膀的女孩 ［美国］苏・蒙克・基德 / 著 胡 斐 朱 萍 / 译

责任编辑 姚 燚
特约编辑 赵 奕
装帧设计 侯海屏
特约校对 孙玉兰
责任印制 颜 亮

原文出版 Viking, 2014
出版发行 凤凰出版传媒股份有限公司
译林出版社
出版社地址 南京市湖南路 1 号 A 楼，邮编：210009
电子邮箱 yilin@yilin.com
出版社网址 http://www.yilin.com
经　　销 凤凰出版传媒股份有限公司
排　　版 南京展望文化发展有限公司
印　　刷 江苏凤凰新华印务有限公司
开　　本 890 毫米×1240 毫米 1/32
印　　张 12.5
插　　页 2 页
字　　数 296 千
版　　次 2017 年 5 月第 1 版 2017 年 5 月第 1 次印刷
书　　号 ISBN 978-7-5447-6893-1
定　　价 36.00 元

订购热线：025-86633278 质量热线：025-83658316

目录

第一部　*1803*年*11*月—*1805*年*2*月

海蒂·H.[1] 格里姆克

我十岁那年，一天晚上妈妈告诉我，非洲人曾经能飞行。她说："小麻烦，你姥姥亲眼见过，看见他们飞过树梢，穿越云彩，像黑鸟般展翅飞翔。我们来到这里以后，就再也没有那种魔力了。"

我妈妈很精明。与我不同的是，她没读过书，她的知识全都源于她那颗仁爱之心。她仔细端详着我的脸，看出了我的悲伤与疑惑，于是问我："你不信我的话？孩子，你知道你的肩胛骨是怎么来的吗？"

她拍着那些凸显在我背部的皮包骨说："这是你翅膀的残肢。现在只剩下这些平板骨头了，但总有一天你会重新获得翅膀的。"

我像妈妈，也很精明。我甚至在十岁时就知道人会飞的故事纯属杜撰。我们不是什么失去魔力的特殊人群。我们是奴隶，我们哪儿也去不了。等我明白她的意思已经是后来的事了。不错，我们是能飞行，但那不是什么魔力所致。

※ ※ ※

白天的日子过得很无聊，这个世界都无力改变。我在后院里

① H.：Handful 的缩写，"小麻烦"之意。下文会对此作出解释。

干活，烧一大锅洗衣水，将奴隶们用过的被褥放在水里煮，锅里溅起的肥皂沫随风吹进我眼睛，火辣辣的。早晨天气寒冷——太阳看上去像个被紧紧钉在天上的小白扣子。夏天，我们穿着家纺土布裙，里面衬着短裤。但是，当查尔斯顿的冬季像个懒女孩在十一月或一月降临时，我们会套上粗布袋——一种用粗纺线织成的厚外套，就是个带袖子的旧布袋。我的是捡来的，穿在身上一直拖到脚后跟。真不知道之前被多少脏兮兮的身体穿过，那些人也算善良，在上面留下了各种体味。

有一天早上，夫人在做祷告时我睡着了，她拿起手杖对着我的屁股猛抽了一下。每天早餐前，除了疯子老罗塞塔，大家都会挤在餐厅里，强忍着瞌睡，听夫人给我们讲诸如“耶稣哭了”这样的《圣经》里的句子，然后大声祷告着上帝最喜欢的主题：服从。如果你打瞌睡，你就会在“上帝说了这”“上帝说了那”之间挨打。

我对这桩不幸的事充满怨言，常向阿婶抱怨。我会脱口而出夫人常用的句子：“叫这杯离开我。”[①] 我常说：“耶稣哭是因为他像我们一样，栽在夫人手里了。”

阿婶是个厨师——她在夫人还是个姑娘的时候就服侍她了——其地位仅次于男管家汤弗利。她什么都管。只有她能对夫人指手画脚而不挨夫人的手杖抽打。妈妈要我管住我的嘴巴，可我从没能管住，一天要被阿婶打三次屁股。

我是个小麻烦，不过我不是因此而得名。“小麻烦”是我的乳名。我们所有的正式名字都是老爷和夫人取的。不过，通常一位母亲在看到自己婴儿来到世上并被放进婴儿篮的那一瞬间，脑子里就会迸出一个名字，一个看上去和自己婴儿般配的名字，比如

① 出自《圣经·新约·马太福音》26 章 39 行与《路加福音》22 章 42 行。

出生那天是星期几啦，当日天气啦，或者是母亲在那天对人世间的感觉啦。我妈妈的乳名叫“夏天”，但是她的大名叫“夏洛蒂”。她有个兄弟叫“艰难岁月”。人们以为这是我胡编的，但都是千真万确的。

如果你有个乳名，至少你从母亲那里得到了某种东西。格里姆克老爷给我取了个“海蒂”的名字，而我妈妈在看到我来到这个世界比预产期早了很多，就叫我“小麻烦”。

有一天，我在院子里帮着阿婶干活，妈妈在大宅子里埋头忙着给夫人做一条金色棉缎制的华托长裙。妈妈是查尔斯顿最好的女裁缝，活儿太多，针用得手都僵硬了。你绝对看不到像我妈妈缝制的那种华丽服饰，而且她还不用任何图样，因为她不喜欢照葫芦画瓢。她都是亲自去集市选购丝绸和天鹅绒，格里姆克家的一切都是她做的——窗帘、缝制的衬裙、圈状裙撑、鹿皮裤，以及参加赛马周的服装所需要的各种缝补的活计。

我可以不无夸张地说——白人是为赛马周而活着的。他们野餐、散步，时髦活动一个接着一个。金夫人的聚会总是在周二，赛马俱乐部晚餐在周三，最兴师动众的是周六的圣塞西利亚舞会，届时个个都盛装出席。阿婶说，查尔斯顿有讲排场的情结。我直到八岁左右，都认为这种排场简直就是病态。

夫人是个小个子，粗腰，一对眼睛镶嵌在看似小面团的脸上。她不让妈妈给其他小姐干活。她们求她，妈妈也求她，因为那样的话妈妈就可以从中获得一份属于她自己的工钱。但是夫人说，我不能看着你把她们的活干得比我们的好。夜晚，妈妈总是扯布用于缝被子，我则一手拿着蜡烛，一手将扯下的布条按照颜色整整齐齐地摞起来。她喜欢亮丽的颜色，并善于搭配——紫色与橙色，粉色与红色，别人都想不出这样的搭配。她喜欢三角形，一贯垂青黑三角。妈妈几乎在每条被子上都缝上黑三角。

我们用原本装饰颜片[①]的木盒放碎布，用荷包放针线和一枚纯黄铜的顶针。妈妈说，那枚顶针有一天会属于我。在她不用时，我会把那枚顶针当作珠宝戴在手上。我们用原棉和羊毛线头填充被子。最好的填充物是羽绒，我和妈妈从不放过一根掉在地上的羽毛，现在照样如此。有时，妈妈回来时衣兜里会揣点鹅毛，是她从大宅子的床垫小洞里拔出来的。当我们急着填充一床被子时，我们就会从劳作庭院的橡树上撕下长苔藓，缝在被里和被面中间，螨虫什么的统统缝进去。

这是我和妈妈喜欢的我们一起做被子的时间。

无论阿婶叫我在院子里干什么活儿，我都会眺望楼上的窗户，因为妈妈就在窗下做针线活儿。我和妈妈之间有一个暗号：如果我把水桶反扣在厨房间旁边，就意味着一切平安无事。妈妈就会打开窗户，把从夫人房间里偷拿的一块太妃糖扔下来。有时她还会扔下一捆碎布——有上好的白棉布、方格布、平纹细布，还有一些进口的亚麻布。有一次，她还弄到一枚纯黄铜的顶针。她最喜欢拿的是鲜红色的线，她把线绕起来放在衣兜里，直接走出大宅子。

一天，院子里一派繁忙景象，所以我也没有闲情指望从蓝天上掉下太妃糖。洗衣奴玛利亚的手被木炭烫伤卧病在床。阿婶含着泪顶替她洗衣服。汤弗利让男仆们在院子里杀猪，那头猪奔来跑去，死命地咆哮着。大家都出动了，从马车夫老斯诺到马厩清洁工普林斯都来了。汤弗利想尽快结束这场宰杀，因为夫人不喜欢院子里乱哄哄的。

喧闹是她的奴隶罪状单上的一条，我们对此都铭记在心。第一条：偷窃。第二条：不服从。第三条：偷懒。第四条：喧闹。奴隶平时要像圣灵一样——无影无声，但要形影不离，随叫随到。

---

① 饰颜片：十八世纪盛行的用于贴在脸部以示皮肤白皙的黑色绸片。

夫人对着汤弗利大喊，要他安静点，小姐不应该知道培根是怎么来的。听到她的喊声，我跟阿婶说，夫人不知道自己吃的培根是从哪儿进，又从哪儿出的。阿婶狠狠地给了我一巴掌。

我拿来一根我们称之为标枪的长杆，从洗衣盆里挑起床单挂在铁栏杆上，栏杆上还晾晒着阿婶烹饪用的各种香草。马厩里的栏杆是不能晾晒洗衣物的，因为马的眼睛对皂碱很敏感。至于奴隶的眼睛就另当别论了。我用棍子使劲拍打那些被单和毯子，我们管这叫除尘。

洗完衣物，没有其他事可做，我通常会惬意地去享受所谓的第三条罪状：偷懒。我通常沿着自己在土里踏出的小路绕十圈、十二圈。我从大宅子后面出发，途经厨房、洗衣房，直到大树下。树上有的枝干比我的身体还要粗，枝杈纵横交错，仿佛盒子里的缎带。俗话说，坏人走路不绕弯子，而我们的大树没有一根枝干不是弯曲的。大气炎热时，我们这些奴隶都会聚集在大树下。妈妈总是叫我不要扯树上的苔藓，因为它们既可以防晒，又可以躲避他人的偷窥。

返回时，我经过马厩和马车房。我所知道的世界范围就是沿着小路兜一圈那么大。我还没见过大宅里那个旋转地球仪上面显示着的其他地方。我闲逛着，期待这天赶快结束，这样我和妈妈就能回到我们自己的屋子。那是一间位于马车房上层的屋子，没有窗户。下层的马厩和牛舍臭气熏天，似乎我们床下垫的不是稻草而是动物粪便散发出的恶臭。其他奴隶住在厨房上层的屋子里。

风从耳边掠过，传来路那头远处港口的船帆被风吹打的噼啪声。那个地方我只从微风里闻到过，而从未见到过。船起航时，风帆发出的噼啪声如同鞭子在抽打，此时我们大家都会仔细听，想弄清楚是隔壁院子里的奴隶在挨打，还是船只起帆离港。如果有尖叫声，答案就清楚了。

夕阳西下，云间留下一块褶皱，此时的夕阳宛如一粒扣子掉落。我捡起洗衣盆旁边的标枪，也不知为什么，猛地将其扎进菜地里的一只冬南瓜里，然后拿起南瓜扔过墙头，就听到隔壁传来“啪”的一声——南瓜破碎的声音。

接下来是一片寂静。后门传来夫人的喊叫声：“阿婶，立刻叫海蒂上我这儿来。”

我朝大宅子走去，心里直犯嘀咕：她一定是因为南瓜的事恼火了。我吩咐我的屁股要打起精神来。

萨拉·格里姆克

从我十一岁生日那天起，母亲就不再让我住育婴室了。其实早在一年前我就想逃离那里，逃离那里散落在地板上的过家家玩具，那些瓷娃娃、上衣、小茶具，逃离那一排排的小床，逃离那里的饮食起居和乱哄哄的生活，这一天终于来到了。此时，我站在新房间的门口，踌躇不前。屋子里黑洞洞的，散发着一股子我哥哥身上的气味——所有的东西都散发着烟草和皮革的味道。床架的橡木顶和红色天鹅绒帷幔，高得似乎更接近天花板，离地板倒远了。我愣在那里，想到要独自住在这间咄咄逼人的大房间里，害怕极了。

我猛吸一口气，冲过门槛。这是我儿时解决问题的粗笨方法。大家都认为我是个勇敢的女孩，其实，我没有大家想象的那么勇敢。我是属乌龟的，不管是恐惧、害怕，还是遇到绊脚石或是障碍物，只会逃跑，然后躲起来。*如果你必须犯错，就厚着脸皮去犯吧。*这是我为自己编的一句口号。眼下，这句口号鼓励我跨过了门槛。

那天上午天气寒冷，阳光下，风吹过大西洋，天上的云也如风向袋般飘移。我站在屋子里，听到房屋周围的棕榈树上的叶子被风刮得哗啦啦地响。风飕飕地穿过屋檐，门廊处的秋千在铁链上咯吱咯吱地响。楼下温暖的厨房里，母亲正使唤着奴隶把中国瓷碗和韦奇伍德瓷杯拿出来，准备我的生日聚会。她的女佣辛迪用纸和卷发器摆弄着母亲的假发，蘸水、定型，花了好几个小时，烘头发散发出的药水酸味直冲楼上。

我在一旁看着育婴室阿姨宾娜把我的衣服卷成一团塞进笨重的旧衣橱，想起她是如何借助火钳来摇睡在摇篮里的查尔斯的，想起她给我们讲布嘎巫婆的故事——就是那个骑着扫把四处游荡、专吸坏孩子的气的老巫婆。宾娜通常边讲故事，边抖动着手臂上的贝壳手镯，以此来吓唬我们。我时常想念她。还有可爱的安娜，她睡觉时喜欢把大拇指放在嘴里。还有本和亨利，他们蹦蹦跳跳活像小精灵，蹦跶得直到把床垫弄坏，垫子里的鹅毛飞出来才善罢甘休。还有小伊丽莎，她总是喜欢钻进我的被窝，因为她害怕布嘎巫婆在夜晚降临。

当然，我早就该从育婴室毕业了，但我不得不等到约翰去上大学才离开那里。我们家那幢三层楼房虽然是查尔斯顿最宏伟的建筑之一，但考虑到母亲……嗨，多子多福吗？房间就嫌少了点。我们一共十个孩子：约翰、托马斯、玛丽、弗雷德里克和我，还有寄宿在育婴室的安娜、伊丽莎、本、亨利和婴儿查尔斯。我排行居中，是个被母亲称为与众不同，被父亲称为不同寻常的人。我一头红发、满脸雀斑，脸上布满星星。哥哥们曾经用木炭条比画着，将红斑点连成线，在我脸颊和额头上找到了猎户座、北斗七星和大熊星座。对此我一概不介意——几个小时的时间里，我是他们全部的天空。

大家都说我是父亲的宠儿。我搞不清他是喜欢我还是可怜我，但他的确是我的最爱。父亲是南卡罗来纳州最高法院的一名法官，种植园主阶层的顶层人物，属查尔斯顿的精英阶层。他曾与华盛顿将军并肩作战，还被英国人抓去蹲过大牢。他为人谦虚，从不提那些昔日的辉煌。正因为如此，他赢得了母亲的芳心。

我母亲叫玛丽，不过她与我们上帝的母亲也就这点相似了。她是查尔斯顿最初几个贵族的后代，是查尔斯国王派来创建这座城市的。她总是不知疲倦地跟我们谈论这些陈芝麻烂谷子，我们都听腻了。母亲除了掌管家务、照看一大群孩子、管理十四个奴隶以外，她还坚持履行欧洲历代皇后和圣人传下来的各种社交和宗教义务。当我宽容时，我会说母亲为我们操碎了心。但我认为她只是刻薄。

宾娜把我的梳子和头带收拾起来，放在华贵的赫波怀特式新梳妆台上，然后转向我，此时我一定是一脸被遗忘的样子站在那里，所以她用舌头顶着上腭发出啧啧声，说："可怜的萨拉小姐。"

我对她在我的名字前用*可怜的*一词很不屑。宾娜在我四岁时就嘟囔着叫我*可怜的萨拉小姐*，简直像在念咒语。

※ ※ ※

在我最早的记忆中有这么一件事：我拿哥哥的弹珠拼字。这事发生在有一年的夏天，在劳作庭院后边角落里的那棵橡树下。托马斯当时十岁，他是所有人当中我最喜欢的一个，他教会我九个单词：*萨拉*、*女孩*、*男孩*、*去*、*停下*、*跳*、*跑*、*向上*、*向下*。他把这些字写在仿羊皮纸上，给我一个装有四十八个弹珠的袋子，我用这些弹珠拼字，一次可以摆出两个字。我按照托马斯写下的字在泥巴地上用弹珠摆出*萨拉走*。*男孩跑*。*女孩跳*。我尽可能快地拼着，因为宾娜很快会来找我的。

然而，是母亲从后门下了台阶，走进院子。宾娜和其他家奴跟在她身后，大家战战兢兢、步伐统一，看似一个生灵，一条正在穿越不受保护之地的蜈蚣。我嗅到了笼罩在他们身上的阴霾，感到某种令人胆寒的恐惧，于是我蹑手蹑脚地钻进了长满青黑色树叶的橡树底下。

奴隶们呆呆地盯着母亲笔直而呆板的后背跟着走。母亲转过身，用斥责的口吻说："别拖拖拉拉的，快点，我们就在这儿解决。"

说话间，老奴隶罗塞塔被人从牛舍拖了出来，拖她的男人是个看护庭院的奴隶。罗塞塔反抗着，拼命抓那个男人的脸。母亲在一旁观看，无动于衷。

那男人将罗塞塔的双手捆在厨房门廊边一根柱子上。罗塞塔回过头央求着：*太太，对不起。太太，太太，对不起。*甚至在那男人用鞭子抽打她时，她还在央求。

她穿着一条淡黄色的棉布裙。眼看着鲜血从她背上的衣服里渗出，像绽开的花瓣越来越大，我惊呆了。我无法接受在她甜美的哀号声中他仍然残忍地抽打她，也无法接受她脊背上绽放的血淋淋的玫瑰。有人数着鞭打的次数——那人是母亲吗？*六、七……*

鞭笞还在继续，但是罗塞塔已不再哀哭，她瘫靠在门口的栏杆上。*九、十……*我把目光移开，眼睛跟随一只黑蚂蚁转到远处的大树下：堆积如山的树根和密林苔藓，危险重重。我脑子里念着早前拼成的词语：*男孩跑。女孩跳。萨拉走。*

*十三、十四……*我从树荫里逃窜出来，走过那个男人，他干完活正在收鞭子，经过罗塞塔时，她的双手被捆着吊在那里。我从房屋后面的台阶上去，走进屋子。母亲叫住我，宾娜也伸出手想拦住我，但没能拦住。我撒开腿沿着过道冲出前门，闷着头朝码头方向跑去。

说实话，我真不记得接下来发生了什么，只记得我伤心地哭着，不知不觉地跨过一艘帆船的跳板，被缠起来的一根缆绳绊倒了。一位留着络腮胡、戴着黑色帽子的好心男人问我想去哪里。我恳求他，*萨拉走。*

宾娜在我身后追我，不过直到她把我拽进她的怀里我才知道。她柔情地喃喃道："可怜的萨拉小姐，可怜的萨拉小姐。"听起来像一道法令，一种宣告，一则预言。

我到家时，满脸鼻涕和眼泪，加上庭院里的尘土和港口的污物，浑身脏兮兮的。母亲一把把我搂在怀里，然后推开我，生气地摇晃着我，接着又紧紧抓住我说："你一定要答应我不再逃跑了。答应我。"

我想答应她，努力想答应她。但话到嘴边——变成了圆嘟嘟的东西，像树下的弹珠，闪闪发光。

"萨拉！"她恳求道。

我没有任何反应，一言不发。

足有一个星期我都一声不吭。似乎我想说的话都卡在锁骨间的缝隙里。我只能通过祈祷、恐吓和央求来一点点拯救它们。我又开始说话了，但是说起话来结结巴巴，结巴的方式奇怪又无常。我过去说话也不流畅，甚至我刚开口说话都给人一种咄咄逼人的感觉。但是现在，我说起话来会突然在不该停顿的地方停顿，经常话到嘴边半天吐不出字，大家都不敢看我。最终，这些可怕的结巴开始按照它们自己的怪念头时隐时现。结巴几个星期以后，会有几个月不结巴；然后再莫名其妙地结巴，正如之前莫名其妙地不结巴了。

※※※

自从我搬出育婴室，在约翰古板的老屋里过起成人生活的那天开始，我就不再想我四岁那年发生在后院里的残酷事件了，也不再想自那时起一直将我限制于我的声音的那条细绳子了。那些顾虑在我心里已变得很遥远。我现在有好一阵子，共四个月零六天说话无障碍了。我几乎认为我已痊愈。

母亲有一天突然闯入我的房间，当时我正处于环境适应期，宾娜在收拾我的东西。母亲问我是否喜欢我的新住处，我惊讶地发现自己居然无法回答她。我的嗓门砰地关上了，我又一次失语了。母亲看着我直叹气。

在她离开后，我强忍着泪水，背对着宾娜。我无法承受再听到她说可怜的萨拉小姐。

小　麻　烦

阿婶领着我来到温暖的厨房间，宾娜和辛迪正惊诧地看着银托盘，并在盘子里摆满姜汁蛋糕和蘸过花生末的苹果。她们穿着漂亮的长围裙。客厅那边传来类似蜜蜂嗡嗡的声音。

夫人出现了，吩咐阿婶脱下我身上的脏衣服，把我的脸洗洗，然后她说："海蒂，今天是萨拉十一岁生日，我们要为她举办一个生日聚会。"

她从碗橱顶上拿了一根淡紫色的发带绕在我脖子上，打了一个蝴蝶结，阿婶同时拿一块破布擦掉我脸颊上的黑东西。夫人又在我腰间扎上带子。当我想扯掉那些带子时，夫人呵斥道："别扯来扯去的，海蒂！别动。"

夫人系在我脖子上的带子太紧，似乎都令我吞咽困难。我想给阿婶使眼色，可是她只顾着托盘里的食物。我想要告诉她：*给我解下，帮帮我，我需要上厕所。*我一贯巧舌如簧，但这次我的声音像厨房间的老鼠窜到肚子里去了。

我急得两只脚跳来跳去，想起妈妈的话："圣诞节前你要好好的，因为那时他们会卖掉多余的孩子，或把多余的孩子送到农场去。"我不认识格里姆克主人卖掉的人，但是我知道他将很多奴隶送到他在乡下的种植园去了。妈妈就是从那个种植园来的，当时她已怀上我，爸爸还留在那里。

我不再烦躁不安，整个人都平静下来，努力去做他们所谓上帝想要我做的事情：服从、安静、一动不动。

夫人认真审视了我绕上那些紫色缎带的样子，然后抓起我的胳膊，领着我走进客厅。客厅里坐着几位夫人，她们穿着让人眼花缭乱的裙子，手里拿着瓷茶杯和绣着花边的手帕。一位夫人在弹着一架叫作羽管键琴的小钢琴，不过当夫人击了一下掌时她停下了。

大家都把眼光投向我。夫人说："这是我们的小海蒂。萨拉，亲爱的，她是你的礼物，你的贴身女仆。"

我把手放在双腿间使劲地搓着，夫人猛地推开我的手，抓着我转了一圈。夫人们鹦鹉般叽叽喳喳地叫开了，生日快乐，生日快乐，她们装饰华丽的脑袋不停地在空中上下摆动着。萨拉小姐的姐姐玛丽小姐坐在那里，气嘟嘟的，因为她不是这场聚会的中心。除了夫人，她是屋子里最不受待见的人。我们平时总看见她带着她的贴身女仆露西晃来晃去，除了星期天，她会用六种方法掌掴那个姑娘。大家都说，如果玛丽小姐把头巾从二楼扔下去，她会叫露西从窗口跳下去把它捡回来。幸亏我没落在她手上。

萨拉小姐站起身。她穿着一条深蓝色连衣裙，一头玫瑰红的头发像玉米须一样自然垂下，脸上长满和头发一样红的雀斑。她深深地吸一口气，双唇开始忙活起来。那时的萨拉说起话来如同从水井里打水上来，可费劲了。

就算她最终说出来了，我们也听不清她到底在说什么。"……对不起，妈妈……我不能接受。"

夫人要她再说一遍。于是萨拉小姐大声吼叫，活像个贩卖虾子的小商贩。

夫人和萨拉都有一双灰蓝色眼睛，不过现在夫人的眼睛发青了。她紧紧攥着我的胳臂，指甲嵌进我的手臂，留下一群小鸟般的指甲印。她说："坐下，亲爱的萨拉。"

萨拉小姐说："……我不需要贴身女佣……没有她我很好。"

"够了。"夫人说。我不明白萨拉怎么会听不出言语间的警告，她真的完全没有察觉。

"……你就不能把她给安娜吗？"

"够了！"

萨拉小姐像被人推了一把，扑通一声跌坐进椅子里。

一股细流从我两腿间往下淌。我拼命地挣扎，想从夫人魔爪中挣脱，但就在此时，小便喷涌而出，全尿在了地毯上。

夫人尖叫起来，房间里鸦雀无声，只听见壁炉里的余烬噼里啪啦地响。

我要挨巴掌了，或者比这更糟。我想起罗塞塔，想起她如何发狂的。她口喷吐沫，翻着白眼，像只仰面朝天的甲虫拼命挣扎着想翻过身来，不过她这样倒不受罚了。我脑海里顿时闪过一个念头：我可否也躺下玩一把歇斯底里？

而我一动不动地站在那里，任凭湿淋淋的裙子贴在大腿上，脸羞得通红。

阿婶过来把我拉走了。经过大厅楼梯口时，我看见妈妈站在楼梯平台上，双手捂着胸口。

※※※

那天晚上，鸽子在树梢上咕咕叫。我躺在我们那张绳子编成的床上紧紧抓住妈妈，呆呆地看着从屋顶椽子上垂下、悬在我们头顶上的镶被框，里面紧绷着一条被子。妈妈说那条被子是我们的守护天使。她还说："一切都会好的。"但是，羞耻感始终缠绕着我，就像舌头沾上苦涩的青果一样难受。

查尔斯顿四处响起奴隶宵禁的钟声，妈妈说卫兵很快会敲着鼓在街上巡逻，但她把这说成是：“麦田里的虫子就要出来兴风作浪了。”

然后她帮我揉肩胛骨。就在此时，她给我讲了从她妈妈那里听来的非洲故事，讲人们如何飞过树梢，穿越云彩，像黑鸟般展翅高飞。

第二天早上，妈妈递给我一床被子，被子的长短正适合我，并跟我说，我以后再也不能和她一起睡觉了。从此，我就睡在萨拉闺房外大厅的地板上。妈妈说：“除非萨拉叫你，千万别钻出被子，不要到处乱跑，千万别点蜡烛，不要弄出声响。萨拉小姐摇铃时，你动作要迅速。”

妈妈告诫我：“小麻烦，从此你的日子要不好过了。”

萨　拉

我被单独关在新房间里，按要求给每位客人写道歉信。母亲把我安顿在书桌前，给我笔和纸，她已经写好一份，我照着写。

“……你没有惩罚海蒂，是吗？”我问道。

“你觉得我没有人性吗，萨拉？那姑娘出了意外，我又能怎么样呢？”她恼羞成怒地耸了耸肩。“如果那张毯子洗不出来，就得扔掉。”

就在她走到门口时，趁她还没发火，我拼命从牙缝里挤出声音：“……妈妈，求您了，让我……让我把海蒂还给您吧。”

把海蒂还回去，好像她本来就是我的某个物件，好像拥有一个人如同呼吸一样自然。我一边在抵制奴隶制，一边也在呼吸着那种污浊的空气。

“你的监护权是合法而有约束力的。海蒂是你的，萨拉，什么也无法改变。”

“……但是……”

在她越过地毯向我走回来时，我听到她的衬裙沙沙作响。她是个风雨都得避让三分的女人，而此时此刻，她对我温柔有加。她把手伸向我的下巴，抬起我的头面对她，笑着说：“你为何要反抗啊？我真不知道你怎么会有这些怪念头。这是我们的生活方式，宝贝儿，好好接受吧。”她亲吻一下我的额头，说道：“希望你明早能完成所有十八封信。”

屋子里泛着橙色的烛光照射在柏树墙板上，使得周围一片昏暗，所有的东西都影影绰绰。但我脑海里海蒂的身影却清晰可见：她一脸茫然羞愧的样子，头上的小辫子东倒西歪，淡紫色的头带难看死了。她长得十分瘦小，虽然只比我小一岁，但看上去只有六周岁。她骨瘦如柴，两个胳膊肘活像一对弯曲的别针。唯独配得上她年龄的要算她那双大眼睛，泛点儿怪怪的金色，在她那黑脸颊上忽闪忽闪的，像闪闪发光的两个半月。

在我丝毫不感到愧疚的情况下，想要我请求原谅似乎是背信弃义的做法。我所感到愧疚的是我的反对结果竟如此令人悲伤。我只想在这里顽强地坐个通宵，如果需要的话，坐上几天、几个星期，但我最终还是写完了那些狗屁信件。我知道自己是个怪女孩，满脑子叛逆想法，渴望知识，一脸滑稽相，一半的时间都在像被勒紧衔铁的马一样口吐唾沫，拥有的女性特质不讨人喜爱。我越来越成为家庭的累赘，我害怕受到排斥，我怕极了。

我一遍遍地写道：

亲爱的夫人，

感谢您出席我的十一岁生日茶会。尽管我从父母那里接受过良好教育，但我还是对当时不礼貌的行为感到抱歉。祈求您原谅我的粗鲁和无礼。

您悔恨的朋友，
萨拉·格里姆克

我爬上高得离奇的床垫，刚躺下窗外就传来鸟儿的啾啾声，先是长长的尖叫，接着是柔和优美的歌声。我感到在这个世上异想天开真孤独。

我从床上滑下来，蹑手蹑脚地来到窗前。因为只穿着白色羊毛睡衣，我冻得瑟瑟发抖。从窗前黑乎乎的房顶向东湾望去，前面就是海港。每当飓风季节来临，港湾里会有上百条船停泊在那里，桅帆随着波浪摇来摇去。我把脸贴着冰冷的窗户框子，陡然发现我可以看到一部分马厩楼上奴隶的住所，我知道海蒂住在那里，她将最后一次与她妈妈共眠。明天她就要履职，睡在我的房门外。

就在此时，我恍然大悟。于是，我用壁炉里即将熄灭的炭火点了根蜡烛，推开门，走进黑暗、冰冷的过道。三个黑乎乎的东西躺在卧室门外的地板上。除了在育婴室，我从未真正经历过夜晚的世界。好一阵子，我才意识到那些黑乎乎的东西是奴隶。他们紧挨着门睡，以便格里姆克家的人摇铃时他们可以听见。

母亲想把家里古老的装置换成像她的朋友拉塞尔夫人家里最新装修的那种风格。在拉塞尔夫人的家里，只要按一下按钮，铃声就会在奴隶的房间里响起，每个按钮都有特定的声音。母亲决心要更新，但是父亲认为那样是浪费。尽管我们都是英国国教徒，父亲却有点胡格诺派教徒的节俭性格。有一天格里姆克家会在他去世后摆放各种炫耀他的徽章。

我光着脚摸着走下宽敞的红木楼梯，来到一楼，还有两个奴隶睡在那里，其中一个是辛迪，她睁着大眼睛靠在我父母房门外的墙上。她警觉地看着我，但没问我在干吗。

我沿着过道上的波斯毯来到父亲书房，打开房门走了进去。借助前窗洒进来的柔和月光可以看到一幅装裱精美的乔治·华盛顿肖像。大约有一年的时间，每当我在华盛顿先生的鼻子底下掠夺这个书房时，父亲都装着没看见。约翰、托马斯和弗雷德里克都可以自由享用他数量庞大的珍藏品：法律、地理、哲学、神学、历史、植物学、诗歌和希腊人文学科的各种书籍，而玛丽和我则不准阅读这些书里的一个字。玛丽好像并不在乎这些书，但我不行……我做梦都想读那些书。我喜欢得都不知道如何跟托马斯表达。他教我看一些书籍，训练我拉丁语的词形变化。他是唯一了解我渴望获得真正教育的人，我的家庭教师给予我的教育不算。她是拉芬夫人，法国的复仇女神。

拉芬夫人是个娇小而暴脾气的人，戴一顶寡妇帽，帽带子在脸上飘来飘去。天气寒冷时，她会穿件古怪的毛皮披风，脚蹬一双小巧的毛皮衬里鞋。众所周知，女孩子只要犯一点点小错，她就会罚她们一个个排队站在“懒散长凳”上，并对着她们声嘶力竭地吼叫，直到把她们喊晕过去。我蔑视她以及她所谓的“淑女教育”，即针线活、仪态举止、绘画、基础阅读、书法、钢琴、《圣经》、法语，以及只要会二加二的算术。我真受不了在美术刻写板上找小花。有一次我在书页空白处写道：“如果我因为这种可怕的练习而死，我希望拿这些花来装点我的棺材。”拉芬夫人看了一点都不觉得好笑。结果我被罚站在“懒散长凳”上，她大声训斥我放肆，我站在那里强迫自己别晕过去。

渐渐地，在那些课上，我被一种渴望攫住，心里有种莫名其妙的痒痒的感觉。我渴望知识，想成为有能力的人。噢，成为一个儿子！我爱父亲，因为他几乎把我当儿子待，允许我进出他的书房。

有一天晚上，书房壁炉里的炭火熄了，但是屋内仍然弥漫着雪茄烟的味道。我没费力气就找到了父亲的《南卡罗来纳州治安法官与公共法律》，那是父亲写的著作。我翻过很多遍，所以我知道在这部书里有一篇奴隶解放的法律文件。

找到以后，我立刻拿起父亲写字台上的纸和鹅毛笔模仿写下一份文件：

本人在此证明：于1803年11月26日起，在南卡罗来纳州的查尔斯顿市解放奴隶海蒂·格里姆克，并向其发放解放证书。

萨拉·莫尔·格里姆克

除了使海蒂的自由身份与她的所有权一样合法并具有约束力，父亲还能做什么呢？我采用了一条他自己制定的法律！我将写好的文件放在他案头十五子棋的盒子上。

走廊上传来母亲呼唤辛迪的铃声，我撒腿就跑回楼上，风吹灭了蜡烛。

屋子里变得愈加寒冷，窗外的鸟儿也不再歌唱。我钻进层层的被子和毯子里，兴奋得怎么也睡不着，脑海里浮现出海蒂和夏洛蒂向我不断表达的感激，想象着父亲看见那份文件后自豪的样子，以及母亲恼怒的样子。的确合法并具有约束力！最终，我带着疲惫与满足进入了梦乡。

醒来时，月光照射在壁炉的代尔夫特瓷砖上，发出淡淡的蓝色。我起身静静地坐着。昨晚那股子狂喜劲儿消失得无影无踪，此刻的我心情平静，头脑清醒。那时的我不可能会解释橡树怎么会从橡子里长出来，也无法解释我怎么就突然意识到我身上也莫名其妙地滋长着某种东西——那个我将成为的女人——但我好像立刻认出了她。

在我翻阅父亲的书籍，为晚餐辩论构思论据时，我一直有这种感觉。就在上个星期，父亲组织了一场我和托马斯之间的讨论，话题是关于奇怪的动物化石。托马斯认为，如果这些奇怪的动物真的灭绝了，那就意味着上帝没有规划好，这样就威胁到完美上帝的理念，因此，这类动物一定还生存于地球某个遥远的地方。而我认为，即便是上帝，也该允许他改变想法。“为何上帝的完美性要建立在一成不变的基础上呢？”我问他，“难道灵活性不比停滞不前更完美吗？”

父亲一拍桌子。“如果萨拉是个男孩，她会是南卡罗来纳州最伟大的法学家！”

我当时听了他的话肃然起敬，但是直到眼下在我的新房间里醒来，我才明白那些话的真正含义。我顿时领悟到我命中注定要成为一名法学家。

当然，我知道没有女律师。对女人而言，生活只是围着家庭转，围着那些美术刻写板上的小花转。一个女人要想成为律师——那么，世界末日就有可能到来。但是，橡子长成橡树了，是不是？

我告诉自己，我声音中的痛苦不会阻止我，它会逼迫我，使我更坚强，因为我必须坚强。

我曾经有一些私人小癖好。我第一次从父亲书房拿书时，会记下日期和书名，如1803年2月25日《湖上夫人》，记在一张银色的纸上，然后将纸塞进一个乌龟壳发夹里，并偷偷摸摸地戴着它。眼下，晨曦洒满床头，我想将我真正的大彻大悟神圣化。

我走到大衣柜前，拿出夏洛蒂给我那灾难性的生日聚会缝制的蓝色连衣裙。在裙子的领口处，她钉了颗刻着鸢尾花的大银饰扣。我用约翰留下的鹰嘴启封刀把那枚饰扣割了下来，攥在手心里祈祷：求您了上帝，请让您埋在我心中的种子开花结果吧。

当我睁开眼时，一切依然照旧。上午的阳光照进房间，裙子掉在地上，像一堆蓝色的天空，我手里攥着银饰扣，但我感觉到上帝听到了我的呼唤。

银饰扣呈现了那晚的一切：收回海蒂的拥有权，签订她的解放文件后的解脱，但最重要的还是有幸认识到我体内与生俱来的种子，那颗父亲已经看到的种子：一位法学家的种子。

我把那枚饰扣藏在一个用意大利火山熔岩做成的小盒子里，那是我收到的圣诞节礼物，然后把它藏到梳妆台抽屉的里头。

走廊上传来说话声，夹杂着叮叮当当杯盘的碰撞声。这是奴隶们在受到奴役时发出的声音，世界正在苏醒。

我急忙穿上衣服，想知道海蒂是否已经在我的房门外。当打开门时，我的心怦怦直跳，但海蒂不在门外。我写好的解放证书掉在地板上，撕成了两半。

小　麻　烦

我与萨拉小姐的生活从一开始就乱了套。

第一天早上我去她的房间时，门敞开着，萨拉小姐坐在寒冷的屋子里，盯着白墙发呆。我探着脑袋，说："萨拉小姐，你想要我进来吗？"

萨拉有一双厚厚的小手，手指又粗又短。她把手指放到嘴边，像女人的扇子一样展开。尽管她的眼睛黯淡无光，说话时眼睛倒比嘴巴坦白。眼睛说：*我不想你来这里*。嘴巴却说："……好的，进来……很高兴你做我的侍女。"然后她一屁股坐进椅子里，继续干着她此前的事：什么也不干。

我，一个十岁年纪的庭院奴隶，除了给阿婶打杂没做过什么像样的事，没怎么进过大宅子，根本就没上过楼。好棒的房间啊！她的床大得像一驾马车，梳妆台带有镜子，书桌上有书，很多书，还有许多软垫椅。壁炉前的防火罩上绣着粉红色的花，我知道那是妈妈的手艺。壁炉架上方有两个白色花瓶，是真瓷的。

我挨个儿看了一遍，然后站在那里，不知道该做什么。我说："真冷啊。"

萨拉小姐没有应答，所以我又大声说："*真冷啊*。"

这下她从盯着墙的发呆中回过神来。"……我想，你可以生个火。”

我看过别人生火，但是看过不等于做过。我不知道要检查烟道，大量的浓烟像烟囱里的蝙蝠一样一下子涌了进来。

萨拉小姐推开窗户。这下肯定屋子里看上去像是着了火，因为汤弗利在院子里大声喊叫：“失火了，失火了。”

接着，大家都行动起来了。

我抓起梳洗间里一盆用来冲澡的水猛地浇在火上，结果反而造成双倍的烟雾。萨拉小姐把烟往窗外扇，她看上去像个穿越乌云的幽灵。她的房间有个隐门通往走廊，我跑去打开隐门，想对汤弗利大喊我们这儿没有失火，但是还没等我打开那扇门，就听到夫人在大宅子里飞奔，喊叫着让大家出去，每人抱一把东西。

烟雾散到只剩下一点点蛛网状飘浮在屋子里以后，我跟着萨拉小姐来到院子里。老斯诺和萨贝已经套好了马，并把马车拉到了后院，以防整个院了与大宅一起坍塌。汤弗利叫普林斯和艾莉从蓄水池里提来水，几个隔壁邻居家的男人也提着水桶出现在院子里。人们害怕火灾胜过害怕魔鬼。他们让一个奴隶整日坐在圣米迦勒山上的尖塔里，观察各家屋顶，查看火情，我担心他看见这里冒出的烟，然后敲响教堂的钟声，整个消防队就会来了。

我跑去找妈妈，她正和其他人忙作一团。那些他们认为值得抢救的东西在他们脚边一堆堆地放着。瓷碗、茶叶罐子、记录本、衣物、画像、《圣经》、胸针，以及珍珠，甚至连一尊大理石半身像也搬出来了。夫人一手拄着她那金头手杖，一手端着一个银质雪茄盒。

萨拉小姐试图阻止这种疯狂的举动，告诉汤弗利那伙人没有火灾，无须灭火，但是等她结结巴巴地吐出话来时，那群人已经又回去弄水了。

当一切都弄清楚以后，夫人勃然大怒。“海蒂，你这个无能的蠢货！”

没人动一动，甚至邻居也不例外。妈妈走过来把我拉到她的身后，但是夫人猛地把我揪到前面，用她那金头手杖对着我的后脑勺就是一下。这是我遭受的最狠的一击，一下将我打得双膝跪地。

妈妈大声尖叫起来，萨拉小姐也尖叫起来。但是夫人又举起臂膀，好像还要抽我的样子。我无法确切地描述接下来发生的事情。整个庭院、院子里的人和那些禁锢我们的院墙，一切都渐渐消失了。大地从我身下滚滚而去，天空像被风刮走的帐篷，随风飘走。我待在一个属于我自己的地方，一个时光无法穿越的地方。有一个声音一直在我脑海里呼唤着：站起来。站起来看着她的脸。她还敢打你吗？她敢！

我站起来，面对着她。我的眼睛说：打吧，我不怕你。

夫人放下手，走了。

接着院子里的人又将我团团围住，我伸手摸了摸头，头上隆起一个鹌鹑蛋那么大的包。妈妈伸手用指尖轻轻地抚摸这个大包。

在那个倒霉日子的剩余时间里，每个女奴都被指使去把楼上各个房间里的衣物、被单、地毯和窗帘都拖到走廊来透透气。除了夫人和宾娜，大家也都给我脸色看。萨拉小姐过来，想帮忙，也开始与我们其他人一起拖东西。每当我转身时，她都看着我，好像她平生从未见过我似的。

萨　拉

我有三整天都是独自一人在自己的房间用餐，以此来反抗拥有海蒂这件事，不过我认为没人会注意到这点。到第四天，我咽下自尊心，到餐厅吃早餐去了。妈妈和我都不提那该死的解放证书一事。我怀疑是她将其撕成两半后摆在我屋外的，因此她一个字都没说，就拥有了最终决定权。

十一岁时，我拥有了一名无法解放的奴隶。

一天中最隆重的一顿饭已经持续了很久——父亲、托马斯和弗雷德里克已经离开，工作的工作，上学的上学，而母亲、玛丽、安娜和伊丽莎还在继续吃。

“你要迟到了，亲爱的。”母亲说，带点儿同情的语气。

菲比出现在我身旁。她是阿婶的助手，看上去只比我稍大点儿。她身上带着从厨房来的味道：甜味、炭火味、烟味，以及刺鼻的腥味。她平时都是站在餐桌旁挥动苍蝇拍，但是今天她悄悄地在我面前放了一个盘子，里面堆满了香肠、谷物蛋糕、腌虾、黑面包和木薯冻。

菲比颤抖着想要将一杯茶放在我的盘子上，却把茶放在了我的勺子上，茶水顿时泼溅到桌布上。“噢，夫人，对不起。”她转身哭着跑向母亲。

母亲深深地出了口气，仿佛世上所有黑奴的错误都得由她一人承担。“阿婶哪去了？为什么是你在伺候？”

“她教我如何做来着。”

“那么，看你都学到了什么。”

就在菲比闪到门外站着时，我朝她笑了笑。

“能看到你真是太好了，”母亲说，“你恢复了吗？”

所有的目光都转向我。我话到嘴边，却说不出来。这当口，我采用的技巧是想象我的舌头像一个弹弓。我将其向后拉，拉紧点，再紧点。“……我很好。”几个字带着口水喷洒在餐桌上。

玛丽夸张地用餐巾纸轻轻擦了一下脸。

我想，*她最终会和母亲一模一样，操持一个挤满孩子和奴隶的家庭，而我——*

“我想你一定发现了你愚蠢行为的后果了，是吗？”母亲问道。

“什么愚蠢行为？”玛丽问。

我向母亲使了一个恳求的眼色。

“跟你不相干，玛丽。”她说，然后仰起头，好像想修补我俩之间的隔阂似的。

我瘫坐在椅子里，思想激烈地斗争着是否要把这事告诉父亲，给他看那份被撕碎的解放证书。这一天我的脑子里几乎无法想其他事情，但是到傍晚时分，我才认识到那样做无济于事。在所有的家务事问题上，他都听从母亲，而且他憎恨嘴碎的人。我的兄弟们从不议论是非，我也不。此外，我要是再激怒母亲，我无疑就是个白痴。

为了消除我的失望情绪，我拼命地跟自己谈未来。*一切皆有可能，一切。*

夜幕降临，我打开熔岩盒子，凝视着里面的银饰扣。

小　麻　烦

夫人说，我是查尔斯顿最差的侍女。她说："你是个冤家，海蒂，冤家。"

我问萨拉小姐冤家是什么意思，她说："不太合格。"

啊哈。我能从夫人的脸上看出，有坏和更坏，而冤家是最坏的意思。

第一周，除了烟雾事件，我还把灯油泼洒在地板上，留下一块油斑，打碎了一个瓷花瓶，用烫发钳烫焦了萨拉小姐一撮红发。萨拉小姐从不会告状。她拖来地毯盖住有油斑的地方，把打碎的花瓶藏在地下的储藏室里，用我们剪烛芯的剪刀剪下烫焦的头发。

只有在夫人朝我们这边走来时，萨拉小姐才会摇铃唤我。宾娜和她的两个孩子露西和菲比总是大声高歌："手杖哒哒，手杖哒哒。"萨拉小姐的警铃某种程度上给了我额外的自由，我接受了。我会逛过门厅，走到前楼凹室，在那里我可以看见港口的海水流进大洋，大洋滚滚流向天边。真是美轮美奂，无与伦比。

第一次看到这美景时，我雀跃，手舞足蹈。就在那时，我有了真正的宗教信仰。那时，我并不知道这叫宗教信仰，不知道阿门是怎么回事，只知道某种东西侵入我的躯体，使我感到海水是属于我的。我会说，那边是我的海水。

我看见海水变成各种颜色。第一天是绿色，然后变成棕色。第二天又是像苹果酒一样的黄色。紫色，黑色，蓝色。变来变去，一刻不停。船只穿梭于水上，鱼儿游历于水下。

我总是用这些小段子吟诵大海：

跨过海，越过洋，
鱼儿鱼儿带上我。
倘若流水长又长，
带上我，去远方。

一两个月以后，我会做不少事情了，甚至连萨拉小姐也不知道，有时我晚间会离开她门口的岗位，通宵达旦观看大海，观看海水击碎月亮洒下的银光，闪闪的星星如同大盘子。我可以清楚地看到沙利文岛。天一黑我就想妈妈，想念我们的床，想念挂在床上方镶在框子里的被子，它是用来保护我们的。我想象着妈妈独自一人缝制被子的情景。我会想到塞满羽毛的麻布袋，装着我们针线的小红荷包，我的纯铜顶针。遇上这样的夜晚，我会急匆匆地离开，回到马厩那边的屋子里。

每当妈妈醒来发现我睡在她床上时，她都会大发脾气，说如果我被抓到麻烦就大了，还说我已经很不中夫人的意了。

“难道除了像这样溜走就没有什么好事可干吗？”她说，“你要待在你自己的被褥上，不要动。你那是为了我，听见没有？”

为了她，我会这么做的，至少也要有几天这么做。我躺在大厅的地板上，试图在风中也暖和，身体滚来滚去想找最柔软的地板。我可以忍受痛苦，并从海水中获得慰藉。

萨　　拉

在我十一岁生日那场灾难之后四个月，三月份的某个早晨，我睡眼惺忪地醒来后发现海蒂不在，她那瘦小身体睡过的铺盖皱巴巴的，还在屋外地板上。通常此时，她已经给我打好洗脸水，告诉我这样那样的故事。令我惊讶的是，我感觉得到她不在。我想她如同在想一个喜欢的伙伴，我也因她而焦躁不安。母亲已经用她的手杖打过海蒂一次了。

在大宅里找不到海蒂的踪影后，我跑到后门，站在顶层台阶上，仔细搜寻着奴隶们干活的庭院。此时，一缕薄雾从港口方向飘来，头顶上的太阳像只暗金色的怀表，光芒穿透薄雾。斯诺在马车房里修理一根马屁股上的吊带。阿婶两腿夹着凳子坐在菜园里刮鱼鳞。我不想引起阿婶的怀疑，就溜进厨房间的过道，汤弗利正在那里分发用品。艾莉分到肥皂去洗刷大理石台阶，菲比分到两条粗纱毛巾去擦水晶，萨贝分到一把煤铲去装煤。

就在我等着他结束手中活儿的时候，我的眼睛无意中瞟到后院左后角的橡树。树枝上长满紧包着的嫩芽，尽管此时的橡树与夏季的样子大相径庭，但是深藏的记忆还是再现了：两腿叉开坐在地上，天气炎热，没有一丝的风，绿色的树荫，用弹珠摆弄着字，*萨拉走*——

我朝院子对面望去，看见海蒂的母亲夏洛蒂走在柴堆旁，不时地弯腰从地上捡起东西。

我偷偷走到她身后，这才注意到她是在一点点地从地上捡起小羽毛。“……夏洛蒂——”

她吓了一跳，指间的羽毛顿时被海风吹走，飞到围住庭院的高墙头上，落在匍匐灌木中。

“萨拉小姐！”她说，“你吓死我啦。”她尖声大笑，笑得令人心惊肉跳。她的眼睛瞟了瞟马厩。

“……我不是有意要吓唬你……我只是想知道，你知道那个在什么地方——”

她打断了我的话，然后指指柴堆。“看那儿。”

我扒开两捆柴火朝里看，迎面看见窝铺里有一个棕色的尖耳朵家伙，被绒毛盖着。那是只小仓鸮，只比小鸡仔稍大点儿。小仓鸮的黄眼睛一眨，朝我这儿过来，我吓得缩了回去。

夏洛蒂又大笑起来，这次笑得自然多了。“它不会咬人的。”

“……它还是雏鸟。”

“我前几天晚上发现的。可怜的小家伙掉在地上，大声呼叫。”

“……受伤了吗？”

“没有，只是落单了。它妈妈是只仓鸮，在棚子里的乌鸦窝里下了蛋，但又飞走了。我担心它是被什么东西捉住了。我一直给这只小仓鸮喂面包屑。”

我和夏洛蒂的关联仅限于服饰，但我总能感觉到她内心的仁慈。在父亲拥有的所有奴隶中，她在我印象中是最聪明的，或许也是最危险的，结果将会证明这点没错。

“……我会善待海蒂的。”我没头没脑地说。说话的口气既懊悔又傲气，仿佛在倒苦水。

她突然睁大双眼，接着眯成小圆石的形状。她那蜂蜜色眼睛，与海蒂的眼睛一样。

“……我绝没有想要拥有她的意思……我想要给她自由，但是……我得不到允许。”我好像情不自禁了。

夏洛蒂慢慢地将手插进围裙的口袋，一声不吭，真让人受不了。她看出我内心的愧疚，并狡猾地利用这种愧疚感。“好吧，”她说，“因为我知道你最近几天会弥补她的。”

话到嘴边像被小下巴钳住似的：“……弥——弥——弥补？”

“我的意思是，我知道你会想尽办法帮助她获得自由。”

“……是的，我会的。”我说。

“我需要你发誓。”

我点了点头，莫名其妙地被忽悠立下了契约。

“你要信守诺言，”她说，“我知道你会的。”

想起我走近她的初衷，我说：“……我找不到——”

“小麻烦会在你找到她之前到你门口的。”

在回头往大宅走的路上，我感到那个既奇怪又亲密的交换圈套渐渐系成了一个结。

海蒂在十分钟以后来到我房间，那双大眼睛占据了她那张小脸，像小仓鸮的眼睛一样虎视眈眈。我坐在书桌旁，刚刚打开一本从父亲书房借来的书《忒勒马科斯历险记》。忒勒马科斯，珀涅罗珀和奥德修斯的独子，动身去特洛伊找他的父亲。我开始大声阅读起来，压根儿没有问她早先去哪儿了。海蒂趴在上席梦思床的踏凳上，双手托着下巴，一个上午都在听忒勒马科斯身上呈现出的古老世界战斗的状态。

※ ※ ※

诡计多端的夏洛蒂。整个三月份，我心里一直惦记着她要我承诺的那件事。为何还不告诉她海蒂不可能得到自由呢？为何还不告诉她我能为她做的只有对她好呢？

该到给我缝制复活节新衣服的时候了，我一想到又要见到她就忐忑不安，害怕她重提我俩在柴堆旁的谈话，我宁愿用针扎自己的手，也不愿再忍受她的盘问。

“这个复活节我不需要新衣服。”我跟母亲说。

一周以后，我站在试衣箱上，身穿一条半成品的绸缎连衣裙。夏洛蒂一走进我的房间，就匆忙找个编造的任务把海蒂支走，我都没来得及想要怎么压制她。那条裙子泛着浅肉桂色，特别像夏洛蒂的肤色。当她站在我面前，双唇紧紧钳住三根针时，我就注意到这种相似性了。她说话时，我闻到了咖啡豆的味道，知道她在嚼咖啡豆。话从她那咬着针的口中挤出来时走了调。“你会信守对我的承诺吧？”

真不好意思，这回我利用了我的口吃，使劲儿结结巴巴地回答她，假装话被噎在喉咙管里，渐渐没了。

小　麻　烦

第一个星期六，阳光明媚，天气就像春天在此刻留住了脚步，夫人带着萨拉小姐、玛丽小姐，以及安娜小姐乘坐带有灯笼的马车外出。阿婶说她们去白点散步，还说所有的女人和姑娘都会带着阳伞出门。

当斯诺驾车出后院门时，萨拉小姐向大家挥手打招呼，萨贝身穿绿色长外衣和仆人马甲，双腿悬在马车后面，咧着嘴笑。

阿婶对我们说："看什么看？回去打扫卫生，要把房间打扫得一尘不染。趁她们不在，抓紧时间干活。"

我来到楼上萨拉的房间，铺床，使劲擦干净镜子上用任何一种苏打灰水都洗不掉的污渍，清除窗帘上养肥的死蛾子，刷便壶，并在里面扔了一小把苏打，用大瓶子里的石灰皂使劲擦洗地板。

干完活，我累坏了，于是开始做些有的没的，比如毫无目的地四处探望。我先看看过道里是否有其他奴隶在——有些人会在眨眼间就去告发你。然后我关上门，打开萨拉小姐的书。我坐在书桌旁，一页页地翻着，茫然地盯着布满纸上的那些看上去像黑色蕾丝碎片一样的东西。那些标记挺美的，但是除了让人看了一头雾水以外，我看不出它们有什么用处。

打开书桌抽屉，我仔细翻看萨拉的东西，发现一件尚未完工的十字绣，缝得很蹩脚，活像三岁孩子干的活儿。抽屉里还有些漂亮的细线，绕在线轴上。封蜡、牛皮纸、有墨迹的小画作、一把系着流苏的长长铜钥匙。

我一件件翻看着大衣柜里的衣服，触摸着妈妈缝制的衣服。我把梳妆台抽屉里的所有东西都闻了个遍，拽出各种首饰、头绳、纸扇、瓶子和刷子，最后拿出一个小盒子。这个盒子沾上水时发黑，就像我的皮肤一样。我打开盒子上的锁扣，里面有个很大的银饰扣。我摸了摸，然后像关大衣柜门、抽屉、书那样慢慢地关上盒盖——同时屏住呼吸。这个世上有的人有很多东西，有的人什么东西也没有。

我回头再次打开书桌的抽屉，呆呆地盯着那些线看。接下来我就做错了，不过我并不在乎。我拿起那个绕满鲜红色线的线轴，放进自己的衣服口袋里。

※ ※ ※

复活节前的那个星期六，我们都被招进餐厅。汤弗利说大宅里丢了东西。我走进去时心想，*上帝啊，帮帮我吧。*

之前我们还不算倒霉，只是一些破旧的小东西不见了。无非是餐具室里少了一个凹形白铁杯子，或是夫人盘子里的面包屑没了，羽毛不翼而飞了。但是这次可不是什么小东西了，也不是红线。是夫人的一卷新款绿丝绸布。

我们有十四个人，大家站成一排，听着夫人唠叨事件的来龙去脉。她说这卷丝绸布非同一般，它来自世界的另一端，还说这些中国的蚕茧是如何捻成线的。回想起来，那还是我今生头一次听说如此疯狂的事情。

我们每个人都在冒汗，颤抖着，双手要么在裤袋里搓着，要么在围裙下面搓着。我能闻到我们身体散发出的气味，纯粹是害怕的气味。

妈妈对院墙外发生的事情了如指掌——夫人允许她独自去集市。她尽量不告诉我那些糟糕的事情，但我知道杂志街上那个酷刑房的事情。白人称之为*苦力房*。比如说，奴隶在那房子里缝制衣服、制砖以及锤打马掌。我八岁之前就知道，他们会把你关在那个黑洞里，独自一人待上几个星期。我还知道那里有鞭刑，最多会挨上二十鞭子。白人花上半个美元就可以买到一顿鞭刑的机会，并根据需要随时纠正奴隶的心态。

就我所知，格里姆克家的奴隶没有一个人去过那间苦力房，但是那天早上，在餐厅里的每个人心里都在问，是否这一天将至。

“你们当中有人犯了偷窃罪。如果把那卷布还回来，上帝自然也会这样希望，那么我会宽恕你。”

镇定，小家伙。

夫人认为我们简直毫无理智可言。

我们当中的人拿翡翠绿丝绸做什么呢？

※ ※ ※

绸布不翼而飞的那天晚上，我溜出去了。出房门后一直走的话，我得从夫人门口的辛迪面前走过——她对妈妈不友好，我对她得格外小心，但她那时正呼呼大睡。我偷偷溜上了妈妈的床，恰巧她那时没在床上，她站在角落里，双手抱在胸前。她说：“你这是在干什么？”

我平生头一次听到她用那样的语调说话。

“起来，马上给我回去。这是你最后一次偷跑出来，最后一次。这不是好玩儿的，小麻烦。你会为此付出惨痛代价的。”

没等我动身，她抓起我就往马车房楼下拉，穿过劳作庭院，我被拖得双脚几乎不着地，仿佛我是一片掉落的棉絮。她拖着我穿过温暖的厨房，厨房门没锁。她把手指放在嘴唇上，示意我别吱声，然后拉着我来到楼梯底下，头朝上扬了扬。上去吧。

楼梯咯吱咯吱地响。我还没来得及登上十级台阶，突然听到下面传来开门的响声，此时我听到妈妈倒吸了一口气。

黑暗中传来男主人的声音："谁啊？谁在那里？"

灯光照射在对面墙上。妈妈一动不动。

"夏洛蒂吗？"他说，非常平静，"你在这儿干吗？"

妈妈的手在她的身后做了个手势，对着地板挥挥手，我明白她要我卧倒在楼梯台阶上。"没事，格里姆克老爷。什么事也没有，先生。"

"这个时候你在这里一定事出有因，你得解释清楚，以免惹麻烦。"他说这话时甚至显得仁慈了。

妈妈一言不发地站在那里。格里姆克主人对她一直很仁慈。还是说点什么吧。如果是夫人站在那里，妈妈嘴里早已蹦出三四件事情了。比如说，小麻烦生病了，正要去看看她情况怎么样了。或者说阿婶派她来给斯诺拿点药。还可以说，自己因为担心复活节的衣服失眠了，不知道早上试穿会怎么样。说自己梦游了。不就说点东西嘛。

妈妈犹豫的时间过长，夫人也从她房间出来了。我从楼梯缝里可以看见她头上歪戴着睡帽。

在我成长的过程中，我一直有许多心结无法打开，而这个是最糟糕的——我在那晚犯下错误，被逮到的却是妈妈。

我本来是可以露面的，可以堂堂正正地解释，说是我，我却卧在楼梯上一声不吭。

夫人说："夏洛蒂，你是小偷吗？你回来是想再弄点东西吗？你就是这样在夜间溜进来的吗？"

夫人叫醒辛迪，吩咐她去把阿婶叫来，再点上两盏灯，她们要去搜查妈妈的房间。

"是的，夫人。"辛迪说道，一副得意的样子。

格里姆克老爷像踏进狗窝一样嘟囔着，都是些女人和奴隶的破事儿。他拿上他的灯就回屋睡觉了。

我远远地跟着妈妈和她们，嘴里念叨着一些十岁孩子本不该知道的话，但那是我在马厩学会的脏话，都是听萨贝唱给马听的，上帝诅咒吧，上帝诅咒吧，日日夜夜地诅咒吧。上帝诅咒吧，上帝诅咒吧，诅咒所有的白人吧。我在给自己打气，想去告诉夫人所发生的一切。我离开守在萨拉门口的岗位，溜去了我原先住的屋子。妈妈又把我揪回大宅。

当我透过门缝往里看时，我看到毯子被从床上扯下，洗脸盆打翻在地，我们的法兰绒粗布袋子被翻了个底朝天，里面的被子填充物散落一地。阿婶用滑轮取下镶被框，上面有一块毛边的被面，一些鲜艳的小线团闪闪发光。

没人看到我站在门口，只有妈妈的眼睛一直朝我这边看。她耷拉着眼皮，不再抬起。

滑轮发出吱吱的转动声，镶被框伴随着刺耳的声音缓缓放下。此时，在那块半成品的被面上，放着一卷漂亮的绿丝绸布。

※ ※ ※

我看着那块布，心想真漂亮。灯光照出了布面上的每一个褶子。我、阿婶和夫人都盯着布看，就像那是我们梦寐以求的东西。

接着，夫人就开始唠叨，说要她惩罚一个自己信任的奴隶有多难，但她又有什么法子呢？

她跟妈妈说："我要等到周一才能惩罚你——明天是复活节，我不想因此而毁了这个节日。我不会用送你*走*来惩罚你，你应该感激我，但是我可以肯定地告诉你，你会罪有应得的。"

她没有说*苦力房*，她说的是*离开*，但是我们知道*离开*是什么意思。至少妈妈不会去那里。

当夫人最终转向我时，她并没有问我在门外干什么，或者是要我回到萨拉那边去。她说："你可以和你妈妈待在一起，直到她周一受罚。在那之前希望有人能安慰她。我并不是个无情的女人。"

那天夜深后，我伤心地哭了，吐出心里话，表示对不起妈妈。她抚摸着我的肩膀，告诉我她没有生气。她说我本不该溜出大宅子的，但是她没有生气。

就在我要睡着时她说："我早该把那块绿丝绸布缝进被子的，那样她就不会发现了。我并不后悔偷那块布，我只是后悔被逮着了。"

"你怎么会拿那个的呢？"

"因为，"她说，"因为我能拿。"

我心里一直想着那些话。妈妈并不想要那块布，她只是想制造事端。她不能获得自由，她不能用手杖敲打夫人的后脑勺，但她可以拿她的绸布。你可以力所能及地进行反抗。

萨　　拉

复活节这天，我们格里姆克一家乘车去圣菲利普的圣公会教堂。它坐落在沿集会大街的楝树丛中。我提出在萨尔其开阔地上找块地方和父亲待一会儿，但是托马斯和弗雷德里克忽悠去了这个特权，而我只能待在马车上，和母亲一起与热浪做伴。空气穿过伴装窗户的缝隙，带来丝丝微风。我把脸放在窗口，凝视着查尔斯顿的美景从眼前经过：一幢幢带有宽敞阳台的房子，一排排房子上突出来的花盆，修剪过的热带植物——夹竹桃、木槿、九重葛。

"萨拉，我相信你已经准备好上第一堂课了。"母亲说。我最近刚刚成为黑人星期日学校的一名新教师。这原本是由十三岁以上的女孩子担任的，但是母亲促成霍尔牧师破了例。这一次，她的傲慢本性没有产生十分令人厌恶的结果。

我转过身面对她，鼻孔里感受到女贞子的刺鼻气味。"……是的……我很……很认真地学习呢。"

玛丽嘲笑我，怪怪地挤挤眼睛，噘噘嘴巴："很……很认真。"引得本也在一旁窃笑。

我姐姐是个讨厌的家伙。近来我讲话中的停顿减少了，我不想让她为难我。即使我整堂课说话都吞吞吐吐，我也正要做点有用的事来改变一下。顺其自然吧。此时，我更担心的是我得和玛丽同上一堂课。

当马车快要到集市时，嘈杂声越来越大，人行道上挤满了黑人和黑白混血儿。星期日是奴隶们唯一的休息日，大家都拥到路上——大多数人是去主人的教堂，按要求出现并坐在楼座里——但即使在平日里，街上也都是奴隶。他们按主人的吩咐行事，在集市买东西，为茶会和晚会捎口信，送请柬。有些人长途往返去做雇工。自然而然地，他们就会忙里偷闲结交朋友。你可以看到他们聚集在街角、码头和小酒馆里。《查尔斯顿水星报》指责这些是“无人监管人群”，要求加强管理。但是正如父亲所说，只要奴隶有通行证或工作牌，他的存在就完全合法。

斯诺曾被逮到一次。那次我们在教堂时，他没有在马车旁等我们，而是拉着空车在城里转悠——算是一种兜风吧。结果他被带到圣米迦勒教堂附近的拘留所。父亲为此大发雷霆，但不是冲着斯诺，而是冲着市政卫兵。他冲到市长法庭交了罚金，避免了斯诺去苦力房受罚。

坎伯兰街上有几辆马车挡住了我们的路，使我们无法靠近教堂。这群只在复活节周蜂拥到教堂的人令母亲愤怒，她可是做到在一年当中每个普通的无聊礼拜日，都把格里姆克一家人安顿在教堂长椅上的。驾车位上传来斯诺沙哑的嗓音：“夫人，得从这儿步行过去了。”接着萨贝砰地打开车门，把我们一个个从车上接下来。

我们的父亲已经大步朝前走了。他虽个子不高，但是身穿灰色外衣，头戴大礼帽，系着斜纹丝绸领带，看起来威风凛凛。他有着一张棱角分明的脸，长鼻子，浓浓的眉毛沿前额弯下，而我认为他的潇洒之处在于他的头发，那是一头黑色与赤褐色随意混合的大波浪。托马斯更多地遗传了他的棕红色，安娜和小查尔斯也一样，可是传给我的就有点像柿子的颜色了，而且我的眉毛和眼睫毛淡得似乎都可以忽略不计了。

圣菲利普教堂里的座位安排可谓查尔斯顿社会身份的真实写照，精英们争相租用前排座位，越不富裕的人座位越靠后，而那些社会最底层的穷人则挤在教堂两侧的免费长凳上。我们的座位是父亲一年花三百美元租下的，离圣坛只有三排的距离。

我坐在父亲身旁，把他的帽子口朝上放在我的大腿上，这样可以闻到他常用来护理头发的柠檬油的味道。头顶上方的二楼走廊上，奴隶们开始喋喋不休地说话，大声地笑。喧哗是永恒的问题。仗着人多，他们在教堂的楼座里肆无忌惮，跟在大街上一样。近来，他们的嘈杂声升级了，于是教堂在楼座里安排了监管人员，制止其大声喧哗。尽管如此，喧闹声还是不绝于耳。冷不防啪的一声，接着又传来一声大叫，教民们猛地扭过头，朝楼上瞪眼。

就在霍尔牧师登上讲坛时，大规模的喧闹声爆发了。一只鞋子掠过楼座上方，直落下来。是一只沉重的靴子。它飞到往回走到一半的一位女士那里，掀翻了她的帽子，撞击了她的脑袋后掉在地上。

当那位战战兢兢的女士和家人离开教堂时，霍尔牧师指着左边远处的楼座，沿着顺时针方向慢慢地画了一个圈。当全场安静下来时，他引述了一段《以弗所书》里的经文，凭借记忆诵读起来："你们作仆人的，要惧怕战兢，用诚实的心听从你们的主人，好像听从基督一般。"[①] 接着，他又侃侃而谈做仆人之道，包括我母亲在内的许多人称之为他们听过的最雄辩的演讲。"仆人们，我劝诫你们要知足，因为这是上帝的旨意！你的服从由《圣经》授意，由上帝通过摩西吩咐，由基督通过其使徒批准，并由教会主持。注意，接下来，仁慈的上帝愿你今天要谦卑，回到你的主人身边做忠实的仆人。"

① 出自《圣经·新约·以弗所书》第 6 章第 5 节。

他走回到圣坛后面的椅子上就座。我低头盯着父亲的帽子，然后抬起头看着他。我受到了震动，困惑，甚至目瞪口呆。我尽量去用我应当思考的方式思考，但是父亲面无表情，就像戴着一副无情的面具。

※※※

礼拜结束后，我站在教堂后面一间肮脏而昏暗的小教室里，里面还有二十二个奴隶的孩子在追逐打闹着。一走进这间昏暗、令人窒息的房间，我就猛然推开窗户，却只把大家置于树上飘下的花粉里。当我用扇子敲打桌子，试图整顿秩序时，我的喷嚏一个接着一个来了。玛丽坐在教室里唯一的一把椅子上，那是一把破烂不堪的温莎椅。她看着我，既无聊又开心。

"让他们玩吧，"她跟我说，"我都这样的。"

我也很想玩。自从牧师开始讲道，我就没心思上课了。

一堆布满灰尘、被丢弃的跪拜用的垫子堆在教室后面的墙角里，针绣花边磨损得无法修补了。我猜想，那是些供孩子坐的垫子，因为房间里没有任何家具，只有老师用的讲台和椅子。没有课程讲义，没有图画书，没有黑板、粉笔，墙上也没有任何装饰。

我将垫子在地上排成行，结果被当作球踢来踢去。我的任务是阅读今天的经文，并详细解释其意义，但当我最终将那群孩子安顿在垫子上，看着他们的面孔时，一切都像是一场拙劣的模仿。如果每个人都如此热衷于使奴隶成为基督徒，那为什么不教会他们自己阅读《圣经》呢？

我开始唱字母歌，一首新的小歌谣。A B C D E F G……玛丽惊奇地抬头看，然后叹了口气，回到麻木不仁的样子。H I J K L M N O P……我毫不犹豫地唱着。孩子们专注的眼睛闪闪发光，Q R S……T U V……W X……Y Z。

我哄着他们一节一节地跟着我唱。他们的发音还不准，Q 发成了 coo，L M 发成了 ellem。啊，不过看看他们那些咧着嘴的笑脸！我告诫自己，下次再来时要带一块石板来，把字母写出来，那样他们就可以边唱边看到字母了。接着我想到了海蒂。我曾经看到我书桌上的书给弄乱了，我知道那是我不在时她来看的。她是多么想学这二十六个字母啊！

经过五到六轮跟唱，孩子们饶有兴趣地唱起来，边唱边吼。玛丽用手指塞住耳朵，而我则放声唱起来，两只胳臂像指挥棒那样打着拍子，指挥着孩子们唱歌。我并没看见霍尔牧师已经站在门口。

“这里在搞什么名堂啊？”他说。

歌声戛然而止，我感到一头雾水，因为我们还沉浸在乱七八糟的字母歌声中。我的脸上洋溢着通常的灿烂光彩。

“……我们在唱歌，牧师先生。”

“你是格里姆克家的哪一位？”他在我儿时曾为我施洗礼，就像他为我的兄弟姐妹都施洗礼一样，不过没人指望他能让我们都守规矩。

“她是萨拉，”玛丽猛地站起来，说道，“我没有唱。”

“……抱歉，我们太吵了。”我对他说。

他皱着眉头：“在黑人星期日学校里，我们是不唱歌的，我们绝不唱字母歌。你知道教奴隶读书是违法的吗？”

我知道这个法律，尽管不是很了解，它仿佛埋藏在我头脑中某个地窖里，像某种发霉的番薯一样突然被挖了出来。好吧，它是法律，但是它令我感到羞耻。当然，他不会声称这也是上帝的意旨。

他在等待我的回答。当我答不上来时，他说：“你是要让教会违法吗？”

那天母亲用手杖抽打海蒂的情景闪现在我脑海里，我昂起头盯着他看，一言不发。

小　麻　烦

一场暴风骤雨即将来临。

周一，我们做完祷告后，阿婶把妈妈拉到一边。她说，夫人有一个朋友不喜欢鞭笞，想出一招单腿惩戒法。阿婶啰啰唆唆地给我们描述了一番。她说，他们用一根皮绳子绕在奴隶的脚踝上，然后从他身后将脚拉起，将皮绳子拉紧绕在他的脖子上。如果他让脚下坠，皮绳子就会勒紧喉咙。

我们知道她在说什么。妈妈坐在厨房的台阶上，头搁在双膝上。

汤弗利是派去捆绑她的人。我能看得出他不想那样，但他没有说出来。夫人说："一个小时，汤弗利。搞定它。"然后，她走进房间，站在窗前。

汤弗利领着妈妈来到院子中央的花园，里面的嫩芽刚刚破土。我们大家都挤在枝繁叶茂的大树下，除了斯诺，他驾车出去了。罗塞塔开始大声哭起来。艾莉拍了拍她的胳膊，想安慰她。露西和菲比在为一片早餐剩下的冷火腿争吵，阿婶走过去，扇了两人的嘴巴。

汤弗利将妈妈转过身，让她面对大树背对大房子。她没有反抗。她无力地站在那里，如同树枝上的青苔。从港口飘来低潮的气味四处弥漫，那是一种腐烂的气味。

汤弗利跟妈妈说：“抓住我。”于是，她将手放在他肩上。这时，他用一根看上去破旧的皮带捆住她的脚踝，从她的身后将脚拉起，让她用一条腿站着，然后又将皮带的另一端绕在她的喉颈处，并搭上搭扣。

妈妈看到我紧紧抓住宾娜，嘴唇和下巴颤抖着，她说：“你不能看。闭上眼睛。”

但是我无法闭上眼睛。

把她捆绑好以后，汤弗利走开了，所以她也无法抓住他了，便重重地摔在地上，额头上的皮肤摔得裂开了。当她撞到地面时，皮带勒得紧紧的，妈妈开始透不过气来。她把头向后仰，使劲吸着气。我跑去帮她，但是夫人手杖的哒哒声敲击着窗子，汤弗利把我拉走了，并将妈妈拉了起来。

我闭上眼睛，但是在黑暗中我看到的比现实更糟。我眯着眼睛，看着她极力使那条腿不坠下来切断她的吸气，拼命地保持直立的姿势。她双眼盯着橡树的树梢，那条站立的腿颤抖着，鲜血从头上的伤口顺着脸颊往下流。下巴上滴下的鲜血如同屋檐口淌下的雨水。

别再让她倒下。我祷告着。夫人告诉我们，上帝聆听每一个人，甚至会聆听奴隶的心声。我脑海里有一幅上帝的画像：一位白人，拿着一根类似夫人手杖的棍子，或是走来走去，像格里姆克老爷一样避开奴隶，就像他创造了一个没有奴隶的世界一样。我看不出他在帮我们。

不过，妈妈没有再摔倒，我认为是上帝听到了我的心声，不过听到我心声的也许不是白人，也许世界上还存在有色人种的上帝，或许是妈妈自己坚持站住了，她用她四肢的力量和心力回应了我的祷告。她绝没有啜泣，除了嘴唇发出喃喃声，没有任何动静。后来我问她是否在对上帝耳语，她说："我是在对你姥姥说话。"

一小时过后，汤弗利给她脖子松了绑，她摔倒了，蜷缩在泥巴地上。汤弗利和阿婶架起她的胳膊，拖着她和她那麻木的双腿，把她送到马车房楼上的房间。我跟在后面跑，尽量使她的脚踝不撞上台阶。他们把她放在床上，就像卸下一袋面粉似的。

当只剩下我们俩时，我躺在她身边，注视着挂在头顶上镶在框子里的被子。我不时地问她："你想喝水吗？你的腿还疼吗？"

她闭着眼睛点点头。

下午，阿婶从厨房拿来一些米糕和鸡汤。妈妈碰也没碰。我们一直是开着门采光，一整天，院子里不时传来嘈杂声和各种气味。那天是我一生中最长的一天。

妈妈的腿又像以往一样能行走了，她的内心却不同以往了。自打那天以后，她身体的一部分似乎一直在那里等着松绑。好像从那时起，她的心里就开始点燃了仇恨的冰冷火焰。

萨　拉

复活节后第二天早上，我还是不见海蒂的踪影。早餐后，在出发去位于莱加雷街上的拉芬夫人的学校之前，母亲确保我把自己关在房间里，誊写一封给霍尔牧师的道歉信。

亲爱的霍尔牧师，

很抱歉我没能尽到作为我们亲爱的圣菲利普黑人星期日学校一名教师的职责。我为自己不计后果地忽视课程而乞求宽恕，并希望您能原谅我对您以及您圣地的无礼行为。

您悔恨及悔悟的心灵，

萨拉·格里姆克

我刚签好名，母亲就催促我赶快到前门去，斯诺已备好马车等在那里，玛丽已经坐在车里了。通常玛丽和我在后院外上车，然后因为斯诺的耽搁，我们迟到了。

“他为什么在前门接我们？”我问道。母亲的回答是，我应该像我姐姐那样，不问那些乏味的问题。

斯诺转过身看着我，脸上流露出一种不祥之兆。

我的心一整天似乎都悬着。下午我到游廊上与托马斯碰面学习时——我真正的学习——我的不安到达顶峰。

我们每周有两次会钻到父亲的书堆里，研读法律、拉丁语、欧洲史，最近又研读伏尔泰的著作。托马斯坚持认为我太小，看不懂伏尔泰的作品。“对你而言他是高深莫测的！”的确如此，不过我自然还是会潜入伏尔泰的文字海洋里，浮出水面时也就只带着几句格言。“人人都会因自己没有做的善事感到愧疚。”这种观点使人几乎无法享受生活！还有，“如果上帝不存在，人就不得不创造一个上帝”。我不知道霍尔牧师是否创造了他自己的上帝，我是否创造了我的上帝，但是这些想法纠缠着我，弄得我心神不宁。

我是为了这些与托马斯一起学习的时间而活的，但那天坐在摇摇板上，腿上放着一本拉丁文入门书，我无法集中思想。天气暖洋洋的，空气中充斥着阿什利河姜色河水翻滚带来的螃蟹味道。

“继续，往下，”托马斯弯下腰用手指敲打着书说，“水、主人、儿子——主格、单复数。”

“…… Aqua，aquae …… Dominus，domini …… Filius，filii ……哦，托马斯，有些不对劲！”我在想不在的海蒂，母亲的行为，斯诺的闷闷不乐。我觉得所有的人都闷闷不乐——阿婶、菲比、汤弗利、宾娜。托马斯也一定感觉到了。

“萨拉，你是了解我的，”他说，“我原以为能隐瞒得了，我早该知道的。”

“……什么？”

“我不想成为律师。”

他误解我的意思了，但是我没明说——这会是他透露给我的最动听的秘密。

“……不想成为律师？”

“我从不想当律师，那不适合我。”他朝我疲倦地笑了笑，“你应该当律师。父亲说你会是南卡罗来纳州最伟大的律师，你还记得吗？”

我记得清清楚楚，就像记得天上的太阳、月亮和星星。这世界仿佛正朝我奔来，光彩夺目，美丽动人。我看着托马斯，对我的命运信心满满。我有一个盟友，一个真正的、坚定的盟友。

托马斯用手捋着他那头与父亲一样的大波浪头发，开始在游廊上踱着步子。“我想成为一名牧师，”他说，“我只比上耶鲁大学的约翰小不到一岁，我受到的待遇就好像我还无法独立思考。父亲认为我没有想法，但是我有。”

“他不允许你学神学？”

“昨晚我求他开开恩，他拒绝了。我说：‘难道你不在乎我想响应上帝的召唤吗？’你知道他说什么来着？‘你要一直学习法律，直到上帝通知我你口中的召唤。’”

托马斯一屁股扎进椅子里，我走过去，跪在他面前，把脸颊贴在他的手背上。他的指关节因为热疖和汗毛凹凸不平。我说：“只要可能，我会尽一切帮你的。”

※ ※ ※

当太阳渐渐落下时，我仍然不见海蒂的踪影。我害怕极了，就待在厨房窗外的地方，那里是女奴们晚饭后聚集的地方。

厨房是她们的庇护所。她们在这里讲故事，拉家常，将生活的秘密娓娓道来。有时，她们还会突然放声高歌，歌声飞过院子，溜进大宅子。我最喜欢的是一首越唱越高亢的歌，歌词是这样的：

面包断顿了，放了我的耶稣吧。
双脚走累了，放了我的耶稣吧。
腰酸背疼了，放了我的耶稣吧。

牙齿掉光了，放了我的耶稣吧。

身体疲惫了，放了我的耶稣吧。

她们会突然放声大笑，那是母亲乐于听到的笑声。“我们的仆人过得很开心。”她会自夸地说。母亲从不认为她们那种欢乐并非出于对生活的满足，而是为了生存。

然而，这天晚上的厨房里烟雾笼罩。从炉子里冒出的热气和烟雾呼呼地往窗外蹿，把我的脸和脖子都熏红了。我瞅见里面有阿婶、宾娜、辛迪、玛丽亚和露西，大家都穿着白布裙子，不过我只听见沉闷的铁锅碰撞声。

最终，里面传出宾娜的声音。“你的意思是她一整天都没吃东西？”

“什么也没吃。”阿婶说。

“嗯，如果他们像那样把我捆起来，我也什么都吃不下。”菲比说。

胃里一阵凉气。把她捆起来？谁啊？肯定不是海蒂。

“她那样偷东西，到底是怎么想的？”我确信那是辛迪的声音。“她会给出什么解释呢？”

阿婶又发话了。“她一言不发。小麻烦和她一起躺在床上，替两个人说话。”

“可怜的夏洛蒂。”宾娜说。

夏洛蒂！他们把她捆起来了。什么意思？我想起了罗塞塔动听的哀号声。我看见他们将她的手捆绑起来。我看见牛皮鞭子撕裂了她的背，皮肤上血红的花朵绽放又死去。

我不记得回到过大宅里，只记得我突然在热气腾腾的厨房里，想在母亲放药品的橱柜里找东西，但是橱柜上了锁。由于我经常开这个柜子给父亲找镇定药，所以我轻而易举地就找到钥匙，拿出蓝色瓶装的涂抹油和一罐子甜香油茶。我滴了两滴鸦片酊在香油茶里。

就在我把这些东西装进篮子时，母亲走进了厨房过道。“你这是在干什么？”

我反问她：“……你都干了什么？”

“小姐，闭上你的嘴！”

让我住嘴？我几乎一辈子都在忍气吞声。

“……你干了什么？”我又说了一遍，几乎是在吼叫。

她紧闭双唇，一把夺走我胳膊上的篮子。

我莫名其妙地凶猛起来，从她手上抢回篮子，大步朝门外走去。

“你不可以迈出这所房子一步！”她命令道，“我绝不允许。”

我从后门走出来，走进柔和的黑暗里，走进蔑视的恐惧与紧张里。天空已经泛银白色，来自港湾的风一个劲儿地吹。

母亲跟在我身后，声嘶力竭地叫喊着：“我绝不允许。”她的话随风飘起，飞过橡树梢，越过砖砌的围墙。

我们身后传来鞋子刮蹭厨房过道地面的声响，回头一看，阿婶、宾娜、辛迪，所有人都躲在暗处看着我们。

母亲站在过道的台阶上，脸色苍白。

“我要去看看夏洛蒂。”我说。这话就像瀑布般毫不费力地从我嘴边滑出，我立刻意识到，我声音里的那种精神痛苦已回到冬眠状态，因为这种情况过去也曾发生过，那种无能为力渐行渐远，直到有一天我开口说话，那种痛苦便消失得无影无踪。

母亲也注意到了。她没再多说什么，我迈开步子朝马车房走去，头也不回。

小　麻　烦

夜幕降临时分，妈妈开始发颤。她耷拉着脑袋，牙齿发出咔咔的声音，看上去不像罗塞塔那样，颤抖时四肢抽搐，妈妈好像是在打寒战。我不知所措，只能拍打她的臂膀和腿。过了一会儿，她不颤了。她在大口大口地呼吸，而我不知不觉地睡着了。

我开始进入梦乡。在梦里我睡着了，睡在一棵茂密的大树下，弯弯的树枝将我遮挡得严严实实。藤蔓缠绕着我的臂膀，脸上落满了葡萄。我虽然处在睡梦中，但同时我也能看见我自己，就像天上飘浮的云朵，然后我向下看，看见大树并非是真正的大树，而是我们的镶被框，被藤蔓和树叶覆盖着。我继续睡，注视着睡梦中的自己，云继续飘游，我再一次看见茂密的树荫里有东西。这次，树荫里是妈妈。

不知是什么弄醒了我。屋里一片寂静，黑洞洞的。

妈妈说："你醒啦？"这是她自打汤弗利把她捆起来以后说出的第一句话。

"我醒着呢。"

"好的，我要给你讲个故事。你在听吗，小麻烦？"

"在听呢。"

我的双眼已习惯于黑暗，我们的房门依然对着门厅敞开，妈妈就躺在我旁边，紧锁着双眉。她说："你姥姥还是小姑娘的时候就从非洲来了。就你这个年纪。"

我心跳开始加速，咚咚地跳。

"她刚到这里，她的爸爸妈妈就被人带走了，就在那天晚上，天上的星星坠落了。你知道星星是不会坠落的，但是你姥姥发誓确实如此。"

妈妈歇了会儿，让我们俩想象一下天上落下星星的样子。

"她说，当时这里的一切她听起来都是叽里咕噜的，食物也像是给猴子吃的东西，她一无所有，只有她妈妈缝制的这条碎布拼成的小被子。在非洲，她妈妈是个缝被工，是那里最棒的缝被工。他们是非洲的芳族[①]人，像我一样缝制嵌花织物。他们将捕获的每一种野兽进行剪裁，有鱼、鸟、狮子、大象，然后缝制在被子上，不过你姥姥的那床被子上并没有动物，只是由一些有三个边的小东西拼成的，就是你说的那种三角形的东西，和我缝在我们被子上的东西一样。我妈妈说，那是黑鸟的翅膀。"

门厅的地板咯吱咯吱地响，我听见走廊里有人在急促地呼吸，那是萨拉小姐的呼吸。我放下胳膊肘，伸直脖子，她来了——她的身影遮住了门厅窗户射入的光线。我放下身子躺在床上，妈妈接着讲故事，萨拉小姐也在门外听。

"你姥姥被用二十美元卖给一个男人，那个男人把她安排在靠近乔治敦附近的田里干活。我们早上吃的是水煮豇豆，假如你在十分钟之内没有吃完，你一天都不再有东西吃了。你姥姥说，她总是吃得太慢。

"我一点不了解我的爸爸。他是个白人，叫约翰·保罗，不是主人，而是主人的兄弟。我出生后，我们母女俩就被卖了。妈妈说

① 芳族：西非中南部国家贝宁南部的民族。

我的肤色是棕色偏白，人人都明白那是什么意思。

“一个坎登附近的男人买了我们俩。他让妈妈在田里干活，让我就待在她身边，不过到了晚上，妈妈就把她所知道的所有缝被子技能教给我。我撕下裤腿以及裙摆，把布撕成一块一块的。妈妈说，在非洲，她们在被子上缝上美丽动人的东西。我拽下头发放进我的被子。在我十二岁时，妈妈就开始跟坎登的夫人吹嘘，说我能缝制任何东西，夫人就把我带进大宅子，向她家的女裁缝学手艺。我很快就比她做得好了。”

她停下，在床上挪动一下腿。我担心故事到此结束。我从未听过这个故事。听着她讲故事就像看着睡梦中的自己一样，天上飘浮着云彩，妈妈朝我俯下身。我忘了萨拉小姐就在门外。

我在等着，最终她又开始讲了。“妈妈生下弟弟时，我正在大宅里做针线活。她从未提及谁是他的爸爸。弟弟不满周岁就夭折了。

“他死后，你姥姥给我们找到一棵灵魂树。只是一棵橡树，但是他们在非洲称之为猴面包树。她说芳族人心里始终有棵灵魂树，总是猴面包树。你姥姥用讨要或偷拿的细绳包裹树干，她领着我到树下说：‘我们要把自己的灵魂放进树里，以免受到伤害。’我们跪在她从非洲带来的被子上，那其实现在看来什么也不是，就是一片破布，把我们的心灵托付给了大树。她说，我们的灵魂在树里与鸟共生，学会飞翔。她告诉我：‘如果你离开这个地方，就去拿上灵魂并随身携带。’我们过去总是在大树周围捡树叶和嫩枝，装在小荷包里，戴在脖子上。”

她把手伸向脖颈，像是在触摸那玩意儿一样。

她说：“妈妈在某一年的冬天死于哮吼[①]。我那时十六岁，可以

① 哮吼：病症名。呼吸急促，喉中有哮吼之声。

做任何针线活了。大约就在那个时候，主人因欠人家的钱，把我们人家给卖了。我被格里姆克主人买回了他所在的尤宁。在离开的前一天晚上，我到大树下取回我的灵魂，并带到这里。

"我想让你知道，你爸爸好得像金子一样。他叫谢尼，在格里姆克主人家的田里干活。有一天，夫人要我去查尔斯顿给她做针线活。我说好的，但是要带上谢尼，他是我丈夫。她说谢尼是个农耕奴隶，我可以在回来省亲时见到他。那时我已经怀上你了，没人知道这事。谢尼在你不到一岁时就去世了，他死于腿部刀伤。他从未见过你。"

妈妈不再讲了，故事讲完了。然后她睡了，而我还一直沉浸在故事里。

※※※

第二天早上我悄悄地从床上下来去解手，突然被门口的篮子绊倒了。篮子里有一大瓶涂抹油和香油茶。

就在那天，我回去照顾萨拉小姐，趁着她在读书时我溜进她的房间。她没好意思重提妈妈的事，所以我说："我们拿到你的篮子了。"

她的表情有些放松了。"告诉你妈妈，我很抱歉她遭遇了这些，希望她很快好起来。"她说这些话的时候一点也不辛苦。

"这对我们很有用。"我说。

我当时站在烟囱旁，她放下书朝我走来，张开双臂拥抱了我。真不知道是怎么回事。人们说，像我们这样有着天壤之别的人之间，爱是会变质的。我不知道萨拉小姐的感受是出于爱还是内疚。我不知道我的感受是出于爱还是一种对安全的需要。她爱我，怜悯我。我爱她，利用她。这绝不是件简单的事。那天，我们的心前所未有的纯洁。

萨　　拉

春夏交替之际，拉芬夫人的课停了，要到秋天才恢复上课，我请求托马斯增加我们在游廊开展的私人课程。

“恐怕我们得彻底终止了，”他说，“我要考虑我自己的学习呢。父亲命令我系统学习他的法律书籍，准备考耶鲁大学。”

“我可以帮你！”我大声喊着。

“萨拉，萨拉，恰恰相反。”每当他的拒绝已不可避免且最终确定时，他都会用这句话。

他根本不知道我已经把他拖入我的计划。在百老汇大街上有一连串的律师行，从股票交易所到圣米迦勒教堂，我憧憬着其中也有我们两人合伙开设的一家，门前挂着的招牌上写着：*格里姆克与格里姆克*。当然，我们与民众会有公开的争执，但是有托马斯站在我一边，还有父亲做我的后盾，没有任何事情可以阻止我的事业。

我每天下午苦读父亲的法律书籍。

上午，我通常会把房门闩上，对着海蒂大声朗读。当屋内充斥的烧饭味道令人无法忍受时，我们就会逃到游廊上。我们在那里并肩坐着荡秋千，唱着海蒂创作的歌曲，大部分是乘船或骑着鲸鱼行走在水上的歌曲。她的腿前后摆动，活像小小指挥棒。有时我们坐在二楼凹室窗前，玩绷绷绳游戏。海蒂的口袋里好像总会藏有一根红绳子，我们一玩就是几个小时，绳子在收缩的手指间变出各种复杂的红色迷阵。

这样的游戏都是姑娘们联手玩的，但是这对我们俩来说还是头一回，我们尽可能隐蔽些，不让母亲毁了我们的游戏。海蒂和我是在冒险做游戏。

※ ※ ※

一个夏日的上午，查尔斯顿的天气热得令人难受，我和海蒂趴在我房间的地毯上，我大声地阅读着《堂吉诃德》。一周前，母亲订购了缺货的蚊帐，并在蚊子叮人季节之前就在床上罩上了蚊帐，不过奴隶们由于没有蚊帐，已经被叮得不断在身上抓挠。他们用猪油和糖浆涂抹祛痒，大宅里到处都能闻到他们身上“科隆香水”的味道。

海蒂一边抠着膀子上被蚊子叮咬的红疙瘩，一边冲着书页皱眉，仿佛它们都是些无法破解的密码。我想要她听骑士和桑丘·潘沙的历险故事，她却不断地打断我，对着纸上的字指来指去地问：“这个什么意思？”我不得不停下来告诉她。最近我读《鲁滨孙漂流记》时她也这样，我真搞不懂，她或许不喜欢男人的滑稽行为，无论是海难故事还是大侠故事她都一概不喜欢。

当我变着夸张的轻快调子和口音试图吸引她回到故事里时，屋子里渐渐黑下来，显然暴风雨即将来临。风从开着的窗子吹进来，带着浓浓的雨水和夹竹桃气味，呼呼地撩起蚊帐。一阵响雷横空而过，雨点哗啦啦地打在窗台上，我停止了阅读。

我和海蒂不约而同地爬起来去关窗户。此刻，夏洛蒂和海蒂一心一意喂养了一个春季的小仓鸮正在昏暗中飞来飞去。它已不再是刚会飞的幼鸟，不过它还没有飞离它那个柴堆里的窝。

我看着它冲着我们飞来，在乔治街上空绕了一圈，又滑翔到奴隶劳作的庭院围墙上方，它那张滑稽的仓鸮脸清晰可见。当它飞走后，海蒂便去点灯，而我却站在原地一动没动。此时我的脑海里浮现出那天在柴堆旁夏洛蒂第一次领我去看这只小仓鸮的情景，我想起要帮助海蒂获得自由的誓言，一个不能兑现的承诺，一个给我带来没完没了愧疚的承诺，但是，我的耳边突然第一次响起一个清晰的声音：夏洛蒂说我应该竭尽全力帮助海蒂获得自由。

转过身来，我看见海蒂拿着灯走到我的梳妆台前，灯光在她的脚上晃动。当她放下灯时，我说："海蒂，我教你读书好吗？"

※ ※ ※

我们搞来一本识字课本、两本基础拼写簿、一块石板和白垩土块，日常授课便在我房间开始了。我不仅锁上门，还把钥匙孔给堵上。辅导课在上午持续两个小时以上，课后，我用一块粗布，又叫黑人布，把材料包裹起来，塞到我的床底下。

我从没教过任何人阅读，但我接受过托马斯大量的拉丁语辅导，拉芬夫人又教了我这么久，所以我也制订出了一个合理的计划。结果，海蒂学起来很灵，一周之内她就可以写出并背诵字母表；两周之内，她就能读出拼写簿上的单词。我永远忘不了字母与声音在她头脑里神奇般地连接，从无意义到有意义的那一刻。在那之后，她阅读识字课本日趋熟练。

读到四十页时，她的词汇量已经达到八十六个字。我在一张纸上记录下她掌握的每一个单词，并将其编号。"等你达到一百个单词时，"我承诺她，"我们以茶庆祝。"

她开始辨认药品标签和食物罐上的字。"海蒂怎么拼啊？"她想知道。"水怎么拼啊？"她求知欲极强。

有一次，我瞥见她在劳作庭院用一根棍子在地上画，我赶忙跑进院子去阻止她。她已经画出了"水"字，字迹清晰得人人都看得出。

“你在干什么？”我说，用脚擦掉了字母，“会给人看见的。”

她也同样对我发火：“你难道认为如果有人来我不会用自己的脚擦去吗？”

七月十三日这天，她征服了第一百个单词。

※※※

第二天我们在宅子的斜截头屋顶喝茶庆祝，希望同时能看见法国巴士底日的庆祝活动。我们这里有相当多的法国人来自圣多明戈，有一家法国剧院，到处都有法国淑女学堂。一名法国美发师给母亲和她的朋友烫卷发、涂脂抹粉，他逢人便谈玛丽·安托瓦内特① 上断头台的故事，并声称曾目睹此事。查尔斯顿是个地道的英国人社会，但这座城市热衷于静观巴士底狱被毁，就像热衷于静观我们自己的独立性一样。

我们爬进阁楼，里面有两个瓷杯和一罐海索草加蜂蜜泡制的红茶。从那里我们登上一架梯子，梯子通到屋顶的小窗。托马斯十三岁时就发现了这个秘密出口，并带我上去围着烟囱玩耍。斯诺驾车载着母亲做慈善活动回来时瞅到我们，没对母亲透露一个字，而是自己爬上来，把我们两个带下房顶。自那以后，我就没再上来冒险过。

我和海蒂依偎在南侧排水沟里，仰面躺在屋顶斜坡上。她说她从未用瓷杯喝过东西，也没有大口快速喝过，而我慢慢地呷着杯中的茶，呆呆地盯着头顶上坚硬的蓝窗格。当群众沿着百老汇大街游行时，我们因为离得太远看不见他们，但我们能听到他们在高唱《马赛曲》。伴随着圣菲利普教堂的钟声，远处传来十三响礼炮声。

① 玛丽·安托瓦内特：法国皇帝路易十六的王后。

鸟儿一直在屋顶闲逛，羽毛四处飘落。海蒂捡起羽毛塞进口袋，让我内心产生了某种温柔感。或许我那点昏昏然的感觉是因为海索草和蜂蜜，或许是因为和女孩子一起待在屋顶的新鲜感。无论出于什么原因，我开始向海蒂讲述一直埋藏在心底的知心话。

我告诉她我偷听的事，就在夏洛蒂受罚的那天晚上，我站在她的屋外听到她讲的故事。

“我知道，”她说，“你并非像你认为的那样擅长窥探。”

我倒出了所有的秘密。我说，我姐姐玛丽瞧不起我，托马斯是我唯一的朋友，我因为不配担任奴隶孩子的老师而被解雇，但是我请她不必担心，那不是因为我不够格。

说着说着，我就扯到了伤心事。“有一次我看见罗塞塔被鞭笞，”我跟她说，“那时我四岁，我说话不利索就是从那时开始的。”

“现在你说话好像没问题了。”

“时好时坏。”

“罗塞塔伤得严重吗？”

“我想很严重。”

“她犯了什么错？”

“我不知道。我没问——自那以后我就不能说话了，持续了好几个星期。”

我们俩都沉默不语，仰面朝天，注视着天上圆齿状的云团。谈到罗塞塔，令我们都清醒了许多，这大大出乎我的预料。这对于喝茶庆祝海蒂掌握一百个单词来说太过夸张了。

我希望回到轻松的气氛，就说：“我将像父亲一样成为一名律师。”我惊奇地听到自己脱口而出这个像皇冠上的珠宝一样珍贵的秘密，突然感觉自己暴露了，又说：“但是你不能告诉任何人。”

“我没人告诉，就只有妈妈。”

“好吧，你甚至不可以告诉她。答应我。”

她点点头。

得到满意的答复后，我想到那个熔岩盒子和里面的银饰扣。“你知道一个物体如何能代表一个与其完全不同用途的东西吗？”她茫然地看着我，而我却在试图想办法解释。“比如说，你知道我母亲的手杖——它的用途是帮助她走路，但我们都知道它代表什么。”

“敲打脑袋，”稍加停顿，她又说，“被子上的三角代表黑鸟的翅膀。”

“对，我就是这个意思。这样，我梳妆台上有一个石盒子，里面有一枚饰扣。饰扣是用来紧固衣服的，但这枚饰扣很漂亮，显然不一般，所以我决定让它代表我成为一名律师的愿望。”

“我知道那枚饰扣。我没碰它，我只是打开盒子看了看。”

“我不介意你碰它。”我跟她说。

“我有一枚顶针，它代表推针，它不会把我的指尖戳疼，但我可以让它代表别的东西。”

我问她是什么，她说：“我不知道，我只想像妈妈那样做针线活。”

海蒂明白了。她复述了那天晚上我无意中听到她妈妈讲的有关她姥姥来自非洲，以及那个三角形贴花被的故事。海蒂在谈到灵魂树时，话音里饱含敬意。

在我们回到小窗准备下梯子时，她说：“我从你房间拿走了一团线，是放在你抽屉里没人用的线。对不起，我会还给你的。”

“噢。没事，拿去吧，不过海蒂，以后请不要再偷拿东西了，哪怕是一些小东西也不要偷。你会惹大麻烦的。”

就在我们下梯子时，她说：“我真名叫小麻烦。”

小　麻　烦

妈妈腿瘸了。她在房间里或是去厨房吃饭没有任何问题，但是当她在院子里行走时，她总是拖着那条腿，仿佛那是一根朽木。阿婶和其他人看着她一瘸一拐地走路都直摇头。他们不喜欢那样的把戏，也毫不顾忌地直说出来。妈妈跟他们说："等你们有一条腿受到惩罚之后，才可以这样口无遮拦，之前最好闭上嘴巴。"

自那以后，大家都回避她。她一出现，大家就不吱声，她走了，大家又重拾话题。妈妈说这种回避真可恨。

她现在眼里总是充满怒气，时而冲我发呆，时而显得很聪明。有一天，我发现她在楼梯下面跟夫人解释说，她爬上楼去做针线活很艰难，因此爬到马车房楼上她的房间也很艰难。她说："不过我会解决的，别担心。"然后夫人和我就看着她拽住楼梯的栏杆，拖着身子爬上了楼，一路不停地呼喊着"天啊"。

紧接着，我们得知夫人让普林斯在大宅侧面背对劳作庭院围墙的地下室里清理出一个大房间。他把妈妈的床和所有东西都搬了进去，并从老屋子天花板上取下那个镶被框，钉在新屋子的天花板上。夫人说，妈妈以后就在这里进出做针线活，她让普林斯把那台刷过漆的缝纫台子搬了下来。

地下室的房间相当于三个奴隶的房间加起来那么大。房间粉刷得很明亮，靠近天花板的地方有个小窗户，不过从窗户看不到天上的云彩，只能看到围墙的砖。妈妈设法给房间做了一个花布窗帘，还从被扔掉的书上扯下几张帆船画钉在墙上。房间里有一张油漆过的摇椅，还有一个破旧的梳妆台，她在上面铺了一块蒂克林伯格亚麻粗布，摆放了几个空彩色瓶、一盒蜡烛、一小盒胭脂粉、一个锡盘，里面装满她喜欢嚼的咖啡豆。真不知道她从哪儿搞到这些家当的。沿墙摆放着架子，她将缝纫材料放在上面：碎布盒子、针线包，装有被子填充物的袋子、针垫、大剪刀、描迹轮、木炭、烫金纸和皮尺。在这些东西里面，还有那枚黄铜顶针和我从萨拉小姐抽屉里偷拿的红线。

妈妈这人，一旦有块地方，就会把它弄得像宫殿一样。她问阿婶他们是否可以到她的“寒舍”来做祷告。一天晚上，这里来了很多人，他们都很乐意来看这个房间有多寒酸。妈妈给他们每人一颗咖啡豆，让他们尽情参观，然后向他们展示如何用铁插销闩门、如何在床底下摆放便桶，由于她脚跛得厉害，倒便桶的事就落到我头上了。她唠唠叨叨一大堆，还向大家介绍夫人给她走路用的木手杖。

阿婶离开妈妈的地下室时，在门外的地上啐了一口，辛迪跟在她身后，也啐了一口。

再好不过的是，我无须离开大宅就能到新屋子去。我经常晚上从萨拉房间出来，走下两个楼道，跨过会发出吱呀声的裂缝。妈妈喜欢那个门插销。如果她在屋里，敢保门是闩上的，赶上她若是在睡觉，我就得把指关节敲疼了她才能醒。

妈妈不再管我离岗的事。她会迅速打开门，把我拽进去就闩上门。在被窝里，我会要她给我讲灵魂树的故事，希望获得更多细节，每片叶子、每根树枝，以及树上的每个巢穴。当她以为我睡着了时，她就站起来，在房间里踱着步，嘴里轻声哼着小曲。那些夜晚，她内心某些阴暗与放肆的东西得以释放。

白天，她坐在新屋子里做针线活。萨拉小姐允许我每天下午都去那里待到晚饭时间。妈妈的窗前会有一丝风，屋内却热得令人喘不过气。妈妈总会说："干你的活儿。"我学会了疏缝、紧缝、打褶、上袖笼，以及插三角。我一针一线地学，学会了锁纽洞和打扣绳，不用画粉，用手画样裁剪。

那年夏天，我十一岁，妈妈说我在楼上睡的那个破铺盖连狗铺盖都不如。我们要给奴隶做下一季的衣服。男奴每年有两件棕色衬衫、两件白色衬衫、两条裤子和两个背心。女奴有三条裙子、四条围裙和一块头巾。妈妈说这一切都不急。她教我如何剪黑三角，每个剪得与我拇指般大小，然后我们贴了两百多个在红方块布上，妈妈称这种红色为牛血红。我们缝上黄色小圆形表示太阳光芒四射，然后摇下镶被框，把所有贴布一块块拼起来。我亲手镶上家纺的背衬，用我们所有的棉絮和羽毛把里面填满。我还剪下一小撮头发和妈妈的头发一起放入镶被框里当作护身符。这项工作用了六个下午才完成。

妈妈不再偷窃，而是采取更安全的方式去伤害和破坏。她会忘了——所谓的忘了——夫人的袖子松了，其中一只会在教堂或其他什么地方崩开。妈妈让我缝扣子不打结，那样的话，夫人第一次穿上身胸口扣子就会脱落。凡是有耳朵的人都会听到夫人对妈妈大吼，认为她懒惰，妈妈会大声喊叫："哦，夫人，饶了我吧，我想做得好点。"

我不知道妈妈搞了多少恶作剧，只是我所看到的就有很多。她"不小心"就打碎了瓷器，或将桌上小雕像反过来放，把它弄翻了，照样走人。当她看到阿婶把茶盘留在热乎乎的厨房等辛迪来取时，她会把任何能得手的脏东西扔进茶壶里：地上的脏、地毯上的毛、口中的痰。我跟萨拉小姐说，别碰茶盘。

※※※

暴风雨降临的前一天，空气中的宁静让人感觉很沉重。你觉得你在等待，但又不知道等什么。汤弗利说是飓风，要用板条固定门窗。普利斯和萨贝关上了大宅的百叶窗，将劳作庭院的工具存放在棚子里，拴好了动物。我们卷起一楼房间地板上的地毯，把易碎品从窗子附近挪走。夫人叫大家从厨房拿回定量的食物。

夜里暴风雨降临时，我正和妈妈躺在床上。风发出尖叫声，吹得树枝拍打着窗户。大量棕榈树在黑暗中沙沙作响，我和妈妈不得不大声喊叫才能听到对方的声音。我们坐在床上，看着雨水拍打着高高的窗户，又沿着窗边倾泻而下，洪水顺着门的下方冲刷着。我尽可能大声唱着歌来转移注意力。

跨过海，越过洋，
鱼儿鱼儿带上我。
倘若流水长又长，
带上我，去远方。

暴风雨终于过去，我们把腿踏到地板上，水漫过脚踝。妈妈所谓的寒舍这下真成了寒舍。

第二天落潮时，洪水退了，大家都被叫到地下室去铲淤泥。劳作庭院一片混乱，有棍子和破芭蕉扇、水桶和马料、厕所门，凡是能被风掀起落下的东西都能看见。一片船帆挂在伸展开的树枝上。

刚把妈妈的房间清理干净，我就出去看挂在树上的那块帆布。帆布在微风中摇曳，看上去怪怪的。树下，湿漉漉的地面成了天然陶板。我捡起一根棍子，写下*男孩伤心吹喇叭海蒂*，并在泥土里深深地挖着字母，对自己的字迹满怀喜悦。当阿婶叫我到厨房时，我用穿着鞋的脚尖抹掉了字。

那天剩余的时光里骄阳似火，烈日烘烤着大地。

第二天早上，就在我和妈妈在餐厅里等着祈祷时，玛丽小姐风风火火地朝过道这边跑来，夫人跟在她后面一路小跑，两人朝后门的方向去了。

妈妈拄着手杖问："她们急着去哪儿？"

我们从窗户往外看，看见玛丽小姐的贴身女佣露西正站在树下，那块帆布还挂在树枝上。我们看见玛丽小姐领着夫人穿过院子直接走到露西站着的地方，盯着地面看，此时我的胃里突然涌出一股暖流，并蔓延到胸部。

"她们在看什么？"妈妈边说边注视着她们，只见三人弯下腰，仔细打量着地上的泥土。

接着，露西飞快地跑向大宅。快到时，她大声喊着："小麻烦！小麻烦！夫人叫你立刻上这儿来。"

我心知肚明地去了。

我那些直接从拼写簿上学来的字被烈日烤在黏土里了。我用鞋子涂抹过的地面产生了裂纹，而且变薄了，所以留下深深的字母痕迹。

男孩伤心吹喇叭海蒂。

萨　　拉

九月的飓风将潮水推过东湾一直冲上集会大街。灾难两天后的早餐前，宾娜来敲我的门，她的眼睛里充满恐惧和安慰，我知道灾难降临了。

“有人去世了？是父亲——”

“不，没人去世。你爸爸想要你去他书房。”

我从没像这样被传唤过，我的腿一下子感到莫名其妙地瘫软，致使我在走回到赫波怀特梳妆台前检查扎在头上的象牙色丝带时，膝盖都伸不直。

“出什么事啦？”我问道，一边拽拽蝴蝶结，平整一下裙子，把手交叉放在抖动的腹部前一会儿。

从镜子里我可以看到她的反应。她摇摇头：“萨拉小姐，我不能说他想要干什么，不过探听也没用。”

她把手放在我的腰上，推着我走出房间，经过小麻烦睡在门厅过道里的新被子，上面有大量的三角形折翼，摊在地板上。我们走下楼梯，在书房门口停下。宾娜顾不得什么可怜的萨拉小姐了，反而说：“现在听宾娜的。不要哭，不要逃跑。打起精神来。”

她说这些话本想稳定我的情绪，结果令我越发紧张。就在我敲门时，我的双膝又有一种轻飘飘的感觉。父亲坐在书桌前，头发油光发亮地朝后梳。他没有抬头，注意力在一摞文件上。

当他抬起头时，他用双眼怒视我："萨拉，你令我失望。"

我惊呆了，没哭也没逃跑，这是宾娜告诫我的两件事。"爸爸，我绝不是故意让您失望的。我只是想——"

他猛地推出手掌："我叫你来是听话的，不是说话的。"

我的心怦怦地跳，我用手捂住两肋，想不让心脏乱跳。

"我已经注意到，你的小女奴已经识字了。别否认，因为她在院子里的泥巴地上写过几个字，甚至还不忘签下她的名字。"

哦，小麻烦，不可能！我避开他那双严肃而责备的眼睛，试图将事情理出个头绪。小麻烦很粗心，我们已经发现了。但我内心不相信也不能接受，在所有人当中，父亲也认为她有阅读能力是个不可饶恕的罪行。他责骂我，因为他必须这样做，这无疑是在母亲的催促下而为之，以后他态度会温和的。在他的内心深处，他理解我所做的事情。

"你认为她是怎么获得这种能力的呢？"他冷静地问道，"是某天突然无师自通的吗？她一出生就会的吗？她自学的吗？当然，我们知道这姑娘是怎么学会读书的——是你教她的。你违抗了你母亲、父亲、你国家的法律，甚至你的教区牧师，他曾明确地告诫过你相关法律。"

他从皮椅子上站起身朝我走来，在离我一臂距离时站住。当他继续说话时，他的话听起来少了些敌意。"我问过自己你怎么能如此心安理得地违抗。恐怕答案是，你是个娇生惯养的女孩，不明白自己在这个世上的地位，对此我有部分过错。我的宽大对你没有好处，我的纵容使你认为你可以逾越像这次这样严重的界限。"

某种新的异样的恐惧让我不寒而栗，我拼命想说话，喉咙又出现那种熟悉的被揪住的感觉。我挤挤眼睛，硬是挤出了心里的想法："……抱歉，爸爸……我没有恶意。"

“没有恶意？”

他没有注意到我又结巴了。他在闷热的房间里来回踱步，给我上课，此时此刻华盛顿先生正在壁炉那边静静地注视着。“你认为奴隶学读书就无害吗？我们的世界里有许多悲伤的事实，其中一个就是，奴隶学会读书是一种威胁。他们会跟踪新闻，那些新闻将煽动他们，他们将不再受我们控制。是的，剥夺他们是不公平，但这里面有更大的利益必须得到保护。”

“……但是，爸爸，这不对！”我大声地说。

“你现在还要再无礼地向我挑战吗？当你在我桌上留下释放你的女奴的文件时，我就该当机立断地让你清醒过来，但我太宠你了。我本想把那个蠢玩意儿撕了然后还给你，你就会明白我们格里姆克家不会颠覆我们赖以生存的机构与法律，就算我们自己也不赞成这些机构与法律。”

我感到莫名其妙，也很愚蠢。是父亲撕毁了我解放黑奴的文件。是父亲。

“别误解我，萨拉，我要保护我们的生活方式。我不会容忍这个家里有煽动言论存在！”

当我在餐桌辩论中表达支持反对奴隶制的观点时，父亲笑盈盈地鼓励我。我原以为他珍视我的立场，原以为他与我有共同立场，但是我突然觉得，我那时真像一只头戴项圈、跟着主人手风琴跳舞的猴子。父亲是在自娱自乐。或许他鼓励我发表不同观点只是因为这样可以给其他人提供机会磨砺自己反对的观点。或许他已经容忍我的观点，因为辩论可以帮助有缺陷女儿练习说话，是一种值得同情的口头锻炼？

父亲双臂交叉在白衬衫前，在他那对不加修饰的眉毛下，一双眼睛紧盯着我。那双棕色眼睛清澈，没有同情心，那是我第一次看到父亲的真实面貌——一个重视原则胜过爱的人。

“你确实犯了罪，”他说，又开始踱步，在我身边慢慢地绕了一大圈，“我不会因此惩罚你，但你必须吸取教训，萨拉。”

“从现在起，你绝不可以进出这个房间，任何时候都不允许跨入这个门槛，无论白天还是夜晚。你不允许看这里的书，无论哪里的书都不能看，拉芬夫人分配的学习书除外。”

*没书看。上帝，求求您了。*我站不住了，双膝跪倒在地。

他继续转着圈：“你除了学习夫人批准的科目，什么也不要学。也不要再跟托马斯学拉丁语了。不要写，不要说，不要在头脑里构思。明白了吗？”

我举起双手，掌心向上举得和头一般高，成恳求状：“……爸爸，求求您……请不要拿走我的书……我不能没有书啊。”

“你不需要书，萨拉。”

“*……爸——爸！*”

他大步走回办公桌：“看到你痛苦我很难过，萨拉，但这已是既成的事实。尽量不要太难过。”

从窗外的街上传来板车和马车的隆隆声，奴隶商贩的叫卖声——头顶篮子的老太婆高声喊着：“红玫瑰，地道的红玫瑰。”商业喧嚣声肆无忌惮地此起彼伏。我打开书房门，只见宾娜一直等在门外。她一把拉住我的手，把我带上楼，来到我房间门口。她说：“我给你弄了些早餐，我去把托盘端来。”

她离开后，我就去窥视床下存放的石板、拼写簿和识字课本。它们都不见了。我放在书桌上的书也没了。我的房间被洗劫过了。

直到宾娜端着托盘返回时，我才想起问：“……小麻烦在哪儿？”

“哦，萨拉小姐，就因为这件事，她在后院马上要受罚了。”

※ ※ ※

我不记得是如何下的楼。

“就是一鞭子，”宾娜大声喊着，跟在我后面跑，“夫人说就一鞭子。仅此而已。”

我猛地推开后门，眼睛扫了一下院子。小麻烦的瘦胳膊被绑在厨房门廊的栏杆上。在她身后十步开外，汤弗利手握皮带，眼睛盯着地面。夏洛蒂站在从马车房到后门之间的车辙里，其余的奴隶都聚集在橡树下。

汤弗利举起手臂。“不！”我尖叫起来，“不——”他转身面对我，犹豫了，一脸如释重负的样子。

接着，我听到母亲的手杖敲击楼上窗户玻璃的声音，汤弗利抬起他疲倦的眼睛朝那声音望去。他点了点头，鞭子抽在了小麻烦的背上。

小　麻　烦

汤弗利说他尽可能少用点力，但还是抽得我皮开肉绽。萨拉小姐用麦加没药芽浸泡在格里姆克主人的朗姆酒里制作成膏药，妈妈把整瓶酒递给我说：“来，继续，把这也喝了。”我几乎忘记了疼痛。

伤口很快愈合，萨拉小姐的伤却越来越严重。她突然又回到过去那种失声状态，她渴望读书。真是个可怜的姑娘。

是露西跑到玛丽小姐那里去告的状，说我在树下写字了，玛丽小姐又去跟夫人告状。我原以为露西脑子笨，但她还是个意志薄弱的人，想讨好玛丽小姐。我从没原谅她，我不知道萨拉小姐是否原谅了她姐姐，因为所有的告状改变了萨拉小姐的生活。她的学习彻底结束了。

我的阅读课也结束了。我已会一百个单词，而且用我的智慧，我还能认出一大堆。我时不时念字给妈妈听，还把她贴在墙上的图画上的文字念给她听。

※ ※ ※

有一天我去地下室，妈妈正在用紫条纹的棉布缝制儿童睡衣。她看到我，说：“好了，格里姆克家又要添新丁了。这年冬天，夫人有时因此而不高兴。我听到她跟老爷说，好了，这是最后一个了。”

当妈妈完成儿童睡衣包边时，她在麻布袋里翻来翻去，掏出一小叠白纸、半瓶墨水，还有一支羽毛笔，我知道这里每件东西都是她偷来的。我说："你干吗还干这个？"

"我要你写东西。写'允许夏洛蒂·格里姆克外出'。下面写上几月几日离开，并用玛丽·格里姆克的花体签名。"

"首先，我不知道夏洛蒂怎么写。也不知允许怎么写。"

"那么就写'允许此奴隶外出行动'。"

"你要这个干什么？"

她笑了，露出门牙间的豁口："本奴隶要外出。不过别担心，她定会回来。"

"假如白人拦住你要看你的通行证，而你的通行证看起来像一个十一岁的孩子写的，你怎么办？"

"那你最好写得不像十一岁的人写的字嘛。"

"你打算怎么越过这道墙呢？"

她抬头看了看天花板上的窗户，它还没有一个帽盒子大。我不明白她怎么能挪动身体从那儿出去，但是，如果必须出去的话，她知道要往身上涂抹鹅油。我给她写了通行证，因为她铁了心要有那玩意儿。

从那之后，她至少每周有一两个下午溜出去，一般下午三四点钟出去，至天黑才回来。她不说去了哪儿，也不说是怎么进出院子的。不过我还是想得出她的逃跑路径。在她屋子的窗外，大宅子与围墙之间只有几英尺① 的距离，她用脚蹬着上墙，然后翻过墙，跳到墙外边的地上。

当然，她得找到回来的路径。我猜是从后门进来的，因为那里有马车进进出出。一般她要等到天完全黑了才回来，这样溜进来没人会看到。她总是在宵禁击鼓之前回来。我不愿去想她在外面躲避

① 1 英尺约合 0.3 米。

市政卫兵的样子。

一天下午，我和妈妈在给奴隶一年里要穿的衣服收尾，这时我摆出了我的推理，说她如何白天从窗户出去，黑夜从大门回来。她说：“好吧，算你聪明。”

在我内心深处，我能看见皮带捆着她的脚踝，再缠住她脖子的样子。我受不了了，开始祈求：“别再干了。求你了，好吗？你会被抓住的。”

“我跟你讲，你能帮我的——如果这里有人发现我失踪了，你就把木桶放在水池边，我从后门可以看到那只木桶。你那么做是为了我。”

这下我更害怕了：“如果你看到木桶，你会做什么——跑掉吗？丢下我吗？”接着，我崩溃了。

她还是像以往一样揉揉我的肩膀：“小麻烦，孩子，我离开你很快就会死去，你知道的。如果那只桶放在水池边，就能帮我知道即将发生的事，仅此而已。”

※ ※ ※

又进入社交季节时，我和妈妈简直来不及做出所有的晚礼服和连衣裙，因为她在没有得到允许的情况下溜出去给别人干活了。我是在一天晚饭后得知这件事的，当时我们都站在劳作庭院的中央。萨拉小姐整天处在绝望之中，我想，令我最烦心的糟糕事情无外乎她的低落情绪，以及妈妈从窗户溜出去这两件事。不过，妈妈却从口袋里掏出一枚奴隶徽章。如果某个奴隶主把他的奴隶雇出去，他就得从市政厅买一枚徽章，我知道格里姆克主人没有买过任何此类徽章。拥有一枚假徽章要比拿了夫人的绿绸布更恶劣。

我拿过徽章仔细看了看。这是一枚小的方形铜徽章，上端打了一个洞，这样你可以将它钉在衣服上。上面刻有文字。我试着读出这些字，终于清楚自己在说什么了。“家的……家的，仆人。家仆！”我大声喊着，“第 133 号。1805 年。你从哪儿弄到这个的？”

“好了，这段时间我外出并非去喝酒、偷懒——我找到工作了。”

“但是这里的工作多得我们都完不成啊。”

“我不是一无所获，是不是？”她从我手中夺回徽章，丢进她的口袋。

“拉塞尔家有个奴隶叫汤姆，他在东湾有一间自己的铁匠铺。拉塞尔夫人让他做全日制雇工，她仅从他收入中拿走四分之三。是他制作了这枚徽章，是按照真徽章复制的。”

我只有一个十一岁孩子的思维，但我马上明白这个铁匠不只是一个给她帮忙的好人。他为什么冒险为她做一枚假徽章呢？

她说：“我将为皇后大街上一位叫艾伦的夫人缝制帽子、衣服和被子。我告诉她我叫珍珠，是东湾和乔治街拐角处杜普雷主人家的奴隶。她对我说：‘你是指那个法国裁缝吗？’我说：‘是的，他的活不够我做，所以他让我出来做雇工。’”

“如果她去核对你的故事怎么办？”

“她是个老寡妇，不会去核对的。她只是说：‘给我看看你的徽章。’”

妈妈为她的徽章而自豪，为她自己而自豪。

“艾伦夫人说，她用衣物付我工钱，她的两个女儿要做衣服，还要给孩子们做铺盖。”

“你怎么完成这些额外的工作呢？”

“我有你啊，还有夜晚的时间。”

妈妈在黑暗中燃烧了许多蜡烛，无论哪个房间，只要她去了就偷走蜡烛。她的眼睛越眯越小，眼角皱纹像画了一道直缝。她既疲倦又紧张，但她内心似乎好起来了。

她把钱带回来，塞进麻袋里，我不分白天黑夜地帮她做针线活，只要在伺候萨拉小姐洗澡、打扫她的房间、伺候她穿衣、清理便壶之余，一有时间就做。当我们做完寡妇的订单后，妈妈总会挤出窗户，带着包裹去门口，在那儿，她将拿到下一批活儿要用的布。然后她会等到天黑，悄悄溜进后门。日子久了，这些危险行为我们就习以为常了。

※ ※ ※

一天下午，天气在一月份看来真有点儿暖和了，夫人派辛迪到地下室去唤妈妈，因为她的新高腰裙子上的玫瑰花饰掉下来了。毫无疑问，妈妈翻墙出去了。她出去一般不锁门，因为她知道，如果她不应答，夫人会叫普林斯把门从铰链上锯下，锁着门的房间里空无一人，她怎么解释呢？

奴隶失踪的消息不胫而走。当我听到这个消息时，心一下子坠到膝盖下面。夫人摇铃把大家聚集在院子后门附近。她双手搁在怀孕的大肚皮上说："你们是否知道夏洛蒂的下落？你们有责任告诉我。"

没人吭声。夫人把眼光投向我："海蒂，你母亲在哪里？"

我耸了耸肩，表现出无奈的样子："我不知道，夫人。但愿我知道。"

夫人吩咐汤弗利搜查厨房、洗衣房、马车房、马厩、储物间、厕所，以及奴隶的房间。她说，把院子里每个角落都搜个遍，再看看普林斯从厩楼往马槽运送干草的斜槽里有没有。如果那里还没有妈妈，她说，汤弗利就去将大宅、游廊以及花园彻头彻尾地搜个遍。

她摇摇铃，意思是都干活去。我匆忙赶到妈妈房间来查看麻布袋。钱都还在被子填充物下面。然后我悄悄来到后院，把木桶放在水池旁。太阳渐渐下山了，天空呈现出杏子的颜色。

就在汤弗利上上下下搜寻时，我跑到二楼前的凹室去等妈妈。当天刚开始变黑，我就从窗户往下看，看见了妈妈，她拐过弯，径直朝前门走去，接着就敲门。

我冲下楼，跑到门口，这时汤弗利也正好来到门口。

当他打开门时，妈妈说："如果你让我平安无事地回来，我给你半个美元。你欠我一个人情，汤弗利。"

他站到楼梯平台上，我站在他身旁，然后他把门关上。我一把抱住妈妈。她对他说："快说，出什么事儿啦？"

"你没有藏身的地方了，"他说，"夫人要我把每个角落都搜个遍。"

"屋顶还没搜到。"我说。

汤弗利确定没有危险以后，我领着妈妈来到阁楼，指给她看梯子和小窗。我说："他们来了，你就说天气太暖和了，你出来看看海港，后来躺下睡着了。"

与此同时，汤弗利跑去跟夫人解释说，他忘了搜寻房顶，他知道夏洛蒂之前去过那里一次。

夫人拿着手杖等在阁楼的楼梯底下，由于体型大，她爬完楼梯一直在喘。我躲在她身后，吓得瑟瑟发抖。

妈妈战战兢兢地走下梯子，边走边讲我编出来的可笑故事。夫人说："夏洛蒂，我以为你不像其他人那样是个天生的聋子，但你证明我错了。居然睡在屋顶上！你会滚到大街上的。屋顶！你必须知道这种地方是完全禁止进入的。"

她扬起手杖就在妈妈的后脑勺上敲了一下。"回你房间去，明早祷告后，把玫瑰花饰重新缝到我的新裙子上。你的针线活是越来越不像话了。"

"是，夫人。"妈妈说着急忙跑上楼，并招手示意我到她跟前。如果夫人注意到妈妈没拄拐杖，没有一瘸一拐，她就不会这么说了。

我们来到地下室时，妈妈关上门，并把门闩上。我上气不接下气，妈妈却呼吸平稳。她揉了揉后脑勺，下巴一沉，说："我是个了不起的女人，你是个了不起的姑娘，我们再也不向那个女人点头哈腰了。"

萨　　拉

我要添新弟妹的想法并没让我感到开心。我把自己关在房间里，闷闷不乐地慢慢接受这一现实。母亲怀孕时，情绪变得更糟糕，我们谁会喜欢那样呢？我真正感到郁闷的是在我拿起纸和笔算出数字的那一刻：母亲在过去二十年间花了十年怀孕。真可怜！

不久我就要十二岁了，正值花季，我想嫁人了——真的，我真想嫁人——但这些数字吓到了我。自从我被剥夺读书的权利以后，我如此迅速地意识到，这些数字使我对女人的生活感到厌恶。

自从被父亲训斥以后，我除了吃饭、每周三个上午去上拉芬夫人的课、周日去教堂以外，没有离开过房间一步。小麻烦一直陪伴着我，问我这样那样的问题，不求答案，只求让我开心。她看着我笨手笨脚地做刺绣，模仿《鲁滨孙漂流记》写一个女孩被遗弃在孤岛的故事。妈妈命令我要赶快从内心的苦难中出来，我努力过，但越来越绝望。

妈妈召来盖丁斯医生，他经过仔细诊断，认为我患了严重的抑郁症。他跟妈妈说的时候我在门口听到他说，他从未见过像我这么小就患此病的人，这种精神疾病一般都是女人生孩子以后或女人更年期才会出现。他说我是属于那种高度敏感的性情中人，容易走极端，我说话的问题足以证明这点。

圣诞节刚过，我经过托马斯的房门口时瞥见他的大箱子敞开着放在地上，我无法忍受他的离开，而更让我难受的是，他居然要去纽黑文追逐我的梦想，而我却永远无法实现了。由于对他那炫目的前途充满嫉妒，我跑到房间里伤心地哭了。悲伤如黑色的波浪汹涌而出，正因如此，我的沮丧到达高潮、抵达极限，现在我只能称之为令人痛苦的希望。

一切最终都过去了，甚至连最糟糕的抑郁症也消失殆尽。我打开梳妆台抽屉，从中拖出那只装有饰扣的熔岩盒。就在看到它的那一刹那，我感到我有力量去满足我的意愿了。我不会放弃。我宁可肆无忌惮。我一直就是这样。

※ ※ ※

我的肆无忌惮表现在欢送托马斯的晚会上。那天是主显节之夜[①]，我们在二楼客厅里举行晚会。前一周，我偶然看见父亲在用餐时朝我笑，我把他的圣诞节礼物——一张阿波罗与缪斯的画像——理解为是他对我的爱，同样也是那次责备的终结。当晚，他与托马斯、弗雷德里克以及从耶鲁大学回来的约翰交谈，大家都穿着黑色羊毛绒外套和各种颜色的条纹马甲，父亲的马甲是淡黄色的。我和玛丽坐在折叠桌旁看着他们，想知道他们在辩论什么。安娜和伊丽莎只有在过节时才允许在这里，她们俩坐在壁炉防火罩前的地毯上，手上抓着圣诞娃娃。本正在摆弄着他那些新的木质士兵打仗，嘴里还不停地喊着“冲啊”。

母亲靠在红色天鹅绒面的檀木贵妃椅上，这是从她卧室搬来的。我看过五次母亲怀孕，显然这是她最难过的一次。她的体型大得像个猛犸象，甚至她那张可怜的脸也出现浮肿现象。不过，她还

① 主显节之夜：每到此时人们常举行庆祝活动，表示圣诞节节期的结束。

是精心地操办了这个节日。房间里闪烁着烛光和灯光，辉映着镜子和其他镀金面，桌上铺着白色亚麻桌布，上面加盖一条与主显节颜色匹配的织金锦缎的长条饰布。汤弗利、斯诺和艾莉穿着暗绿色制服为大家服务，他们拖来许多盘食物，有螃蟹馅饼、黄油虾、小牛肉、煎鳕鱼和蛋卷奶酥。

我的胃口大开，一边埋头吃，一边听着房间那头男低音说话的嗡嗡声。他们谈到杰斐逊先生的连任，谈到梅里韦瑟·刘易斯先生和威廉·克拉克先生是否有机会到达太平洋海岸。最诱人的话题是，在北部一些州，包括最近在新泽西州，废除奴隶制对南方预示了什么。从法律上废除奴隶制吗？我从未听说过此事，便伸着脖子想听清楚每句话。那么，那些北方人相信上帝会站在他们一边反对奴隶制咯？

饭后，我们吃了托马斯最喜爱的甜点，蛋白杏仁饼干和杏仁冰淇淋，之后父亲用勺子敲击他的水晶酒杯示意大家安静。他对托马斯寄予厚望，给了他一本《洛克人类理解论论著节选》。妈妈允许玛丽和我每人喝半杯酒，这是我第一次尝到酒的味道，我盯着托马斯手中的书，心里痒痒的感觉。

"谁为托马斯送行说几句？"父亲边说，边扫视儿子们的脸。长子约翰拽了拽马甲下摆，却是我这个排行老六的二女儿站起身来发言。

"……托马斯，亲爱的哥哥，我会想你的……但愿你很快完成学业……"我停顿一下，又鼓起勇气，"有一天我想步你的后尘……成为一名法学家。"

当父亲又开口时，他的语气充满欢乐："是我听错了吗？你说你要跟哥哥去酒吧？"约翰叽叽喳喳，弗雷德里克放声大笑。爸爸看着他们笑，接着说："现在有女法学家吗？如果有，小家伙，那就让我们开开眼界吧。"

他们都哈哈大笑，我看见托马斯也在笑。

我试图回答，没有完全明白他们是在嘲弄我，他的问题其实只对我的兄弟们有利。

“……如果我是那个第一人，难道不是巨大的成就吗？”

听到这句话，父亲突然由开心变为生气。“不会有这个第一人的，萨拉。如果发生这种荒谬的事，那不会是我的女儿。”

我仍然继续愚蠢而盲目地说：“……父亲，我会让你感到骄傲的。我什么都会做。”

“萨拉，别胡说了！你在羞辱你自己。你在羞辱我们所有人。你怎么知道你可以学习法律的？”

我勇敢地站在那儿，紧紧抓住自认为可以做垂死挣扎的东西：“……你说过我会成为最伟大的法学家的——”

“我说如果你是个男孩！”

我把目光迅速投向安娜和伊丽莎，她们俩仰着头呆呆地望着我，我然后把目光投向玛丽，她把目光移开了。

我转向托马斯：“……求你了……你还记得……你说过我会成为法学家的？”

“萨拉，抱歉，不过父亲是对的。”

他的话令我哑口无言。

父亲做了个手势，示意不谈这个问题了，他们一拨人避开我，继续他们的谈话。我听到妈妈悄悄说到我的名字。她不再斜倚，而是坐直身体，一脸同情的样子。“你可以回你房间了。”她说。

我像被掏空的灵魂一样溜走了。在我门口的地板上，小麻烦身上裹着红方块和黑三角被子蜷缩在那里。她说：“我已点上灯，生了火。你需要我帮你宽衣吗？”

“……不需要，你待着别动。”我的话听起来沉闷而伤感。

她仔细端详着我，一头雾水：“萨拉小姐，发生什么事啦？”

我无言以对，径直走进房间，关上门。坐在梳妆台前的凳子上，我感到奇怪，有种被掏空的感觉。我哭不出来，没有任何感觉，只感到我的胃里空荡荡的，一种被泯灭的感觉。

不一会儿，我听到有人轻轻地敲门，想必那是小麻烦，我使尽全身力气喊道："……我不需要你。"

母亲摇摆着她那笨重的身体进来了。"看到你的希望破灭我并不开心，"她说，"你父亲和哥哥们是有点残酷，但我相信他们嘲笑的同时也一样惊讶。律师，萨拉？这想法太古怪了，我觉得我让你深深地失望了。"

她把手心放在肚子上，闭着眼睛，仿佛生怕被别人的胳膊肘或脚碰到。她话音里的温柔，以及来到我房间都反映出她对我是多么心疼，然而她也似乎暗示他们的不友善是有道理的。

"你父亲认为你渴望读书，有志向，是个异常的女孩，但他错了。"

我惊讶地看着她。她没有傲慢的态度，有的是我从未见过的悲伤。"每个女孩子来到这个世上都有不同程度的雄心大志，"她说，"甚至只是希望自己的身体与灵魂不属于自己的丈夫。我也曾经是个女孩子，信不信由你。"

她仿佛是个陌生人，一个没有岁月创伤与盔甲的女人，但当她继续说话时，她又是母亲了。"事实上，"她说，"每个女孩子必须为自己而放弃抱负。你不正常，只因你在抵抗无法避免的事。你反抗，其结果会像一匹马一样被肢解。"

她弯下腰搂着我。"亲爱的萨拉，你的抵抗比我想象的更加顽强，但你必须为你的责任与命运而做出牺牲，要尽可能地幸福。"

我感觉到了她那浮肿的脸颊，又想抱住她，又想把她推开。看着她离开时，我才注意到她进来时没关门。小麻烦会听到这一切。想到这点我很欣慰。世上凡是有痛苦的人都渴望有一个仁慈的证人。

当小麻烦出现时，她瞪着大眼睛深情地看着我，我从梳妆台的抽屉里拿出熔岩盒，取出饰扣，将它扔进壁炉旁的灰桶里，饰扣瞬间消失在灰白色的柴灰里。

※ ※ ※

第二天，客厅被整理出来让母亲躺在里面。她在那里已经生下了最小的六个孩子，身边围着宾娜、阿婶、盖丁斯医生、一位雇来的奶妈和两个堂姐妹。她好像不太可能会让我去看她，但是就在她临盆前一周，她让我去见她。

那是二月里一个霜冻的早晨。天空聚集着冬季的云层，整座房子里的壁炉都在发出噼啪声和嘶嘶声。客厅里只有火发出的光亮。母亲还有一周就要过四十岁生日了，她躺卧在贵妃椅上，看上去十分痛苦。

“希望你不会提到什么麻烦，因为我没力气处理了。”她用肿胀的嘴唇说。

“……我有个要求。”

她欠起身子去拿茶几上的杯子。“哦，什么要求？什么要求这么迫不及待啊？”

我来之前已准备好一番话，也非常坚定，但眼下我心急得一团乱麻。我闭上眼睛，想想怎样才能让她明白。

“……我怕你会不假思索就拒绝我。”

“天哪，我怎么会那样？”

“……因为我的愿望不一般……我想成为新生儿的教母。”

“嗯，没错——这是不一般。而且也是不可能的。”

我早料到这个结果。我跪在她旁边：“……妈妈，如果我必须乞求，我会……我已经失去对我来说所有珍贵的东西。那些我视为人生目标的东西，我想受的教育，看的书，托马斯……甚至连父亲似乎对我而言也已经失去了……别拒绝我，求你了。”

“但是萨拉，做婴儿的教母吗？有这么多事儿可以做啊。当教母不是用来炫耀的。这孩子的宗教福祉将掌握在你手中。你才十二岁，别人会怎么说？”

“……我会让这孩子成为我的生活目标……你说我必须放弃我的抱负……当然，对这孩子的爱和关怀你是能够支持的……请答应吧，如果你爱我的话……”我把头埋在她的大腿上，大声地哭泣，眼泪哗啦啦地流，比托马斯告别晚会上流的还要多，或者说，自晚会后我尚未能够流下那么多眼泪。

她托着我的后脑勺，等我回过神来，我看见她的眼睛湿了。妈妈说：“那么好吧，你将是这孩子的教母，但是注意，不要让他失望。”我吻了吻她的手，溜出了房间，这时一种莫名其妙的感觉油然而生，我重新找回了自己失去的一部分。

小　麻　烦

我将红线绕在伸出来的树干上，直到线轴上的线全部用完。妈妈在一旁观看。像她妈妈那样将我们的灵魂拜托给大树完全是我自己的主意，我能看得出，她是在迁就我。她双臂紧抱，口吐白雾，说道：“你快好了吗？这大冷天的，蓝月亮都要出来了。”

查尔斯顿的大气到了最冷的时候。窗子上挂着雨雪，马的身上披着毯子，萨贝和普林斯从早到晚忙着劈柴火。我看了一眼妈妈，在地上铺上我的红黑混杂的被子，光着腿跪在上面，看上去很亮眼。

我说：“首先，我们要跪在这上面，把我们的灵魂拜托给大树，按照你说的姥姥的做法去做。”

她说：“好，就那么做。”

我们跪下，注视着树干，我们的外衣袖子贴在一起。地面板扎扎的，布满橡子，寒气渗透进三角贴花和方块贴花，周围一片寂静。我闭上眼睛，把手伸进外套口袋里，指尖触碰到萨拉小姐的银饰扣，摸上去就像一大块冰。在她扔掉之后，我迅速将其从灰桶里捞起。她不得不放弃计划我很难过，但这并非意味着要把一个完美无瑕的饰扣扔掉。

妈妈在被子上挪动了一下膝盖。她想尽快完成灵魂树仪式，而我却想延长时间。

我说："把你和姥姥的做法再说一遍。"

"好的。我们就这样跪在被子上，她说：'现在把我们的灵魂放进树里，这样它们就不会受到伤害，它们就可以与鸟共生存，学习飞行。'然后我们就这样将我们的灵魂托付给大树了。"

"那时你感觉到了吗？"

她扯了扯头巾护住冰冷的耳朵，想尽量憋住不笑。她说："让我想想。是啊，我感觉到我的灵魂从这儿离开。"她摸摸乳房之间的骨头。"一阵风似的离开了，我抬头看了看树枝，没有看到它，但我知道我的灵魂就在那里注视着我。"

她就这样一直抬着头。没关系，因为我没有理由相信现在不会那样。

我大声喊道："我把灵魂拜托给树了。"

妈妈也照样高喊。然后她说："你姥姥拜托过灵魂树以后说：'如果你离开这个地方，要去把你的灵魂拿走。'后来，她捡了些橡子、小树枝和树叶，还做了个小荷包把它们都装在里面，我们把这种荷包挂在脖子上。"

因此，我和妈妈捡了些橡子、小树枝和黄色碎树叶。在整个过程中我一直在想，夫人把我作为礼物送给萨拉小姐的那天妈妈跟我说的话，*小麻烦，从此你的日子要不好过了。*

自那时起已有一年，我有了自己的朋友萨拉小姐，知道了如何读写，但正如妈妈所说，生活的道路是残酷无情的，我不知道未来如何。我们或许会在这里暗无天日地度过一生，不过妈妈已经找到部分自我，拒绝卑躬屈膝。一旦你找到这个，麻烦就会缠着你了。

第二部　*1811年2月—1812年12月*

萨　拉

我坐在房间里的镜子前，注视着自己，小麻烦和六岁的尼娜把我的头发编成辫子，目的是将辫子打成发髻盘在颈背处。之前我用盐和柠檬醋揉过脸，这是母亲惯用的祛墨点的方法。这样可以淡化我的雀斑，但不能彻底清除，然后我在脸上施了点粉盖住雀斑。

二月来临，这是查尔斯顿的社交高峰季节，一周以来，前门旁的玄关桌上已经聚集了一大堆名片和请柬。母亲从中选出最雅致、最适当的请柬。今晚有一场华尔兹舞晚会。

我两年前进入社交圈，十六岁闯入奢华舞池、茶会、音乐沙龙、赛马会以及野餐会，照母亲的说法，这些意味着查尔斯顿令人眼花缭乱的门已经推开，女性生活得以真正开始。换句话说，我可以开始挑选丈夫这件事了。至于这个丈夫有多高贵、多有钱，则完全取决于我这张脸的诱惑力，我的窈窕身段，我的裁缝的手艺，以及我与人相处时的个人魅力。尽管我的裁缝手艺高超，我到达亮闪闪的入口处时还是像一只待宰杀的小羊羔。

“看看你弄的，简直是乱七八糟。”小麻烦对尼娜说，尼娜把分配给她的发髻弄得像个老鼠窝似的。小麻烦拿起发梳在我头上梳起来，根本不顾我的头皮是否吃得消，然后把头发平分为三股，其中两股叫兔子，一股叫圆木。尼娜因辫子被拆了而噘起嘴，昂着头在一旁坐视游戏进展。

“看着，”小麻烦跟她说，“这只兔子要走在圆木下面，而这只兔子要走在圆木上面。你这样跳着编，一直编下来。明白吧，就这样编——跳上，跳下。”

尼娜接过兔子和圆木，编了一条显然说得过去的辫子。我和小麻烦“哦”“呀”“啊”地发出惊叹声，好像她刻出了一尊佛罗伦萨雕像。

那是一个冬天的夜晚，如同许多其他夜晚一样，静谧，一切皆可预测：房间里灯火通明，壁炉上了防火罩，黑夜早早地在窗外落下帷幕，此时我的两个同伴正手忙脚乱地在梳妆台前折腾我。

我的妹妹与教女安吉丽娜——尼娜是简称——生得一张椭圆形的脸，五官优美，这些特点我们的姐姐玛丽也有幸拥有。她的眼睛是棕色的，头发和睫毛跟我曾经放饰扣的小石盒子一样黑。我珍贵的尼娜美丽动人。更美好的是，她活泼聪慧，有天不怕地不怕的潜质。她认为自己什么事都能做，这也是我好不容易才培养出的状态，尽管我自己无畏的自信给我带来了灾难。

我想成为法学家的愿望已经在“破灭的希望的墓地”里寿终正寝了，那是女性的专属地。悲伤已消退，遗憾却仍存。我一直在想，命运是否会垂青其他的女孩子。纵观我的童年，它就如同那幅挂在楼梯上端显著位置的《命运三女神》的素描装裱画，画中人在干着活儿：纺纱、测量、剪断生命线，她们分分秒秒地还看着我来来去去。我确信她们对我怀有私仇，但这并不意味着她们会以同样的方式对待我妹妹的生命线。

我向母亲发誓，尼娜将会成为我生命的目的，她的确如此。她说话不结巴，心灵也没有伤疤。的确，我的一部分生命是通过她而活，是的，我混淆了我们两个的生命线，但没有人爱尼娜胜过我。她成了我的救赎，我希望自己也成为她的救赎。

她从会说话起就叫我母亲。顺其自然，我也没劝止，但我确实也明白不能让她在母亲面前这样称呼我。从尼娜睡小床那时起，我就向她灌输奴隶制的罪恶。我把我知道的和相信的统统教给她，尽管母亲一定知道我在把她按我自己的形象塑造，但她不知道已经到达何种程度。

尼娜编好辫子就趴到我腿上，开始像往常一样恳求我："别走！和我在一起吧。"

"哦，你知道的，我得走。宾娜会给你掖被子的。"尼娜噘起嘴。我又说："如果你不闹，我就让你挑我穿的裙子。"

她高兴地从膝盖上起身，跳到衣柜前，在里面选了我最华丽的服装，一件褐紫红色丝绒礼服，前襟有三条V形图案的缎子，每条缎子上都有碎钻搭扣。这是小麻烦的伟大创举。十七岁的她是个针线神童，甚至比她母亲更出色。我现在大部分服饰都出自她的手。

当小麻烦踮起脚取下裙子时，我注意到她发育得很不好——身材瘦小得像个小男孩，个头不到五英尺，再也长不高了。尽管她很瘦小，但她的眼睛炯炯有神。我曾经听到托马斯的一位朋友说她是漂亮的黄眼女黑人。

我们并不像小时候那样亲密了。也许是我的注意力在尼娜身上的缘故，或是因为小麻烦是裁缝学徒，有额外的工作要做，又或许我们到了该走不同道路的年纪。但我告诉自己，我们是朋友。

当她手臂上搭着裙子走过壁炉时，我注意到皱纹似乎永久刻进了她的容貌，好像她通过眯起大眼睛就能让更少的世界触碰她。看来她已开始更加敏锐地感觉到自己的生活圈子，已经到了清算的时候了。上周因某个不重要的原因，记不得是什么原因了，母亲拒绝给她去集市的通行证，她对此耿耿于怀。去集市转转是她生活的乐趣，为了表示同情，我曾说："抱歉，小麻烦，我知道你的感受。"

在我看来，我的确知道一个人的自由受到限制是什么滋味，但她居然冲我发火。“所以我和你就一样了吗？这就是为什么你坐在便壶上拉屎，而我去倒吗？”

她的话让我感到震惊，我转向窗口，不让她看到我伤心。在她逃出房间之前，我听到她气得直喘粗气，那天她没回来。我们没再谈起那件事。

她帮我套上礼服，并将其拉到我的胸衣上端，我的胸衣穿得尽可能宽松些。我这人体型一般，觉得没必要勒得喘不上气来。在帮我扣紧之后，小麻烦在我的花冠上别上黑色罗缎肩头纱，尼娜递上我的黑色蕾丝扇。我唰地打开扇子，在房间里来回晃悠，展示给她们看。

就在我踮脚转体时，母亲进来了。她踩到了我裙子的底边，我顿时倾身向前——构成一幅恩典图。“我希望你在阿尔斯通夫人家里能克制这种笨拙的行为。”她说。

她站着，拄着手杖。四十六岁人的肩膀已经长成佝偻老妇的样子。她一年来一直在警告我老处女的苦痛，详细讲述她姑妈爱米丽亚·简悲惨的未婚生活。她把她比作夹在被遗忘的书页中的枯萎花朵，仿佛这样可以吓得我拥有一些姿态与美丽。我害怕母亲又要扯她姑妈枯竭的生存状态，她却问道：“你前天晚上难道没穿这件礼服吗？”

“我穿了，但是——”我看见我的小妹妹坐在梳妆凳上，我朝她笑了笑。“是尼娜选的。”

“这么快就又穿上，显得轻率了。”母亲似乎在自言自语，我趁机不理她。

她的目光落在她最小的孩子安吉丽娜身上。她做了一个召唤的手势，手在空中捞了好几秒钟，然后才开口说：“过来，我送你去育婴室。”

尼娜一动不动。她把目光转向我，仿佛我的地位更高，可以推翻这个命令。母亲看出来了。“安吉丽娜！我说了过来。现在！”

如果我是母亲身边的一根刺，那么安吉丽娜将是整片荆棘。她摇摇头，晃动着肩膀，整个人在凳子上目中无人地摇晃着。很清楚她在做什么，她宣布道：“我想在这里和妈妈待在一起！”

我准备好接受母亲的爆发，但没有发生。她把手指顶到太阳穴，绕了一圈，发出一种声音，有呻吟，有叹气，有责难。“我头疼死了，”她说，“海蒂，叫辛迪到我房间去。”

小麻烦眼珠子一转，照吩咐去做了，母亲随后也离开了，她的手杖击地的枯燥声沿着走廊渐渐消失了。

我跪在尼娜面前，一屁股坐进裙子里，裙子向外翻滚，我看起来肯定像红花中的雄蕊，可怕极了。“我跟你说过多少遍啦？你不能叫我母亲，除非只有我们俩。”

尼娜的下巴显然在颤抖。“但你是我的母亲，”接着她一头扎进我的丝绒裙里放声大哭，“你是，你是，你是。”

※ ※ ※

位于国王大街上的阿尔斯通夫人家楼上的客厅里，挂在天花板上的水晶吊灯像个小火海，把客厅照得亮堂堂的。灯下，一大群人跳着肖蒂什轮舞，笑声淹没了小提琴声。

除了托马斯，没人见过我跳过舞。托马斯曾经以自己的名字创作了两套方阵舞曲。去年他就被允许去酒吧了，还与兰登·切夫斯先生一起开业。此人令我感到他占据了我的位置，就像我占据了母亲的位置一样。托马斯曾经从耶鲁大学写信给我，对给他送行的那个晚上曾嘲笑我的抱负表示悔恨，但是他丝毫不肯改变立场。不过，我们依旧和平相处。在很多方面，他对我而言一半是人，一半是神。我环顾房间寻找他，知道他在缠着莎莉·德雷顿，不久他就要娶她。在他们的订婚晚会上，父亲已宣布一位格里姆克与一位德雷顿之间的婚姻会产生“一个新查尔斯顿王朝”。这事激怒了玛丽，她自己也有了订婚对象，可她的婚事并无王室内涵。

拉芬夫人曾建议我巧用扇子，以此遮掩我的“大下巴和红脸颊”，我因太过自觉而做得过头了。我将扇子遮住脸的下半部分，从扇子上头向外窥视。我认识很多年轻女性，有的是在拉芬夫人班上认识的，有的是在圣菲利普教堂认识的，还有的是先前一个社交季时认识的，但我不能说跟她们是朋友。她们对我彬彬有礼，但我从不被允许与她们热议闺房秘密以及家长里短。我认为我说话结巴使她们感到不安。而且，在她们面前我好像也感到尴尬。她们都头戴新式头巾，有长靠椅的靠垫大小，重锦缎织成，配上各色别针、珍珠和印有我们新总统麦迪逊先生画像的小色块。她们可怜的脑袋看上去在脖子上晃来晃去。我认为她们看起来很傻，但是花花公子们围着她们团团转。

我夜复一夜地独自忍受着这些盛大活动，厌恶我们被当成艺术品对待，蔑视社会竟如此空虚，然而，莫名其妙地，我却一心想成为其中一员。

奴隶们在我们中间穿梭，手里拿着装有蛋挞和蛋糕的托盘。他们拉门，帮人拿外衣，给炉子添燃料，来回走动而无人搭理，我觉得奇怪的是，没有一个人提到他们，奴隶制一词与这礼貌群体格格不入，被他们称为特殊制度。

由于突然转身要离开房间，我一头撞上手里端着一个装着潘趣酒的水晶壶的男奴。随着一声巨响，茶、威士忌、朗姆酒、樱桃、橙子片、柠檬块和玻璃碎片四处飞溅，洒满地毯，洒到奴隶的制服上，洒到我裙子的前面，还洒到当时碰巧路过的一位高个子年轻人的裤子上。

就在我震惊的瞬间，那位年轻人与我对视了，我条件反射地把手抬到下巴处，似是想用扇子挡住脸，接着我才意识到慌乱中扇子坠落了。摔碎声迅速传回客厅，引起阵阵倒吸气声和轻微的惊叫声，此时他却冲着我微笑。他的沉着使我镇定，我也朝他笑了笑，这时我注意到他脸颊上有粒小小的橙子肉。

阿尔斯通夫人身着银灰色礼服嗖嗖地出现了，头上除了沿卷曲的刘海处扎了一条镶有宝石的头带，没别的装饰。她沉着地询问是否有人受伤，并用手势打发掉吓呆了的奴隶，唤来另一个奴隶清扫残碎物，自始至终都温柔地笑着，想让大家都放松下来。

在我道歉之前，那个年轻人便对着房间里的人大声说道："请原谅。我恐怕是个笨拙的乡巴佬。"

"但那不是你——"话刚从我口中出来。

他就打断了我："都是我的错。"

"真的没什么，"阿尔斯通夫人说，"你们两人都来，我让人把你们的衣服弄干。"她带我们到她自己的房间，把她的女仆留下照顾我们，女仆用毛巾在我裙子上轻轻擦拭。年轻人在一旁等着，我不假思索地伸出手，把他脸上的橙子肉拭去。我有点太冒失了，不过我事后才想到这点。

"我们是一根绳子上的蚂蚱，"他说，"我可以自我介绍吗？我叫伯克·威廉姆斯。"

"萨拉·格里姆克。"

至今唯一一位对我感兴趣的绅士有着鼓鼓的额头、葡萄干似的眼睛，是个毫无吸引力的家伙。他是赛马俱乐部成员，去年赛马周高峰期曾陪我逛了新集市路线，后来把我留在女士看台上看赛马。我就再也没见过他。

威廉姆斯先生拿了条毛巾吸干他裤子上的水，然后问我想不想出去透透气。我点点头，对他的要求感到惴惴不安。他一头金发，夹杂了点棕色，像沙利文岛海滩上的浅色沙子。他的眼睛浅绿，下巴宽宽的，脸颊隐约看得出棱角。在我们信步朝客厅外的阳台走去时，我意识到自己在盯着他看，像个愚蠢的小女孩，当然，我的确也是。他意识到了。看见他撇嘴笑了笑，我暗自责备自己太透明，责备自己丢失了珍贵的扇子，责备自己独自与陌生人待在黑漆漆的阳台上。*我在干什么？*

夜晚很冷。我们站在挂满松枝花环的栏杆旁，注视着房间里的人从窗口走来走去。窗户背后传来闷闷的音乐声，我感觉远离了一切。海上起风了，我开始哆嗦。我已经快有一年不口吃了，但去年冬天我出社会前夕症状又出现了，我的第一个社交季一直如此，简直万劫不复。一想到又要口吃，我就如同遭遇寒冷的空气一样不寒而栗。

“你很冷吧，”他说，一边脱下外套绅士般地披在我身上，“我们怎么现在才互相认识？”

威廉姆斯。我不知道他的姓氏。查尔斯顿的社会金字塔顶部都受到贵族种植园主无情地保卫——米德尔顿家族、平克尼家族、海沃德家族、德来顿家族、史密斯家族、马尼戈家族、拉塞尔家族、阿尔斯通家族、格里姆克家族等。他们下面是商人阶层，其中会有一点小小的社会流动性，我碰巧知道，威廉姆斯先生就属于这第二阶层。他是趁机溜进这个社交圈子的，或许他是这座城市的游客。

“你是来拜访的吗？”我问道。

“不是，我家在范德霍斯特。不过我知道你在想什么。你是在想我家的地位。*威廉姆斯，威廉姆斯，威廉姆斯是何方神圣？*”他笑起来了，“如果你和其他人一样，那你会担心我是个工匠还是个劳工，或更糟，*一个胸怀大志的人*。”

我屏息。“哦，我不是故意的——我不关心那种事。”

“只是个玩笑而已——我看得出你不像其他人。当然，除非你知道我家在皇后大街上经营一家银器店后会觉得难堪。有一天我会继承这份产业的。”

“我不觉得难堪，一点都不，”我说，又补充了一句，“我去过你家的店铺。”

我不是说购买银器令我苦不堪言，我干那些为嫁人受训练的事大多数都是被迫。哦，妈妈时不时逼着我把尼娜交给宾娜，然后要我和玛丽坐在一起学做手工绣，一绷子接着一绷子的白线绣、十字绣以及绒线绣。如果不做手工活就画画，如果不画画就走亲访友，如果不走亲访友就去逛昏暗的银器店。我母亲和姐姐在那里会因一个银质的肉豆蔻磨碎工具，或类似东西昏厥。

我无语了，心神不定，不知道接下来该谈什么。我转向花园，看着下面隐隐约约的黑影。梨树光秃秃的，树枝伸展得像一把阳伞的内部。再往远处看，黑暗中有独栋房、双栋房和别墅，一排排细长而整洁地朝着半岛顶端延伸而去。

“我知道我冒犯你了，”他说，“我本想展示点儿魅力，反而变成嘲笑你了。这是因为对我来说，我的社会地位是个尴尬的话题，提到它我就不自在。”

我转身面对他，对他如此轻松地说出了自己的想法感到惊讶。我从不认识能如此暴露自己脆弱的年轻人。“我没有被冒犯。就像你说的，我是——被你的魅力迷住了。”

“那么，谢谢你。”

“不，应该我感谢你。客厅里的笨拙行为——是我的错。而你——”

“我可以说我是想要当英雄，但说实话，我是想给你留下深刻印象。我一直在关注你。我刚想介绍我自己，你就转过身了，然后就下潘趣酒的雨了。”

我笑了，与其说是开心，不如说是惊讶。年轻男子不会关注我的。

“你创造了辉煌的一幕，”他说，“你不觉得吗？”

遗憾的是，我们开始转向调情的危险境地。我对此从来都是低能的。

“是啊。我——我尽力而为。”

“你经常创造这些辉煌景象吗？”他问道。

“我尽力而为。”

“你已经很成功了。舞池里的女士们吓得不行，我都担心会有一块头巾飞起来伤到人。”

“啊，但——是你要倒霉了，而不是我。我的意思是，是你声称要对整件事负责的。”*我在说什么？*

他鞠了个躬，让步了。

“我们应该回去了。”我对他说，一边从肩膀上拿下他的外套，想要以高姿态结束这场嬉戏，但也担心会有人找我们。

“如果你坚持，但我不想和别人分享你。你是我本季见过的最可爱的女士。”

他的话似乎是信口开河，刚开始我没信他的话。但我对他来说，为什么就不能可爱呢？也许是楼梯上的三位命运女神改变主意了。也许是他忽略了我的相貌平平，看见了更深层的东西。又或者，也许我并非我自认为的那样相貌平平。

“我可以拜访你吗？”他问道。

“你想拜访我吗？”

他伸手拉住我的手，放到他的唇边。他一边吻着我的手，一边目不转睛地盯着我看，他那温暖而光滑的嘴唇压在我的皮肤上。他的脸显得出奇的专注，我感到他嘴里的暖流顺着我的臂膀一直暖进我的胸膛。

小　麻　烦

妈妈开始缝制她的故事被那天，我们坐在户外灵魂树下做手工活。我们总是在那里做一些简单的活——如缲边、钉饰扣、裁剪布料，或者做一些因为屋内光线不好，看起来吃力的细小的针线活。遇上好天，我们会把被子铺在地上，然后带上针到城里去。夫人不喜欢这样，她说那样会弄脏衣服。妈妈告诉她："嗨，我需要呼吸一下户外空气，好继续干活，不过我会尽力在没有新鲜空气的情况下也好好干活。"在那之后，妈妈交的活儿就少了。没人有新衣服穿了，所以夫人说："那么好吧，就到外面去做吧，但是注意别把我的布料弄脏了。"

早春时节，我们坐在树下时，树已开始发芽。那些日子我心里总是惦记这惦记那，看着萨拉小姐参加社交活动，穿着华丽的衣服随心所欲地去她想去的地方。她想要尽快找个丈夫离开家。世界对她来说就像一块铺开的威尔顿地毯，对我来说就像一扇扇紧闭的门。这么说甚至不对——首先这些门从未打开过。我这辈子都没看见它们被打开过。

夫人照旧拽我们进餐厅祈祷，讲道："知足吧，因为这是上帝赐予的命运。"我想说，*把你的命运拿走吧，放到太阳照不到的地方去*。

另一件事就是小尼娜，她是萨拉小姐的妹妹，更像是她的女儿。我也爱尼娜，无法不爱，但她夺走了萨拉小姐的心。这虽无可非议，却在我心上戳了一个洞。

那天在大树下，我和妈妈沿着树根摆了一排针头线脑的缝纫材料——各种线、针包、针垫、大剪刀，以及一小罐我们用来滑针的蜂蜡。打上蜡的针几乎会自行穿过织物，难缝的地方就顺利多了，我现在已经到了闻不到蜂蜡味就不想缝纫的地步了。我手戴铜顶针，为夫人卧室的梳妆桌布收边，沿边绣上一些葡萄藤。妈妈说我的针线活儿已经胜过她了——我没有像她那样使用描迹轮，缝褶每次都很完美。

两年前我十五岁时，夫人说："海蒂，我要让你做裁缝学徒。你要努力学，分担针线活儿。"自从我能拿得起针，我就跟着妈妈学做针线活儿了，但我想这次才正式开始，我还可以分担一些妈妈的负担。

妈妈身边有个木质的修补箱，还有一叠红色和棕色的方块布，刚刚裁剪的。她从箱底翻出一根黑布条。我目睹她凭眼力把布条剪成三个图形，完全是一气呵成，那是一门诀窍。她把剪下的图形放在一块红方块布上，开始缝贴花。她坐在那里，驼着背，双腿伸直，双手像在胸口奏乐般舞动。

在我们做完灵魂树仪式后，我曾用旧床单为我们两个人每人缝了一个小荷包。我能从她衣领口窥视到她的小荷包，里面塞满了细枝碎叶。我伸手拍了一下我的。除了来自树上的护身符，我的荷包里还有萨拉小姐的饰扣。

我说："你在做什么被子啊？"

"是一床故事被。"她说，那是我第一次听说这种东西。她说她妈妈曾经做了一床，她妈妈的妈妈也做过。她在非洲的所有的亲戚，那些芳族人将他们的历史写在被子上。

我放下绣品，仔细观看她正在缝的图形——一个男人、一个女人，他们之间有个小女孩。三人手拉手。"他们是谁啊？"

"等我缝完了，我会逐个跟你讲方块布上的故事。"她咧嘴一笑，露出牙齿间的大缝隙。

她把三人缝上后，又随手剪下一小块有黑三角的被面，缝在女孩的脚边，又给他们的腿剪出小脚镣和脚链，然后在他们周围缝了很多星星。有些星星拖着闪光尾巴，有些落在地上。这就是她妈妈——我的姥姥——那天晚上被卖掉的故事，星星坠落了。

妈妈匆忙地缝着，想要讲这个故事，但她剪得越多，缝得越多，脸上就越显悲伤。过了一会儿，她的手慢了下来，把方形被子往边上一搁，说："我想，这还得花上点时间。"然后她拿起一床做了一半的被子，上面有一朵花的贴花。被子乳白和玫瑰红相间，肯定能卖掉。她无精打采地缝着。太阳的余晖洒在我们头上的树叶里，我目送着树影掠过她的身影。

为了闲聊，我告诉她："萨拉小姐在一次聚会上遇见一个男孩子，她的嘴里只讲他。"

"我也有那样的人。"她说。

我看着她，好像她的脑袋掉下来了似的。我放下绣花绷，白色梳妆台布摔在泥巴地上。"好吧，他是谁，你在哪儿认识他的？"

"下次去集市时我带你去见他。我要说的是：他是个自由黑人，独一无二。"

我不喜欢她有事瞒着我。我对她厉声说道："你打算嫁给一个独一无二的自由黑人先生吗？"

"不，不是的。他已经结婚了。"

当然结婚了。

妈妈等我消消气，接着说："他赚了些钱，给自己赎了身。他花了一大笔钱，但他的主人有赌债，所以他只为自己支付了五百美元。之后他还剩点钱，可以在牛市街二十号买幢房子，就离州长住的地方三个街区远。"

"他怎么弄到这些钱的？"

"是在东湾街赢彩票得来的。"

我哈哈大笑。"他是这么跟你说的吗？好吧，我想他是当今最幸运的奴隶了。"

"这事发生在十年前，大家都知道。他买了一张彩票，他的数字中了。就这样。"

彩票办公室在码头附近离集市不远的那条街上。妈妈带我外出学习购物的时候，我曾经路过那里。那里总是乱七八糟地挤着一堆人买彩票：船长、市政卫兵、白人劳工、自由黑人、奴隶、黑白混血儿，以及克里奥耳人，也会有两三个系着丝质领带的男人，还有马车在一旁等着他们。

我说："你怎么不买一张彩票？"

"把一枚硬币浪费在某个华而不实的机会上吗？"

五年来，妈妈花在为夫人做针线活儿上之余的每一滴心血都被她积攒成美元。从我十一岁起，她定期外出做雇工，不过现在她不再偷偷摸摸地干了，真是感谢上帝的仁慈。她的那枚假徽章，以及有大半年时间溜出去干私活儿的事，弄得我头发都白了。我过去总是会拔下白发给她看。我会说："看你都对我干了什么！"她会说："我在这儿攒钱买我们的自由，你却在操心你的头发。"

我十三岁时，夫人终于让步了，同意让妈妈外出做雇工。我不知道为什么。也许她已厌倦说"不"字。也许是她想要钱——妈妈一年可以往夫人的口袋里放一百美元——但我至少知道，那年圣诞节妈妈给夫人做了一床百衲被。这对夫人并没有伤害。被子上缝有每个孩子的方块布，是用他们的零头布做的。妈妈告诉她："我知道这不算什么，我为你家人缝制这床纪念被，这样他们走了之后，你可以把记忆收起来。"夫人摸着每个方块："哇哦，这是从玛丽进社交圈时穿的裙子上剪下的布……这是查尔斯的洗礼毯……天哪，这是托马斯第一次骑马穿的衬衫用布。"

妈妈连喘气的时间都没浪费。她立刻请求夫人给她出去做雇工。一个月后，她被合法雇用到特莱德大街为一位女士做针线活。妈妈每挣一美元自己拿二十美分，其余的给了夫人，但我知道妈妈私下兼职卖点东西——折边帽、被面、床罩，各种各样不需要试穿的衣物。

她经常让我数钱，我数到一百九十美元了。我不愿意告诉她，即使她的钱堆到屋脊了，也不意味着夫人会卖掉我们，特别是卖给我们自己。

想到这一点，我说："我们活儿做得太好，夫人是不会让我们走的。"

"嗯，如果她拒绝我们的话，我们做活就迅速地偷工减料。"

"你怎么就认为她不会因记恨我们而把我们卖给别人呢？"

妈妈停下手上的活儿，看来是没有干劲儿了，显得疲惫不堪的样子。"这是个机会，我们要抓住，不然我们到头来会像斯诺一样。"

可怜的斯诺，他死于去年夏天的一个晚上，跌倒在厕所里。阿婶把他的下巴绑起来以防他的灵魂出窍。他被摆放在厨房一块冰冷的木板上，两天之后才被放进棺材。他一生都在为格里姆克家人驾车往返城里。萨贝接替他成了车夫，他们又从种植园找来个男孩当脚夫。他叫古迪斯，一只眼因弱视而斜视。他太过频繁地用那只眼看我，结果妈妈说："那个男孩对你有意思。"

"我并不想他对我有什么意思。"

"很好啊，"她说，"我只能买你我的自由。你有了丈夫，他负责他自己的。"

我打了个结，放下绣花绷，自言自语地说，我不想有丈夫，也不打算像斯诺那样死后躺在厨房冰冷的木板上。

"赎回我们俩要花多少钱啊？"我问道。

妈妈把针别在布上，说："你会知道的。"

萨　　拉

遇见伯克·威廉姆斯以后，我才开始坚持写日记。我认为写下我的情感，就能掌控它们，甚至能克制霍尔牧师称之为“肉欲发作”的东西。

值得一提的是，将个人激情写在小日记本上，深藏在衣柜里的一个小帽盒里丝毫不会抑制激情。

1811 年 2 月 20 日

我曾经想象浪漫的爱情是甜蜜乌托邦的前提条件之一，而不是一种痛苦！想想，几个星期前我还以为我饥渴的心灵会是我最深重的苦难。现在我的心经历了严峻的考验。威廉姆斯先生，你在折磨我。仿佛我染上了一种热带发烧病。我不知道我是否想被治愈。

我的日记里充满这种剧烈的爆发。

3 月 3 日

威廉姆斯先生，你为什么不约我？我必须等你采取行动，这太不公平了。作为女性，我为什么必须听从你的处置？我为什么不能给你写条子约会？谁定的这些不公平规则？男人，就是男人。上帝把女人设计成附属品。嗨，我真讨厌它！

3月9日

一个月过去了，我现在明白了，威廉姆斯先生和天真的我之间在阳台上发生的事是一场闹剧。他无耻地玩弄了我。我甚至当时就知道！他是个朝三暮四的卑鄙男人，我现在跟魔鬼说话也不要和他说话。

当我不发牢骚时，或不用照顾小尼娜时，或避开母亲要我做那些女人本分的事情时，我就会去前门，在玄关台上的请柬和名片里搜寻。尼娜午睡时，我叫小麻烦把铜浴缸推进我房间，从洗衣间弄几桶滚烫的水倒进浴缸里。

这个铜浴缸是个现代奇迹，是从法国经由弗吉尼亚州进口的，是查尔斯顿街谈巷议的话题。浴缸下面有嘎吱嘎吱的小轮子，可以从这个房间推到那个房间，像个便携式药浴车。你就坐在里面，不用站在盆旁边往自己身上泼水——不用，你完全浸在水里！最重要的是，浴缸侧面有个出水口，可以打开把用过的水放掉。母亲吩咐奴隶把浴缸推到靠近铁路的游廊去倒洗澡水。水花飞溅到花园里，惊动了邻居们，让他们知道讲卫生的格里姆克家又洗过一次澡了。

三月十五日临近中午时分，一个带有男人潦草笔迹的字条送到，我立刻抢在母亲之前扑了上去。

3月15日

伯克·威廉姆斯问候萨拉·格里姆克，邀请她共度明晚时光。如果同时可以用任何方式为其效力，他将不胜荣幸。

附言：请原谅用借来的纸呈上。

我愣了好一会儿才将便条放回信堆，心想，怎么会有人在乎纸是借来的呢，接着慢慢回过神来。我突然得意起来，噌噌地上楼来到我的房间，在房间里手舞足蹈得像只喝醉的小鸟。我忘了小麻烦和尼娜也在场，她们正在窗下的地板上摆弄洋娃娃茶具。我一转身，看见她俩正盯着我看，手里各自端着一小杯假的茶。

“你肯定收到那个男孩的消息了。”小麻烦说。她是唯一知道他存在的人。

“什么男孩?”尼娜问，我不得不将威廉姆斯先生的情况也告诉她。此时此刻，母亲会一边唱着荣耀归于上天的神，一边派发接受信函。她会兴奋得高呼“哈利路亚”，不会去考虑他是否够格。

“你会像托马斯一样结婚吗?”尼娜问。他还有两个半月就要举行婚礼，这成了所有事的参考点。

“我肯定会的。”我跟她说，这个想法似乎完全有道理。毕竟我不会成为夹在书页里的枯萎花朵。

※※※

我们期待威廉姆斯先生晚上八点到，但十点过了他还没来。母亲因被爽约而气得脖子通红，父亲与母亲和我一起在客厅里，父亲手里握着表。我们三人坐在那里，仿佛等待葬礼队伍通过。我担心他根本不会出现，如果他来了，我们的会面将会缩短。通常，奴隶宵禁时间是冬天九点，夏天十点，届时客厅里造访的绅士都要被清场。按照习惯，在市政卫兵击鼓传唤奴隶离开街道时，求婚者便起身离开。

他在超过约定时间一刻钟后敲响前门。当汤弗利把他引进房间时，我提起扇子——一大束母鸡羽毛——而我父母态度冷淡，礼貌地站起身，请他坐在壁炉右侧的邓肯·法伊夫椅子上。我已在左边的椅子上就座，这意味着我们被壁炉罩隔开，不得不伸长脖子才能相互看一眼。可惜——他看上去比我记忆中更帅。他的脸已晒成古铜色，头发又长又卷，披在耳朵后面。闻到从他那个方向飘过来的石灰皂香味，我的内心不由自主地抽搐——肉欲彻底发作。

一番解释和寒暄之后，父亲言归正传。“告诉我们，威廉姆斯先生，你父亲是做什么的？”

“先生，我父亲在皇后大街拥有一间银器店。那是我曾祖父创建的南方最大的银器店。”

他说话带有毫不掩饰的自豪感，然而，他来之前那种紧张沉默的气氛又出现了。格里姆克家的女儿要嫁给种植园主阶层家那些研究法律、医学、宗教或建筑的儿子们，为的是在继承遗产前有自己的职业。

“你是说，一家店铺？”母亲边问，边给自己时间来接受这一打击。

“是的，夫人。”

她转向父亲。“一间银器店，约翰。”

父亲点点头，我看出了他的心思：*商人*。这个词像一团黑乎乎的东西悬在他脑门上。

“我们经常光顾那家店铺。”我说，开心得好像到那些场合是我生命中的精彩之处。

母亲为我伸出了援助之手。“我们确实经常光顾。那是一间令人喜爱的店铺，约翰。”

威廉姆斯先生在椅子上向前滑动了一下，他对父亲说：“先生，我祖父的愿望是要为我们的城市提供一间无愧于您自己的祖父，约翰·保罗·格里姆克曾经拥有的那样的银器店。我相信那就是在皇后大街和集会大街拐角处的那间店铺，不是吗？我的祖父认为他是这个国家最伟大的银匠，比里维尔先生更伟大。”

哦，这家伙真机敏！我在椅子里扭转一下身体以方便看到他。

他以一种奉承的方式让大家知道他不是这间屋子里唯一的商人阶层的后裔。当然，区别在于约翰·保罗·格里姆克成功地将其店铺转型为棉花企业，并拥有低地国家[①]大片的土地。他既有雄心大志，又行事审慎，辛辛苦苦地踏入了查尔斯顿贵族阶层。然而，威廉姆斯先生还是出击了。

父亲紧盯着他看，嘴里迸出两个字："明白。"

我想他的确明白了。那一刻，他相当看好威廉姆斯先生。

汤弗利送上熙春茶和饼干，话题又转回到鸡毛蒜皮的琐事上。当宵禁鼓开始击响时，大家做了简短告别。威廉姆斯先生站起身来，我突然觉得一阵紧张。令我吃惊的是，母亲请他下次再来，我看到父亲浓密的眉毛向上扬了一下。

"我可以送他到门口吗？"我问。

"当然，亲爱的，不过得叫汤弗利陪你。"

我们跟随汤弗利从客厅出来，但是刚出门，威廉姆斯先生就停下脚步，他把手放在我的胳臂上。"你看起来很迷人，"他小声说道，把脸凑到我的脸上，"如果你赐我一绺头发，那会减轻我离开的遗憾。"

"我的头发？"

"作为你的感情象征。"

我举起鸡毛扇遮住脸上的潮红。

他把一块白手帕塞进我手里。"在我的手帕里包一绺头发，然后把它扔到篱笆外的乔治街上。我会在那里等你。"发出这种挑逗性的指令以后，他向我咧嘴笑了笑，这样的笑容啊，便大步走向门口，汤弗利在那里不安地等待着。

我返回客厅去面对父母的评价，发现他们在谈论我的事，便立

---

① 低地国家：指荷兰、比利时、卢森堡三国。

刻驻足门外。

“约翰，我们必须理智点。他可能是她唯一的机会。”

“你觉得我们女儿的婚姻前景就这么糟糕，没有比这更好的吗？”

“他的家庭并不穷，还算是殷实人家。”

“但是玛丽，这是一个商人家庭。”

“那人是个追求者，他可能是她最好的选择。”

我逃进自己房间，灰心丧气，但是由于一心想着那个秘密使命，也没有伤心。小麻烦已点亮灯，铺好床，正低头坐在我的书桌前。她紧锁眉头，正在以自己的方式阅读诗歌《莱奥尼达斯》，这是一首颂扬男人和战争的诗歌，很难读。她总是脖子上戴着个小荷包，里面装满树皮、树叶、橡子以及院子里其他的橡树残留物。

“快，”我脱口而出，“把梳妆台上的大剪刀拿来，给我剪一绺头发下来。”

她斜眼看着我一动不动。“你干吗要这么做啊？”

“照我说的做！”我很不耐烦，但看到我的语气令她不高兴，我还是解释了原因。

她剪下一绺和我手指差不多长的头发，看着我神秘地将它包在手帕里。她跟着我下楼，来到花园，我透过篱笆墙瞥见他的身影，他正倚靠在街对面杜普雷家的泥砖墙上。

“是他吗？”小麻烦问道。

我嘘她，生怕被他听到，然后猛地将爱情包扔过篱笆墙，坠落在碎贝壳铺成的街上。

※※※

第二天，父亲宣布我们将立即起程前往贝尔蒙特。因为托马斯的婚礼即将到来，先前我们已经决定父亲今春独自一人前往内地种植园，现在突然要举家前往，大家一下子乱作一团。他认为没有人知晓这一切都与那个不合适的银匠儿子有关吗？

我匆忙写了封信，并留给汤弗利去邮寄。

3月17日

亲爱的威廉姆斯先生，

抱歉地通知你，我们全家将于上午离开查尔斯顿。我将于五月中旬才返回。如此匆忙离开使我无法亲自向你告别，我对此深表遗憾。希望我一旦重返文明，就有可能欢迎你再次来我东湾的家做客。相信你已找到你的手帕以及其中之物，好好保存吧。

深情地问候，

萨拉·格里姆克

与威廉姆斯先生分离七个星期是一种残忍的折磨。我埋头于创建种植园里的奴隶医务室，把它安排在纺织间的一个角落里。多年前那里曾经是医务室，但已经废弃了，纺织奴佩吉将她的粗羊毛放在医务室的旧床上。尼娜帮我刷洗干净那个角落，并用我讨要来的或是我自己在厨房里配制的药、药膏、草药建成一个小药房。不久就有病人来了，许多工头向父亲抱怨说太多人来看病，因此干扰了农田生产。我原以为父亲要我们关闭医务室，他却由着我去了，不过他还是告诉我奴隶会用各种方式令我辛苦不堪。

是母亲几乎断送了医务室的运作。就在她发现我为了照顾产后高烧的十五岁奴隶而在医务室里过夜后，她将医务室关闭了两天，最终她还是动了怜悯之心。"你的行为太放纵，"她说，然后几乎道出真相，又说，"我想，这不是因为你的同情心，而是你需要分散注意力，不去想威廉姆斯先生。"

我的下午时光是和玛丽一起做针线活、喝茶、画山水画，尼娜在我脚边玩耍，所有这一切都发生在闷热的小客厅里，客厅里灯光暗淡，窗户上拉着与父亲所在港口同样颜色的天鹅绒窗帘。我的一个喘息机会就是骑上海勒姆——一匹生气勃勃的黑色种马——独自出门。我十四岁时获得这匹马，从此它就不再属于奴隶、奴隶主或某个花花公子，而由我来一心一意地爱它。每当我能从客厅溜走时，海勒姆和我就飞奔到风景如画的旷野，我的内心也同样能感受到那种难以驾驭的野性。天空一片蔚蓝，风云翻滚，绿头鸭、肥肥的林鸳鸯随风出入云端。小巷从头到尾的篱笆墙上点缀着黄色茉莉花，香味袭人，令人窒息。我骑在马背上，那种醉意犹如斜倚在铜浴缸里。我会一直骑到光线模糊时分，回到家时黑暗已降临。

妈妈只允许我给威廉姆斯先生写一次信。再写，她就非说是太放纵。我没有收到回信。玛丽也没有收到她想要的任何消息。因此我并没有过分担心，但私下里我每天都想知道我回去时，威廉姆斯先生和他的微笑是否还会出现在那里。我把希望寄托在我那一绺红头发的魅力上。这与小麻烦把信念寄托在她挂在脖子上的荷包里的树皮和橡子上没什么区别，不过我不承认罢了。

我在贝尔蒙特软禁期间很少想到小麻烦，而在我们离开之前的一天，我曾护理过的那个十五岁奴隶产后发烧痊愈了，不过她的脖子上留下了疖子。看到她，我突然明白，将我和小麻烦分开的不是距离。我告诉自己，没有任何东西会将我们分开，无论是我对尼娜的用心，还是小麻烦的工作，还是年龄的自然增长，都无法将我们分开。分开我们的是其他某种日益扩大的鸿沟，这个鸿沟早在我离开之前就已经存在。

小　麻　烦

傍晚时分，格里姆克一家已经离开去了他们的种植园，几个留下来的奴隶在自己的宿舍里，妈妈派我去格里姆克主人的书房找找看我和她能卖多少钱。她站在外面注意着汤弗利。我跟她说，不要担心汤弗利，你要注意的是露西，那个“看到树下字的小姐”。

去年冬天来过一个男人，写下格里姆克主人拥有的一切，以及这些东西的价值。来人在系有一根细绳子的棕色皮革簿子上写下漆面缝纫桌、镶被框以及妈妈使用的每一件缝纫工具，当时妈妈就在场。她说：“如果我们在那本簿子里，那么就是说我们是有价格的。那个簿子肯定是放在书房里的。”

这看似说得过去的想法在我关上身后的门以后，就像个该死的愚蠢想法。格里姆克主人那里的书一模一样得让人难以置信，其中一半是棕色皮革的。我打开所有的抽屉，翻遍了书架，最终找到一本带细绳子的簿子。我坐在书桌前，打开了书。

在我擅自读书被逮着之后，萨拉小姐停止教我了，但她摆出诗歌书籍——她现在全部阅读诗歌——会说：“读一首诗花不了多长时间，只是要把门关上。如果有一个词你不认识，就指着它，我会轻声念给你听。”我已经用这种方式学会了许多字词，其中之一就是许多。我学到的有些词谈话中用不到，如嗨哟、来此地、唉、活泼可爱、朱庇特美酒，[1] 但我一样记住了它们。

皮革书里的单词不适用于诗歌。那个男人写的字看起来很潦草。我得把字逐个分开，然后读出每个字的音，就像我们秋天里破开蓝蟹，挑出蟹肉那样，直到弄得我们手指头出血。有时文字读起来很拗口。

> 查尔斯顿市，即……我们这些签字人……尽量做出最佳判断，……个人库存……货物及财产……
>
> 两张红木牌桌……20.50 美元。
>
> 华盛顿将军的画像和演讲稿……30 美元。
>
> 两条布鲁塞尔地毯和盖布……180 美元。
>
> 羽管键琴……29 美元。

我听见过道里传来脚步声。妈妈说如果我需要冲出来躲避的话，她会唱歌，但我什么也没听到。我继续一页页地往下翻看，翻了三十六页。这页是丝绸，那页是象牙。这页是黄金，那页是白银。但就是没有海蒂和夏洛蒂·格里姆克。

然后我翻到最后一页，那里写着我们所有的奴隶，紧接在饮水槽、独轮车、羊角锤，以及大量硬玉米之后。

> 汤弗利，51 岁，男管家，先生的仆人……600 美元。
>
> 阿婶，48 岁，厨师……450 美元。
>
> 夏洛蒂，36 岁，女裁缝……550 美元。

我读了两遍——夏洛蒂，我妈妈，她的年龄、所做的工作、卖

① 此处原文用的是较古雅的词语，日常对话中不常用。

多少钱——我有一种不明事理的女孩的自豪感，为妈妈值那么多钱，比阿婶还值钱而感到自豪。

宾娜，41岁，育婴室仆人……425美元。

辛迪，45岁，女主人女佣……400美元。

萨贝，29岁，车夫、家仆……600美元。

艾莉，50岁，家仆……550美元。

玛利亚，34岁，普通洗衣工、烫衣工、上浆工……400美元。

露西，20岁，女主人女佣……400美元。

海蒂，16岁，女主人女佣、女裁缝……500美元。

我一口气提到嗓子眼儿。*五百美元*！我的手指在数字上滑动，在干墨迹上滑动。我惊叹他们怎么会放走一个小学徒，怎么说得清什么叫女裁缝，我怎么会比他们拥有的每个女奴——除了妈妈——都值钱。*五百美元*。我的数字概念很好，我把我的钱数和妈妈的加在一起。我们是价值一千零五十美元的奴隶。我像一匹被蒙住双眼的马。我笑了，好像这下我们成了重要人物了。我继续往下读，想看看其他人值多少钱。

菲比，17岁，厨房仆人……400美元。

普林斯，26岁，庭院仆人……500美元。

古迪斯，21岁，脚夫、马厩清扫工、庭院仆人……500美元。

罗塞塔，73岁，无用……1美元。

我把书放回原处，然后走出去告诉妈妈我的发现：一千零五十美元。她一下子瘫坐在楼梯最下层的台阶上，紧紧抓住栏杆。她说："我怎么才能筹集到那么多钱啊？"

这要花上十年的工夫才能挣到这么多钱。“我不知道，”我跟她说，“有些事不可能做到——就这样。”

她站起来向地下室走去，背对着我说：“不要跟我说——做不到。那是该死的白人说的话，够了。”

我拖着身子上了楼，径直走向凹室。室外就是大树，这是我选择的地点，从这里我可以看到大海。大宅子里空荡荡的，楼上只有我一个人，我待在窗边，直到天边泛红，海水变黑。*跨过海，越过洋，鱼儿鱼儿带上我*。我又想起刚属于萨拉小姐时我经常唱的歌曲，但我并不希望海水把我带到远方。

我屏住呼吸说：*五百美元*。

货物及财产。我的脑海里浮现出皮革书里的文字。我们就像金叶镜和马鞍，而不是成熟的人。我不相信这一点，我一生中没有一天相信过，但如果你听白人说的时间长了，你对心中的悲伤与沮丧就开始产生疑惑，所有由我们的价值而产生的自豪感便离我而去。我第一次感到受了伤害，并为我是谁而感到羞耻。

过了一会儿，我走到地下室里。当妈妈看到我红肿的眼睛时，她说：“没有人可以在书本里写下你值多少钱。”

萨　　拉

五月，春暖花开的时节，我们一行人乘坐两辆马车，外加两辆四轮货车，共十七人浩浩荡荡返回查尔斯顿。雨后，城市被冲刷得干干净净，常春花、女贞树花、乌桕树花争相开放，香气袭人。九重葛纷纷翻越花园的门，明亮的天空中有几朵薄薄的白云，随风浮游。回到这里，我欣喜若狂。

当我们拖着疲惫的身体穿过后门来到空无一人的劳作庭院时，汤弗利急忙从厨房里歪歪倒倒地跑出来，边跑边招呼："小姐，您回来得早了。"他的领口塞了一张餐巾纸，一副紧张的样子，好像他吃东西慢慢腾腾的行为被我们抓了个正着似的。

"只要一天，"父亲一边下马车，一边说，"你就得让所有的人知道我们回来了。"

我从大家身边蹿出来，甚至把尼娜也甩在身后，冲向大宅里放名片的桌子，有了——还是用借来的纸写的。

5月3日

伯克·威廉姆斯邀请萨拉·格里姆克返回查尔斯顿后（作为女伴）一同去沙利文岛骑马郊游。

诚挚问候

我叹了一口气，简直如自然界的巨兽，而后上了楼。

我记得非常清楚，上到二楼平台时我站住了，好奇地注视着我房间的门。只有这扇门紧闭，其他门都敞开着。我满脑子疑惑地朝门走去，心里朦朦胧胧地有一种不祥之兆。我的手在门把上稍稍停了一下，竖起耳朵听，什么也没听到，于是我转动门把，门锁上了。

我又使劲旋转了一下门把，接着第三次，第四次。就在这时，我听到里面传来探问的声音。“是你吗，妈妈？”

小麻烦？想到她在我的房间里把门锁上，这太不可思议了，弄得我都无法立即回应她。

她大声喊着：“进来。”她的声音听起来很不高兴，很不情愿，气喘吁吁。里面传来泼水的声音，然后就听到钥匙插进锁里：咔，咔。

她站在门口，身上滴下的水弄湿了地板，没穿衣服，不过拦腰裹着一条白亚麻毛巾。双乳像两个紫色的小李子在胸前凸起。我忍不住盯着她潮湿的黑皮肤看，盯着她紧致的瘦小躯干看。她松开辫子，脑袋上的头发像一堆乱七八糟的小麻花，还闪亮着水珠。

她倒退了几步，张着大嘴。她的身后，那个美妙的铜浴缸正放在屋子中间，里面装满了水。水面升起的蒸汽使得屋内空气潮湿。她的大胆行为令我窒息。如果妈妈发现了，后果将立竿见影且相当可怕。

我迅速进屋并随手关上门，我甚至本能地要保护她。她没有任何掩盖的意图。我瞥见她眼睛里的抗拒。她昂起下巴，仿佛在说，*是的，是我，在你珍贵的浴缸中洗澡了。*

可怕的沉默。如果她认为我的缄默是由于愤怒，那她没错。我想去推搡她。她的大胆行为似乎远不止在浴缸里嬉戏，似乎还是一种叛逆行为，一种侵占行为。是什么允许她这么做的？她不仅侵犯了我房间的私密性，还侵犯了我们浴缸的隐私性，她辜负了我的信任。

我没意识到母亲的声音居然在我心中咆哮。

小麻烦开口了，我唯恐她要说什么，害怕她会说出憎恨和为自己辩护的话，然而奇怪的是，我同样害怕她表示羞愧并道歉。我阻止她道："求你了，什么也别说。至少为了我，什么也别说。"

在她擦干身子穿上衣服时，我背过身去。当我再次看她时，她的头上裹着头巾，是淡绿色的，与铜浴缸上掉了颜色的地方一样。她弯腰去拖地板上的积水，我看到头巾浸水后渐渐变黑。

她说："你要我现在就把水倒掉还是等会儿？"

"我们现在就倒掉吧。我们不能等到母亲转到这里发现此事。"

我使劲帮她把晃来晃去的浴缸推出隐门，来到靠近铁路的游廊，但愿家人都在宅子里，不会听到泼水的声音。小麻烦猛地拉开排水口，一条长长的银水柱从一侧喷泻而下。我嘴里似乎尝到了洗澡水强烈的矿物质味道。

"我知道你很生气，萨拉，但我没觉得待在浴缸里对我有任何害处，就像你待在里面一样。"

不是用萨拉小姐，而是萨拉。我再也听不到她把小姐二字放在我名字后面了。

她表现出一副宣战的样子，看到她这样，我的愤怒彻底瓦解了，而她违规洗澡完全变成另一码事。她沉浸在绝对禁止的特权里，但她在很大程度上相信自己值得拥有这些特权。她的所作所为不是反叛，而是一次洗礼。

我看到了之前没有见过的东西，即我很擅长以抽象的、远距离的、匿名的方式蔑视奴隶制，但在具体事件中，在面对我身边这个亲密无间的活生生的女孩时，我连因奴隶制感到恶心的能力都丧失了。对于这些具体的邪恶事件我已心安理得。在无法言表的事物的中心深藏着可怕的缄默，我已经找到了进入这个中心的途径。

就在小麻烦开始把浴缸从游廊往回推时，我吞吞吐吐地说：“……等等……我……帮……”

她转身看着我，我们俩都明白，我的舌头又想自杀了。

小　麻　烦

夫人派我和妈妈去集市为尼娜做衣裙挑选一些好棉花。她长高了，所有的衣服都嫌小了。夫人说，这次买点粉彩，再买些土布为汤弗利他们做些新马甲。

集市由一长排的摊位组成，从东湾一直延伸到集会大街。市场上的东西应有尽有。夫人说这个地方是个低俗的集市，那是她的原话。美洲秃鹰像老客户一样在肉摊周围徘徊。这不得不逼着要有一个人一直在那儿用芭蕉扇不停地驱赶它们。当然，它们会飞到屋顶，等着那人离开，然后就飞回来。那里的气味会让你晕倒：牛尾巴、牛心、生猪肉、活鸡、撬开的牡蛎、蓝蟹、很多鱼。香甜的花生饼在此就逊色了。我通常捏着鼻子四处转，直到妈妈弄到一些桉树叶在我嘴唇上擦擦。

奴隶卖家，就是所谓的小商贩，大声叫卖他们的商品，彼此都想压倒对方。男人们高唱“吉米”（就是我们所称的公蟹），女人回应道“素克”（就是母蟹）。“吉米……素克……吉米……素克……”你得用东西同时塞住鼻子和耳朵才行。

到了九月份，我还没见过妈妈说的那个男人的影子，就是那个有幸赢了钱赎回自由的黑人。他在自家房子后面开了间木匠铺，我知道她每次出门做雇工或是被派往集市不带上我时，都会去跟他调情。每周一两次，她回来时身上有股刨花味，背后的衣服上沾有锯木屑。

有一天，我们来到一个卖布匹的摊位，我又提到他只是妈妈编的故事。“那么好吧。”妈妈说。她随手抓起一块粉彩以及一些土褐色羊毛，我们就提着满篮子货物往集市外走去。下一个街区沿街右边是卖奴隶的集市，所以我们又过了一条街，朝国王大街走去。我摸了三次衣服口袋里的通行证，并查看妈妈确实把徽章别在她的衣服上了。走出大街，我冥冥中一直感受到有种不祥之兆：某种卑劣行为即将发生。在来临街上，我们看见一名卫兵，年纪和我不相上下。他拦下一位老人，老人紧张得把通行证弄掉地了，卫兵就用脚踩在上面取乐。

我们匆忙地走着，速度超过了马车行走的速度。妈妈一般不使用她的木手杖，除非在特殊场合。这些场合多半是在她需要夫人终止做某件事的时候，她会跟她说：“好像我祈祷腿伤痊愈的效果不怎么灵了。我需要好好休息，并祈祷几天。”这时手杖就派上用场了。

妈妈的那个自由黑男人住在牛市街二十号。这是一栋独立的白色框架房子，房子上的黑色油漆已经剥落，门廊周围的灌木长得乱七八糟。妈妈抖了抖在街上走路时沾到裙子上的石灰碎片，说：“如果我站在这里，他看到我马上就会出来。”

“所以我们就要站在这里，一直等到他朝窗外看吗？”

“你想要我走过去敲门吗？如果他妻子出来了，你想要我说：‘告诉你丈夫他的女友在这里吗？’”

“你怎么能和有妇之夫鬼混呢？”

“他们不是合法婚姻，她是他的自由妻。他还有两个这种人呢，都是黑白混血。”

正说到*黑白混血*时，那男人就从房子里走出来，站在门廊上朝我们看。一个酷似公牛的男人，我想说，*住在这条街上还真没错*。

他敦厚而结实，宽胸，大额头。

他走过来时，妈妈对他说："这是我女儿，小麻烦。"

他点了点头。我可以看出他不苟言笑，而且很傲气。他说："我叫丹麦·维塞。"

妈妈鬼头鬼脑地走到他身边，其实是为了我说："丹麦是法国的邻国，也是个很好的国家。"她对他笑的样子我都不忍心看。

他悄悄地把手伸向她的胳膊，而我悠闲地沿街走了。如果他们想要继续那样，随便吧，我可没必要站在那里看着。

第二年，我们到底造访过多少次牛市街二十号我都记不清了。这对情侣经常去他的作坊，而我总是坐在外面等。他们完事后，他会出来说说话。他可能说呢，天哪，那男人太能说了。丹麦从未到过丹麦这个国家，只到过丹麦群岛。听他谈起丹麦，说的不过是些其他地方。他曾与他的主人，驾驶奴隶船的维塞船长周游世界。他会讲法语、丹麦语、克里奥尔语、格勒语以及标准英语。上述每一种语言我都听他说过。他来自巴巴多斯，喜欢说查尔斯顿不信任来自那里的奴隶，因为他们会割断你的喉咙。他说查尔斯顿想要来自非洲的咸水黑人，他们知道如何种植水稻。

他跟我说的最令人担忧的事情是关于这条街上他的邻居——一个名为罗伯特·史密斯先生的自由黑人——拥有三个奴隶的事情。要是你遇到那样的事情会怎么做？在我认可事实之前，维塞先生只好带我去那家见那几个奴隶。我不知道这位史密斯先生是故意行为举止像白人，还是说人都有邪恶的一面。

丹麦·维塞来来回回地读《圣经》。给他五分钟，他就会跟你讲摩西率领奴隶出埃及的故事。他的故事里有劈风斩浪，青蛙从天而降，头生男婴被刺死在床上，等等。他多次口述《约书亚记》里的故事，每次都从头到尾讲给我听。*他们彻底毁灭了城里的一切，男人和女人，老人和孩子。*这个男人睿智而鲁莽。他的故事吓得我魂飞魄散。

我们两个第一天见面就发生了冲突。就像我说的，我独自沿街闲逛去了，让他们知道我没必要看到他们的欲望冲动。街上人来人往，从自由黑人到市长和州长，大家都生活在这条街上。当一位白人女子朝我的道儿走来时，我按照通常做法——闪到一边让她先过去。这是法律，你在大街上应该让路，但丹麦·维塞冲到我站的地方，气得鼻孔里直冒火，妈妈在他身后惊恐万状。他猛地抓住我的胳膊，吼道："你就是想要成为那种人吗？那种靠边站的人吗？那种跪倒在大街上的人吗？"

我想说，*你放手，你对我一无所知，我在铜浴缸里洗澡，你却站在这里臭气熏天*。我周围的空气变得凝重，我喉咙紧绷。我极力想说："放我走。"

妈妈在他身后说话了，语气甜蜜得令我难受："把您的手从她身上拿开吧。"

他松开了手。"不要让我再看到你这样。"然后他笑了。妈妈也笑了。

回家的路上，我和妈妈一言不发。

格里姆克大宅里的书房门开着。屋内空无一人，所以我走了进去，转动着地球仪。地球仪发出刺耳的尖叫声，像钉子钉在石板上发出的声音。宾娜说那声音是魔鬼的挠趾甲的声音。我环顾地球仪上的所有国家。丹麦不是法国的邻居，它在普鲁士的上面，但看着地球仪，我知道为什么妈妈选择他了。他去过很多地方，他让她感到自己也去过那些地方。

萨　拉

尼娜突发奇想，说揉捏我的舌头可以治愈我讲话的毛病，通常揉面团就是这样的。尼娜这孩子不想出点新花样誓不罢休。她整个夏天到进入秋天这段时间都在听我说受折磨的话，于是就认为是我嘴里生疮才会造成我说话含混不清，而且口疮会像发酵一样越发越多。她不过是个六岁半的人啊。

一旦尼娜受到问题的诱惑，她绝不会放弃，直到想出解决办法，并立即采取行动。她的这些解决办法可能有点离奇，但极富想象力。我不希望抑制她这种令人着迷的癖性，于是我伸出舌头，允许她用我认为干净的干毛巾抓住它。

这个实验是在二楼游廊上做的——我坐在吊椅上，伸长脖子，张开嘴巴，鼓着眼睛——自己仿佛是一只贪吃的幼鸟在等待蠕虫。不过对任何旁观者而言，我敢肯定，蠕虫好像是被捉出来，而不是放进去了。

秋天的太阳正爬上港口，像蛋黄泼洒到云层上。从我泪盈盈的眼角，我可以看到太阳的光芒朝着沙利文岛斜射过去。威廉姆斯先生约我骑马沿岛屿的海岸线慢跑，他的邀请却成了我的一件烦心事。由于害怕刚刚出现的口吃现象会致使他放弃向我求爱，我几乎不开口说话。然而，他不断地来拜访——自从去年六月回到贝尔蒙特已经有五次了。我期望每一次都是最后一次。我和尼娜对问题的感觉相互影响得很厉害，我相信，我的恐惧已经成为她的恐惧了。她似乎异常坚定地要治好我的口吃。

她抓住我的舌头又按又拉。反过来，我的舌头像章鱼的触角一样舞动着。

她叹了口气。“你的舌头真执拗。”

执拗！小天才是在哪儿得到这个词汇的？我像曾经教小麻烦那样教她阅读，但我肯定我从未教过*执拗*这个词。

“你屏住呼吸，”她又说道，“吐气。尽量放松。”

她真爱发号施令。她显然已经比我更具威信与自信。“……我试试。”我说，尽管也许真做到了，那其实是一种偶然，而不是我的努力。我闭上眼睛呼吸。在我的脑海里，我看到港口波光粼粼的海水，然后是小麻烦的洗澡水如同飘落的丝带越过游廊流淌下去，我感到舌头的结打开了，并在尼娜的手指下渐渐地平静下来。

我不知道她坚持了多长时间，因为我完全陶醉在水流里。最后她说：“跟我说：*邪恶的威利摆起来*。”

“*邪恶的威利摆起来*。”我说，没有一丝的结巴。

游廊上这个奇怪的小插曲给我带来的不是一个疗法，而是我所找到的最接近疗法的东西。它与尼娜奇思妙想的揉捏舌头无关，而是多少与呼吸、安宁，以及水的想象力有点关系。

所以从现在开始——每当我出现结巴时，我就闭上眼睛呼吸，想象着小麻烦的洗澡水。我会看到水往外倒啊，倒啊。当我睁开眼睛，我经常就能轻松地说话了，有时能说上好几个小时。

※ ※ ※

十一月，我的十九岁生日无声无息地到来，又无声无息地走了。只是母亲早餐时提到，我已经到适婚年龄了。家里有一周的时间试穿准备过冬的衣服，其实这是我与小麻烦接触的唯一机会。她白天在地下室里夏洛蒂的房间缝制衣服，天气暖和时在橡树下做活。几个月前她违禁洗澡的事仍然重重地悬在我们俩之间，尽管小麻烦看上去丝毫没有被我发现的羞愧，恰恰相反，她还很理直气壮。在试衣周期间，小麻烦一边给我试衣，一边唱歌。我站在试衣箱上，慢慢转动身体，很想知道她唱歌是否是想回避谈话。不管她出于何种动机，我释怀了。

后来在一月的一天，我发现父亲和哥哥在书房里缩成一团，房门则是敞开着。冬季第一次零下温度的天气在那天晚上降临，把整个城市冻住了，汤弗利已经点燃壁炉。从我站的楼道里，我能看见父亲在火上搓着手，托马斯、约翰、弗雷德里克做着手势，像灯光下的飞蛾在父亲肩膀周围飞来飞去。刚从耶鲁大学回来的弗雷德里克跟着托马斯来到酒吧，用拳头砸着手掌："他们好大胆啊，他们好大胆啊！"

"我们要组织一场辩护，"托马斯说，"父亲，你千万别担心，我们不会被打败的，我答应你。"

*有人冤枉了父亲吗？*我大胆地靠近门，但我几乎听不明白他们在讨论什么。他们提到愤怒，但没说为什么愤怒。他们发誓要辩护，但是为什么而辩？透过门缝，我看见他们挪到桌子前，围坐在一份文件周围。大家指着各个文件，用手指指戳戳，低声争论，语调抑扬顿挫。看到他们这样，我的昔日愿望被唤醒了，我也想在这个世上有发挥作用的一席之地。自从我扔掉银饰扣以来，已经多少年过去了？

我从门口走开，突然气得满脸通红。我为父亲感到难过，他在某种程度上是被冤枉的，而在这里，他们都准备排除万难去纠正冤案，而他们的妻子、母亲、姐妹们却没有任何权利，甚至对她们自己的孩子也没有权利。我们不能投票，不能出庭作证，不能立遗嘱——我们当然不能，我们死后没有任何东西留下来！为什么格里姆克家的男人不能团结起来为我们辩护？

※※※

我的气渐渐消了，但之后有一个星期我仍然被蒙在鼓里。在那些漫长的日子里，母亲因头疼待在自己的房间里，甚至托马斯也拒绝回答我的疑问，他说是父亲不让说，不是他不愿透露。碰巧，我在城西北一家种植园举行的客厅音乐会上听说了这个消息。

我和玛丽赶到种植园时已是下午黄昏时分，我们乘坐的马车碰上一群闲逛的孔雀，它们在四周闲逛只是为了装点环境。在渐渐昏暗的光线下，这些孔雀营造了一种美丽的蓝光，在我的眼里却是一幅悲伤的场景。它们一冲一冲地走着，漫无目的。

我们到达客厅门口时，音乐会已在进行。伯克从座位上起身和我打招呼，异常热情。他穿着樱桃红长马甲配丝绸套装，看起来精神抖擞。“我还担心你不会来呢。”他低声说，并让我很快入座在他旁边的椅子上。当我脱下小麻烦精心缝制的翠绿色外套时，他把一封信放在我的腿上。我对他扬了扬眉毛，意思是问我是否应该拆开阅读，就在这时帕罗迪小姐和羽管键琴想要赢得室内关注。“以后再看吧。”他喃喃地说。

以这种方式传递信息实属非常规，我心里一直犯着嘀咕：这里面到底写的啥呀？当德雷顿夫人——托马斯的丈母娘——演奏完最后一支竖琴曲时，大家移至餐厅，那里的桌子上摆满了俄式奶油布丁以及精挑细选的法国葡萄酒、白兰地和马德拉白葡萄酒，食物多得我尝不完。伯克拿起一杯白兰地一饮而尽，然后巧妙地引导我向前门走去。“我们要去哪？”我问，不确定这样做是否恰当。

“我们散步去吧。”

我们俩站在帕拉狄昂扇形窗下的门廊里，凝视着天空。天呈紫色，看起来几乎是水汪汪的，月亮爬上了树梢。然而我一心想着那封信。我从手袋里拿出信，撕开了封条。

我最亲爱的宝贝，

我乞求成为你最亲密、最忠实的未婚夫。我的心属于你。

等待你的答复，

伯克

我读了一遍，接着又一遍，有点儿晕头转向，好像他之前悄悄塞给我的信被换成了这封与我不相干的信。看我一脸困惑的样子，他似乎很开心，说："你父母会希望你与他们商量后再给出你的答案。"

"我接受你的求婚。"我微笑着对他说，完全沉浸在喜悦与轻松的奇妙感觉中。我要结婚！我不会像爱米丽亚·简阿姨那样。

他说得对，没有母亲发话我就答应求婚，她会吓坏的，但我并不怀疑父母的反应。在咽下他们的不满以后，他们就会紧紧抓住伯克·威廉姆斯求婚这个灵丹妙药，好像它是治愈一场可怕疾病的良方。

我们沿马车道散步，我一路挽着他走，心扑通扑通地跳个不停。忽然，他领着我离开小路，朝小茶树林走去。我们消失在大片开着花的灌木丛中，没有任何开场白，他突然猛烈地吻我。我拼命退让："……嗨……嗨，你吓着我了。"

"亲爱的，我们现在订婚了，这种自由是允许的。"

他把我拉向他，再一次吻了我。他的手沿着我的领口移动，抚摸着我的皮肤。我没完全服从，但是在那个小茶树林里的小过失中，我给了伯克·威廉姆斯大量的自由。当我最终鼓足勇气从他的怀抱挣脱时，他说他希望我不要利用他的激情反对他。我没有。我整了整衣服，把几绺掉出来的头发塞回朝上扎的头巾里。现在这种自由是允许的了。

在我们走回大宅时，我的眼睛一直盯着道儿，路上遍地孔雀粪，鹅卵石在月光下闪闪发亮。这场婚姻将是一辈子的事儿，不是吗？当然。伯克一直在谈长期婚约的必要性。一年，他说。

当我们走近门廊时，我们听到一匹马的嘶鸣声，接着一个人从前门走出来，点燃了烟斗。是德雷顿先生，托马斯的老丈人。

“萨拉？”他问道，“是你吗？”他的眼睛转向伯克，又转向我。我的一绺头发内疚地飘落在我的肩膀上。“你去哪儿了？”我听出了责备，听出了惊恐，“你没事吧？”

“……我……我们订婚了。”我父母尚不知情，我已经把这个消息预先透露给德雷顿先生，一个我几乎不了解的人，希望借此打消他头脑里想象的我们在外面干的事。

“我们晚上碰巧在外面遇上的。”伯克说，想尽量使当时的气氛恢复正常。

德雷顿先生不是傻瓜。他注视着我，单纯的萨拉，“碰巧遇上”一位惊艳的美男子并相伴而归，满面红光，而且衣冠稍有不整。“那么好吧，祝贺你们。你父亲最近遇到了麻烦，你的幸福对你家人必定是个不错的缓解。”

“这么说，父亲的麻烦众所周知了？”

“格里姆克法官遭遇不幸了吗？”伯克问。

“萨拉没告诉你吗？”

“……我想，我太难过了，不想提起那件事，”我说，“……不过，请先生代我告诉他吧，就算为我做事了。”

德雷顿先生从烟斗里深深地吸了一口，然后把呛人的烟吹进夜空。“我很遗憾地说，法官的敌人设法把他拉下马，已经启动弹劾指控程序了。”

我大呼一口气。我无法想象，对我们的父亲而言，还有什么比这更屈辱的。

“有什么原因吗？”伯克义愤填膺地问。

“他们说他越来越有偏见，判案过于正直，”他犹豫片刻，“他们指控他不称职。嗨，都是因为政治。”他轻蔑地挥了挥手，我注意到他的烟斗在微风中燃起了火焰。

※※※

我希望家人为我的订婚而欢天喜地，也害怕因没有得到允许就接受求婚而得到报应，但这些都被父亲的案子淹没了。母亲对我的宣布反应很简单：“做得好，萨拉。”她仿佛是在检验我的刺绣品。父亲没有任何反应。

整个冬天，父亲日夜都与托马斯、弗雷德里克，以及丹尼尔·修戈先生待在书房里。修戈先生是父亲的一位律师朋友，是著名的法律辩手。经过多年未经许可听人说话的锻炼，我的听力近乎神奇，我坐在楼道的牌桌前假装看书，同时掠取别人谈话的只言片语。

约翰，你没收钱，没得好处。你绝不会被指控犯重罪。

难道指责我无能还不够糟糕吗？他们指责我有偏见！满大街和所有的报纸都这么说。不管怎么说，我完蛋了。

父亲，你在立法院有朋友啊！

别傻了，托马斯，我有的都是敌人，都是些来自内地为自己谋位子的诡计多端的混蛋。

他们不可能得到三分之二的多数票。

杀死他们，丹尼尔，你听见我的话了吗？把他们喂狗去。

那年春天在哥伦比亚众议院庭审时，修戈先生猛烈抨击了父亲的敌人，为父亲报了仇。他奋力揭露他们的政治阴谋，结果父亲在一天之内就被宣判无罪，但是表决结果势均力敌，是一种不祥之兆。他回到查尔斯顿，虽已平反昭雪，但被玷污了。

父亲在五十九岁时突然间变得很衰老。他脸色憔悴，衣衫松垮，好像在衣服里枯萎了，右手出现颤抖现象。

几个月过去了，伯克每周都来拜访，与我在客厅里谈情说爱，我们身边可以没有女伴在场。约会时，他仍然像我们在小茶树林那会儿热烈而过分。我顺从他，尽我所能划清界限。我把我们没被发现视为上帝的奇迹，虽然我确信他们看不见并非归功于上帝，而是因为家人的注意力分散了。父亲仍然步履蹒跚，龙钟潦倒。他把手塞进口袋避免被人看见它颤抖。他变成了一位隐士，而我，则变成了耶洗别。

小　麻　烦

妈妈睡不着。她起身，像往常一样在地下室里瞎忙活。她不知道安静得像一只老鼠这句话的意义。

我躺在稻草床上，我们一直睡在上面，心里寻思着这次她脑子里又在琢磨什么。我早就不再睡在萨拉门外的地板上了，这是我自己的决定，没人说三道四，甚至夫人也没说一个字。那些年，她的恶劣行为时隐时现。

妈妈把椅子拖到气窗下，这样她可以伸出头去看高墙外的一片蓝天。我看着她坐在那里，认认真真地端详着天空。

她经常在夜里醒来，点亮灯，缝她的故事被。她已经在那床被子的方块布上花了两年多的时间了。“如果屋里有火，而我又不在这里的话，你就只有这个了，”她说，“你要保存这些方块布，因为它们就像一块块长在我骨头上的肉。”

我总是纠缠她，想要看到她把方块布缝好，但她不理我。妈妈喜欢给人惊喜。她想要学人家给大理石雕像揭幕那样展现她的被子，像芳族人那样将自己的历史缝进被子，有意要一次性拿出来，而不是零零星星地透露。

前一天，她跟我说：“你等着，我就要摇下镶被框，开始组合被子了。”

她把方块布锁在从地下储藏室拖来的一只大木箱里。大木箱有一股霉臭味。我们在木箱里发现腐烂的死蛾卵和一把小钥匙。她用亚麻籽油将大木箱擦干净，然后把用平纹布包着的方块布锁在箱子里。我猜她也把赎回我们自由的钱锁在那里面了，因为就在箱子锁上后，麻袋里的钞票也不翼而飞了。

我上一次数了数，她已经攒了四百美元。

我躺在床上，脑海里盘算着——我们还需要六百五十美元来赎回我们两个人。

我打破沉寂。“你这样怎么行啊——坐在黑暗中凝视着墙上的洞？”

“还有事要做，睡你的觉吧。”

睡觉吧——那样无济于事。

“你把钥匙放到身上什么地方了？”

“你就惦记着那个啊？躺在那里寻思着怎么窥视我的被子？钥匙藏在无人知晓的地方。”

随它去吧，我的思绪游离到萨拉身上。

我不在乎威廉姆斯先生。他唯一对我说过的话就是：“赶快走开。”我当时在客厅里生火，这样那个男人就能暖和起来，那就是他不得不说的话，*赶快走开*。

我无法想象萨拉嫁给他，就像我无法想象自己嫁给古迪斯。他还尾随我，想告诉我这个那个。妈妈说，告诉他，跳湖去吧。

昨天萨拉还问：“我结婚时，你会来和我一起生活吗？”

“离开妈妈？”

她马上又说：“哦，你不必……我只是想……好吧，我会想你的。”

尽管事后我们没有再谈此事，我还是不愿意想我们分别的事。“我想，我也会想你的。”我对她说。

房间那头，妈妈发话了："你算算我多大了？"她从来不确定自己多大岁数，也没有记录。她接着说："我好像是在你这个年纪有了你，你现在十九岁。那么我多大呢？"

我在头脑里算了算。"你三十八。"

"还不算太老。"她说。

我们像这样待了一会儿，妈妈盯着窗外，琢磨着她的年龄，而我则躺在床上，睁着大眼睛，忽然，她大叫起来："你看，小麻烦！看这里！"她又蹦又跳。"又有一个！"

我猛地从床上坐起。

"星星，"她说，"它们在往下落，就像为你姥姥降临的那样。快来看。"

我们急忙穿上鞋子和短外套，抓起一床旧棉被便出了门，妈妈一路的泪水洒遍劳作庭院。我跟在她后面，离她两步远。

我们把被子铺在灵魂树后面的露天土地上，躺在上面。当我抬起头时，夜空开启，星星倾盆而下。

每当有星星划过天空，妈妈都会发出低沉的笑声。

当星星停止降落时，天空静悄悄的，我看到她用手摸着她稍稍隆起的肚子。

我知道那是她还没老到不能做的事。

萨　拉

“萨拉，请你坐下。”

托马斯就是这样开始的。他指了指窗户旁边的两把椅子，从那里可以俯视游廊，不过就我一人坐在那里。午后十二点半，我的哥哥，查尔斯顿的大律师，停下手头的律师事务来我房间找我说些私房话。他脸色苍白得令我恐惧。

我自然而然就想到父亲。最近大家几乎看不到他，都在担心这位瘦骨伶仃、走起路来摇摇晃晃、双手颤抖的人。尽管如此，最近他身体还是好了点，完全可以重回岗位了。

就在一周前，我碰见父亲在楼道里拄着手杖艰难行走。那情形使我想到我们在拉撒路《教理问答》里读到的一所主日学校的老者形象，他从坟墓里蹒跚而来，裹尸布一直覆盖到脚踝。父亲的左手在颤抖，仿佛在向过路人招手，在他看到我之前，他死死地抓住那只手，试图征服它。看到我以后，他说：“哦，萨拉，上帝对老年人真无情。”考虑到他很虚弱，我陪他一起慢慢地走到后门。

“告诉我，你何时出嫁？”这个问题其实任何人都可以问我，可问我的是父亲，我一下愣住了。自去年二月起，我就答应了伯克，并非现在父亲提到我才考虑的。我没有因父亲缺席订婚晚会而责备他，是托马斯和莎莉慷慨操办的——那时父亲正好卧病在床——不过事情已经悄无声息地过去好几个月了。

“我不知道，”我答道，“伯克正在等待他父亲把生意交给他。他想要等到有适当的地位。”

“是吗？”他用讥讽的语气说，而我不想回答。

现在我已很难想起父亲让我埋头读他的书，以及听我夸夸其谈的那些时光了。我们之间维系着一根无形的绳索，而我一直在想这根绳索何时断了。是他不准我读书的那天吗？是从托马斯的告别晚会上他甩出那些伤人的话开始的吗？*你在羞辱你自己。你在羞辱我们所有人。你怎么知道你可以学习法律的？*

“我提醒你，萨拉，我们国家没有离婚法，”他说，“一旦你结了婚，这个合同就不能撤销了。你清楚这点吗？”

“是的，父亲，我知道。”

他看似勉强地点了点头。

那是托马斯说出他的消息之前，我记忆犹新的最后时刻。那是父亲的最后时刻，是我最后一次遇到他，是在他脆弱的时刻。

“你一直是我最喜欢的妹妹，”托马斯说，“这你是知道的。说实话，你一直是所有兄弟姐妹中我最喜欢的。”

他突然停下，不说话，注视着窗外，越过游廊盯着花园看。我注意到，一滴汗滑向他的太阳穴，停留在眼角的网状皱纹上。一种奇怪的淡定感觉在我身上呈现。无论什么事，都已经发生了。

“……求你了，我不像你想象的那么脆弱，直说吧。”

“你说得对。那我就长话短说。恐怕伯克·威廉姆斯没有对你说实话。我碰巧注意到他还有其他女性熟人。”

我没想到他话中有话，就说：“当然，那也不是罪过啊。”

“萨拉，这些熟人——她们也是他的未婚妻。”

我突然明白他说的是真的。所以，现在很多事情都明了了：推迟决定结婚日期，无休止的探亲或生意旅行。我始终好奇，这么完美而有魅力的人怎么会看上我？

我两眼泪汪汪。托马斯掏出手帕，等着我轻轻地擦干。

“你是怎么知道的？”我问道，很淡定，毫无疑问是受到震惊后退缩的反应。

“莎莉在波弗特的表妹弗兰妮写信说她出席了一个晚会，在那里看到伯克公开追求一位年轻女子。当然，她没有问他，但她确实谨慎地问过那位年轻女子，她告诉她伯克向她求婚了。”

我低着头，想弄明白他说的话。“但是为什么？他为什么会这样呢？我不明白。”

托马斯坐下，拉过我的手。“他是那种专门猎取年轻女子的家伙。我们现在听说，有一种速成男，他们获得未婚妻是为了——”他停顿了一下，“引诱女人私通。他们使女人确信与她们结婚的承诺，这种妥协是可以接受的。”他几乎不能看着我说话。“我相信他没有欺负——”

“是的，”我说，“他没有。”

托马斯长呼一口气，夸张得令我很不自在。

“……你是说未婚妻们。除了波弗特的熟人，还有其他人吗？”

“是的，我认为她住在萨凡纳。”

“你是怎么知道这个人的？不会是另一个表妹吧。”

他朝我淡淡一笑。“不，这个人我是听伯克自己说到的。昨晚我质问他了，他承认确有这两个年轻女子。”

“你质问他了吗？而你为什么不让我——”

“我不想让你痛苦，不想让你丢脸。我们的父母一致认为，你应该与他分手。你没有理由再见他了。我已经以你的名义解除了婚约。”

*你怎么能这样？*他篡夺了我个人应有的报复机会。那一刻，更使我愤怒的是托马斯的幼稚保护，而不是伯克的残酷。我跳起来，

背对他站着，几乎满口乱七八糟的尖刻话。

“我知道你的感受，”他在我身后说，“但这种方式更好。”

他对我的感受一无所知。我真想冲他大吼，他凭什么出言如此傲慢？可就在我急得团团转时，我看见他两眼充满泪水，我便硬压着自己并礼貌地说：“我想独自待一会儿，好吗？”

他站着。“还有一件事。你需要避开公众一小段时间。母亲认为三个星期足以平息坊间的议论。然后你可以重返社交圈。”

他把我扔在窗口走了，我又气又辱，除了怨自己，无处发泄。我怎么会落入这样一个色魔的手里？我就这么糊涂，这么贱，这么愚昧地认为他爱我吗？我从窗户玻璃的反光里可以看到自己，通红而圆圆的脸，父亲的长鼻子，暗淡的眼睛，说不清什么颜色的头发。我还曾为他剪了一绺头发，他一定对着它嘲笑呢。

我走到书桌前，找到那封求婚信。我没有再读它，而是尽量把它撕得越碎越好。碎片掉落到桌面和地毯上，以及我裙子的皱褶上。

到了一年一度的乌鸦迁移时节，成群的乌鸦盘旋在天空，发出雷鸣般的响声，铺天盖地，像一片面纱。我聆听它们在空中叽叽喳喳地欢叫。我来到窗口，看着鸟儿满天飞，然后消失了。当天空恢复平静以后，我注视着它们来过的地方。

小 麻 烦

萨拉起来后待在房间里，心情糟糕透了。宾娜说她走路时，你都能听到她的心怦怦跳。她哥哥托马斯在全家人知道这一切之前就离开了，甚至连帽子都忘了戴上。威廉姆斯先生有两个未婚妻。眼下谁必须赶快与他解除婚约呢？

有一天喝茶的时候，夫人对汤弗利说："萨拉在接下来的三个星期里将不会客，对所有拜访者解释说她身体不适。身体不适，汤弗利。我希望你用这个词。"

"是的，夫人。"

夫人看到我在周围转悠。"别磨磨蹭蹭的，海蒂，拿一盘东西到萨拉房间去。"

我装好了，但我知道她一口也不会碰。我沏了一杯她喜欢的牛膝草茶，想到我们小时候在屋顶上一边喝着这种茶，她一边跟我说银饰扣的故事，以及她的宏伟计划。自从她把那个饰扣随手扔掉以后，我几乎每天都戴着那个装有饰扣的荷包。

我溜进热气腾腾的厨房，荷包一下子滑落了，饰扣蹦了出来。它脏兮兮的，看上去像一粒大葡萄干。我仔细看了看，然后拿出鞋油，把它擦得锃锃亮。

萨拉坐在书桌旁，在笔记本上写着。她眼睛都哭肿了，真不知道她怎么还能看得见写字。我将托盘放在她的面前，说："看看茶盘上有什么。"

这些年来，她压根儿就没见过饰扣了，但她马上就知道那是什么。"你怎么……小麻烦，你为什么要保留它？"

她没碰它，只盯着它看。

我说："好吧，就放那儿了。"说完，我向门口走去。

萨　拉

第二天早上，妈妈不顾我反对，把尼娜送到住在离苦力房一个街区左右的史密斯家，和那家的一个小姑娘度过了一天。上次尼娜去那里，在游廊那边玩抛石子游戏时，听到随风飘来一阵尖叫声，吓得她跳起来了。当时，我妹妹对查尔斯顿的刑讯室一无所知——我尽量不让她知道这些事——但是史密斯家的男孩子们却没有这种顾虑。他们告诉她，她听到的大叫声是奴隶在鞭刑室挨鞭子时发出的，还给她描述令人毛骨悚然的细节。显然，那里有一个带滑轮的吊杆，奴隶的双手被捆在头顶上吊在上面，而他们的脚被拴在一块大木板上。男孩子们还告诉她其他可怕的细节，她跟我讲的时候，边讲边哭泣，包括撕耳朵、拔牙齿、刺颈脖，以及用某种类似鸟笼的奇怪装置锁在奴隶的头上。

我曾向尼娜保证她不会再去了。而现在，父亲的职业生涯日暮途穷，母亲不惜利用一个七岁的孩子去巴结政治上强势的史密斯家。

尼娜刚刚离开，天就下起了雨，急流在涨潮高峰时涌入，将街道变成了泥河。午后不久，风暴刚刚朝海上吹去，我就坐不住了。我戴上玛丽那顶带面纱的旧的黑色骑马帽，溜出后门，决心要不惜一切代价把妹妹找回来。

萨贝不在马厩里，只有古迪斯在，看来我只能更信任他了。“我只是个脚夫，不可以驾驶马车的。”他跟我说。没错，但我还是让他确信这个差事十分紧迫，就这样，我们驾着新双轮马车出发了。

那天，全城都在议论一个天文事件，据说是彗星风暴。甚至像父亲和托马斯这样明智的人也在谈论世界末日，但我知道，整个查尔斯顿人都在会客室里谈论我和伯克的丑闻，那种热情比谈论世界末日更高。双轮马车虽新，古迪斯却不熟悉道路。因为车被篷子罩住，我又戴着玛丽的帽子，我认为没人会认出我。运气好的话，妈妈永远不会知道我已不再过隐居生活了。

由于担心尼娜，我闭上眼睛，想象着把她搂进怀里的情景。突然出现一阵可怕的震颤，马车骤停在来临街上，右轮陷入泥坑。

古迪斯挥舞着马鞭哄着马，然后从马车上下来，使劲拉着缰绳和马轭。母马都是出了名的报复精灵，它犟着头往后退，马车越陷越深。我听见古迪斯在轻声咒骂。

他走到车后去推，马车仅朝前摇了一下，仅此而已。“待在那里别动，”他跟我说，“我去找人来帮帮我们。”

当他疲惫地走开时，我仔细观察了这条街。尽管雨后街上湿漉漉的，还是有女士出来散步，男人聚在一起，黑人小贩带着一盆盆大虾和成筐的法国椰子饼站在街上。我紧张地伸手去摸脸上的面纱，就在这时我瞥见了夏洛蒂，她正朝牛市街走去。

她走路的样子像在走钢丝，她沿着砖墙边长出的一条窄窄的草路走。只见她头上的红头巾一直裹到额头，手上挎着一只装满布料的篮子。她没注意到我，也没注意到在这条路上迎面而来的那位精心打扮的白人女子。她们俩其中一人将被迫转身折回到砖墙开始的地方，或者踏进泥泞的道路上给另一人让路。这种对峙在大街上很常见，所以就通过一项市政条例要求奴隶遵从。假如这个奴隶是指除夏洛蒂以外的任何人——假如是宾娜、阿婶、辛迪，甚至是小麻烦——我都不会这么担心，但那人偏偏是夏洛蒂。

两个女人在相距几英尺的地方驻足。白人女士撑着阳伞，故意用伞碰撞夏洛蒂的胳膊。靠一边去。滚。

我丝毫没有察觉出夏洛蒂的心理活动。她站在那里看上去很坚定。那女人又用伞撞她：嘘，嘘。

她们你一言我一语，我一点没明白，她们说话的声音越来越高，眼看着两人吵起来了。我发疯似的到处找古迪斯。

一个身着市政卫兵制服的男人在马路中间勒住了马。“靠边站，女黑鬼。”他大声呵斥道，接着从马上下来，把缰绳递给一个拉板车过来的小男奴。

在卫兵到场之前，夏洛蒂甩动了一下篮子，在篮子做弧线运动时里面的东西都撒了出来，我认出那些都是帽子，紧接着篮子撞到那女人的手臂，把她撞击到一边。街上的泥像布丁，黏糊糊的，呈淡棕色，像木薯粉。那女人落地时，一屁股坐下了，身体两侧还掀起一阵小波浪。

我从马车上跳下，朝她们跑过去，压根儿没想我要去干吗。卫兵紧紧抓住夏洛蒂的胳膊，另一个刚到的男人在协助他。他们把她拖到街上，她又是吐唾沫，又是狂抓。

我一路追赶他们到博斐。那两个男人在那里拦截了一辆四轮马车，并强行将她拉到车厢后面，一把将她推倒，让她趴在车里。卫兵则坐在她身上。车夫猛一拉缰绳，马儿顿时一惊，我只能站在那里，轻轻拍打沾到身上的泥水。

我揭开帽子上的面纱，声嘶力竭地叫着她的名字：“夏洛蒂！”

她发现了我，一声不吭，但是在马车离开时，她与我四目相对。

小 麻 烦

我们看着星星落下两天后，妈妈失踪了。

那天我们俩站在劳作庭院的后门附近。她扎着红头巾，穿着漂亮裙子，那是一件染成靛蓝色的裙子。她把围裙熨得很挺括，嘴唇上抹着油，还向宾娜借来宝贝贝壳手镯装扮她的手腕。她的皮肤在阳光下泛着金黄色的光泽，眼睛像河里的顽石，闪闪发光。那就是我如今在梦里见到的她，还是原先那个样子，整天乐呵呵的。

她身上别着奴隶徽章，总是匆匆忙忙的。她得到允许，出门去送刚刚制作好的帽子，但我知道在送完篮子里最后一顶帽子之前，她会帮那个叫维塞先生的男人忙的。

我说过："一定要保管好你的徽章。"

妈妈讨厌我纠缠不休。"在那儿呢，小麻烦。它没地方可去。"

"你的小荷包呢？"我看她的衣服不像往常那样鼓着。我不断地更换荷包里的树枝碎片，目的是要她带在身上。我带着它去面对所有的麻烦，而她需要尽可能地得到它的保护。她从怀里掏出小荷包，手指上残留着炭粉的污渍，那是她使用炭粉画帽样时留下的。

我还想跟她多说点。*你怎么穿着漂亮衣服在外面弄得尽是泥巴呢？你打算什么时候告诉我小宝宝的事？现在我们要为我们三个人买自由了吗？*但我又将这一切都搁到一边，想等以后再说。

就在我犹豫不决时，汤弗利打开后门锁让她出去了。她走到巷子口时转身看了看我，然后就走了。

※※※

那天妈妈离开后，我照旧干我的活儿：裁剪男奴工作衬衫的袖子和领子，忙着给夫人做防护油布。这些正方形布是钉在盥洗盆背后的，因为上帝不允许溅一滴水到墙上。每一块都要绣到柄上。

下午三四点钟左右，我出去上厕所。阳光依然高照，天空蔚蓝得像矢车菊。阿婶在厨房制作鸟巢布丁——将奶油浇在一整个苹果上，然后送进烤箱去烤，真是香气扑鼻。上完厕所回房途中，我还在回味空气中香甜的味道，突然一辆马车飞奔而来穿过大门，车上坐着萨拉和尼娜，两人看上去吓得魂飞魄散。看，是谁在驾车？居然是古迪斯。车轮一停转，她们俩就跳到地面，拔腿就跑，从我身边擦过也没留下一个字，径直冲向大宅。我给尼娜做的出门穿的灰色小披风像鸽子翅膀在她身后拍打着。

古迪斯遗憾地看了我好一阵子才把马拉进马厩。

夕阳开始将影子拉得长长的了。我坐在通往厨房的门廊台阶上，紧盯着大门，等着妈妈。院子那头，古迪斯在马厩门里一边警觉地注视着我，一边削着一块木头。他知道某些我不知道的事情。

阿婶和菲比完成厨房清理工作后吹灭了灯，此时空气中仍然弥漫着鸟巢布丁的香味。黑夜降临，天上没有月亮。

萨拉发现我弓腰坐在台阶上，她过来紧挨着我坐下。“……小麻烦，”她说，“……我想要告诉你。”

“是妈妈的事，是吗？”

“她跟一位白人女士发生纠纷……那位女士要她在街上给她让路，并用伞戳你母亲……你是知道你母亲的，她不会靠边站的。她……她敲打了那位女士，”萨拉在黑暗中叹着气，紧紧握住我的手，“后来市政卫兵来了，他们把她带走了。”

谈话间我一直在等她说妈妈已经死了，又希望她回到我身边。“她在哪儿？”

萨拉把视线从我身上移开。“……这是我一直试图去发现的……我们不知道她在哪里……他们把她带到警察署去了，但是当托马斯去交罚款时，他被告知夏洛蒂已经设法逃脱了……显然，她逃跑了……据说卫兵曾追过她，但她消失在小巷里了。他们现在还在搜寻她呢。”

我所能听到的只有呼吸声——萨拉、院子那头的古迪斯、马厩里的马、灌木丛中的生灵、羽绒床上的白人、薄片般小床上的奴隶，除了我，一切都在呼吸。

萨拉陪我走到地下室。她说：“你想来杯热茶吗？我可以在里面放点白兰地。”

我摇了摇头。我看得出，她想把我拉进怀里安慰我，但她克制住了。取而代之的是，她把手轻轻地放在我的胳臂上，说：“她会回来的。”

我整夜都在说那句话。

我不知道没有她的世界会是怎样的。

萨　拉

夏洛蒂的失踪产生了严重而可怕的仁慈之效，因为伯克背叛事件以后，连续几个星期悲惨事件频发，我已不止一次问自己，哪件事是悲剧，哪件事纯属不幸。

有人——母亲、父亲，或许是托马斯——在《查尔斯顿水星报》登了一则广告。

女奴失踪

黑白混血。门牙间有大缝隙。偶尔一瘸一拐。名为夏洛蒂。戴红头巾，穿深蓝色连衣裙。拥有裁缝技能与价值。属法官约翰·格里姆克拥有。送回者重赏。

求助无回应。

每天我都从我房间的后窗注视着小麻烦，她在劳作庭院里反复兜着圈子行走，有时整个上午都在走。她绝不改变路线，从大宅后面开始，朝厨房走去，经过洗衣房，穿插到橡树边，走过橡树时在那里摸摸树干，然后经马厩和马车房回到大宅。到达门廊台阶后，她又重新开始。这种因悲伤而进行的精确绕行仪式是没人干扰的，甚至连母亲也任其痛苦地在院子里行走。

失去伯克与我们的婚礼，我并没有多少哀伤，也没觉得心碎。这难道不奇怪吗？我的确大哭了一场，但大多是因感到羞耻而泣。

我没再结束隐居生活。相反，我利用隐居来避难。

我几乎每天都能收到用华丽辞藻表达的关切。可以想象，人人都在为我祈祷，但愿我的名声不会受损太大。我是否知道伯克已离开这座城市，无限期地与他在哥伦比亚的叔叔待在一起呢？他母亲罹患中风了，难道这不遗憾吗？我自己的母亲又如何能挺得住呢？我没去喝下午茶，但我不去是有人建议的。我不该感到绝望，因为肯定会有年轻人站出来，表示不反感我的不光彩事件。

我在日记里写下痛骂和指责，然后把它们撕下，和那些傲慢的笔记一道付之一炬。我心中的怒火渐渐平息了，只剩下一名生活历程被彻底毁了的年轻女子。与小麻烦不同的是，我对走什么样的道路压根儿没概念。

※※※

夏洛蒂失踪一个月以后，大部分橡树叶在寒风中凋零。小麻烦仍然每天上午执着地行走，但现在只是快速走一圈左右。上周母亲曾制止她那不懈的行走，叫她回房去干活儿。社交旺季所需的定制礼服等着要做——现在所有针线活都落到小麻烦身上。夏洛蒂走了，没人相信她会回来。

我曾设法将三个星期的隐居生活延长至四个星期，但今天，我的隐居生活结束了。妈妈命令我回去履行我的职责，即去勾引一个丈夫。她告诉我，穿越大西洋的划艇最终可能会被路过的船只救起，但前提是划艇勇敢地出发去海上航行——我的婚姻前景在她口中只是个倒霉的隐喻。姐姐玛丽来了，也给我类似的鼓励。“抬起下巴，萨拉。要表现得像什么也没发生过似的。开心点，自信点。如果一切顺利，你会找到丈夫的。”

如果一切顺利。我现在怎么觉得怪怪的。

到了晚上，我就不孤独了，我通过参加第二长老教会的宗教活动融入社会，去听著名布道者亨利·克拉克牧师的演讲。母亲脑子里是没有那些界限的。圣公会教堂可被视为社交场合，但信奉奋兴运动和高喊悔过的长老派则肯定不行——但她并不反对。至少我是在划行，不是吗？

坐在教堂长凳上，旁边是一位邀请我来的虔诚朋友。起初我几乎什么也没听进去。那些词语——原罪、道德退化，报应——在我意识里忽进忽出，但在那一个时辰的某个节点上，我全神贯注得堪称病态。

牧师的眼睛发现了我——我不知道为什么，并非是他说话时视线移动看到的。“你不是讨厌成为轻浮的人吗？你不为自己的愚蠢感到羞愧吗？你不是厌倦舞厅和那里的镀金玩具吗？你不会为了灵魂而放弃这种生活的虚荣和欢愉吧？”

我真想一吐为快，而且是以最直接、超自然的方式说出。他哪会知道我心里埋藏的东西呢？

“上帝在召唤你，”他吼道，“上帝，您心爱的人，求您回答。”

这些话令我陶醉。它们似乎击碎了某种伟大的诡计。我坐在长凳上微微颤抖，而此时的克拉克牧师正看着我，没有焦点，毫无兴趣，或许他一直以来都是这样，但这并不重要。他是上帝的代言人。他已将我交给险境，在那里，人唯一的选择要么是麻痹，要么是放弃。

由于这位牧师为我们的灵魂长时间认真地祷告，我升华了。我发誓不会重返社交圈。我不会结婚，永远不结婚。让他们说去吧，我要将自己交给上帝。

※ ※ ※

两个星期以后，在我二十岁生日那天，我踏进客厅，全家人都聚集在那里。大家送给我美好的祝愿。尼娜在我身边，紧紧抓住我的手。玛丽见我选了一件较简单的礼服，也没戴珠宝首饰，朝我苦笑，好像我穿的是修女服一样。我推测，母亲已经向我的姐妹们，或许还有父亲和哥哥们透露我已改变宗教信仰了。

阿婶烘制了我最喜欢的甜点，一个双层黑加仑、加糖的“上帝挑选”的蛋糕。这种蛋糕先在一块板上用酵母做成坯子，并让其发酵，如果真的被选中，这个蛋糕就会庄严完成。尼娜等不及地围着蛋糕蹦蹦跳跳，直到母亲示意阿婶切蛋糕。

父亲与哥哥们坐在一起，正在辩论某个问题。我慢慢走到他们旁边，原来托马斯提出了一个所谓殖民化的计划惹怒了他们。从我收集到的资料来看，这个术语跟十八世纪的英国占领几乎无关，一切都与奴隶有关。

“……这是什么概念？”我问。他们转向我，好像一只苍蝇透过百叶窗的缝窥视并妄加议论似的。

“是个先进的新想法，”托马斯答道，“不管你信不信，它将很快发展成一场全国运动。记住我的话。”

“但那是什么啊？”我说。

“它提出我们要解放奴隶，并把他们送回非洲。”

对如此激进的计划我丝毫没有思想准备。“……什么，那很荒谬！”

我的反应出乎他们的意料，甚至连才十三岁的亨利和十二岁的查尔斯都盯着我看。“耶稣保护我们，”约翰说，“萨拉反对！”

他认为我已远不只是叛逆了，而是变得像其他人一样——成为一名奴隶制的卫道士。我不能责怪他。上一次他们听我大声反对特殊制度还是什么时候？我近来思想一直漂浮不定，被浪漫迷惑，受到地球上女性所承受的最可怕的诅咒：想按别人的期望塑造自己。

约翰大笑。火在壁炉里熊熊燃烧，父亲容光焕发，流着汗。他擦了擦，加入了欢笑。

“是的，我是反对殖民化。”我开口了。我现在说话一点都不支吾了。我迫使自己继续说下去：“我反对这个计划，但不是你们认为的原因。我们应该解放奴隶，但他们应该留在这里，与我们平等相处。”

随后出现了一段无人说话的间奏。曾几何时，某些神职人员和虔诚的女性高谈阔论，说要以基督徒的同情心对待奴隶，时不时还有某个罕见的灵魂会提到彻底解放奴隶。但要平等，简直是荒唐可笑！

根据法律规定，奴隶只是五分之三个人。依我看，我所暗示的看来比宣布蔬菜等同于动物，动物等同于人类，女人等同于男人，男人等同于天使更重要。我在颠倒上帝造物的顺序。最奇怪的是，平等思想还是第一次进入我的头脑，这归功于上帝。我最近才喜欢上帝，他好像更善于造反，而不是遵纪守法。

“天哪，你这是从长老派那儿学来的吗？”父亲问，“他们说过奴隶应平等地与我们生活在一起吗？”这个问题具有讽刺意义，是问我的哥哥们的，也是为了当时的那一刻，然而我回答了他。

“不，父亲，是我说的。”

在我说话时，一连串画面涌入我的脑海，都与小麻烦有关。她身材瘦小，脖子上扎着一个薰衣草颜色的蝴蝶结，她把满屋子弄得尽是烟，她学习阅读，在屋顶上品茶。我看见她手里拿着鞭子，用偷来的细绳缠绕橡树，在铜浴缸里洗澡，缝制纯艺术的作品，因丧失亲人而绕着圈子走。我看到了真实的一切。

小　麻　烦

妈妈肯定离开了，此时此刻我坐在这里，无心做事，只能在院子里行走，想借此摆脱悲伤。可怜的是，你可以走路走到脚上起泡，一直走到天国，你也绝不可能战胜悲伤。到了十二月份，我该结束一切了。我沿途在柴堆旁驻足，那里曾是我们返回途中喂养小仓鸮的地方，我大声说："该死的你只拯救你自己，你怎么能丢下我？我不但爱你，还恨你，你是知道的，那样会杀了我。"

接下来，我转身回到地下室房间，拿起了针线活儿。

不要以为我的一针一线与她无关。她就在那风中，那雨中，那摇椅吱吱的声响中。她与鸟儿同坐在墙头上，注视着我。当夜幕降临时，她便消失在黑暗里。

一天，那是在大宅子里的人开始忙碌过圣诞节的前一天，我看着放在地板上的大木箱，藏在妈妈粗布套衫的后面。

我说："所以，你去哪儿了？你把钥匙藏哪儿了？"

我到了一直和她说话的地步。就像我说的那样，我从没听到她回应我，所以我并未发疯。我把房间翻了个底朝天，还是没找到钥匙。可能她是带着钥匙失踪的。我们在院子的棚子里有一把斧头，但我不喜欢劈柴。我说："如果我是你的话，我会把锁着最珍贵东西的钥匙藏在哪里呢？"

我在那里站了一会儿，然后抬起眼睛看了看天花板，又看了看镶被框，吊杆的滑轮上有新鲜的油迹。记得我上次取下镶被框时轮子没有吱吱响。肯定是。钥匙一定藏在某个木板槽里。

大木箱里有一个用细平纹布裹着的鼓鼓囊囊的包袱。我一层层地打开，闻到了妈妈的味道，那种咸咸的味道，我真想大哭一场。我用被子里的方布贴花捂住胸口，想起她说过的话，它们是她骨头上的肉。

里面一共有十块方布贴花，我把它们铺开在框架上。妈妈使用的颜色胜过上帝与彩虹：红色、紫色、橙色、粉红色、黄色、黑色和棕色。这些颜色对我听觉的冲击力超过对我视觉的冲击力。它们听起来就像她既在笑又在哭。这些是出自妈妈之手的最佳作品。

第一块方布贴花展现的是她妈妈的幼年生活，她牵着她爸爸妈妈的手，天上的星星落在他们周围——就在那天晚上我姥姥被卖掉了，从此也拉开了夜晚故事的序幕。

其余的布块杂乱无章，有的我能看懂，有的看不懂。其中有一块上面有一个女人在田里锄地——我猜她也许是我姥姥——戴着红头巾，还有一个婴儿，是我妈妈，她躺在生长的植物上。奴隶们在他们头顶上飞越，消失在太阳后面。

接下来是一个小女孩坐在一张三条腿的凳子上，正在把贴花往被子上缝，那是个红黑相间的三角形图案，地上还散落着一些三角形。我说："我猜这是你，但也可能是我。"

第四块上有一棵灵魂树，树干用红线缠绕，树枝上停满了秃鹰。妈妈在上面缝制了一个女人和一个男婴，他们坐在地上——你能从他的私密处看出那是个小男孩。我想那是我姥姥和她那个夭折的儿子，两者都死在血泊里。看了那块布以后，我不得不走出去，在寒冷的空气中待上一会儿。你来自妈妈的身体，与她同床共眠近二十年，你居然不知道她内心深处在想什么。

我回到屋里，仔细研究下一块方布贴花——这一块上有一个男人在田里干活儿，他戴着一顶棕色帽子，天上的云里尽是些黄色的大眼睛，红色的倾盆大雨从天而降。*那个男人是我爸爸，谢尼，我对自己说。*

下一个是妈妈和一个小女孩把手伸向镶被框。我知道那个女孩就是我，我们的身体被剪成碎块，那些用鲜艳布料裁剪的小布块需要拼接起来，看着让人恶心、眩晕。

另一块是妈妈，她正在缝制一件野紫花颜色的裙子，上面布满月亮和星星，而她一人却在老鼠洞里做活儿，墙壁俯在她身上。

我一片片地翻看这些布块，感觉就像在一页页地翻看她留下的书，里面收藏着她最后的话语。有时我会毫无感觉，就像睡觉时不小心压着胳膊了，醒来后感到胳膊像被针刺的一样。我看着妈妈花了两年时间制作的贴花，好像它们并不属于我，因为我只能这么看着，让它们像窗户上的光一样从眼前闪过。

有一块是妈妈的腿被皮带捆住吊在身后，站在院子里接受单腿站立惩罚。还有一块是另一棵灵魂树，和刚才那棵一样，但这是我们的灵魂树，而且上面没有秃鹰，只有绿叶，树下有个小女孩，手里拿着一本书，一根鞭子正向她挥去。

最后一块贴花上有一个男人，一个壮如牛的汉子，围着一条木匠围裙——丹麦·维塞先生——她在他身边缝了四个同样大的数字：1884。我不明白这是什么意思。

我干脆去缝那些方布贴花算了，让夫人和她的睡袍见鬼去吧。那天整个白天直到深夜，我都在拼接妈妈的那些方布贴花，针脚细小得几乎看不见。我缝好了被里，里面的填充物是我们收集起来并保存好的全部羽毛。然后我拿起大剪刀，把我的头发一绺绺地从头上全剪下，直到露出头皮，再将剪下的头发抖开，铺在填充物上。

就在这时我突然想起那笔钱，存了八年啊。我走过去，低头朝大木箱里看，里面空荡荡的。四百美元，与妈妈一同不翼而飞了。我上哪儿去找？我快要窒息了。

※※※

第二天，稍稍睡了一会儿以后，我用套针法把被子一层层地缝在一起，然后把做好的被子像光荣袍一样裹在身上。我穿着它走到院子里，阿婶裹着厚厚的棉衣正在砍甘蔗，她说："姑娘，你怎么啦？你的头是在搞什么名堂？"

我一言未发，走到橡树旁，身后留下呼出的白云般的气团，我把新线缠绕在树干上。

这时，天空传来一片嘈杂声。乌鸦正从头顶上方飞过，烟囱里的烟冉冉升起去迎接它们。

"飞走吧，"我说，"飞走吧。"

第三部　*1818年10月—1820年11月*

小麻烦

我到东湾去，时常会看到一个黄褐色女人急速走过一个拐角。她头上扎着红头巾，我会说，*又来啦*。我已经二十五岁了，仍然和她说话。

每年十月在妈妈失踪的周年纪念日那天，我们奴隶们都会坐在厨房里，回忆她的往事。我很不喜欢这一天。

到了第六年，宾娜拍了拍我的腿，说："你妈妈走了，但我们还在这里，天不是也没塌下来吗？"

"是的，是没塌下来，但每一年都被敲下来一块。"

那天晚上，他们提起关于妈妈的事情，一直聊到晚饭后。他们谈到她偷了一卷绿绸布，假装一瘸一拐来蒙骗夫人，在地下室跟人吵架，外出做雇工，列举了她所有胆大包天的行为。汤弗利说，那次夫人让他搜索房屋，结果到处找也没找到妈妈，我们帮她从前门溜到屋顶，然后编造一个她在那里睡着的故事。都是些老掉牙的故事，大家听了拍手哈哈大笑。

虽然她走了，可大家更爱她了。

"你确实有一双和她一样的眼睛。"古迪斯说，一边像往常那样看着我的月亮脸。

我的眼睛确实很像她，但是其余部分像我爸爸。妈妈说爸爸个子比一般人矮，而且比月球背面还要黑。

为了我，大家对她的痛苦和悲伤避而不谈，从不谈在她身上发生的事。每个人，甚至是古迪斯也认为她跑了，在某个地方自由地享受着高级生活。而我更愿意相信，她一直在屋顶上睡觉。

外面的天渐渐黑下来。汤弗利说屋子里该点灯了，但是没人挪动一步。我为大家感到心痛的是，大家知道妈妈到底是个什么样的人，她并非只是个狡猾的家伙，而是钢铁铸成的人，是一个夜晚在屋里踱着步子，为我姥姥祈祷的人。妈妈在一天之内渴望的东西比他们一年的还要多。她拼命干活，并招致危险，目的是寻求更加美好的东西。我想让他们了解那个女人，那个不会离开我的人。

我说："她没有逃跑。我不管你们怎么想，但她没有逃跑。"

大家坐在那里看着我。你可以看到小轮子在他们脑袋瓜子里转动：可怜的被蒙蔽的姑娘，可怜的被蒙蔽的姑娘。

汤弗利开口说话了："小麻烦，你想想，如果她不逃跑，她就得死。你想要我们相信哪一个呢？"

从未有人如此直截了当地跟我这么说。妈妈的故事被里有奴隶飞越天空，有奴隶躺在地上死去，但在我看来，妈妈的失踪介于这两者之间：要么飞走了，要么离开后死了。

"相信哪一个？"气氛僵持住了。

"两个都不要相信。"我对他们说，然后站起身来就离开了。

回到房间里，我躺在床上，躺在那床充满故事的被子上，眼睛盯着依然挂在天花板下面的镶被框。我不再取下它，除了夏天和秋天炎热的夜晚之外，我每晚都睡在妈妈的故事被下面，我对被头、被脚、被子侧面都了如指掌。妈妈一针一线告诉我她来自哪里、她是谁、她的爱、她遭受的苦难，以及她的期望之所在。她找到了讲述这些事的方式。

过了一会儿，我听到门外有脚步声——汤弗利、辛迪、宾娜在那里点着灯。我不需要再管萨拉点灯的事了。我现在的工作是做针线活儿。前些时候，萨拉以正式文书的形式将我退还给夫人。她说她不再想拥有一个人。她还特意到我房间来告诉我，当时她紧张得几乎说不出话来。“……如果可以的话，我会给你自由的……但有一项法律……不允许主人随意解放奴隶……否则，我会……你知道的……是吗？”

从那以后，一切都像她脸上的雀斑一样，明摆着了——我要想摆脱夫人的话，唯一出路就是去死，被卖掉，或者找个妈妈藏身的地方躲起来。我一直在朝思暮想妈妈存的那笔钱——看来永远不会出现了。如果我能找到那笔财富，就能按计划试着从夫人手上赎回我的自由。至少我还有一次机会——一次微不足道的机会，这个机会将足以让我坚持下去。

六年过去了。我躺在床上，面朝窗户，翻来覆去睡不着。我问自己：“妈妈，你怎么了？”

※ ※ ※

新年临近时，我去集市购买阿婶所需的东西，无意中听到清理肉摊的奴隶谈论非洲教会的事情。这个奴隶叫杰西，是个善良的好男人。他喜欢用丢弃的猪膀胱充满水给孩子们当气球玩。我通常不太注意他——他说话总是唠叨不停，喜欢在每句话末尾来句赞美上帝——但这天，我鬼使神差地居然走过去听他说话。

阿婶叫我要快点回来，天好像要下冰雹了，而我还站在空气中弥漫着生肉味儿的地方，听他谈论教会的事情。我发现教会的正式名称叫非洲循道宗圣公会，这是有色人种的教会，既有奴隶，也有自由黑人。该教会设立在黑人墓地附近殡仪馆的一间空房子里。据说这个地方每晚都人满为患。

挨着我的一个穿着破旧仆人服的男奴说：“何时这个城市蠢到

让奴隶们办自己的教会啦？”

大家都笑了，就像是在笑话查尔斯顿。

杰西说：“嗯，不对，赞美上帝。教堂里有个男人总是在说摩西带领奴隶走出埃及的故事，赞美上帝。他说，查尔斯顿是又一个埃及，赞美上帝。”

我的头皮一阵发麻。我说：“那人叫什么名字？”

杰西说：“丹麦·维塞。”

多年来，我一直不去想维塞先生，不去想妈妈怎么把他缝在故事被的最后一块贴花上，我不喜欢那个男人被缝在被子上。一句话，我就是不喜欢那个男人。我认为他根本不知道在她身上发生过什么事，为什么会是他？但是我站在那里，头脑里突然响起了铃铛声，它告诉我，值得一试。或许那样我可以让妈妈安息。

就在那时我决定皈依宗教。

我一有机会，就告诉了萨拉，我不再需要拯救，上帝在召唤我到非洲教会去。我轻轻地擦了擦眼睛。

我是直接从妈妈的方布贴花上剪下的。

第二天，夫人把我叫到她的房间。她坐在窗边，手上的《圣经》是打开的。“我注意到你想要加入本市为你们这种人建立的新教会。萨拉告诉我你想参加晚间活动。你可以一周去两个晚上，加上礼拜天，只要不影响你的工作，或导致任何问题出现就行。萨拉会给你准备通行证的。”

她从小眼镜里看着我，说：“注意不要枉费我的一片好心。”

“是的，夫人，”此外，我补充道，“赞美上帝。”

萨　拉

我无法想象为什么我和尼娜会被传唤到一楼客厅去——那绝不会是件好事。我们进去后发现，体态臃肿的加兹登牧师坐在黄色的丝绸靠背椅上，母亲坐在他旁边，身体侧向一边，手握着手杖顶端，仿佛要把手杖戳进地板似的。尼娜才十四岁，但是个子比我高，我注意到母亲那双眼睛在厚厚的黑睫毛下瞥了一下尼娜。她稍稍抬起下巴，有点儿挑衅的样子，我顿时觉得有点对不起牧师。

“随手关上门。”母亲说。过道那头，父亲正在他的房间里，目前已病得不能工作。盖丁斯医生几周前就吩咐家里要安静，奴隶们都轻悄悄地走路，说话也轻声细语，小心翼翼地避免托盘弄出声音，担心会因此送命。当医生开出静养的处方时，一般都会配一剂由辣根制成的糖浆，这说明医生已放弃治疗了。

我坐在尼娜旁边的双人沙发上，面对他们两人。作为尼娜的教母，我失职了。这将是他们对我的指责。一如往常。

上个礼拜天，我妹妹拒绝确认加入圣菲利普教会，这种处事方式对她来说不算什么。她那天可是露了一把脸。当其他年轻人离开讲台上的椅子，走到圣坛栏杆处接受主教用手触摸他们可爱的脑袋时，尼娜却故意坐在座位上一动不动。我们全家人除了父亲都在那里。我看着既尴尬不解，又骄傲自豪，而她居然抱着膀子坐在那里，一头乌发垂直披肩，两颊上的小红晕焕发着光彩。

主教走过去跟她说话，她摇了摇头。母亲像烙铁般僵硬地坐在我旁边的长凳上。我感觉教堂的空气令我们窒息。

主教越是哄她，尼娜就越固执，最后他放弃了，继续进行礼拜活动。

我对她的计划毫无思想准备，尽管也许我应该略有所知——毕竟这是尼娜。她满脑子激进观点，一会儿一个主意。去年冬天，她因在教室里脱掉鞋子而震惊全班，她这么做是因为清理黑板的小男奴是光着脚干活的。我已数不清母亲令她写过多少份检讨书了。她宁愿坐在空白纸前好几天也拒交检讨书，最终还是母亲心软了。在尼娜十一岁生日那天，她拒收人们的礼物，那种气势母亲最终也拗不过，只好随她去了。

即使那天在教堂，我去阻止尼娜的行为，她也会指出我不是也拒绝了英国圣公会吗？是的，我是拒绝了英国圣公会，但我拒绝圣公会是为了加入长老会，而尼娜要是有机会的话，也是一定会拒绝长老会的。她恨他们，因为她称他们是“最讨厌的人”。

如果在我妹妹和我之间有一道裂痕的话，那就是宗教。

近几年来，似乎我整个生命都在禁欲与放纵之间摇摆。我曾因伯克·威廉姆斯的噩梦而远离社交圈，是的，但我总会重蹈覆辙，每个社交季节还是免不了要去参加聚会或是舞会，这使我感到空虚、恶心，于是我渐渐回去信奉上帝。尼娜经常发现我跪着，边祈祷，边哭泣，我在乞求宽恕，经受着阵阵自卑的折磨。“你为什么一定要这样？”她会大声说。

为什么？的确。

威廉姆斯先生像一片脏餐巾一样被甩出了查尔斯顿社交圈。他现在和他的表妹结了婚，管理着他叔叔在哥伦比亚的干货店。我早把他抛在脑后了，但自此我再也无法平静地生活在这幢大宅里，直到我生命的终点。我有尼娜，但时间不会很长。由于她既有魅力又漂亮，她会受到十来个男子的追求，我则要留在这里和妈妈一起生活。这是存在于一切事物中的普遍真理，它迫使我堕落。但这种情况不可能再继续下去了——二十六岁的我对于即将到来的社交季来说实在太老了。真的结束了，我很失落，很悲伤，讨厌透了，做什么都无济于事。

此时在客厅里，加兹登牧师看起来很勉强，很不舒服。他不断地噘起嘴巴，又收回嘴巴。尼娜笔直地坐在我旁边，好像在说：*好吧，惩罚开始吧*，但是在我们的裙子底下，她伸手去抓我的手。

“我今天在这里，是因为你妈妈要我来跟你讲讲道理。你昨天让我们所有人都大吃一惊。拒绝教会、教会的圣礼和救赎是很严重的事情……”

他继续叽里咕噜地说着，而此时尼娜的手汁浸湿了我的手。

她看到了我的痛苦，而我也看到了她的痛苦。她内心某个地方被击碎了。她曾经从苦力房听到的尖叫声仍然在她心灵回荡。有时，她夜晚醒来会对着黑暗大声尖叫。表面上她天不怕地不怕，但私下里我知道她伤痕累累，极易受伤。每次被母亲严厉训斥后，她都会跑到她的房间里待上几个小时，出来时眼睛哭得红通通的。

牧师善意而乏味的讲话弄得我一时明白，一时糊涂。“我必须指出，”我听见他说，“你将你的灵魂置于危险之中。”

尼娜第一次开口说话了。“请原谅，牧师先生，不过*地狱*的威胁改变不了我。”

母亲泄气地闭上眼睛。“哦，安吉丽娜，看在上帝爱的份上。”

尼娜用了*地狱*一词，甚至我也感到有点吃惊。牧师无可奈何地坐回原处，他尽力了。

自然，母亲不会善罢甘休。“你父亲身患重病躺在床上，你肯定知道，确立你的宗教信仰是他的愿望，很可能也是他最后的心愿。你就这样拒绝他吗？”

尼娜挤压着我的手，拼命地坚持着。

“……她应该拒绝她的良心，还是她的父亲？”我说。

母亲向后躲闪了一下，好像我要掌掴她似的。“你就打算坐在那里，鼓励你妹妹不听话吗？”

“我鼓励她要真实地对待自己的疑虑。”

“她的疑虑？”母亲气得脖子上的皮肤像甜菜根一样斑斑点点。她转向牧师：“如你所见，安吉丽娜完全在萨拉的掌控下。萨拉怎么想，安吉丽娜就怎么想。萨拉有什么疑虑，她就有什么疑虑。这是我的错——我选择萨拉做她的教母，如今，她把这孩子领入迷途了。”

“妈妈！”尼娜叫道，“我有自己的想法。”

母亲冷静、无情的目光从牧师转向尼娜，提出一个一直摆在我们俩之间的问题。“这么说我还不糊涂，你刚才说‘妈妈’的时候，你是指我，还是指萨拉？”

牧师在沙发上蠕动着，伸手去拿他的帽子，但母亲接着说：“正如我所说的那样，牧师，我真不知道该如何挽回损失。只要她们俩还在同一屋檐下，安吉丽娜的希望就很渺茫。”

在她护送牧师到门口时，外面下起了小雨。我觉得尼娜有点瘫在我身上，于是我把她拉起来，我们俩趁他们没看见，偷偷溜上了楼。

※ ※ ※

在我房间里，我把床单翻过来，尼娜便躺下。她的脸在亚麻枕头的衬托下看上去毫无表情，而且怪怪的。窗外在黑乎乎地下着雨，她目不转睛地盯着窗外，眼睛闪闪发光。我把手放在她的背上，感觉到她的背在不断地上下起伏。

“你认为妈妈会把我送走吗？”她问道。

“我不会允许她那么做的。”我告诉她，尽管我并不知道如果母亲头脑里想着要驱逐妹妹，我该如何阻止。在北卡罗来纳州，一个叛逆的女孩轻而易举地就会被送到一所寄宿学校，或被放逐到我们叔叔的种植园去。

小　麻　烦

“难道我的上帝没有解救但以理吗？”丹麦·维塞大声喊道。

整个教堂回应道：“现在，他来解救我了。”

教堂里足有两百人挤在一起。我坐在后面，在老地方。人们已经开始为我留着这个位子了，大家会说：“那是小麻烦的地方。”我已经坐在那里四个月了，还没获悉一件有关妈妈的事，但我对上帝解救大众的事比夫人知道的更多。

亚伯拉罕、摩西、参孙、彼得、保罗——维塞先生逐个念着他们的名字。大家都站着鼓掌，并在空中挥舞手臂，高喊着：“现在他来解救我了。”我也身在其中手舞足蹈，就像我还是小姑娘时经常在大宅的凹室对着大海唱歌那样。

我们的牧师是个自由黑人，名叫莫里斯·布朗。他说，当我们这样做时，就说明圣灵已经进入我们的心灵。维塞先生作为他的四个主要助手之一，说那不是圣灵，是希望。不管是什么，它都会在你的胸膛燃烧出一个洞。

教会里热得可怕。当我们大声高喊时，汗水浸湿了我们的脸和衣服。一些男人站起来，打开所有的窗户，新鲜空气吹了进来，我们的喊声传了出去。

当维塞先生逐个念完《圣经》里被上帝拯救的人的名单以后，

他沿着长凳走去，逐个点着大家的名字。

让主拯救罗拉。
让主拯救南希。
让主拯救奈德。

如果他叫到你的名字，你会感到直接飞上了天堂，触碰到上帝的眉宇之间。布朗牧师说，注意，天堂是任何你想象的样子。他的天堂形象是非洲被奴役之前的样子——有你想要的所有食物和自由，而不是被白人摧残的非洲。如果妈妈去世了，她会在天堂的某个地方有一所大宅，夫人是她的女仆。

不过，维塞先生不喜欢任何一种有关天堂的说法。他说那是懦夫的方式，将生存的希望寄托在来世，这样做毫无意义。在这一点上，我站在他那一边。

甚至在我又唱又跳的时候，我的一部分还是弱小而静谧的，我在观察他的所说、所做。我仿佛是一只鸟儿，在观察猫儿围着树打转。维塞先生的头发里也出现了白发，但除此以外，他看上去和从前没什么两样：还是那样眉头紧锁，眼神锋芒而犀利。他的手臂依然粗壮，胸部像个接收雨水的大木桶。

我还没有勇气去跟他说话。人们害怕丹麦·维塞。我开始跟自己开玩笑——毕竟我可能是冲着上帝才到非洲教会来的。干吗还去想可以获得妈妈消息的事情呢？

没人听到外面的马蹄声。维塞先生有一首新歌，是这样唱的——约书亚攻打耶利哥城，城墙倒塌了。他的得力助手格勒·杰克击打着鼓，我们大家在地板上跺着脚，高喊：耶利哥。耶利哥。

忽然，门砰地打开，格勒·杰克的手停止击打，歌声渐渐消失。我们大家都目瞪口呆，沿着围墙和过道布满了市政卫兵，每个窗口有一人把守，四人守着大门。

卫兵队长一手拿着一份文件，一手握着步枪朝前面走来。丹麦·维塞提起洪亮的嗓音说："这是什么意思？这是上帝之殿堂，与你们无关。"

卫兵看起来好像不敢相信自己的运气。他端着枪托，对准维塞先生的脸猛地一下。一分钟前，他还在高喊耶利哥，现在已经倒在地上，鲜血染红了他的衬衫。

人们开始尖叫。一个卫兵朝屋梁鸣枪，木屑、烟雾纷纷飘落。我的耳朵里砰砰作响。当卫兵队长读逮捕令时，听起来就像是在一口枯井的底部发出声音。他说，教会周围的邻居觉得我们很讨厌，我们被控行为不检。

他把文件塞进口袋里。"你们要被带到警察署去，上午就要判决，并给予应有的惩罚。"

远处传来一个女人的呜咽声，人们顿时表现出恐惧并窃窃私语。我们都知道警察署——那地方是关犯人的，黑人和白人都有，直到他们决定怎么处置这些人为止。白人待在那里直到法庭听证开始，黑人则要等到他们的主人缴纳罚金才算完事。你只有向上帝祈祷，但愿你没落到一个吝啬的主人手上，因为如果他拒绝付钱，你就得在苦力房干活，以偿还债务。

教堂外，月亮悬在天空，显得很微弱。他们将我们分成四组，赶着我们在街上行走。一个奴隶边走边唱，*难道我的上帝不来解救但以理吗？*一名警卫命令他别出声，此后是一片沉寂，只有马蹄的嗒嗒声，以及一个绑在妈妈背上、像只小猫似的婴儿的啜泣声。我伸长脖子找维塞先生，但到处都看不到他。然后我注意到地上有暗黑色的血滴，我知道他走在前面。

※ ※ ※

我们在一间屋子的地板上度过一夜。这间屋子里挤着很多小牢房，男女都挤在一起，大家不得不在墙角的同一个桶里撒尿。一名女子咳嗽到半夜，两个男人相互推搡打起了架，但我们大多数人坐在黑暗里，呆呆地睁着眼睛，还不时地打瞌睡。一次我醒来，听到还是那个小宝宝在喵喵地哭。

早上第一缕阳光出现时，一名乱发披肩的卫兵提来一桶水和一把水勺。我们轮流喝水。此时我们已饥肠辘辘。之后，我们就待在那里，不知道接下来会发生什么事。我们小牢房的一个男人被警卫队提审六次，他告诉我们一些信息，罚款五美元，如果你主人不付钱，你就得在苦力房挨上十二鞭，更糟糕的是，上脚踏机。我不知道脚踏机是什么，他没说，只是告诉我们要乞求挨鞭子。然后他掀起衬衫，露出背部被鞭笞的一道道凹痕，就像鳄鱼皮一样。看到这样，我恶心得胆汁都要吐出来了。“我的主人从来不付钱。”他说。

上午时光一点点过去了，我们等待着，接着还是等待。我满脑子都是那人的背部，在想他们把维塞先生关在哪里，他那张受损的脸又怎么样了。炎热灼烤着空气，到处是酸酸的味道，婴儿又开始大哭起来。有人说：“你为什么不喂孩子呀？”

“我没奶水，没法喂啊。”婴儿的母亲说。另一个裙子前面有污渍的女人说：“来，把宝宝给我。我的宝宝在家，现在奶水没人吸。”她掏出棕色的乳房，清理掉奶头渗出的奶汁，婴儿吸上了。

那个长发卫兵又回来了，他说：“注意听着你们的名字。如果我叫到你名字，你就可以离开，回到有人等你的地方去。”

我们都站起身。我对自己说：*格里姆克家的奴隶从未被送到苦力房去。从未有过。*

“赛斯·鲍尔、本·普林格尔、廷尼·阿尔斯通、简·布鲁顿、阿波罗·拉特利奇……”他念了一大串名字。等剩下我、那位伤痕累累的人、母亲和婴儿，以及几个其他人时，他说：“如果你们还在这里，说明你们的所属人已经决定，苦力房会让你们有一个健康的心态。”

一个男人说：“我是自由黑人，我没有所属人。”

“如果你的文件上这么写，那么你可以自付罚金，”卫兵对他说，“如果你现在不能支付，就要去苦力房度过余生。”

我真是一头雾水。我说：“先生，先生，你漏掉我的名字了。是海蒂，海蒂·格里姆克。”

他砰的一声摔门走人，就算给我的答复。

※ ※ ※

脚踏机在大口地咀嚼食物，使劲地磨着牙齿——在进房间之前，你就能听到它的声音。苦力房的人领着我们十二个人朝二层走廊走去时，用棍子挨个儿戳我们。丹麦·维塞走在我后面，他的脸肿得很厉害，一只眼紧闭。他是我们当中唯一手脚被铐上的人。他拖着小碎步，边走边拖着嘎嘎作响的链子。

当他跌倒在楼梯上时，我回过头说：“小心点。”然后我又小声地说：“你怎么不交罚金呢？你不是有钱吗？”

“哪怕他们对大家进行一丁点儿惩罚，也不会放过我的。”他说。

我心想，*维塞先生希望自己像耶稣一样背着十字架，这大概是因为他身上没有五美元付罚金的缘故吧*。虽然大家都认识他，但他不可能与我们其他人肝胆相照。这人自大、傲气，但他也有一颗善良的心。

当我们来到走廊，越过栏杆看到等待折磨我们的东西时，大家吓得缩成一团，跌坐在地板上。

一名督查将维塞先生的锁链固定在一个铁环上，并告诉我们要仔细观察轮子，这样我们才会知道该做什么。背着婴儿的母亲对他说："我下去后，谁来看护我的宝宝呢？"

他说："你认为我们得找人来照顾你的宝宝吗？"

我不得不转身避开她，避开她垂下头的样子，避开瞪大眼睛的婴儿从她肩膀后面投来的目光。

脚踏机是一只旋转的鼓状物，有两人高，靠人用脚在上面踏。十二个人争先恐后地爬上去，踏着步子使车轮旋转。大家紧紧抓住脚踏机顶上的扶手，手腕被绑在上面，以防握不住而滑落。随着磨盘的呻吟，磨盘下的玉米噼里啪啦地破裂开来。两个黑皮肤督查手里拿着牛皮鞭来回走动——他们把这种牛皮鞭叫作九尾鞭——当车轮放慢时，皮鞭就会落到那些可怜人的背上、脚上，直到看见粉红色的肉绽开。

维塞先生用那只好眼睛打量着我。"不知道你是从哪儿来的？"

"从教会来的。"

"不，是说其他地方。"

我本可以吐露真情，但我们俩都身陷囹圄，而上帝又丢下我们不管了。我说："上帝怎么不来拯救我们呢？"

他哼了一声。"你说得对。唯一的拯救是要靠我们自己。上帝没有手脚，但我们有。"

"这对上帝来说可不是什么好话。"

"对我们也不是什么好话。"

下面的铃响了，轮子上的嘴巴停止咀嚼了。督查解开人们的手腕，大家爬下梯子到地板上。有些人筋疲力尽，不得不被人拖着离开。

督查将维塞先生锁在地板铁环上的锁打开。"站起来，该轮到你了。"

萨　　拉

小麻烦血肉模糊的脚下支撑着一个枕头，阿婢在伤口上铺上芭蕉叶。从空气中飘来的气味我就知道，她的伤口刚刚涂上碳酸钾和醋。

“萨拉小姐来了。”阿婢说。小麻烦的头在床垫上滚来滚去，但眼睛依然紧闭。她曾服用大剂量鸦片酊镇静剂，药剂师来过又走了。

我眨眨眼挤掉眼泪，是因为看到她受伤躺在那里，但还有一些痛苦来自我内心的愧疚。我不知道她被捕，是母亲决定让她在苦力房吃下这恶果的。我甚至没有思念过她在身边的日子。如果我没把小麻烦的所有权退还给母亲的话，这事就不会发生。我知道小麻烦与她的关系会更糟，我还是把她退回去了。我的自以为是真是糟糕透了。

是萨贝用马车将小麻烦带回来的，当时我在《圣经》读书会上。《圣经》读书会。我用手摸着《哥林多书》第十三章的经文，为自己感到羞愧——尽管我有知识和信念，但没有慈善行为，我什么也不是。

我强迫自己看着床那头的阿婢。“严重吗？”

她拨开绿叶，这样我可以自己看到。小麻烦的脚不自然地向内拧，从她的脚踝到小脚趾有一条深深的伤口，血肉都露出来了。一道鲜血顺着膏药流出，阿婶用毛巾擦了擦，然后将芭蕉叶轻轻扶正。

“这是怎么搞的？”

“他们把她放在脚踏机上，听说她摔下来，脚伸到车轮下了。”

这新安置的怪物简图最近已刊登在《查尔斯顿水星报》上，还配上了说明：*更加足智多谋的惩戒*。有人写文章推测，这个怪物第一年会为这座城市挣得五百美元的利润。

“药剂师说脚没断，”阿婶说，“托住骨头的韧带撕裂了，看来她要瘸了。”

小麻烦呻吟着，然后嘴里嘀咕地说些含糊不清的话。我握住她的手，那只手轻微的感觉吓了我一跳，真希望她的脚没有彻底完蛋。她躺在那里看上去很小，但她已不再孩子气了。她的头发被剪得乱七八糟，仅剩下一英寸[①]长，眼睛下方已经垂下小小的眼袋，额头上有道道皱纹。她已长成个小老太婆。

她眨了眨眼皮，但眼睛没睁开，还想说话。我弯下腰，凑到她的嘴边。

“走开，”她发出嘶嘶声，“*走，开*。”

※※※

后来，我告诉自己她头脑受到鸦片类药物的伤害，不知道自己在说什么。或许她是想自己走开。

小麻烦有十天没有离开房间，阿婶和菲比给她送饭、护理她的脚，古迪斯似乎总是在后门台阶处溜达，等待消息，而我则躲得远远的，毕竟还是怕听到她说不好听的话。

---

① 1 英寸约合 2.54 厘米。

父亲的书房禁令从未解除，我很少涉足那里，但当小麻烦痊愈后，我溜进去拿了两本书——班扬的《天路历程》和莎士比亚的《暴风雨》。我认为她特别喜欢海洋探险——并把书留在她门口，敲了敲门，便匆匆离去。

早上小麻烦出现时，我们格里姆克一家正在餐厅里吃早饭。还有四个孩子没结婚，也没上学去：查尔斯、亨利、尼娜，当然还有我自己，我们家的红发未婚阿姨。母亲坐在饭桌的头端，紧贴着她背后的是丝绸折叠屏风，上面有手绘的茉莉花，看上去刚好簇拥着她的头部。她转向窗口，我看到她惊讶得半张着嘴。小麻烦也在，她正穿过劳作庭院，向橡树走去，拄着一根对她来说过高的木手杖。她用起来别别扭扭的，一边冲着前行，一边拖着右脚。

“她在行走！”尼娜大声喊着。

我把椅子向后一推离开了桌子，尼娜追在我身后。

“我不会原谅你们的！”母亲叫着。

我们头也不回。

小麻烦站在发芽的树下，脚下是一片绿色的苔藓，泥土中有她脚拖过的痕迹。我不知不觉地踏上这些痕迹，仿佛它们是神圣不可侵犯的。当我们走近时，她开始在树干上绕着红线。我无法想象这奇怪的动作到底意味着什么。然而，这已进行多年了。

尼娜和我在一旁等着。小麻烦从口袋里掏出一把大剪刀，切掉褪了色的旧线，有几个粉红色线段卡在树皮里。就在她拽这些线段时，她的手杖滑落了，她一把抓住树干后，才勉强站稳。

尼娜捡起手杖，递给她。“还疼吗？”

小麻烦越过尼娜看着我。“现在不那么疼了。”

尼娜下意识地蹲下，仔细观察小麻烦的脚向内勾的样子：她的脚面奇怪地隆起，要想穿鞋，就要把鞋口剪开，拿掉鞋口的滚边。

“我很抱歉发生了这样的事，”我说，“我很抱歉。”

“我尽我所能读了你拿来的书。这样我除了躺在那里，还有别的事做。”

“我能摸摸你的脚吗？”尼娜问道。

“尼娜。”我说，然后突然间明白了：这就是她小时候做过的噩梦，就是那个隐藏在苦力房里的恐怖。

也许小麻烦也明白了，她需要面对。“我不介意。”她说。

尼娜用手指沿着小麻烦皮肤上结了痂的伤疤抚摸着。周围一片寂静，我望着树叶在树枝上向外伸展，像小蕨类植物。我能感觉到小麻烦正看着我。

“你需要什么吗？”我问道。

她哈哈大笑。“还有我需要的东西吗？好吧，让我们看看。”她的眼神坚如玻璃，射出黄色的火光。

她带上一种我想象不到的残酷。经历了这一切，她受到了伤害，她的伤疤比受损的脚更深。从她无情的笑声中我听出一种激进。她似乎突然变得危险，她母亲那种方式的危险。但小麻烦考虑问题比她母亲更细致，更有条理，也更谨慎，这更令人担忧。一种先知先觉涌上我心头，预示着黑暗即将来临，然后就无影无踪了。我对她说：“我只是说——”

“我知道你的意思。”她说，语气变得柔和了，脸上的愤怒也消失了。有一阵子我想她可能会哭，我还从未见过她哭，甚至她妈妈失踪后也没见她哭。

她不但没哭，反而转身朝厨房走去，身体的重心偏左边。她的决心与她的跛足一样让我心疼，直到尼娜伸手搂住我的腰用力一拉，我才意识到我和她在一起。

※ ※ ※

几天后，辛迪敲我的门，送来一张条子，命令我到一楼游廊去，母亲大多数下午会独自在那里享受微风。她写条子召唤人还真不多见，但辛迪越来越异常健忘，进房间后怎么也想不起她为什么而来，本该带上母亲的梳子却拿了枕头，错得也太离奇了，我知道这样母亲很快就会找个更年轻的人来替代她。

就在我朝楼下走去时，我突然第一次想到，她可能要换掉小麻烦，因为她的机智与步行到集市选购布料及物品的能力现在都遭到威胁。我在楼梯口停下脚步，《命运三女神》的素描画在挤眉弄眼，我的胃一如既往被吓得突发痉挛。这会是因为母亲要召见我吗？

虽然还是五月初，天气已经又热又潮湿。母亲坐在秋千上，摇着象牙扇让自己凉快点。她没等我坐下就说："已经一年多了，你父亲的病情不见好转。他的抖动症日益恶化，这里也没有其他办法治他的病了。"

"你跟我说什么？难道他——"

"不，听我说。我和盖丁斯医生谈过，我们达成一致意见，唯一的办法是带他去费城。那里有一个著名的外科医生，菲利普·菲齐克博士。我最近写信给他，他已经同意给你父亲看病。"

我弯下腰坐进一把廊台椅里。

"他将坐船去，"她说，"对他来说，这将是一次很艰难的旅行，很可能他得待在北方过夏天，或者一直待到找到另一种治疗方法，不过这个计划给他带来了希望。"

我点了点头。"嗯，是的，当然。他应该尽一切可能。"

"我很高兴你这么想。你将陪他一起去。"

我猛地站起来。"我？你肯定不是说我独自一人将带爸爸去费城吧？为什么不让托马斯或约翰去？"

"冷静点，萨拉。他们不能轻易离开工作和家庭。"

"而我就可以吗？"

"我还需要指出你没有工作和家庭要顾及吗？你住在父亲的屋

檐下，你的职责就是服从。”

一周接一周地照顾父亲，可能还要有几个月的时间独自一人在一个遥远的地方——我觉得生活要把我抽干了。

“但我不能离开——”我想说，*我不能离开尼娜*，但又认为还有更好的理由。

“我会照顾尼娜的，如果这就是你在担心的。”

她笑了笑，真是罕见。与教区牧师一起待在客厅里的情景浮现在我脑海里：当我为尼娜有权按照自己良心行事而辩护时，母亲那冷冷的目光。我当时没把她的警告当回事：*只要你们两个在同一屋檐下，安吉丽娜的希望就很渺茫*……母亲想要剔除的不是尼娜，而是我。

“你三天后起程。”她说。

小　麻　烦

妈妈曾假装一瘸一拐，而我的一只脚真的跛了。我现在用她的旧木手杖，但它一直到我的胸口——更像一根拐杖而不是手杖。

有一天，天上下着瓢泼大雨，古迪斯无法在花园干活，他对我说："把手杖给我。"

"干吗？"

"就放这里。"他说，我照做了。

那天剩余的时间里，他都坐在马厩里削木头。再来时，他把手杖紧握在背后，说："真希望你喜欢兔子。"

这人不仅削掉了手杖底端使它长短合适，还将手柄部分雕刻成兔子头。这只兔子有一只圆圆的、带雀斑的鼻子，大大的眼睛，两只长长的招风耳。他甚至把木头削得看起来像毛皮。

我说："我现在喜欢兔子了。"

那是别人为我做的最体贴的一件事。有一次我问他，他的名字是怎么得来的。他说是他十岁时妈妈给他取的，因为他是她最好的孩子[①]。

我可以很自然地用手杖走路了。那天晚上，辛迪看见我到厨房来

① 古迪斯的英文是 Goodis，Good 是"好"的意思。

吃晚饭，她说我像只兔子一样从院子那头跳过来，我不禁哈哈大笑。

辛迪称赞过我的第二天，就被带走了，我们再也没有见过她。阿婶说，她神经错乱了，夫人把她送走了，与托马斯一起到他们的种植园去了，她会住在那里直到生命终结。现在是托马斯在管理种植园，毫无疑问，他回来时，给夫人带回一名新女仆，叫闵塔。

祈求上帝帮帮这个姑娘吧。

辛迪被如此打发掉在我们所有人中引起了恐慌。我重新开始做针线活儿，速度快得比人们说的兔子还要快。我向夫人展示我能上楼梯，我爬得沉着稳定，到达楼梯顶层时，她说："干得好，海蒂。你知道把你送到苦力房我心里多难过啊。"

我点了点头，让她明白，这对她来说一定是个沉重的负担。

然后她说："不幸的是，这些事情有时很有必要，你的确看似有所获益。至于你的脚……嗯，我为这次事故感到遗憾，但看看你，就要康复了。"

"是的，夫人。"我从楼梯顶层给她行了屈膝礼，同时想到维塞先生有一次在教堂里说过的话：*我有一种心思是给主人看的，另一种心思是出于真实的我。*

※ ※ ※

一天傍晚，我听到敲门声，萨拉站在门外，她长满雀斑的脸白如蛋壳。我正在做格里姆克主人的长裤——夫人送来很多条裤子，说这些裤子都太大了，他穿起来松垮垮的。萨拉进来时，我正步履蹒跚地围着裁剪台转。我铺开一条裤子，看看我能做些什么，然后开动剪子。

"……我只想说……嗯，我要走了……去北方。我……不知道何时能回来。"

她说话的声音哽咽在喉咙里，她跟我讲费城医生的事情，说她不得不照顾她父亲，还谈到与尼娜分开，总之有一大堆不幸的事等待着她。我边听边想，白人以为你在乎世界上发生在他们身上的一切，结果他们每次都错了。

“那对你是一种折磨，”我跟她说，“对不起。”话刚离嘴，我就知道这是我的心里话，不是说给主人听的。我为她感到难过。萨拉已经对我敞开心扉，但同时，我讨厌她脸上的蛋壳颜色，她总是一脸无助地看着我。她对我很好，她已是我生活中的一部分。

“……我走后你要照顾好自己。”她说。

看着她朝门口走去，我下定决心说：“还记得你刚才问我需要什么东西吗？好吧，我的确需要某种东西。”

她转过身，脸一下子放晴了。“当然……只要我能做到。”

“我需要一份签名条。”

“……什么样的签名条？”

“允许我在大街上出没的那种。以防有人在外拦住我。”

“哦。”好一会儿，她只说了这个字。然后，她又说：“……妈妈不希望你出去，就在刚才……她已指派菲比上集市了。另外，他们关闭了非洲教会——你也没有地方可去了呀。”

我本可以告诉她那个教堂是注定要这样的，但真听到这个消息我还是挺受打击的。“不过，我还是需要一个通行证。”

“……为什么？你为什么要出去？……那样很危险，小麻烦。”

“我一生大部分时间都花在你身上，给你拿东西，为你做事，从未要求过一件事。我有地方要去，那是我自己的事。”

她提高嗓门对我大吼，这还是第一次：“……你打算怎样逃离这座房子呢？”

妈妈过去经常爬过的小窗户正俯视着我们。它高高在上，只能给房间投射光线。我对自己说：如果妈妈能做到的话，我也可以做到。如果有必要，我也会装瘸腿、装瞎子，装疯卖傻。

我没有跟她说出我的计划。我点头示意货架上有纸、笔和一瓶墨水。我说："如果你不知道如何写通行证的话，我自己来写，你签上名字就得了。"

她深吸了一口气，盯着我看了一会儿，然后走过去，拿起笔在墨水里蘸了蘸。

※ ※ ※

我第一次从小窗口爬出去，翻过围墙时，萨拉已经离开一个星期了。最可怕的是，当我不得不翻过墙头掉在地上时，地面上只覆盖着白色夹竹桃。我带着兔子手杖，背上扎着一个厚厚的麻布包，行动很不方便，摔到地上时，受伤的脚先落地了。我坐在那里直到刺痛消失，才从小树林溜到街上。街上只有一两个奴隶在为白人招揽生意。

我选择这天出来，是因为夫人头疼。我们都在钻她头痛的空子。一旦她头疼来袭，她就会躺在床上，随我们这些奴隶自寻乐子去。我尽量不去想如何返回院子的事。妈妈过去都是等到天黑，然后偷偷溜进后门，那是最好的补救方法，但现在是夏季，天黑得晚，这样人们就有大量时间在我所在的位置周围闲逛。

在离东湾还有一个街区的地方，我突然看见一个卫兵，他直盯着我看，打量着我的跛脚。*平稳地走，不快不慢。*我使劲儿压着兔子的耳朵，直到拐过街角才敢呼吸。

我花了两倍的时间才到达牛市街二十号。我站在街对面，注视着那幢房子，还是油漆斑驳的状态。我不知道丹麦·维塞先生是否已从苦力房出来，也不知道他怎么样了。我对那个地狱的最后记忆是他大声喊叫的声音："去救救下面那个女孩，救救那个女孩。"

我并非有意去想这件事，而是站在大街上时，记忆像一幅画展现出来。*我在脚踏机上竭尽全力紧紧抓住头顶上的杆子。跟上车*

轮，跟上车轮。车轮永不停止。维塞先生是个安静的人，他一声不吭，但是其他人要么在呻吟，要么在哭天喊地，牛皮鞭在空中挥舞。我手出汗了，在杆子上不断打滑。绑着手腕的绳子结开始松了。我告诉自己不要侧视，保持直视，不要停下脚步，但背着宝宝的女人一直在号叫，鞭子抽打着她的双腿，接着孩子也尖叫起来。我侧面看去，宝宝的头流着鲜红而潮湿的血，流着流着，边缘渐渐变黑。我掉下来了，我的手挣脱了绳索。我坠落了，我肩膀上根本没有长出翅膀。

在他房前有个窗户，可以看见一个女人在窗前熨衣服。她背对着我，但我可以看到她的体形，她浅色的皮肤，亮丽的头巾，她的手臂在布料上摆动，看到这些我心里一阵紧张。

走到门廊时，我听见她在唱歌。在远离大路的田间，我赶着马车在劳作。我从打开的窗户偷偷往里看，看到她边唱边摇摆着屁股。让我飞吧，让我飞吧，让我飞得高高的。

我敲了一下门，歌声戛然而止。她开了门，手里还拿着熨斗，身后散发着木炭的气味。妈妈总说维塞先生在城里到处都有黑白混血妻子，但只有一个主要的住在这座房子里。她噘起嘴，皱着眉头，而我也想知道，她是否以为我是新的新娘。

“你是谁？”

“我是小麻烦。我是来看见丹麦·维塞的。”

她怒视着我，然后把我从头到脚审视一番。“好吧，我是苏珊，他的妻子。你找他干吗？”

我能感觉到熨斗发出的热量。这女人已经很辛苦了，我不能再责怪她不给流浪女开门了。“我只想和他谈谈。他在吗？”

“我在。”一个声音传来。他倚着门口站在她身后，双臂抱在胸前，好像他是上帝，在静观人世间风云从眼前飘过。他吩咐妻子去旁边干活。她耷拉着眼皮，眼睛眯成小缝。“带上你的熨斗，”他说，“弄得满屋子乌烟瘴气。”

她带上熨斗走开了，而他打量着我。他的脸上少了些肥肉，我能看到他颧骨的轮廓。他说：“你真走运，脚没烂，也没死。”

“我挺过来了，看来和你一样。”

“你不是来看我健康状况的吧？”

他不想拐弯抹角，这样也好。我步履蹒跚到这里，脚很疼，便从背上取下包袱，在一张椅子上坐了下来。房间里没有什么装饰，只有几把藤椅和一张桌子，桌上有本《圣经》。

我说：“过去我常和妈妈来这里。她叫夏洛蒂。”

他脸上总是挂着的冷笑陡然消失了。“我知道，我知道你从某个地方来。你有一双她那样的眼睛。”

“是他们告诉我的。”

“你也有她那样的机智。”

我将粗麻布包袱紧紧抱在胸前。“我想知道她怎么了。”

“那已是很久以前的事了。”

“有七年了。”

在他保持沉默时，我解开包袱，将妈妈的故事被铺在桌子上。由一块块小方布拼成的被子几乎拖到地板上，漂亮得足以在黑暗的房间里燃起一把火。

人们都说他从未笑过，但当他看到奴隶在天上飞过太阳时，他笑了。他看着姥姥和那些坠落的星星，看着妈妈丢下在田间干活的爸爸走了，看着我和她躺在铺在被框上的布块上。他仔细打量着灵魂树以及妈妈的单腿站立式惩罚，没问这些都是什么意思。他知道这是她的故事。

我瞟了一眼最后一个方块，就是妈妈缝制的那个穿围裙的木匠，还有 1884 数字的那块，并小心翼翼地观察着，看他是否能认出自己。

“你认为那是我，对吗？”他说。

“我知道那是你，但我不知道这些数字是什么意思。”

他放声大笑。“1884，那是我彩票上的号码。这些数字买回了我的自由。”

房间里很闷热，汗水挂在我的太阳穴上。这么说，这就是她留下的最后一句话。原来是这样——一个获得自由的机会，一个异想天开的机会。

我叠起被子，重新用粗麻布裹好，绑在我的背上。

我拿起手杖，说：“她怀孕了，你知道吗？她失踪时，你的宝宝也和她一起消失了。”

他并没有畏惧，但我看得出他不知道。

我说：“那些数字对她来说再也没有用了，不是吗？”

萨　拉

乘船的滋味真难受。在近两周的航行中，我们沿途不断地停靠岸边，船沿特拉华州航行，向目的地宾夕法尼亚州驶去，途经弗吉尼亚州外海时，大浪使我们严重晕船。一到目的地，我便冲动地弯下腰，亲吻大地。父亲虚弱得几乎不能说话，我只有靠自己来弄清楚如何取回我们的箱子，如何雇一辆马车。

在我们驶近医生所住的社会山时，城市变得漂亮起来，道路两旁树木成行，教堂的尖顶林立，一排排砖房，一幢幢豪宅，给我印象深刻的是街上没有奴隶。这种突如其来的现实使我内心紧绷的弦一下子松了下来，直到那一刻我才意识到这种紧张的存在。

我们在第四大街附近的贵格[①] 寄宿舍安顿下来，父亲在那里的一切都交给我了——吃的、穿的以及针对他的所有决定。他甚至把钱囊和账本都交了出来。每隔几天，我们俩就乘坐雇来的马车去医生家，但去了三周似乎也没见效，父亲仍然是走几步路就疲惫不堪，痛苦不已。他日渐消瘦，看上去严重脱水。

有一天早上坐在医生的客厅里，我目不转睛地看着菲齐克博士的白发和鹰钩鼻，他的鼻子和父亲的鼻子长得很像。他说："不幸

---

① 费城人又称"贵格"。

的是，我既无法找到格里姆克法官颤抖的原因，也找不到他病情恶化的原因。”

父亲不是唯一感到沮丧的人。我也厌倦了兴致勃勃而来，灰心丧气而去。“……当然，一定有什么药方你可以开给我们吧。”

“是的，当然有。我认为海洋空气对他有好处。”

“海洋空气？”

他笑了笑。“你不相信，但这个方子认可度很高的——这是著名的海水浴疗法。我知道它甚至可使重病患者康复。”

我能想象父亲会对此说什么。*海洋空气*。

“我的药方，”他说，“带他去朗布兰奇度夏天。那是新泽西海滨的一个小地方，很孤寂，以海水治病而闻名。我会给你们随身带上鸦片酊和止痛剂。他应该尽可能多待在户外。如果他可以的话，鼓励他在大海里涉水。也许到秋天，他就可以康复回家了。”

也许我就会在九月之前回家和尼娜相聚了。

※ ※ ※

医生说朗布兰奇是个小地方，不过他夸张了。这地方根本就谈不上是小地方，甚至都谈不上微小，分明是几乎不存在。那里只有四间农舍，一间用小隔板搭建的循道宗教堂，一间干货店。这地方也不算“很孤寂”，而是孤寂得可怕。我们乘私人马车从费城出发，行驶了六天，最后上了一条颠簸的小道。我们中途停了一下，在干货店买了一些梳洗用品，又继续前行，到达唯一的旅店——渔家客栈。客栈悬在绝壁顶上，俯瞰大西洋——是一座饱经海洋沧桑的大型建筑。当旅店职员告知我们祷告活动在晚饭后公共餐厅举行时，我认为是上帝把我们引到这里来的。

父亲似乎已心甘情愿地来了，太心甘情愿了。我敢肯定，他会坚持回到南卡罗来纳州的。我倒是希望他说些俏皮话：“我们在查尔斯顿就没有海洋空气吗？”但是，我在菲齐克博士的检查室向他公布这个消息，还小心翼翼地使用“海水浴疗法”这个词时，他不解地看了我好长时间，脸上掠过一道阴影，我将此理解为失望。他说：“那我们就去新泽西吧。我们只能这么做了。”

第一天下午黄昏前，我端着鳕鱼汤到父亲的房间。就在他试着要吃时，他的手颤抖得很厉害，好几勺汤都溅到了床单上。于是他背靠床架，让我喂他吃。我喋喋不休地谈着咆哮的海洋，谈着从旅店到海边的蛇纹石台阶，一下子就转移了我们对所发生事件的注意力。他的嘴巴像幼鸟一样一开一闭。我只能用勺子在清汤里舀，真是无能为力。

在我喂他的同时，浪花溅进了房间。透过窗户，我可以看到一片青灰色海水，被海风吹打成泡沫。最后，他抬起手，示意我他够了，不喝了，同时嘴里还叽里咕噜地说着。

我在旁边的地板上放置了夜壶。“晚安，爸爸。”

他闭上了眼睛，但手还在摸索着我的前臂。“好的，萨拉。顺其自然吧。”

※ ※ ※

1819 年 7 月 17 日

亲爱的尼娜，

我们安顿在渔家客栈。妈妈会说这地方破旧不堪，但它曾经很优雅，而且独具特色。客房几乎住满，但我只见过两人。她们是来自纽约的丧偶老姐妹，每晚在餐厅里祷告时可以见到。我更喜欢那个妹妹。

父亲处处管着我。我们来这里呼吸海洋空气，但他还没敢走出他的房间。我打开窗户，但那些嘎嘎叫的海鸥惹恼了他，他吩咐中午以后才能开窗。我很狡猾——我把窗子留条缝，告诉他关上了。重要的是，我必须去餐厅和那对老姐妹一起祈祷。

到你十五岁时，你就长大了，我就可以和你说姐妹间的话了。父亲的疼痛日趋恶化。由于鸦片酊的作用，他睡几小时醒来，接着又睡，睡眠断断续续。当我坚持要他在房间里做一些锻炼时，他索性靠在我身上。他的大多数饭必须由我来喂他吃。不过尼娜，我知道仍然存在希望！假如信念可以撼动大山，上帝很快就会让父亲康复。我每天坐在他床边祈祷，一次要大声朗读几个小时的《圣经》。别因我的虔诚而生气，毕竟我是长老会教徒。正如你所知，我们都对自身的苦痛兴致盎然。

我相信你不会太刺激母亲。如果可能的话，在我返回之前克制住自己。我祈祷小麻烦一切安好。多关照她。如果她需要任何保护，请尽力而为。

我很想念有你做伴的时光。也许我有点孤独，但我有上帝。你可以告诉妈妈这里一切都好。

你忠实的姐姐，
萨拉

※※※

每天在特定的时间，旅店职员会升降竖立在通往海滩的石阶附近的红旗和白旗。上午九点整，红旗升起，提示先生们去海滩。我会看到他们发出雷鸣般的喊声扑进海浪，有的劈风斩浪，你追我赶，有的钻进水里，潜入深处。海面上，人们站在齐腰深的海水里，手放在臀部，审视着地平线。海滩上，人们挨挨挤挤，相互拥作一团，抽着雪茄。十一点，白旗升起，男人们爬上石阶回旅店，个个脖子上围着一条羊毛毛巾。

接下来，女士们出现了。即使我正在祷告，我也会仓促地咕哝一声“阿门”，然后飞奔到窗口去看她们穿着泳衣、戴着防水帽走下台阶。我从未见过女士游泳。在家乡，女人是不会穿着花里胡哨的泳衣下海的。在东巴特利岛那边的港口有一个浮动澡堂，里面有一个女性专区，但妈妈认为那不体面。有一次我惊讶地发现，我在写给尼娜的信中提到的那两个老姐妹也与其他人一道小心翼翼地从台阶走下去。妹妹阿尔西亚总是煞费苦心地打探父亲，还打探我。“你好，亲爱的。你脸色苍白。去户外活动了吗？”那天当我在游泳的人中瞥见她时，她也瞥见我了。看见我在窗前，她示意叫我加入她们的行列。我摇了摇头，可没什么能比游泳更让我开心了。

女人入水的方式总是与男人的不一样，她们仅仅抓住固定在岸上的粗绳子，经常都是十几个人抓着同一根绳子背朝浪花往海里走，边走边大声尖叫。如果爸爸在睡觉，我会待在窗前观看，直到白旗降下来，心里自始至终好像有东西堵着。

※※※

八月八日上午，我在窗台边，有口无心地念着祷文。突然父亲醒了，大声喊着我的名字：“*萨拉！*”来到他身边后，我意识到他还在睡觉。“*萨拉！*”他又喊道，焦急得拼命摆动头。我把手放在他胸口安抚他。他醒了，急速地大口喘着粗气。

他焦虑不安地注视着我，一副从噩梦中挣扎过来的神情。想到我是他噩梦的一部分，真令我难过。在朗布兰奇的这几周时间里，父亲对我一直很好。*萨拉，你过得怎么样？你够吃吗？你看上去很疲惫。放下《圣经》，出去走走。*他的温存令我震惊。然而他还是很冷漠，从不谈较深层次的东西。

我在他额头上压了一块凉布。“……爸爸，我知道到这里来对你而言如同一场审判，你的进展一直……一直很缓慢。”

他笑了笑，没有睁开眼睛。“该到我们说真话的时候了。没有取得任何进展。”

“……我们不可以放弃希望。”

“不可以吗？”他双颊上的皮肤像一层纱一样，又薄又脆。“我来这里是送死的，你必须知道这点！”

“不，我当然不知道。”我吓呆了，甚至是愤怒。仿佛噩梦砸碎了他的假装，我突然想回到过去。“……如果你认为你要死了，那你为什么不坚持让我们回家呢？”

“你很难理解这点，但是，前几年家里的日子也很艰难。走得远远的，和你在一起静静地离去看来也是一种解脱。我想要在这里，这样我可以更容易摆脱我一生所知道并热爱的那些事。”

我不知不觉用手捂住嘴，两眼饱含泪水。

“萨拉，我亲爱的姑娘，我们不要沉迷于徒劳的希望吧。我不期望能恢复，也不想康复。”

此刻，他的脸上掠过一道强光。我握住他的手，他的表情逐渐缓和下来，进入梦乡。

下午三点，他醒了。白旗刚刚升起——我可以从窗口看到，旗子在半透明的天空迎风飘扬。我端着水杯递到他嘴边，帮着他喝。他说：“我们吵过架，是吗？”

我知道会发生什么事，我想宽恕他，也想宽恕我自己。“现在没事了。”

“你的心灵一直强大而独特，甚至是激进。我有时对你很严厉，你必须原谅我。”

我真无法想象是什么导致他说这些话。“我会的，”我说，“而你也一定要原谅我。”

“原谅你什么，萨拉？原谅你凭良心做事吗？你认为我不像你那样痛恨奴隶制吗？你以为我不知道是贪婪使我违背了和你一样的良心吗？种植园、房子、我们整个生活方式都依赖奴隶。”他的脸扭曲了，他紧紧抓住身体一侧，稍停片刻，又继续说，“还是我应该原谅你想要自然表达你的智慧？你甚至比托马斯和约翰都聪明，但你是女性，这又是一个我无力改变的残酷现实。”

“爸爸，求您别说了。我没有怪您。”尽管言不由衷，我还是说了。

海滩上随风飘来咯咯的笑声。“你应该到外面去，提提精神。”他说。

我反对，但他不让步。“如果你不好好照顾自己，你怎么照顾我？为了我也要照顾好自己，我会没事的。”

※ ※ ※

我只是在海里蹚蹚水。我脱掉鞋子，把它们放在已经推到沙滩上的便携式更衣室旁。忽然，友善的妹妹阿尔西亚拉开帆布帘走出来，她身穿红黑色条纹泳衣，带着荷叶边的泡泡袖。真希望小麻烦也能看到这个。

“真可爱。你最终会和我们一起来洗海水浴吗？”她问道。

“……哦，不，我没有泳衣。”

她仔细打量我的脸，我的脸肯定无论从哪个角度都能看出不开心，因为她宣称自己突然失去洗海水浴的欲望，如果我穿上她的泳衣扎进水里，她会极为开心的。在与父亲交谈之后，我豁然想开了，所有思想包袱抛到脑后。我想要消失在某个地方独自待着，然而当我看着牵着绳子的女人们纷纷跳进海水里，再看看青山绿水，一望无垠，无拘无束，我接受了她的提议。

我从更衣室走出来时，她笑了。她没有泳帽，而且我已松开发卡，任头发随风飘舞。她说我看起来像一条美人鱼。

我抓住一根绳索，顺着它走进浪里，我紧张得一直攥着拳头，直到来到其余女士站着的地方。海水拍打着我们的大腿，海浪把我们冲得来回摇晃，真像在玩老鹰捉小鸡游戏，后来，我不知道要做什么，就转身大步离开她们。我冲进翻腾的海水里，游了一段距离以后，我跌倒了，仰面朝天，漂在水上。令我惊讶的是，海水把我托住了。父亲在楼上处于弥留之际，我正躺在海面上。

1819 年 8 月 9 日

亲爱的妈妈，

《圣经》让我们确信，上帝将从我们的眼睛里擦去每一滴泪水……

我放下笔，不知道如何跟她说，很奇怪怎么会是我来告诉她这个消息。我曾想象是她把我们这些孩子召集到客厅，说：你们的父亲去见上帝了。这事现在怎么落到我头上了？

这里不像在查尔斯顿，他会有体面的葬礼——有圣菲利普教堂的盛大葬礼，有沿着集会大街庄严的游行，他的棺材会放在花车上，半个城的人都会跟在灵柩后面行走——而这里什么都没有，他将被葬在我们来时曾经路过的循道宗小教堂后面杂草丛生的公墓里，没有墓志铭。一辆农用马车拉着他的棺材，我独自一人跟在后面。

但我不会跟母亲说这些，也不会告诉她父亲死亡的具体时间，以及我在海上自由漂浮的事情。在这幽静的地方，我会记住我在这里的一切生活，海鸥在我头顶呱呱地叫，白旗在旗杆上随风飘扬。

小　麻　烦

夫人的眼睛哭肿了。快十一点了，她还穿着睡衣躺在床上，蚊帐罩着，窗户上的窗帘还是拉上的，但我可以看到她的眼皮是肿的。新来的女孩闵塔在那边角落里想溜走。

就在夫人想要和我说话时，她抑制不住地大哭起来。我同情她。我知道失去一个人是什么滋味。我不知道她为什么把我叫到她房间来。我所能做的只是站在那里，一直等到她控制住自己。

几分钟后，她大声对闵塔说："你是不是该去给我拿块手帕来啊？"闵塔手忙脚乱地在抽屉里的亚麻印花布里乱翻，夫人则转向我说："你要立即开始做我的衣服。我想要黑色天鹅绒的，配上一种珠饰。拉塞尔夫人佩戴的是黑色的珠子。我还需要一顶后面带长绉纱的勺形帽，以及黑色手套，但因为天热，所以要无指的。记住了吗？"

"是的，夫人。"

"必须在两天内完成，而且必须完美无瑕，海蒂，明白了吗？要完美无瑕。如果有必要，你要通宵达旦地干。"

看来她把自己绷得很紧。

她给我写了一张去集市的通行证，并让汤弗利用马车送我，他要出去购买吊唁卡。她还说我一瘸一拐地步行来回会花太多时间。

那是我有生以来第一次乘坐马车。一路上汤弗利说："收起你的笑脸，我们应该悲伤。"

到了集市上，我在高档商品摊位寻找夫人要的珠子，突然碰到维塞先生的妻子苏珊。自从初夏去过牛市街二十号以来，我从未见到过她。

"看看野猫拖着什么东西。"她说。我猜她还在生气。

我不知道她知道什么。也许她那天听到我跟维塞先生谈话的内容了。她可能知道妈妈、婴儿，一切的一切。

我不想总是这样相互记仇。"我不和你斗嘴，懒得理你。"

这下她气消了，肩膀也耷拉下来了，脸色也柔和了。忽然，我注意到她戴的头巾，红色的，滚边采用的是完美的链形针法，边上还有小油斑。我说："这是我妈妈的头巾。"

她张开嘴巴，犹如塞子刚从瓶口迸出。我等待着，但她站在那里，说不出一句话。

"我认识那条头巾。"我说。

她放下棉花篮子，扯下头巾。"喏，拿去吧。"

我用手顺着手工缝制的底边触摸着，顺着妈妈包裹头发留下的折痕拂下去。然后我解开裹在我头上的头巾，把它和妈妈的系在一起，像她裹头那样，把头巾扎得低低的，将额头全部包裹起来。

"你怎么会弄到这个的？"我说。

她摇了摇头。"我想你应该知道。你妈妈失踪的那天晚上，她出现在我们家门口。丹麦说，卫兵会寻找一个扎红头巾的女人，所以我把她的头巾扯下换上了我的。我的头巾是浅棕色的，不会引人注意。"

"你帮了她？你帮她逃跑的？"

她没给任何答案，然后说："我只是照丹麦说的去做了。"接着，她大摇大摆地走了，头上光光的，什么也没扎。

※ ※ ※

我白天黑夜地做活，日复一日地干着，在整个那段时间里，我一直扎着妈妈的头巾，头脑里始终浮现出那晚她出现在维塞先生家的情景。他怎么能知道而不说呢？

每次我把裙子拿到大宅楼上去试穿，里面的人都忙作一团，大家都在为送葬者做准备工作。夫人说半个城的人都会来。阿婶和菲比烘烤葬礼上用的饼干，并负责茶具。宾娜用黑幔装饰家里的画作和镜子，艾莉负责清洁工作。闵塔的工作最糟糕，在那里给夫人递着手帕，首当其冲地承受着压力。

汤弗利在客厅里挂上格里姆克主人的肖像并安置了一张摆放纪念物品的桌子，上面有他的海狸皮大礼帽和领带别针，以及他写的法律书。汤弗利拿来一个布条幅，上面写着*斯人已逝，幽思长存*。他将它也放在桌子上，旁边摆放着时钟，指针停止在他离世的时刻。夫人不知道确切的时间。萨拉写信说他在下午晚些时候走的，所以夫人说，就定在四点半。

当时她并没有哭，她很恼火萨拉没意识到要剪一绺格里姆克主人的头发，并把它随信寄来，导致她哀悼时用的金胸针上没有东西。另一件她不喜欢的是登在《查尔斯顿水星报》上的讣告。报纸上说，他已长眠在北方，身边没有家人与朋友，这对南卡罗来纳州的伟大儿子而言，无疑是一大痛苦。

真不知道我是如何按时完成那件衣服的。那是我做过的最漂亮的衣服。我先把数百个黑色玻璃珠穿在一起，然后把珠串缝成领口状，看起来像一张蜘蛛网，再沿领口缝合，使珠串从领口悬垂到胸前。当夫人看见衣服时，她说了一句我忘不了的话。她说："哎呀，海蒂，你妈妈会感到骄傲的。"

※※※

有一天是礼拜日，这天已不再有人经过地下室去吊唁了。我钻出窗户，翻墙出去了。这天我们休息，仆人们都懒散地四处闲逛，夫人关在自己的房间里。我在大宅前面走了一小会儿，感觉安全以后，便绕到大宅侧面，看到汤弗利正在前门台阶处与卖鱼的小男奴讨价还价。他们正弯腰看着好像是一篮子五十磅[①]左右的比目鱼。我低头继续往前走。

"小麻烦！是你吗？"

我抬起头，汤弗利正在顶层台阶上盯着我看。他现在老了，眼睛有白内障。我头脑里突然闪过一个念头，*不，我是别人*，不过他当时可能已看到我手中的手杖。他没弄错。我说："是啊，是我。我要去集市。"

"谁说你可以去的？"

我口袋里有萨拉给我的通行证，但好像他对此有疑问——她还在北方，正在等班轮回家呢。我站在人行道上，一动不动。

他说："你在这里做什么？回答我。"

我的脑袋里响起了脚踏机的隆隆声。

大宅前窗有个人影在移动。*是尼娜*。接着，前门开了，她说："什么事，汤弗利？"

"小麻烦在这里。我想看看她在干吗。"

"哦，她为我跑趟差事，就这样。请别跟母亲说，我不想打扰她。"然后，她对我高喊："去吧。"

汤弗利又回到小鱼贩子那边去了。我无法让我的腿移动得太快。到了乔治街上，我停下回头看了看。尼娜还在那里，注视着我

① 1 磅约合 0.45 千克。

离去，她抬起手朝我挥了一下。

牛市街二十号旁边有一个坛罐小乐队——三个男孩吹着大罐子，维塞先生的助手格勒·杰克拍打着鼓。一群黑人聚集在一起，两名妇女开始跳起我们所谓的踏步舞。我停下来看，因为他们在跳《高视阔步的露西小姐》。大多数情况下，我盯着格勒·杰克看。他留着大络腮胡子，短短的腿蹦来蹦去。当那支曲子结束后，他便将鼓夹在腋下，沿着这条街朝维塞先生家走去。我就尾随其后。

我看到烟从厨房冒出，就走到那里，上前敲门。苏珊开门让我进去，说："嗨，我很惊讶你花了这么长时间。"她说我可以帮她点忙，大家都在前屋开会。

"开什么会？"

她耸了耸肩。"不知道，我不想知道。"

我帮她切白菜和胡萝卜做晚饭，当她拿一瓶马德拉酒送去给他们时，我尾随着她。就在她给他们斟酒时，我守在门外，但我能看到他们围坐在桌旁：维塞先生、格勒·杰克、彼得·波亚斯、星期一·盖尔，还有两个总督家的人：罗拉·班尼特和奈德·班尼特。我从教堂认识了他们每个人。除了维塞先生，他们都是奴隶。后来，他开始称他们为副官。

我偷偷溜回走道，这样苏珊回到厨房时我就不在门口。然后我小心翼翼地再向门口靠近，近得只要不被人看见。

里面讲话的像是维塞先生，他在分配这个国家所有的奴隶。"我带领桑蒂的法国黑人，杰克，你带领海岛上的奴隶。难招募的是那些在乡下种植园里的奴隶，彼得，你和星期一最了解他们。罗拉，我把城里的奴隶都交给你，奈德，你负责奈克岛上的奴隶。"

他的声音突然放低了，我悄悄地再靠近一点。"把招募来的人列个名单，要拼死保住这份名单的安全。告诉大家，要有耐心，这一天即将来临。"

我不知道格勒·杰克是从哪里冒出来的，但是在我转动脑袋之前，他已压在我身上。他从后面抓住了我，把我扔进了房间，我的兔子手杖也飞了。我被扔到墙上后弹回，摔得趴在地上。

他用脚抵住我的胸口，把我压在地板上。“你是谁？”

“把你肮脏的脚从我身上拿开！”我朝他吐口水，喷出的口水又落回到我脸上。

他举起一只手，像要准备打我，我从眼角看到丹麦·维塞一把抓起他的衣领，把他扔出半个房间。然后他把我拉起来，说：“你没事吧？”

我的胳臂颤抖得很厉害，根本无法控制。

“你在这里听到的一切，要守口如瓶。”他告诉我。

我再次点点头，他用胳膊搂着我，使我镇静下来。

他转向格勒·杰克和其他人，说：“这是我妻子的女儿，我孩子的姐姐。她是家人，也就是说，你们不要把手伸向她。”

他叫大家回去干活。我们在一旁等着大家把椅子推回原处，房间里恢复了平静。

这么说，他把妈妈算作他的一位妻子。*我是家人*。

他为我拉来一把椅子。“这里，坐下。你在这里干吗？”

“我来是想找出妈妈身上所发生事情的真相。我知道你是知道的。”

“有些事情不知道更好。”他说。

“嗯，《圣经》可不这么宣扬。《圣经》说，如果你知道真相，它就会让你自由。”

他绕过桌子。“那好吧。”他关上窗户，这样真相就将待在房间里，不会飘出去为世人所听到。

“夏洛蒂惹上麻烦的那天，她来到这里。当时我在铺子里，我抬头时，她就在眼前。卫兵一路追赶她到碾米塘，她藏在磨坊的一只麻袋里。她的衣服上全是稻米壳。我让她在这里待到天黑，然后我把她带到奈克岛，那里的治安管理不严。我带她去那里躲藏起来了。”

奈克在城市的北方，那里有许多自由黑人的房屋，他们的主人让他们“在外居住”。他们称这些房屋为黑人小屋。我试图想象着那种屋子，想象着妈妈住在里面的样子。

“我认识一个自由黑人，他在那里有一间屋子，他把她带进去了。她说等到卫兵不再搜寻她时，她会回到格里姆克家，求得他们宽恕。”他一直踱着步子，但眼下他挨着我坐了下来，想尽快结束事实真相。“有一天晚上她去拉德克利夫巷上厕所，那里有一个白人男子，名叫罗伯特·马丁，是个盗奴者。他埋伏在那里等她。”

我的脑袋轰的一声炸开了，我号啕大哭，哭得我什么也听不见了。“盗奴者，盗奴者是什么？”

“偷盗奴隶的人。他们比人渣还要坏。我们都认识那个男人——他在这个地区经营一间马车行。最初他经营一般商品，后来就开始购买奴隶，再后来就偷奴隶。他在奈克到处寻找奴隶，四处打探，追踪逃跑的人。不止一个人看到他带走了夏洛蒂。”

“他带走她了吗？他把她卖到其他地方去了吗？”

我站起来，尖叫声压倒了我脑袋里的噪声。“你为什么不找她？”

他抓住我的肩膀，摇了一下，眼睛像燧石般喷出火花，说：“我和格勒·杰克找了两天，我们四处寻找，但她已经走了。”

萨　　拉

历经艰辛后，我回到费城，找到我和父亲先前在社会山住过的那所房子，希望待在此地直到返乡的船起航，但是在约定时间的那天早上——我的行李箱已备好，马车已在外等候——我心里莫名其妙地犹豫起来。

租给我房间的托德夫人来拍打我的门："格里姆克小姐，马车在等着呢。我要不要叫车夫过来替你拿箱子啊？"

我没有立即回答，而是站在窗前，盯着尖桩篱笆上枝繁叶茂的藤蔓，盯着路两旁矗立着梧桐树的鹅卵石街道，阳光在上面洒下宁静、斑驳的图案，我心里小声地说："不。"

我转向她，解下帽子。那是一顶黑色带褶边的丧葬帽，是前一天在高街上买的。那天我沿街逛着商店，身边没有人陪伴，只有我自己，然后我回到这个简陋的房间，没有仆人和奴隶，没有过度奢华的家具和金丝饰品或金叶，没人召唤我去和我不想见的访客喝茶，没有任何期望，只有这小小的房间，我在这里自己管理一切，甚至自己铺床，自己洗衣服。我转向托德夫人："……如果可以，我想再住一段时间。"

她看上去很困惑。"你不打算按计划离开吗？"

"不，我还想待一会儿。只待一会儿。"

我告诉自己，这是因为我想默默地哀伤。真的，这样令人难以置信吗？

托德夫人是一位苦苦打拼的法务职员的妻子，她紧紧握住我的手。“你想住多久，就住多久吧。”

我给母亲写了一封恳请信，说明了无法解释的原因：父亲已离去，我不能立即就回家。*我需要独自一人默默哀伤。*

母亲的回信九月到达。她用小而紧凑的潦草字迹写了厚厚一封声讨书。我的行为可耻、自私、残忍。“你怎么可以在我最黑暗的时刻抛弃我？”她写道。

我将她的信丢进壁炉里烧了，但她的话留下了令人愧疚的挫伤。她写的是事实。我是自私，我抛弃了母亲，以及尼娜。我为此极其痛苦，但我没有打道回府的打算。

我整天装病，累了就睡觉，经常大白天还在睡觉。托德夫人用餐时也不再等我了，而是把我的食物留在厨房里。我一般闲暇时把食物拿到房间来吃，吃完自己洗碗。我还有几本书要读，但我会在买来的期刊里写写东西，大多是关于父亲最后的日子。我还用一套《圣经》卡片练习经文。在梧桐叶从金黄色变成青铜色的时节，我会上街走走，一天比一天大胆地向前迈进——一直来到华盛顿广场、哲学大厅、老圣马利天主教堂。有一次完全是偶然，我走到“麻烦男人小酒馆”，听到里面传出喊叫声和陶器破碎的声音。

一个星期天，天气爽朗，万里无云，我一路踩着齐踝深的落叶来到拱街，遇到一座规模很大的贵格会聚会堂，于是我驻足观望。在查尔斯顿，我们有一座小型聚会堂，破旧不堪。据说，除了两个脾气暴躁的老头，没人去那里。就在我站在那里的那阵子，人们开始不断地从中门往外走。妇女和女孩穿着深色素服，与我们长老会教徒的服装比起来，我们的可谓艳丽夺目了，甚至孩子也穿着灰褐色外衣，露出一本正经的小脸。我在红砖、斜屋顶、简单的百叶窗背景下观察他们，有一种被排斥的感觉。我曾听说他们静静地坐着，等待有人大声地对上帝说出内心深处的隐私，听起来真可怕。

除了贵格会信徒，那些日子很像在朗布兰奇海滩的日子，白旗下我漂浮在海洋里，一种生命力注入那几个星期，几乎有第二个心脏在我胸口跳动。我发现我可以很好地管理我自己。如果不是父亲去世，我可能会一直很快乐。

然而到了十一月份，我知道我不能再待下去了。冬天来了，大海会变得很危险。我收拾好行装，准备出发。

※ ※ ※

这次是艘快船，这样我就有望在十天内到达查尔斯顿。我预订了头等舱，但舱内很暗，只有一个壁橱隔断和一个两英尺宽的铺位。我时不时冒险爬到甲板上去透透凉气，吹吹风，与其他乘客一起挤在背风处。

第三天早上，我醒来时已近黎明，我快速穿上衣服，没有梳辫子。房间里的空气浑浊而令人窒息，感觉就像一座坟墓。我来到甲板上，风吹得我的胡萝卜色头发肆意飞舞。我期望独自一人待在甲板上，但栏杆边已有人在。我拉起风衣帽，找个远离他的地方待着。

小小的白月亮依然悬挂在天上，仿佛想紧紧抓住最后一点夜晚的时光。月光下，一道细细的蓝光沿地平线展开。我凝视着那道蓝光渐渐变宽。

“你好！”一个男人的声音，使用的是我在费城经常听到的贵格会信徒的正式问候语。

在我转向他时，头发从风衣帽里滑出来，疯狂地抽打到我脸上。“……我很好，先生。”

他的下巴上有一道明显的凹槽，深邃的棕色眼睛，眉毛向上扬起，像小山的斜坡。他穿着简朴的马裤，膝盖处有银带扣，一件黑色的外套，戴着三角帽。他的额头挂着一绺头发，漆黑如炭。我猜他比我年长，或许要大十来岁。我先前在甲板上见过他。此外，第一天晚上，在船上的餐厅里我看见到过他与妻子和八个孩子，六个男孩、两个女孩。当时我还想，她看上去多疲惫啊。

“我叫伊斯雷尔·莫里斯。”他说。

后来我还纳闷，是不是命运三女神将我安排在那里，是不是她们让我在费城逗留三个月，直到这次特殊的航行到来。当然，我们长老会教徒认为那是上帝安排了这些合适的相遇，而不是神秘的女人、画轴，以及剪刀。

船的主帆随风发出噼啪声和呼呼声，震耳欲聋。我告诉他我的名字，然后我们站了一会儿，凝视着不断上升的太阳亮光，看着海鸟蹿入天空。他告诉我，他的妻子瑞贝卡被隔离在船舱里照顾他们最小的两个孩子，因为他们患了痢疾。他是一名经纪人，就是拿佣金的商人。虽然他很低调，但我看得出他经营得很不错。

我也告诉他我与父亲在此逗留以及父亲意外去世的事情。我将一切娓娓道来，只是偶尔会口吃，这都归功于我们周围宽阔的海域和流动的海水。

“请接受我的同情，”他说，“独自照顾父亲一定相当困难。你丈夫没和你一起来吗？”

“我丈夫？哦，莫里斯先生，我还没结婚呢。”

他的脸通红。

为了缓解气氛，我说：“我向你保证，我不介意这样的问题。”

他笑了，问我家人的情况，问我们在查尔斯顿的生活。当我告诉他我们家在东湾有座大宅，在内地有种植园时，他生动的表情渐渐消失了。“这么说，你拥有奴隶？”

“……我的家庭拥有，是的。但我自己不容忍这样。”

“不过你把很多事情都丢给那些人去做？”

我生气了。“……他们是我的家人，先生。你要我怎么做？”

他凝视着我，一脸仁慈和怜悯。“面对邪恶保持沉默，这本身就是一种邪恶。”

我转过身，面向清澈的海水。谁会这么说话？南方的绅士会立刻闭嘴。

“原谅我的直率，”他说，“我是贵格会信徒。我们认为奴隶制是一种束缚。这是我们信仰的重要组成部分。”

“……我刚好是长老会教徒，虽然我们没有像你这样反对奴隶制，但那也是我信仰的重要组成部分。”

“当然，我道歉。恐怕我内心是个狂热分子，我有点失控。”他拉了一下帽缘，笑了笑。“我得去看看我家人的早餐好了没有。希望我们还有机会聊天。格里姆克小姐，祝你愉快。”

接下来的两天，我满脑子想的只有他。他几乎每分钟都在令我不安，甚至在我睡觉时也如此。我深深地被他吸引，程度超过被伯克吸引，为此我很害怕。我被他残酷的良心吸引，被他那令人厌恶的贵格会吸引，被他思想的力量吸引，被他的个人魅力吸引。他已结婚，我为此很感激，也为此感到安全。

海上航行的第六天，在饭厅里，他向我走来。船遇上大风，船长禁止乘客登上甲板。“我可以坐你旁边吗？”他问道。

“……如果你喜欢，请便。”我突然感到胸口一阵火热，热流直冲上我的脸颊，把脸颊变成了两朵海棠花。“……你孩子康复了吗？你妻子还好吗？她没事吧？”

“疾病正在蔓延到每个孩子身上，但由于瑞贝卡的悉心照顾，他们正在康复。没有她，我们一天都没法过。她是——”他停了一下，但当我继续充满期待地盯着他看时，他收住了那句话，“完美的母亲。”

他不戴帽子看上去更年轻，乱蓬蓬的黑发随意摆动。他有明显的黑眼圈，我想可能是因为帮助妻子照顾孩子累的，然而他从背心里掏出一本破旧的皮面书说，他晚上熬夜读书。“这是《约翰·伍尔曼日记》，他是我们的信仰最伟大的捍卫者。”

话题又一次转到贵格会上。他打开书，读了几段给我听，试图向我灌输他们的信仰。“人人具有平等的价值，”他说，“我们的牧师除了男性，也有女性。”

“有女性吗？”我问了很多这类怪问题，他觉得很好笑。

“我可以假设女性价值，正如废除奴隶制，也是你个人信仰的一部分吗？”他说。

“……我早就希望有自己的职业。”

“你是个罕见的女人。”

“有人会说我不是罕见，而是激进。”

他笑了，眉头向额头上扬，斜得更古怪了。“你长老会的表面下有可能潜伏了一个贵格会信徒吗？”

“绝没有。”我告诉他。但后来，私下里，我其实并不确定。谴责奴隶制是一回事——我个人心里可以做到——但女牧师则是另一码事！

在剩下的海上航行的日子里，我们继续谈天说地，在甲板上迎着海风侃侃而谈，嗅着餐厅里的米饭和雪茄的香味而谈。我们不仅谈论贵格会信徒，还谈神学、哲学和解放黑奴的政治学。他持渐进式废除奴隶制观点，而我坚持认为应该立即废除。他发现我和他志同道合，但我不能完全理解他为什么对我如此友善。

在船上的最后一晚，伊斯雷尔问我是否愿意到餐厅去见他的家人。他的妻子瑞贝卡搂着站在她大腿上的老幺，一个不超过三岁的哭宝宝，宝宝红扑扑的小脸像啄木鸟一样在她肩上不停地叩首。她属于那种弱骨纤形的女子，身体看似弱不禁风，稻草黄的头发向后梳成中分发型，有几缕头发垂落在脸上。

她拍着孩子的背。“伊斯雷尔很赞赏你。他说，你一直倾心听他解释我们的信仰。但愿他没令你厌烦。他这人很执着的。”她朝我神秘地笑笑。

我不希望她如此美丽动人。“……嗯，他的确解释得深入细致。”我说，她却咯咯地笑起来。我看着伊斯雷尔，他正眉开眼笑地看着她。

“如果你再来北方，一定要来我们家。”瑞贝卡说，然后她将孩子们领到他们的客舱去了。

伊斯雷尔又待了一会儿，然后掏出《约翰·伍尔曼日记》。“请收下吧。”

“但那是你自己的书，我不能拿。”

“我很荣幸把它给你——我回到费城会再弄一本。我只要求你读完后写信给我，谈谈你的读后感。”他打开书，给我看了一张纸，上面写着他的地址。

那天晚上，我吹灭灯芯之后，醒着躺在床上，想到塞进行李箱里的书和书里夹着的地址。*你读完后写信给我*。海水在我身体下流动，冲向查尔斯顿，船体摇啊摇，摇进了黑暗。

小 麻 烦

当主人打算卖掉你时，他们说的第一件事就是：快去洗洗牙齿。阿婶总是跟我们讲这些。她说当奴隶们在街上被卖掉时，白人男子当务之急是检查他们的牙齿，尽管格里姆克主人去世后，没人想过我们的牙齿。我们认为生活还会继续这样下去。

萨拉从北方回来两天后，律师来宣读遗嘱。我们聚集在餐厅里，包括格里姆克家的每个孩子和每个奴隶。我很奇怪，为什么夫人让我们奴隶也在这里。我们在屋子后面站成一排，有点感觉我们也是这个家庭的一部分。

萨拉在餐桌的一侧，尼娜在另一侧。萨拉会看着对面的妹妹苦笑，而尼娜则会往别处看。两人在闹别扭。

夫人穿着漂亮的黑色丧服。我想要告诉她，她需要脱下来让玛利亚去清洗了，因为衣服上有灰色腋汗渍，看上去好像她从去年八月以来每天都在穿似的，但你不能告诉她这件事。这女人白天情绪特糟糕。

律师名叫修戈，他站在那里，手里拿着几份文件，说是约翰·格里姆克于去年五月立下的最终意愿与遗嘱。他读了立遗嘱的理由，诸如此类。真比《圣经》还糟糕。

夫人没能得到大宅子，亨利继承了房子。他还不满十八岁，但至少她能待在这里直至离世。“我留给她家具、盘盏、镀金器皿、一辆马车、我的两匹马、酒窖的酒和储备物资，我死后执行。”就这样一件又一件，所有物品与可动产都有归属。

接着，他读到一些东西，我听了胳膊上的汗毛顿时竖起。“她将任意选择接受我的六名黑奴，其余人将出售或分散给我的子女，具体由她决定。”

宾娜站在我身边。我听到她窃窃私语：“上帝啊，不！”

我看了一眼我们这排奴隶，现在我们只有十一人了——罗塞塔一年前在睡梦中离去了。

*她将任意接受六人……将其他人出售或分散。*我们中的五个将要离开。

闵塔开始抽泣。阿婶说：“别出声。”但就连她那双老眼也瞪得圆圆的，看来她也很害怕。她曾将菲比训练得很好；汤弗利也渐渐老了；艾莉的手指扭曲得像树枝；古迪斯和萨贝都还很年轻，但是马厩里不需要两个奴隶；普林斯身强体壮，适合干庭院里的活儿，但他心里在犯嘀咕，坐在那里发呆，把鼻涕擤在自己的衬衫上；玛利亚是个好工人，我想她会留下来；宾娜在小声抱怨，因为她是育儿保姆，以后没有孩子要照看了。

我对自己说，*夫人需要一个女裁缝*，但后来我再一次注意到那条黑裙子。从此以后，她所需要的就只是几条裙子而已，她完全可以雇人做。

忽然，萨拉说话了：“……父亲不可能是这个意思！”

夫人恶毒地看了她一眼。“你父亲亲手写下这些话的，我们要尊重他的意愿，我们别无选择。请允许修戈先生继续读下去。”

当他继续读遗嘱时，萨拉看着我，那双蓝眼睛里充满悲伤，犹如她十一岁生日那天一样。那时我站在她面前，脖子上系着薰衣草色丝带。这世界受到了重创，她无法将其修复。

※※※

十二月份，人人都惊恐万状，就等夫人说出谁去谁留了。如果我被卖了，妈妈回来怎么找到我啊？

我每晚都放一块热砖在床上用以焐脚。躺在那里，我会想妈妈是否还活着，会在外面什么地方。我想知道买她的人是否善良，是否会叫她干农活儿。她还做针线活儿吗？她和我的小弟弟或小妹妹在一起吗？她脖子上还戴着那个荷包吗？我知道假如她可以，她一定会回到这里来的。这是她的灵魂所在，它在那棵树里。这是我待的地方。

不能让我走。

那年，夫人没有庆祝圣诞节，但是她说了，如果你们想搞占库努，就搞吧。那是几年前由牙买加奴隶带来的一种传统习俗。汤弗利会穿上破衣烂裤，上面缝上一些颜色鲜艳的布条，他再戴一顶大礼帽——我们称他“破烂王”。大伙儿跟在他身后，边走边唱，敲锅打盆，一直绕到后门。他会敲门，夫人及全家人都会来看他的舞蹈。然后夫人就会给我们一些小礼物，一枚硬币或一支新蜡烛，有时也会是一条围巾或一只玉米棒做的烟斗，为的是让我们开心。

这一年我们没指望有多高的兴致，但是在占库努这天，汤弗利来到院子里，穿着他那身破烂装束，丁零哐啷一阵声响之后，我们就暂时忘了烦心事。夫人穿着黑裙子从后门出来，手里提着一篮子礼物，萨拉、尼娜、亨利以及查尔斯跟在她身后。他们勉强堆着一脸笑容，甚至连长相酷似他妈妈的亨利看上去也像一个咧嘴笑的天使。

汤弗利表演了吉格舞，快速旋转，弹跳，摇摆胳臂，舞动缎带。表演结束时，大家热烈鼓掌，他脱掉高高的帽子，擦了擦头皮上的谷壳。夫人把手伸进篮子里，给每个女人一把精美的彩纸扇，每个男人两枚硬币，而不是一枚了。

一整天都是阴沉沉的，但此刻太阳破云而出。夫人拄着她的金头手杖，眯着眼看着我们。她喊出汤弗利的名字，接着是宾娜、艾莉、普林斯、玛利亚。她说："我有额外的东西要给你们。"说着，她递给每人一罐含漱油。

"你们在我这里很尽职，"她跟他们说，"汤弗利，你将去约翰家。宾娜，你将去托马斯那里。艾莉，我派你去玛丽那里。"然后，她转向普林斯和玛利亚："抱歉，你们必须被卖掉。这不是我的愿望，但必须这样。"

没人说话。寂静压在我们的身上，仿佛一块搬不动的石头。

玛利亚扑通瘫倒在地，并跪着挪向夫人，哭着求她改变主意。

夫人擦了擦眼睛，然后转身走进大宅。她的儿子们也跟着她走了，但萨拉和尼娜仍然待在原地，她们俩的脸上充满同情。

斧子没落在我身上。*难道我的上帝拯救了小麻烦吗？*斧子也没落在古迪斯身上，如此解脱令我感到惊喜。但是，这一切都与上帝无关。只有他们四人站在那里，玛利亚依然跪在那里。我不忍心看汤弗利，以及他手臂下压扁的帽子；普林斯和艾莉盯着地面发呆；宾娜手上握着纸扇，呆呆地盯着菲比。她永远不会再见到女儿了。

※※※

夫人把他们的活儿分派给我们这些留下来的人。萨贝取代汤弗利当了管家。古迪斯负责庭院、马厩和赶马车。菲比负责洗衣服，我和闵塔接过了艾莉的清洁工作。

新的一年来临时，夫人安排清洁客厅里英式吊灯的活儿。她说，十年来，艾莉没有一次好好擦拭过这盏灯。此灯有二十八个挂柱，分别配有水晶灯罩和玻璃切割成的珠串。我爬上梯子，戴上白色棉布手套，把灯拆下，并放在桌子上，用氨水将其擦拭得锃亮。

接下来，我想不起来怎么再把吊灯重新装上去了。

我发现萨拉在她的房间里，正在看一本皮面书。“我们会有办法的。”她说。从她回来以后，我们很少谈话——她好像整天愁眉苦脸，一天到晚埋头读那本书。

我们终于把吊灯安装到天花板上以后，她的眼泪突然夺眶而出。我说：“你是为你父亲而悲伤吗？”

她用最奇怪的方式回答了我，我知道她说的话才是她带回来的真实伤痛。“……我二十七岁了，小麻烦，这就是我现在的生活，”她环顾了一下房间，抬头看看吊灯，又看着我，“……这就是我的生活。我的余生将在这里度过。”她的声音沙哑了，用手蒙住嘴巴。

她和我一样，被束缚了，但她是被她的思想束缚，被她周围人的思想束缚，而不是被法律束缚。在非洲人教堂里，维塞先生总是习惯说：*注意，你会被奴役两次，一次是你的身体，一次是你的思想。*

我力图告诉她这些。我说：“我的身体可能是一个奴隶，但我的思想不是。而你则正相反。”

她朝我眨眨眼，泪水又涌出来了，像切碎的玻璃闪闪发光。

※※※

宾娜离开的那天，我听见菲比一直在厨房里哭。

萨　　拉

1820 年 2 月 1 日

亲爱的伊斯雷尔，

我常常回想我们在船上的谈话！我读了您托付给我的那本书，我的心灵被点燃了。我有很多事情想问您！多么希望我们还能在一起啊——

1820 年 2 月 3 日

亲爱的莫里斯先生，

离开奴隶制恶魔六个月后回到查尔斯顿，再看到它时，我心里迸发出新的恐惧。读了您给我的书以后，我感觉一切更糟糕了。我无人可倾诉，只有您——

1820 年 2 月 10 日

亲爱的莫里斯先生，

相信您一切皆好。您亲爱的妻子瑞贝卡好吗——

1820 年 2 月 11 日

先生，谢谢您的书。我发现在你们贵格会信仰里有一种令

人困惑的美——一种埋在我们心里的光明种子的概念，一种神秘的内在之声的概念。敬请告知这是怎样的一种声音

我一遍遍地给他写信，千篇一律的有始无终，半途辍笔。每次我都会搁下鹅毛笔，把信折起来，和其他的信一起藏在我书桌抽屉的后面。

一天下午三点钟左右，冬季笼罩在阴霾下，我拽出那捆厚厚的信札，解开黑丝带，将二月十一日的信放进去。寄信只会带来痛苦。我太在乎他了。他每一封回信都更加激发我的情感。让他鼓励我皈依贵格会没有好处。贵格会信徒在这里是受鄙视的宗教团体，他们被认为是一小群异常、打扮简陋、陌生而极其古怪的人，这些人走在大街上会令人瞠目。当然，我无须主动让自己成为笑柄，并且会避开的。而母亲——她绝不允许。

听到母亲的手杖在屋外松木地板上的咚咚声，我抓起信，猛地拉开抽屉，吓得两手直哆嗦。文具哗啦全掉在我的腿上和地毯上。就在我弯腰去捡时，门开了，没听到敲门声，她站在开着的门框里，扫了一眼我的私藏处。

我抬头看着她，一边把黑丝带攥进手里。

“书房需要你。”她说，我丝毫察觉不出她对我撒出来的东西的好奇。“萨贝在打包你父亲的书——我需要你去监督他好好做。”

“打包？”

“要把它们分给托马斯和约翰。”她说着，转身离开了。

我把信件收拾好，还是用丝带捆绑好以后塞进抽屉的后面。我为什么要保留这些信件，我不知道——真愚蠢。

我来到书房时，萨贝不在那里。他已经清空所有书架，并将书装进好几个大木箱，敞开着摆放在地板上。多年前，就在这同一层楼，当父亲禁止我看书时，我就跪在那里。我不去想那些往事，不去想那些可怕的岁月，不去想这间屋子现在已被扒光。我失去了书

籍，永远失去了。

我一屁股跌坐在父亲的椅子上。过道里的钟声滴答滴答，声音听起来越来越大，我感觉心里有一团阴影在不断积聚，这次情况更糟糕。自从从北方回来后，我一天比一天忧郁。我再次陷入十二岁时的那种黑暗，当时我的生活全毁了，母亲召来了盖丁斯医生。我担心她这次可能还会这样做。所以，我每天强迫自己静下心来喝茶，忍受着她朋友的探访，坚持去教堂，去《圣经》读书会，参加救济会聚会。每天早晨，我和妈妈坐在一起，腿上放着绣花绷，努力把针从布上穿过。她把家里记账的任务交给我，每周我都要清点用品，列出库存和采购清单。房子、奴隶、查尔斯顿、母亲、长老会——一切都搅和在一起。

尼娜远离我了。父亲去世后我滞留在费城，她为此生我的气。“你不知道，独自一人在这里，我是怎样过的，”她哭着说，“母亲不断地对我吹毛求疵，从教会到奴隶制，到我的叛逆本性，样样不顺她的心。真可怕！”

我一直是她和母亲之间的缓冲区，我离开那么长时间，她得直面母亲。“对不起。”我跟她说。

“你只给我写过一次信！”她美丽的脸因伤心与怨恨而扭曲了。“*就一次*。”

的确。我太着迷于那里的自由了，都没顾得上。“对不起。”我又说了一遍。

我知道有一天她会原谅我自私地抛弃她几个月时间，但是我感到我们之间的疏远不仅仅是这个缘故。她十五岁了，该与我分手了，该从我的影子里剥离了，该去了解与我分开后她是谁了。我退居费城只是她为宣布独立找的借口而已。

我们吵架那天，她逃到自己房间里，大声喊着：“母亲说得对，我没有自己的思想，只有你的思想！”

我们现在形同陌路。我让着她，但结果令我更加绝望。

我盯着书房地板上装满书籍的大木箱，回想起我曾经为一种职业，为某种目的而苦恼。这里曾经是如此令人向往的地方。

萨贝还没回来。我从椅子上站起来，怀旧地翻弄着书，碰巧看到一本《圣女贞德传》。我已说不清读过多少遍圣女贞德的勇敢故事了，那还是在父亲禁止我从书房拿书看之前的事。此刻我打开书，凝视着一幅她的盾徽素描——两朵鸢尾花。我忘了，就是这里，我突然意识到我为什么会在十一岁时就恋上鸢尾花饰扣。我偷偷把这本书藏在披肩下溜走了。

那天晚上我彻夜难眠，听见楼下的钟敲了两下，然后三下。不久就下起雨，雨水毫不留情地拍打着游廊和窗户。我从被子里爬出来，点亮罩灯。我想写信给伊斯雷尔，想告诉他忧郁时常吞噬我，让我感到只有坟墓才是避难之所。我还是想再写一封不寄出的信，也许这样会让我好受点。

我拉开书桌抽屉，注意到亮光投射到抽屉里。那里有我的《圣经》和布莱克斯通的《英国法律评论》，我的文具，墨、笔、尺子和封蜡，不过我没看到那扎信件。我把灯拉近了点，把手伸进空荡荡的角落。黑丝带还在那里，显然是事后恶意卷起放在那里的。我写给伊斯雷尔的所有信件都不翼而飞了。

我想对她大声尖叫，被一种强烈的暴力倾向裹挟。我猛地打开门，冲下楼梯，一边紧紧抓住楼梯栏杆，因为我的脚似乎要从我身下飞出去。

我用拳头猛砸她的门，然后胡乱旋转门手柄，门锁上了。“……你竟然敢拿走我的信！”我尖叫着，“你竟敢！开门，开门！”

我无法想象她在阅读我向一位陌生的北方人亲密地哀求时会怎么想。一位贵格会信徒，一个有妻室的男人。她会认为我滞留费城就是为了他吗？

她毫无反应，但是楼梯平台传来尼娜惊恐的声音。“是姐姐吗？”

我抬头看见她的白睡衣在黑暗中发着银光，亨利和查尔斯站在她身旁，三人像幽灵一样。

“……睡觉去。”我说。

他们的赤脚拍打着地板，我听到门在他们身后砰砰地一扇接一扇关上。我转过身，又挥起拳头，但怒火开始消退。我回到跑出来的那个可怕地方，歪歪倒倒，筋疲力尽。我把头倚在门柱上，真恨我自己。

※ ※ ※

第二天早上，我起不了床了。我挣扎着想起来，但好像身体里有某种东西抛了锚似的。我把脸埋在枕头里，随它去了。

接下来的日子里，小麻烦给我端来食物，我碰也不碰。我一点儿也不饿，只想睡觉，这样可以不去想。有几个晚上我在游廊上徘徊，越过栏杆眺望花园，想象着自己掉下去的样子。

一天，小麻烦把一个粗麻布袋放在我身边的床上。“打开它。”她说。当我打开时，一股焦味儿飘出来。里面是我的信，被烧得焦黑。她发现是闵塔按照母亲的吩咐把它们扔进厨房火里的。小麻烦用拨火棍挽救了它们。

春天来临时，我的精神状态并没有改善，于是盖丁斯医生来了。母亲似乎真的担心我了。她带着一把垂须长寿花来我房间看我，说话也甜蜜多了，还说我应该和她一起去加兹登绿地散步，或者叫阿婶为我制作米饭布丁，还给我带来我教友们的关切信，他们以为我患了胸膜炎。我盯着她发呆，继而往窗外看去。

尼娜也来看我。“是我吗？”她问道。“是我造成你这样的吗？”

“哦，尼娜，”我说，“……你千万别这么想……我无法解释我到底怎么了，但这不怪你。”

接下来，五月的一天，托马斯出现了。他坚持我们坐在门廊里，因为那里暖和，空气中带着浓郁的丁香花芳香。我听着他侃侃而谈，他谈到国会最近在密苏里州就禁止奴隶制做出的妥协。“那个该死的亨利·克莱！”他说，“一名伟大的调解人。他再次引发了癌症的蔓延。”

我不知道他在说什么。令我吃惊的是，我感到很好奇。后来我意识到那是托马斯的意图——制造一个小小的滑轮，试图把我拖回来。

“他真是个傻瓜——他以为让奴隶制进入密苏里州会安抚这里的煽动者，那样只会进一步分裂国家。”他掏出带来的报纸在我面前铺开，“看看这个。”

《查尔斯顿水星报》头版刊登了一封信，将克莱的妥协称为夜晚的火警铃。

它使我觉醒，令我充满恐惧。我认为它是联邦政府的丧钟……信的署名是：托马斯·杰斐逊。

我已经很久不关心外面发生的事情了。我心里还在燃烧一些老的怒火。对奴隶制的敌意一定在寻找某种新的、大胆的立足点！嗨，听起来好像我自己的哥哥对它怀有敌意似的。

“……你支持北方吗？”我问他。

“我只知道我们不能对把人用链子锁起来的罪恶熟视无睹。这种现象必须结束。”

“……那么，你把你的奴隶释放了吗，托马斯？”这么问会令人耿耿于怀。我就知道他没打算这么做。

“你不在的时候，我在查尔斯顿创立了一个美国殖民大会分会。我们正在筹集资金。”

“……请告诉我，你目前还不希望买下所有的奴隶，并把他们送回非洲，是吗？”自从我与伊斯雷尔在航行期间的讨论以来，我还从未感到自己如此激情燃烧。说着，我的脸颊开始发烫了。“……那就是你回应正在蔓延的癌症的方式吗？”

“这可能是一个牵强的答案，萨拉，但我可以想象，再没有其他答案了。”

“……我们的想象力就如此微弱吗，托马斯？如果联邦消失了，正如我们的前任总统所言，那是因为我们缺乏想象力……是因为南方的傲慢，是因为我们热衷财富，是因为我们的心很残酷！”

他站着看着我，笑了笑。“这才是她，”他说，“这才是我的妹妹。”

我不能说在那之后，我又变成了原来的我，但忧郁渐渐消除了，取而代之的是惴惴不安，就像没有皮肤或外壳的生物。我开始吃米饭布丁，一边喝着浸泡在圣约翰麦芽汁里的茶，一边坐在阳光下重读贵格会信徒的书。我时常想到夜里火警铃响起。

仲夏时节，没有任何预先准备，我拿出一张信纸。

1820 年 7 月 19 日

亲爱的莫里斯先生，

原谅我延迟至今才给您去信。去年十一月在船上您给我的书是我这段时间以来的忠实伴侣。贵格会的信仰在向我招手，但我不知道我是否有勇气去追随它们。我确信，我将付出巨大而可怕的代价。我没有其他问题要问，只求得到您的忠告。

您最真诚的，

萨拉·格里姆克

我把信交给小麻烦。“小心收好，”我跟她说，“下午你亲自拿去寄出。”

※ ※ ※

伊斯雷尔的回信到达时，我正在暖和的厨房里仔细查看食品储备情况，写需要去集市购物的清单。信到达门口时，小麻烦避开萨贝拦截了信。她把信递给我，并在一旁等着。

我从抽屉里拿出一把切黄油的刀，挑开封口。我读了两遍，一次读给自己听，一次读给她听。

1820 年 9 月 10 日

亲爱的格里姆克小姐，

很高兴收到你的来信，尤其是获悉你倾心于贵格会。神之路既狭窄，代价又昂贵。我提醒你《圣经》里的话："发现生活的人会失去生活，失去生活的人会找到生活。"不要害怕失去需要失去的东西。

很遗憾，我有十分悲伤的消息要告诉你。我亲爱的瑞贝卡今年一月份去世了。她在我们回到费城后不久就死于恶性流感。我的姐姐凯瑟琳来照顾孩子。孩子们和我一样，很想念他们的母亲，但令我欣慰的是，我心爱的妻子和孩子们的母亲与上帝同在。

给我写信。我在此鼓励你走自己的路。

你的朋友，
伊斯雷尔·莫里斯

※ ※ ※

中午，我坐在房间里，双眼紧闭，十指交叉放在两腿之间，注意倾听贵格会信徒似乎确信就在我们心里的上帝之音。自从收到伊斯雷尔的来信，我一直热衷于这种不确定的活动，尽管我不认为信徒会称之为活动。对他们来说，这种倾听根本是无作为，只是一种向个人心灵静谧之处的屈从。我想相信上帝最终会显灵，低声发出小小的命令启迪我。但是，像往常一样，我什么也没听见。

我立即写信回复伊斯雷尔，我的手抖动得非常厉害，笔墨线条摇摇晃晃，跃然纸上。我倾吐着我的同情，我的祈祷，各种各样虔诚的保证。字字句句都挺陈腐，好像是在《圣经》读书会上闲聊。我感到我被这些字保护。

他又回复了一封信，我们的通信就此开始了。信中主要包括我诚恳的询问和他给出的一点指导。我直截了当地问他内心的声音听起来像什么，以及我要如何识别这种声音。“我无法告诉你，”他写道，“但当你听到了，你就会知道了。”

一天，我感到周围异常沉寂，水的重量塞满我的耳朵，我的心扑通扑通地跳。脑海里掠过阵阵令人不安的想法，使我想起小松鼠在树林里乱窜。或许我太信奉圣公会，太信奉长老会，太忠实于格里姆克这个姓氏，所以我才听不到。我抬眼去看壁炉，里面的柴火已经熄灭。

仅仅过了几分钟，我的眼皮就耷拉下来了。我告诉自己，我没有期待，没有希望，没有努力——我放弃了倾听上帝之音——此刻我的大脑停止奔跑，开始漂浮在某条静静的溪流上。

到北方去。

那声音冲入我空白的大脑，如同空中落下的一块黑乎乎的美丽石头。

我屏住呼吸。这不像普通的想法——它清晰，忽隐忽现，而且充满上帝的旨意。

到北方去。

我睁开眼睛，心疯狂地跳动，我把一只手放在胸前压住心跳。

真难以置信。未婚女儿通常不会独自到不受保护的陌生地方生活。她们一般住在家里，与母亲在一起。如果没有母亲的话，就与姐妹一起生活。如果没有姐妹，就与哥哥一起生活。她们不会与一切断绝关系，不会与她们熟知并爱戴的人断绝关系。她们不会舍弃她们的生活、声誉以及家族名誉。她们不会制造绯闻。

我站起身，踱步到窗前，对自己说这不可能。母亲会与我决战的。不管有没有上帝之音，她会迅速让其终止。

父亲将所有资产以及财富的巨大份额留给了他的儿子们，但他没有忘记他的女儿们。他留给我们每人一万美元，如果我省吃俭用，如果我靠利息生活，这笔钱足够我享用一生。

窗外，天空朦朦胧胧，充满破碎的阳光，我突然想起去年冬天小麻烦在客厅清洗吊灯的那天，她对我的指责：*我的身体可能是一个奴隶，但我的思想不是。而你则正相反。*我当时没在意这些话——她是怎么知道这个的？但现在看来，这话千真万确。我的思想一直受到禁锢。

我大步走到梳妆台前，打开我的赫波怀特式梳妆台抽屉，那个我从未打开过的抽屉，那个保存熔岩盒的抽屉。我在里面找到小麻烦几年前还给我的那颗银饰扣。这颗饰扣黑乎乎的，早已被遗忘。现在我把它握在手心里。

一个人如何才知道上帝之音呢？我相信这个号召我去北方的声音就属于上帝之音，尽管我那天真正听到的也许是我自己向往自由的冲动，也许是我自己的声音。这又何妨呢？

第四部　*1821*年*9*月—*1822*年*7*月

萨　　拉

那是一座以绿山命名的房子。当伊斯雷尔写信邀请我与他的家人同住在费城乡间时，我曾想象那一定是座宽敞的白色框架的房子，有一个大阳台，以及绿松色的百叶窗。春末到达时，我惊讶地发现，那简直就是一座小石头城堡。绿山其实是用淡灰色顽石垒砌而成的房子，有拱形窗户、阳台和角楼。第一眼看上去，它感觉就像一个不折不扣的流放地。

伊斯雷尔的已故妻子瑞贝卡至少把房子里面弄得很柔软。房子里四处可见挂毯和花枕头，有简约的震颤式家具，墙上挂着布谷鸟报时钟。这虽是个非常古怪的地方，但我开始喜欢住在这个采石场里了。我喜欢石头墙在雨中闪烁、被满月洒满银光的样子。我喜欢孩子们的声音此起彼伏地回荡在一间间屋子里，喜欢在酷热的白天房子里那种既昏暗又凉爽的感觉。重要的是，我喜欢它坚不可摧的感觉。

经历了几个月与伊斯雷尔的鸿雁传书，与母亲的无数次冲突，我最终在他家三层的一个阁楼间住下。我的战术就是说服母亲相信这一切都是上帝的安排。她是个虔诚的女人。如果还有任何东西可以战胜她的社会成见的话，那就是虔诚。当我告诉她关于内心之音时，她吓坏了。在她心里，我已经变成一名将自己扔进油锅、绑在火刑柱上烧死的疯狂女圣徒。当我最终坦白我是想去和那个我写了那么多未寄出的风流信的男人同住一个屋檐下时，她爆发了各种病症，从唇疱疹到胸口疼。胸口疼确实是真的，发作时她的脸抽搐，大汗淋漓，我很担心我这么做可能会杀了她。

“如果你还有一丝一毫的尊严，你就不会跑去住在一个贵格会信徒鳏夫的房子里。”在我们最后一次发生冲突时，她大声喊道。

当时我们在她的卧房，我站着背对窗口，注视着她脸上愤怒的皱纹。

“……伊斯雷尔的未婚姐姐也住在那里，”我跟她讲了数十次，“……我只是租住一间屋子。我是去帮助孩子的，负责给女孩子们上课……这是非常受人尊敬的，我想成一名家庭教师。”

“一名家庭教师，”她用手背按住额头，仿佛是要避开从天而降的碎片，“如果你父亲没死的话，这会杀了他的。”

“……别扯到父亲，他希望我幸福。”

“我不能——我不会祝福你的！”

“……那么，我就不带你的祝福而别。”我对自己的大胆感到惊讶。

她把身体向椅子背靠去，我知道我刺痛她了。她用绷紧着的肿眼泡怒视着我。“去吧！不过，自己享受这种卑鄙勾当吧。你是因为身体原因去北方的，明白吗？”

“……我到底有什么病痛啊？”

她望着窗外，似乎在观察一片金色的天空。她沉默了许久，我甚至纳闷我是不是被遗忘了。“咳嗽，”她说，“我们担心你有肺痨病。”

那就是我签下的条约。母亲容忍我的旅居，并尽量不切断我与家庭的关系，而我则要假装我的肺受到痨病的威胁。

在绿山的三个月期间，我经常会有背井离乡的感觉，我很想家，思念尼娜，脑海里总是浮现出小麻烦。令我吃惊的是，我还思念查尔斯顿，当然不是那里的奴隶制，也不是其社会等级制度，而是那里阳光沐浴的港口，带着咸味的空气，花园里昂着橙色脑袋的天堂鸟，以及游廊上被夏日里的风吹得啪啪响的百叶窗。我闭上眼睛，仿佛听到圣菲利普教堂的钟声，嗅到弥漫城市的女贞树篱那令人窒息的甜蜜味。

幸亏我在这里整天忙忙碌碌。这家有八个被遗弃的孩子，从五岁到十六岁。我要帮伊斯雷尔的姐姐凯瑟琳干一些琐碎的家务活儿，甚至在我最严格的长老会活动时间，我都找不到合适的人替我给她帮忙。她这人心眼好，就是太过拘谨。尽管她戴眼镜，视力还是很差，总是泪眼汪汪，无法穿针引线，不能量面粉。真不知道在我来之前，他们的日子是怎么过的。姑娘们的裙边歪七扭八，我们吃的蛋糕是甜还是咸也分不清。

每周大家都要乘坐很长时间的马车到市里的拱街聚会堂，我现在仅仅是那里贵格会的一名预备会员，已经接受过长老理事会对我信念的讯问，现在只是在等待他们的决定，尽力做好每件事。

每天晚上，我和伊斯雷尔都会从山上下来，走到小池塘边去喂鸭子，对此凯瑟琳大为不满。鸭子全身装扮着彩虹色羽毛，脖颈部是靓丽的黑羽毛，它们最不符合贵格会信徒的派头。凯瑟琳有一次拿它们的羽毛和我的裙子做比较。“所有南方女人都用这种炫耀的方式打扮自己吗？”她问道。这女人要是真的知道就好了，我把自己最漂亮的衣服都留在家乡的衣柜里了。我给了尼娜好几件真丝连衣裙，上面的服饰从羽毛到皮毛，应有尽有；很多奢华的蕾丝头饰；一顶进口的带锯齿形饰边的帽子；一条荷叶边薄纱披肩；一枚青金石胸针；成串的珍珠；一把镶嵌着小镜子的扇子。

在某些场合，我不得不扯下帽子上的装饰。我必须要穿正式的素装，舍弃我所有漂亮的东西，穿灰土色的衣服，戴无花边的帽子，这样我看起来会比平日更加朴素。凯瑟琳拿出好几件土灰色衣服“鼓励”我穿，仿佛看见它们就会让人嫌弃。幸运的是，直到我的预备会员资格到期，我都没被要求出席那种素装仪式，我也无意急着参加那种场合。

当我和伊斯雷尔去看池塘时，我们会向水里扔些面包片，然后观看鸭子拍打鸭蹼追赶面包片的景致。一条被风吹日晒的舢板倒扣在远处的香蒲草上，但我们从未贸然走去过。相反，我们坐在他自己搭建的长条凳上，谈论孩子、政治、上帝，也免不了谈论贵格会的信仰。他讲了很多关于他妻子的事，她已经走了一年半。他的瑞贝卡可能已被正式宣布为圣徒。一次，说完她的事以后，他声音哽咽，紧紧握住我的手。正值傍晚时分，天色渐渐变成深紫罗兰色，我们俩默默地漫步其中。

※ ※ ※

九月，在夏日离开我们之前，我正在房间的垫子上沉思，突然一阵哭声打破我的静谧，我迅速从深蓝色的梦幻中游上来。窗户是敞开的，有一阵子，我除了听到蟋蟀发出的唧唧声，什么也没听到。接着，哭声又起，是一种呜咽声。

我猛地打开门，发现是贝基[①]，伊斯雷尔六岁的女儿。她身上裹着一件超大的白睡衣，一边号啕大哭，一边揉着眼睛。她不仅有她母亲的名字，还有她母亲那种枯燥的亚麻色头发，不过，这孩子在某种程度上使我想起了我自己。她的眉毛和睫毛淡得几乎看不见。看到她，我也脸色煞白。更重要的是，她嘴里还在叽里咕噜地说着话，她的兄弟姐妹为此总是无情地嘲笑她。曾听到她的一个哥哥叫她“嘟囔嘴”，我还说了他一顿，如今他见我就躲，但贝基从此就

① 贝基是瑞贝卡的昵称。

像一只小熊一样跟我形影不离了。

她现在冲向我，一把投进我的怀里。

“……天哪，怎么啦？”

“我梦见妈妈了。她在地下的一个盒子里。”

“……哦，宝贝儿，没有。你妈妈和上帝以及天使在一起。”

“但我看见她在盒子里。我看见她了。”她泪如泉涌，弄湿了我的睡衣。

我捧着她的后脑勺，等她不哭时，我说：“过来……我带你回房间。”

她挣脱我，冲到我的床上，把被子拉到她的下巴。“我想跟你睡。”

我爬上床睡在她旁边，她靠着我，鼻子蹭着我的肩膀，这时一种莫大的慰藉荡涤着我。她的头发闻起来像被凯瑟琳缝入枕头的墨角兰叶子般清甜。当她的手落在我胸口时，我注意到一条链子夹在她紧攥的拳头里晃来晃去。

“……你手里拿的是什么？”

“我拿着它睡觉，”她说，“但只要我拿着它睡觉，我就会梦见妈妈。”

她松开攥着的手指，露出一个圆圆的镀金小挂坠盒，盒子正面刻着一束扎着蝴蝶结的黄水仙，下面是一个名字：瑞贝卡。

“这是我的名字。”她说。

“……这个挂坠盒也是你的吗？”

“是的。”她的手又握了起来。

我从未见过凯瑟琳或贝基的姐姐们佩戴过任何首饰，但是在查尔斯顿，小女孩戴挂坠盒就像她们戴发卡一样常见。

“我不想戴了，”她说，“我想给你戴。”

“……我戴？哦，贝基，我不能戴你的挂坠盒。”

“为什么？”她抬起头，眼睛又模糊了。

“因为……它是你的。它上面有你的名字，不是我的名字。”

“但是你现在可以戴上它，就现在。”

她向我投来恳求的眼神，我从她手上拿过来。“……我为你保管吧。”

“你会戴上吗？”

“如果这让你开心的话，我会戴一次，但只戴一次。”

她的呼吸渐渐拉长，并发出轻轻的扑哧声，听起来像是彩带在迎风飘扬，我还听到她喃喃自语道：“妈妈。”

※ ※ ※

一周以来，贝基见到我就盯着我的衣服领子往里面看。我希望她忘了挂坠盒的事，但是在她的脑海里，我戴着它似乎非常重要。看到我没戴，她便会大失所望。

我如此小心谨慎，是不是有点傻啊？挂坠盒里卷放着一绺头发，我想是贝基的吧，不过头发的色泽定能唤起她对母亲的回忆。如果看到我戴这条项链能给她带来些许安慰的话，这样做肯定是有益无害的。

星期四，我戴着挂坠盒去给女孩子们上辅导课。男孩子们每天上午在教室里由一位城里来的男家教负责，而我负责在下午教授两个女孩。伊斯雷尔制作了一张长条桌，一头连着墙，还有一条长条凳。他还安装了黑板，摆放书本的书架，以及一张松木讲台。那天早上我穿了翠绿色连衣裙，由于这条裙子很像鸭子的羽毛，我之前很少穿。裙子的领口敞开到我的锁骨，金挂坠盒刚好挂在锁骨间的喉窝里。

贝基发现了。她踮起脚，满心欢喜，顿时眉开眼笑。接下来的时间里，她给我的回报是，每当我提出一个问题，她不管是否知道答案都会举手。

我自行设计她们的课程，决定将我的老对手拉芬夫人以及她的“为培养淑女而教育”的理念统统抛在脑后。我本来打算教女孩子们地理、世界历史、哲学和数学，这样她们就可以阅读人文科学，等我教完时，她们的拉丁语就会学得比她们的兄弟还好。

我不反对她们学习自然历史，然而，经过一段时间特别艰苦的经纬度课程后，我打开约翰·詹姆斯·奥杜邦的《美国鸟类图谱》，这是一本棕色皮革封面的大部头书，重量至少和贝基差不多。我翻到松鸡这页，松鸡在附近树林里很常见，我说：“谁能模仿松鸡叫啊？”

开着的窗户里有一群松鸡，有的发出颤音，有的吹口哨。就在这时，凯瑟琳走进了教室，她要求知道我在上什么课。她在菜园里采摘最后一批黄瓜时听到我们在开心地叽叽喳喳。“太吵闹了。”她说，胳膊上挎着个菜篮子荡来荡去，筛下些许泥土掉在她烟灰色的裙子上。贝基见到她姑妈生气就紧张，在我开口说话之前就说：“我们在学松鸡叫。”

“你吗？我明白了。”她看看我。“好像声音太大了。下一次声音小点。”

我朝她笑了笑。她歪着头走近我，近得她的衣裙下摆拂过我的裙子。只见她深度镜片后面的眼睛睁得大大的，盯着我喉窝里的小金盒看。

“这是什么意思？”她问道。

“什么什么意思啊？”

“把它摘下来！”

贝基插在我们之间。“姑妈，姑妈。”

凯瑟琳不理她。“你的意图我太清楚不过了，萨拉，但我没想到你竟然如此大胆地戴瑞贝卡的挂坠盒！”

“……瑞贝卡的……你的意思是，它属于……”我哑口无言，我的话像难以摆脱的黏物，在深喉处吐不出来。

“伊斯雷尔的妻子。”她说。她替我完成了我的句子。

“姑妈？”贝基仰着脸，夹在我们俩的灰绿色裙子中间，看上去像一个被遗弃在波浪中即将淹死的人。“是我给她的。”

“你干了什么？好吧，我不在乎谁给她的，她不应该戴着它。”她伸出巴掌，从离我下巴几英寸的地方扇过，我能听到气体从她鼻孔进出，非常刺耳。

“……但我不……知道。”

“请把小金盒给我。”

“不。”贝基大声哭起来，一屁股跌坐到地毯上。

我退后一步，扯下项链，放到凯瑟琳的手里。就在我弯腰准备把贝基从地板上抱起时，她姑妈轻轻拉着她的胳膊，把她拽起，并趁机领着两个女孩离开了教室。

※※※

我平静地、慢慢地走出教室，下了陡坡，朝池塘走去。在踏进灌木丛之前，我回头看了看那幢房子。阳光仍然呈柑橘色，亮堂堂的，但伊斯雷尔很快就要到家了，凯瑟琳会带着小金盒等他的。

在柏树丛中，我一只手按着肚子，另一只手捂着嘴巴，站在那里好几秒钟，仿佛要把自己挤成一团。然后，我挺直身体，沿着通往池塘的小路走。

在看到池塘之前，我听到了青蛙深沉的呱呱声，昆虫拨弦的嗡嗡声。一时心血来潮，我沿着塘边走到舢板停放处。小船陷在泥巴里，我用尽全身力气才将它翻过来。然后，我提起桨，仔细检查船底，看看是否有洞，木头是否腐烂。发现没有后，我拢起裙子爬了进去，划到池塘中间一处四面不靠的地方，远离一切。我努力去想我要对他说什么，担心我的声音又会偷偷地溜走，离我而去。

我待在那里很长时间，波浪轻轻拍打着船身。水汽笼罩着塘面，蜻蜓在空中来回穿梭，我认为这一切都很美丽。真希望伊斯雷尔不会打发我走，希望心之音不会再出来说：*到南方去*。

“萨拉！”

我猛地一惊，造成船体倾斜，我双手伸向船舷使其稳住。

“你在干吗？”伊斯雷尔大声喊道。他站在岸边，膝盖处的搭扣闪闪发光，他没有戴帽子。他用手遮挡眼睛上方的阳光，示意我靠近。

我从水中拿起船橹，每划一下就传出砰砰的橹撞船体的声音，结果我划来划去，七扭八歪地才靠到岸边。

我们俩坐在长凳上，此刻我极力解释我原以为那个挂坠盒是属于他女儿瑞贝卡的，而不是他妻子瑞贝卡的。我告诉他那天晚上贝基把它交给我的情形，虽然我说话时声音咬得很紧，有些语无伦次，但我没有完全说不出话来。

“……我绝没有取代你妻子的企图。”

“不，”他说，“没人能取代她。”

“……但我怀疑凯瑟琳会认为我会……她很生气。”

“她那是保护性的，仅此而已。我们的母亲去世早，是凯瑟琳照顾我的。她从未结过婚，瑞贝卡、孩子和我是她唯一的亲人。我担心你的出现令她不知所措。我认为她没有真正明白我为什么叫你来。”

“……我想我也不明白，伊斯雷尔……我为什么在这里？”

“你自己告诉我的——上帝叫你离开，到北方来。”

“……但他并没说‘去费城，到伊斯雷尔家去’。”

他把手放在我的胳膊上，有点儿使劲。“你还记得瑞贝卡在船上分手时说的话吗？她说：‘如果你再次来北方，必须和我们待在一起。’我想说是她带你来这儿的。为了我，为了孩子们，我认为是上帝带你来这里的。”

我把眼光从他身上移开，望着花粉与淤泥点缀的池塘，水在渐渐暗淡的光线下发出青铜色光芒。当我回头时，他把我拉向他，抱在胸前，此刻我能感到他抱着的是我，而不是他的瑞贝卡。

小　麻　烦

距离丹麦·维塞家还有半个街区时，我就闻到空气中飘来的油炸玉米饼的味道了，香甜的玉米味沿街扑鼻而来。两年来，我每周一有空就溜到牛市街二十号来。萨贝这人得过且过，他不像汤弗利那样把我们看得紧紧的——这得好好感谢夫人。

我会跟萨贝说，我们的线、蜂蜡、饰扣和耗子药都用完了，他就会无可奈何地送我去集市。剩下的时间他就不管我在哪里了。他的脑子里只有一个想法，就是喝下格里姆克主人酒窖里的白兰地和威士忌，然后与闵塔厮混。他们总是在马车房上面的空屋子里干那些你能想到他们在一起干的事情。我、阿婶、菲比和古迪斯从厨房到门廊都能听到他们厮混的声音，古迪斯会对着我扬扬眉毛。大家都知道，从他来到这里的那天起，他就一直对我很亲切。他特意为我做了兔子手杖，还会把盘子里最后一块番薯给我。有一次，萨贝因我失踪而对我大吼大叫，古迪斯对着他的脸就是一拳，打得萨贝立刻人仰马翻。从来没有男人碰过我，我也从未想过那回事，但有时当我听见萨贝和闵塔在马车房上面厮混时，古迪斯似乎还不算赖。

萨拉走了以后，这里就像人间地狱。随着最后一个男孩上了大学，大宅里只剩下夫人和尼娜，还有我们六个维持家庭运转的奴隶。夫人整天掉在钱眼里。她继承了格里姆克主人的大笔财产，却说只得到了她所需的一丁点儿。房子上的涂料脱落了。她还卖掉了多余的马，不再吃鸟巢布丁。在奴隶餐厅，我们就吃米饭，还是米饭。

我闻到油炸玉米饼这一天是圣诞节前两天——我记得当时外面寒冷刺骨，很多棕榈环挂在游廊的门上，编织得像辫子一样，很漂亮。这次萨贝送我去律师办公室，把夫人的便条送去。别以为我递过去之前不会看。

亲爱的修戈先生，

我发现我的津贴不足以满足我好好生活的需求。我请求您提醒我的儿子们。正如您所知，他们可以出售财产，这样便能增加对我的照顾。这样的提议更适合像您这样有影响力的人提出，因为您是他们父亲忠诚的朋友。

您真诚的，

玛丽·格里姆克

我口袋里有一瓶从食品储藏室里偷拿的高粱酒。我喜欢带给丹麦一点小东西，这正好可以配上油炸玉米饼。他习惯跟周围的人说我是他女儿。他没说我像个女儿，而是反复声称我是他的女儿。苏珊对此很有意见，但她对我也很好。

我发现她正在厨房里用铲子将玉米饼从锅里铲到盘子里。她说："你去哪里了？我们有一个星期没见到你了。"

"我在，不行；我不在，也不行。"

她笑了。"你在又没事的。你说的那种人在铺子里呢。"

"是丹麦吗？他干了什么啦？"

她哼了一声。"你是指和全城的女人睡觉以外吗？"

我觉得我最好避开这个问题，因为妈妈是其中之一。“是啊，除了那个。”

她撇嘴笑了笑，把盘子递给我。“喏，把这个给他。他心情不好，就这样。是因为星期一·盖尔。他丢了东西，令丹麦大发雷霆，是表格之类的东西。我想丹麦要杀了那家伙。”

我回头朝铺子走去时得知，星期一丢了他去巴尔克利农场为丹麦收集的应征者名单。

长期以来，丹麦和他的副官们一直在招募奴隶，在他所谓的书里写下他们的名字。我上一回听到，已经有两千多人承诺，一旦时机成熟，就拿起武器。丹麦让我坐在那里，听他说招募军队和解放我们的事情。那些人已经习惯我在那里了，他们知道我不会说出去的。

丹麦不喜欢走漏风声，除非他告诉我们如何透露消息。他会想出具体的话，让格勒·杰克和其他人在拉拢新兵时说。一天，他让我假装成他要招募的奴隶。

“你听到消息了吗？”他对我说。

“什么消息？”我回应道，按照他教我的说。

“我们要解放了。”

“解放？谁说的？”

“跟我来，我带你看看。”

他就想要这么说。那么，假如城里有个奴隶很好奇的话，副官就要把他带到牛市街二十号来见丹麦。如果是在种植园里的奴隶，丹麦会去找他们进行秘密会晤。

我在丹麦家时，有一个好奇的奴隶出现过，这件事我一辈子也忘不了。丹麦迅速从他的椅子上起身，像战车上的以利亚。“上帝对我说，”他高声喊道，“他说，给予我的人自由。只要把你的名字写在这本书里，你就是我们中的一员，你就是上帝的子民。我们将在上帝发话时争取我们的自由，让你的心不受困扰，也让你的心里不必害怕。你相信上帝，就相信我。”

当他说这些话时，我心潮澎湃，就像我小时候经常去大宅的凹室眺望大海，想象着海水将我带去某个地方时的那种心情，或是在教堂里，当我们唱着耶利哥墙倒塌，并用双腿夹着的鼓槌击打地板时的那种心情。我的名字不在书中，那里面只有男人的名字，但如果可以的话，我会把我的名字写进去，我会用鲜血写上我的名字。

今天，丹麦双腿悬挂在苏格兰松木桌上。当我端着玉米饼走进房间时，他放下羊角锤，咧嘴一笑。当我拿出高粱酒要打开时，他说：“如果你不是浑身上下都像夏洛蒂就好了。”

我靠在工作台上让我的腿放松一下。看着他吃了一会儿，我说：“苏珊说星期一弄丢了名单。”

通向后街的门是开着的，以便让木屑飘出去。他走过去，窥视了一下两头，然后关上门。“星期一真是个该死的蠢货。他把名单放在巴尔克利农场的一只空饲料桶里。昨天那只桶不见了，没人知道到哪里去了。”

“如果被人发现，会发生什么事啊？”

他坐回凳子上，拿起叉子。“这要看情况了。如果名单引起怀疑，并被转交给警察局，他们会按名单逐个使用鞭刑，直到他们发现到底是怎么回事。”

我的手臂上顿时起了鸡皮疙瘩。我说：“你把你的名单放在哪里啦？”

他停止咀嚼：“你为什么想知道？”

我触到了他的软肋，但我无所谓。“好吧，它们隐藏得好不好？”

他的眼睛移到工作台上的皮挎包上。

“在挎包里吗？”我说，“就在那里随手可得吗？”

我说他也像是个该死的蠢货，但他并没有狠狠骂我，反而大笑起来。“那个包不会离开我的视线。”

“但如果卫兵截获星期一的名单后来找你，他们就会轻而易举地找到你的名单。”

他沉默不语，用手抹去嘴巴上的糖屑。他知道我说得对，但不想说出来。

阳光透过窗户，照射在地板上四条正方形的鲜艳被子上。此刻周围一片寂静，我凝视着它们，琢磨着他的话：我和夏洛蒂一模一样。我的脑海里突然浮现出妈妈把我们的头发和漂亮的小布块放进她缝制的被子里的情景，然后又想起那次她拿夫人的绿丝绸当场被抓的情景。她当时对我说：“我早该把那块丝绸缝在被子里的，那样她永远也不会发现。”

“我知道你需要如何藏匿那份名单。”我说。

“你知道，是吗？”

“你要把它藏在被子里。我可以在被子里缝制一个秘密口袋把它装进去，然后你把被子正常地铺在床上，没人知道有什么区别。”

他在铺子里踱来踱去，足有三四次，最后说：“如果我需要时，要如何拿到名单呢？”

“很容易。我会在接缝处留一个开口，足够让你的手伸进去把它掏出来。”

他点了点头。“看看苏珊在哪儿还有被子。赶快动手。”

※ ※ ※

新年来临时，尼娜东拼西凑召集来五个女孩，开创了女性祈祷会。她们每周三上午在客厅里开会。我端去茶和饼干，照看壁炉里的火，还要给她们望风，依我看，她们最后一件事才是祈祷。尼娜是在尽力向她们介绍奴隶制的罪恶。

那个丫头，就像萨拉，有同样的观念，同样渴望自己有价值，但她们两个也有不同点。尼娜现在十七岁了，举手投足都像她，她还可以谈论海水中的盐分。不过，她的情郎却无法维持很久。夫人说，她用她的固执把他们撵走了。

我不知道她为什么没把女孩子撵走。

会议期间，她发表热血沸腾的演说，一直讲到有个女孩云里雾里了，才转而谈论其他东西——什么谁跟谁跳舞啦，或谁上次社交活动穿什么衣服啦。那时尼娜就不再说了，不过她似乎很乐意表达思想，夫人也很开心，认为尼娜终于找到了某种宗教信仰。

三月的一次会议期间，一位姓史密斯的女孩生气了。尼娜对她特别关心，让她知道她的邻居有多坏。

“你可以过来吗，小麻烦？”尼娜叫道。她转向女孩子们：“看到她的腿了吗？看到她拖着腿的样子了吗？那是在苦力房的脚踏机上弄伤的。真可恶，就在你的眼皮底下，亨丽埃塔！”

史密斯女孩被激怒了。“好吧，首先，她在苦力房干什么？一定有纪律，是吧？她干什么了？”

“她干什么了？我说了半天你没听见吗？天啦，你怎么能如此熟视无睹呢？如果你想知道小麻烦在苦力房干什么的，她就站在这里。她是个人，问问她。”

“我宁愿不问。”那女孩说，随手撩起裙边塞进两腿之间。

尼娜从椅子上起身，站在我旁边。“你为什么不脱掉鞋，给她看看发生在她居住的同一条街上的那种野蛮行径呢？”

我本不乐意这么做的，但我一直记得那天汤弗利逮到我从前门溜走要去丹麦家时，尼娜是怎么解救我的。她从未问过我去哪里，而事实是，我想让这个女孩看看苦力房对我做了什么。我拽掉鞋子，露出畸形的脚骨和弯弯曲曲像蚯蚓一样浮在皮肤上的粉红色疤痕。女孩子们用手捂住鼻子，面如白面粉，不过亨丽埃塔·史密斯做得更好，她侧身晕倒在椅子里了。

我弄来嗅盐，使她苏醒过来，但是夫人已经听到喧嚣声了。

那天晚上的晚些时候，我在地下室房间里听到一声敲门声，打开门发现是尼娜，她的眼睛鼓起来了。

“母亲惩罚你了吗？”她问道，“我得知道。”

自从格里姆克主人去世后，夫人常常用她手杖的金头敲打闵塔，你就从未见过她胳膊上没有青一块紫一块的时候。难怪她会到马车房找萨贝寻求安慰。夫人也用手杖打我和菲比，甚至还拿手杖抽打阿婶，我从没想过我这辈子会看到那种情景。阿婶并没有屈服，我听到她跟夫人说：“宾娜和那些被你卖掉的人是幸运的。”

尼娜说：“我极力跟她说是我要你脱掉鞋的，你不是自愿的——”

我伸出手臂，给她看挨揍的伤痕。

“是手杖吗？”尼娜问。

“抽了一下，但是是狠狠的一下。她对你做什么了？”

“老一套，大骂一通。那些女孩子们不会再来开会了。”

“不，我不这么认为。”我说。她看起来很沮丧，我又说：“至少你尽力了。”

她的眼睛湿润了，我递给她一条干净的头巾。拿过头巾，她一屁股跌坐在摇椅上，低着头。我不知道她为什么哭，是因为她的女性祷告会失败而哭，还是因为萨拉离开而哭，还是因为人手不足而哭。

当她彻底哭出来了以后，她便回到她自己房间去了。我点燃一根蜡烛，坐在摇曳的烛光下，脑海里浮现出丹麦床上的被子，被子里隐藏的口袋，以及口袋里面那些写下所有人名字的名册。人们已经准备好冒着生命危险去争取自由。自从我想出藏匿名单计划的那天起，苏珊的家里就没有一条被子了——她使用普通的羊毛毯子。我用零头布做了一条新被子，由红方块和黑三角形构成。那是我和妈妈的最爱：黑鸟飞走了。

丹麦认为不流血什么都不会改变。我扑通一下坐进摇椅里，此时我想到尼娜给五个被宠坏的白人女孩演讲，还想到萨拉非常讨厌她所处的生活环境而不得不离开，就在我体会她们所作所为的好处时，似乎尼娜的演讲与萨拉的离开与需要战胜的如此多的残酷相比，有些微不足道。

惩罚即将到来，是我们自己造成的惩罚。流血是惩罚的方式，唯一的方式，不是吗？我现在很高兴萨拉远离危险，我会确保尼娜的安全。我自言自语道：让你的心不受困扰，也让你的心里不必害怕。

萨　拉

我啪地抖开挺括的白桌布，向上一扬，然后看着它变成一朵小小的蘑菇云，慢慢落在松针上。

“这不是我们用于野餐的布。”凯瑟琳抱着双臂说。

她批评我就跟她自己做祷告一样——神圣、每天必做、不苟言笑。我现在小心翼翼的，只教孩子，尽量不流露爱心，在所有家庭问题上遵从凯瑟琳——如果她在蛋糕里放盐，就让她放。至于伊斯雷尔——只要房间里有她在，我就尽量不看他。

“……抱歉，”我跟她说，“我以为你说的就是这块白布。”

“这块是要漂白的，还要洗掉布浆。让我们祈祷地上没有松液吧。”

上帝，请不要有松液。

四月的第一天碰巧是贝基七岁生日，也是一年中真正可以称为温暖的第一天。自从我在北方度过第一个冬天以后，我对热量有了全新的认识。我来这里之前从未见过雪。下雪那天，宾夕法尼亚州的天空像一条巨大的鹅绒被绽开了口子，整个世界漫天鹅毛。第一次下雪时，我溜出去，在雪中闲逛，用手和舌头捕捉雪花，让它们落入我披在身后的长发里。回到家，我发现伊斯雷尔和几个孩子正透过窗户看着我，显得十分惊讶。我的魅力在雪花落地的同时成了泥浆水。我们似乎陷入永久的黄昏。色彩诞生于大千世界，反过来又将周围的景致变成黑白色。无论壁炉如何疯狂地咆哮，寒冷还是像白霜一样凝结在我这个查尔斯顿人的骨头上。

野餐是我的主意。贵格会信徒不庆祝节日——所有的日子都同等对待，意思是过着同样简单的生活——但伊斯雷尔出了名地会在孩子们生日时回避这个观点。那天他在家工作，一个人关在书房里弄他的发票、账目和汇票。我知道不能去找凯瑟琳谈我的奇思妙想，上午十点左右我就去打扰他了。

"……春天来了，"我说，"我们不要枉度春光吧……来一次野餐会对我们大家都有好处。你应该看看贝基，她非常高兴自己快要七岁了……来个小小的庆祝无伤大雅，是吗？"

他搁下手中的账本，注视着我，脸上慢慢露出毫无防备的微笑。他已经有好几个月没有触碰我了。去年秋天，当我们从池塘走回绿山时，他经常握住我的手，用胳膊搂住我的腰，但后来冬天来了，我们不再出去散步，他也回到他内心深处去冬眠了。我一直不知道发生了什么事，直到今年一月份的一天上午，凯瑟琳公布那天是瑞贝卡去世的第二个周年纪念日。她在解释她弟弟如何悲伤时似乎忧中带喜，这个冬天要比去年冬天表现得更明显。

"好吧，去野餐吧，但是没有生日蛋糕。"伊斯雷尔说道。

"……我不会梦想有蛋糕这种颓废的东西。"我眉开眼笑地回答道，有点儿嘲笑他。他放声大笑。

"你也应该来。"我补充道。

他的眼睛转向放在桌子上的挂坠盒，上面有水仙花和他妻子的名字。

"也许，"他说，"我这里有大量工作要做。"

"……好吧，尽量来参加。孩子们会喜欢的。"我离开了，但愿我不会因他时不时反复无常而沮丧。他会今天拥抱你，明天又冷冷地疏远你。

现在，在我凝视着铺在草坪上的白布时，我甚至不是感到失望，而是愤怒。他还没到。

凯瑟琳和我把篮子里的东西摆放出来，十几个煮鸡蛋、胡萝卜、两个大面包、苹果酱和凯瑟琳做的一种软奶酪。这种奶酪是将奶油煮沸，然后用一块布拧干制成的。孩子们在树林边上找到一种薄荷，然后用手把叶子揉烂，空气中充斥着薄荷香味。

“哦。”我听凯瑟琳说。她在朝房子的大门看去，伊斯雷尔正穿过棕色的草地，大步朝我们走来。

大家坐在地上吃着东西，仰望着明亮的天空。吃完后，凯瑟琳从篮子里拿出姜饼，一块块堆得像金字塔。“顶层的这块是你的，贝基。”她说。这说明凯瑟琳是多么喜欢这孩子以及所有其他孩子，我突然后悔我曾对她产生过不好的想法。孩子们抓起姜饼就跑开了，男孩子朝树林中跑去，两个女孩去采摘刚刚从草皮里冒出的野花，凯瑟琳忙着收拾东西，就在此刻，我犯了一个可怕的错误。

我懒洋洋地抱头躺着，胳膊肘离伊斯雷尔只有一臂长，感觉到他已经从长时间的休眠状态中复苏了，并尽情享受着这种想法。凯瑟琳背对着我们。我看了看伊斯雷尔，他有那种渴望的表情，接着便是伤感、炙热的微笑，他竟敢悄悄将他的小手指伸过来勾住我的手指。这是一件小事情，我们的手指像葡萄藤一样缠绕着，但这种亲密淹没了我，我屏住气。

声响促使凯瑟琳转过头，她越过肩膀窥见了我们。到底是伊斯雷尔从我手中猛地抽回他的手，还是我从他的手中抽回我的手？

她咄咄逼人地看着他。“所以，正如我怀疑的那样啰？”

“这不关你的事。”他对她说，一边站起身，遗憾地对我笑笑，向绿山走去。

她没有立刻说话，但当我试图帮她收拾东西装进篮子时，她说："你必须搬出去，到别处找地方住。你在这里不合适。我会跟伊斯雷尔说你走了，但最好是你自己离开，不要让他干预。"

"……他不会让我离开的！"

"我们必须处理得体，"她说，然后令我惊讶地将她的手放在我手上，"我很抱歉，但这是最好的方法。"

※ ※ ※

我们十一个人坐在拱街聚会堂的一条长椅上——莫里斯家的八个孩子被伊斯雷尔安排在会堂一侧，我和凯瑟琳被安排在另一侧。我认为其实没必要我们大家都来这里参加所谓的"商务性质的宗教聚会"。这是一个商务会议，就是这么简单。这个会每月都要开一次，但一般我都是留在家里和孩子们在一起，伊斯雷尔和凯瑟琳来出席。这一次，她却坚持要我们大家都参加。

凯瑟琳野餐后马上就去找伊斯雷尔，他坚持自己的立场——我就待在绿山的家里。如果挂坠盒事件使我和凯瑟琳的关系变得冷淡，那么，我拒绝离开和伊斯雷尔拒绝支持她令我们的关系雪上加霜。我只希望有一天她会回转心意。

在聚会厅里，一个女人站着主持会议，她开始诵读一段《圣经》。她是我们当中唯一的女牧师，看上去跟我二十九岁的年纪差不多，年纪轻轻就有如此成就。第一次听到她在会上发言，我不免有一种敬畏感。想到这点，我的心中油然产生一种嫉妒的感受。我已从本质上信奉贵格教，但到目前为止我一直忍着不在会上讲一句话。

商务议题开始了，会员们提出了一系列令人头疼的问题。伊斯雷尔的两个儿子静静地在那里相互推搡，最小的儿子睡着了。凯瑟琳把我们拽到这里来真没意义，我心里嘀咕着。

凯瑟琳站起来，甩手将围巾搭上她那瘦小而脆弱的肩膀。"我受圣灵的驱使要提出一个重要的问题。”

我猛地抬头，凝视着她下巴的边缘，然后看看坐在同一排另一端的伊斯雷尔，他好像也和我一样惊讶。

“我请求大家齐心协力，必须为我们心爱的预备会员萨拉·格里姆克找一个新家，”凯瑟琳说，“格里姆克小姐是伊斯雷尔孩子的优秀教师，是我家务事的得力助手。当然，她也是一位最高等级的基督徒。重要的是，我们社区里里外外没人能够质疑一个未婚女子居住在一个鳏夫家里是不得体的。我们绿山家的人看到她离开也很痛苦，但我们愿意为了更大的利益做出这种牺牲。我们请求你们帮助我们安顿她。”

我盯着原木地板和她的裙摆，几乎无法呼吸。

我只记得部分会员在她阴险的发言后所说的话，只记得大家为我的顾虑和牺牲而欢呼，只记得*高尚的*、*无私的*、*值得赞扬的*、*必要的*这些词语。

当嗡嗡声终于消失后，一位长者说话了：“大家在这件事上意见一致吗？如果有反对意见，请说出来。”

*我反对。我，萨拉·格里姆克。*此话字字牵动着我紧张的神经，我迷失了。我想要反驳凯瑟琳说的话，但我不知从何谈起。她巧妙地把我变成一个善良与自我否定的范例。我做任何反驳似乎都与之相矛盾，或许还会断送我被接受为贵格会信徒的机会。想到这些我心如刀割。尽管他们生活节俭，喜欢梳中分头，但在历史上，他们首先提出反对奴隶制。他们曾向我展示上帝的爱与光，一种建立在个人良心上的信仰。我不想失去他们，也不想失去伊斯雷尔，即使我的试用失败，我也肯定不能失去他们。

我动弹不得了，甚至我舌头上最小的肌肉也动弹不得。

伊斯雷尔在长凳上慢慢起身，好像要站起来代表我说话，但他犹豫了一下，攥起拳头猛地砸进手掌。凯瑟琳把他置于与我同样站不住脚的地位——他根本不想给任何人质疑他家务事的理由，尤其是拱街上的那些好人，他们了解并珍爱瑞贝卡。我能理解这些。然而，看着他眼下在座位上犹豫不决的样子，我感到他不愿公开为我说话是出于某种更深层次的原因，出于某种被遮掩的、几乎可以说是为维护他对妻子的爱的需要。我突然明白这与他私下里不向我表白情感是同样的原因。他向我投来痛苦的眼神，然后慢慢地坐回长凳上。

在大厅前面，女牧师与其他牧师一起坐在宣讲席上，仔细打量着我，并注意到我无法掩饰的痛苦表情。我凝视着她的脸，想象着她窥见我心灵深处的东西，那些只有我自己知道的东西。他可能永远不会接纳我。

她突然向我点点头，站了起来。“我反对。我认为没有理由让格里姆克小姐搬出去。那将给她造成极大干扰，并且各方面都会很艰苦。她的行为不是问题。我们不应该如此关注表象。”

她坐下后朝我笑了笑，我想我可能见到她的微笑会哭的。

她是唯一与凯瑟琳意见相左的人。贵格会信徒决定我在一个月内离开绿山，并正式将其记录在案。

会议之后，伊斯雷尔迅速离开去找马车，但是我还继续坐在长凳上，试图整理自己的思路。我想不出要去哪里。我还教孩子们吗？就在凯瑟琳领着他们向门口走去时，贝基回头看见我以后，在凯瑟琳的手中扭来扭去，因为她的小小背部像被捆住一样被凯瑟琳的手紧紧抓住。

“萨拉？我可以叫你萨拉吗？”是那个支持我的人。

我点了点头。“……谢谢你那么说……我很感激。”

她塞给我一张折起来的纸。“这里是我的地址。欢迎你来和我以及我丈夫住在一起。”她刚要走开，又转过身。“很抱歉，我还没介绍我自己，是吗？我叫卢克丽霞·莫特。”

小麻烦

在丹麦家的铺子里，副官们围着工作台站着，大家总是支持丹麦。他告诉大家，日期已定，是从现在起两个月以后，还说已经有六千人登记在册。

我回到角落我常待的地方，蹲在一张矮凳上静静地听着。没人注意我在那里，除非他们需要喝点什么。*小麻烦，拿点烧酒来；小麻烦，拿点姜汁啤酒来。*

四月里，一半来自地狱的热气已经出现在查尔斯顿。男人们汗流浃背。“最近几个星期，你们需要比往日加倍地扮演好奴隶的角色，”丹麦说，“告诉大家要咬紧牙关，服从他们的主人。如果有人打算告诉白人一场奴隶反抗即将来临，我们需要大家笑着说：‘不是我们的奴隶，他们像家人。他们是地球上最快乐的人。’”

他们说话时，我脑海里浮现出妈妈。我手头保存的她的相片已经褪色，像被子上的红色被多次开水烫过后的颜色。有时我都想不起她长什么样，她手指上什么地方有使用顶针隆起的疙瘩，最后一天她身上是什么味道。每每想到这些，我就会走出门，来到灵魂树下。在那些树叶、树皮以及落下的橡子里，我可以最清晰地感觉到妈妈。

我闭上眼睛坐在那里，用力地想回忆起她，担心她会永远离开我。阿婶会说："让她走吧，时候不早了。"但我宁愿因看到妈妈的脸和手而痛苦，也不愿没有妈妈的安宁。

我想了一下，溜出来，回到灵魂树下——抓住时机趁天黑之前走过大门，但是夫人上个月在我溜出去时逮住了我，并在我头上留下了深深的裂口，伤口刚刚才结疤。她曾跟萨贝说："如果小麻烦再次未经许可外出，我会让你与她一起吃鞭子。"现在就连他的后脑勺上也长了两只暴凸眼。

我试着对男人们说出我的想法。

"我们现在需要一个子弹模具，"丹麦说，"我们已经有火枪，但我们没有子弹。"

大家清点武器。我知道会有流血事件发生，但我不知道会血流成河。他们有大棒、斧子以及刀，还偷了剑。他们把成桶的火药和导火索藏在码头下面，打算在城市周围引爆，并彻底烧毁这座城市。

他们说，一个叫汤姆的铁匠奴隶在制造五百把长枪。我想他一定是妈妈开始外出做雇工时给她制作假奴隶徽章的那个铁匠汤姆。我还清楚地记得她给我看徽章的那天。那个铜制的方形小徽章，顶部有个小孔，上面写着家仆，第133号，1805年。这一切我都可以清晰地看到，但我看不清妈妈的脸。

我口袋里有一根小小的松鸦羽毛，是我在那边的路上捡到的。我把它拽出来，在手指间摆弄着，只是无事找事做而已，接着我想起妈妈讲的看见一只鸟儿的葬礼的故事。当她还是个小女孩时，她和我姥姥碰到一只死乌鸦躺在她们的灵魂树下。她们拿来一个铲子把它埋葬了。当她们返回时，有七只乌鸦在地上围着这只死乌鸦，不是在呱呱地叫，而是不停地发出唧唧声，一种像哀歌一样的高频叫声。我姥姥跟她说："你看，鸟儿就是这样，它们停止飞行和猎取食物，俯冲下来照顾它们的死难同胞，围着死去的鸟儿行走并哭泣。它们这样做是要告知天下：这只鸟儿曾经在世，现在离世了。”

这个故事带给我一个鲜活的妈妈，她的形象完美地出现在我的脑海中。我看见她皮肤上的黄色老斑、指关节的老茧以及金亮的眼睛，不过牙齿间的缝隙实在太大。

“集会大街上的市政军械库有一个子弹模具，”格勒·杰克说。“但若想去那里——嗯，我不知道。”

“那里有多少卫兵？”罗拉问。

格勒·杰克抹了抹胡须。“两个，有时三个。那地方是整个卫队的武器储备区，但他们不让我们任何人入内。”

“进去就意味着一场战斗，”丹麦说，“这是我们经不起的事。就像我说的，当务之急是不要引起怀疑。”

“我去怎么样？”我说。

大家转身看着我，好像他们已经忘了我在房间里。

“你什么意思？”丹麦说。

“我能进去。没人会对一个瘸腿女奴多看一眼的。”

萨　　拉

黄昏时分，我坐在房间里的桌子旁，打开尼娜的信。我到绿山几乎一年了，每个月都给她写信，从没间断过，内容不多，都是些生活琐事以及对她生活的询问，但她从不回信，一封也没回。现在这里放着一封信，上面是她的大字笔迹，我只能往最糟糕的方面去想。

1822 年 3 月 14 日

亲爱的姐姐，

我是个糟糕的通信者，一个更糟糕的妹妹。我不同意你去北方的决定，我至今也没改变观点，但我表现不好，我希望你能原谅我。

对于我们的母亲，我已到了山穷水尽的地步。她越来越难相处，而且越来越彰显暴力倾向。她大声斥责父亲没有给我们留下足够的生活所需就离开，她指责托马斯、约翰和弗雷德里克未能好好照顾她。不用说，他们很少回来，玛丽从不回来，只有伊丽莎会回来看她。自从你走后，母亲每天大部分时间都把自己关在房间里。她一出来就冲奴隶们发火，为一点小事都会向他们挥动手杖。最近她打了阿婶，只是因为面包烤煳了。

昨天晚上，她打了小麻烦，因为她发现她翻越后门的墙。我要补充一句，小麻烦是翻墙爬到劳作庭院，不是跑出去。当母亲要她解释时，小麻烦说，她看到巷子里有一只受伤的小狗，就翻过墙去帮助这个动物，并坚持说只是瞬间的怜悯之心使她这样，而且刚好返回被母亲看见了。但我认为母亲不会相信她，我敢肯定她不会。母亲打破了小麻烦的前额，我尽我所能给她包扎了伤口。

我对母亲不断升级的坏脾气感到震惊，但我同时也担心小麻烦在做某种危险的事，因为她频繁越墙而出。有一次，我亲眼看见她溜出去。她拒绝跟我谈此事。如果她再次被抓住，我怀疑我就无法保护她了。

我在这里感到孤立无援。请来帮帮我。求你了，回家吧。

需要你并对你怀有姐妹情的，

尼娜

我放下信，把椅子往后推开，走到飘窗前，凝视着渐渐变暗的香柏树林。一小群萤火虫像余烬一样从树林里飞起来。我在这里感到孤立无援——虽说这是尼娜的话，但我感到这就像是我自己的心里话。

早些时候，凯瑟琳叫人把我的箱子从地下室提了上来。我正忙着把我的东西从衣柜和桌子里拽出来，胡乱扔在床上、地毯上——帽子、披肩、衣服、睡衣、手套、期刊、信件，从父亲书房偷来的《圣女贞德传》口袋本、一串珍珠、象牙刷、几个装满法国润肤露和爽身粉的瓶子，还有装着我最珍贵的银饰扣的熔岩盒。

“你没下来吃晚饭。”伊斯雷尔站在门口，偷窥了一下房间里，看来是害怕跨进我那个小小的凌乱私室。

按照格里姆克家的标准，我的财产微不足道，然而，我却因财产过多而尴尬，尤其是我手上拿着的那件羊毛内衣。他眼睛盯着敞开的大木箱，然后把视线转向屋檐，好像看到我在打包很不自在。

“……我没胃口。”我说。

最终，他踏进了这个乱七八糟的屋子。“我来是说，我很抱歉。我应该在会议上替你说话的。我没说，我错了。凯瑟琳的所作所为是不可原谅的——我跟她也说了。我这周会去见那些前辈们，讲清楚我不希望你离开。”我看到他眼睛里闪现出的痛苦。

“……太迟了，伊斯雷尔。”

“但还不迟。我可以让他们明白——”

“不！”此言一出比我预想的更加有力。

他一屁股坐到我的小床上，使劲用手拨他蓬乱的黑头发。看到他坐在我床上，周围是我的睡衣、珍珠以及熔岩盒，我心里一阵酸楚，几乎是一种强烈的痛苦。我想我会非常想念他的。

他站起身握住我的手。“你还会回来教女孩们，是吗？已经有好几个人主动向我提出为你提供食宿。”

我把手抽了出来。“……我要回家了。”

他的视线再一次移到大木箱，我注意到他上身前屈，肋骨重叠。“是因为我吗？”

我停顿了一下，不知做何答复。就在我跌入低谷时，我收到了尼娜的信，这是真的，我喜欢有这个借口离开。我是在逃离他吗？“……不是。”我跟他说。我已经决定要不顾一切地离开，为什么还要解释理由呢？

当我重复信中内容后，他说：“你母亲很可怕，但必须要有其他能够应对这种局面的兄弟姐妹出面。”

“……尼娜需要的是我，不是别人。”

“但这太突然，你应该考虑一下。祷告吧，上帝把你带到这里来，你不能拒绝。”

我不可否认，是一些好的、正确的事情将我带到北方来，甚至带到这个地方——带到绿山，带到伊斯雷尔和孩子们身边。受命离开查尔斯顿的那天仍然像我第一次感觉到的那样光辉灿烂，但尼娜的信就放在桌子上。还有一个问题，瑞贝卡的问题。

“萨拉，我们需要你在这里。你已经不可或缺了——对我们大家而言。”

“……我已经决定了，伊斯雷尔。对不起，我要回到查尔斯顿的家去。”

他叹了口气。“至少告诉我，你会把那里的事情解决以后回到我们身边。”

房间里耀眼的亮光照射在窗户上，但我还是走到窗前，把头探出去，看到亮晶晶的萤火虫还盘旋在那里。“……我不知道，我一点都不知道。”

小　麻　烦

在我去市政军械库偷子弹模具的前一天晚上，我和古迪斯蹑手蹑脚地来到马车房上层的空房间——就是我和妈妈曾经睡觉的那个房间——我让他做了多年来他一直想与我做的事情，我认为我自己也一直想和他一起做那事。我现在已经二十九岁了，我对自己说，如果我明天被抓住，卫兵会杀了我，即使他们不杀我，我也会死在苦力房，所以在我离开这个世界之前，我也该尝尝男欢女乐的滋味吧。

房间空荡荡的，只有地上摆放着一床草席，那是萨贝为他和闵塔准备的，但这地方有马屎的臭味。我看了看又脏又臭的草席，此时古迪斯在上面铺上了一条干净的毯子，抹平每个小小的褶皱。看着他细心的样子，我感到自己被他彻底征服了。他年龄不大，但是大部分头发都脱落了，一只眼皮耷拉着盖住了眼睛，另一只眼皮还硬撑着，所以他看起来总是半睡半醒的，但他脸上总是挂着轻松的微笑，他帮我脱衣时也一直在笑。

当我展开四肢躺在毯子上时，古迪斯凝视着套在我脖子上的小荷包，里面鼓鼓囊囊，装满了灵魂树的碎枝片叶。

“我不会拿下这个。”我说。

他捏了一下，摸到里面硬邦邦的树皮和橡子。“这些是你的珠宝吗？”

“是的，是我的宝石。”

他把小荷包推到一侧，抓住我的乳房说：“它们虽没有榛子大，但我喜欢这种棕色的小玩意儿。”他吻了吻我的嘴和肩膀，并用他的脸揉蹭我那两个榛子。然后他又吻了我受伤的脚，用嘴唇顺着伤疤一路舔下去。我不是个会哭的人，但不知怎么搞的，眼泪顺着我的眼角从耳朵后面流淌下来。

整个过程中我没说一句话，甚至在他插进我身体里的瞬间也没吭一声。开始我觉得自己像一只研钵，他是一根研杵。整个过程就像舂米，温柔而亲切地舂开坚硬的稻壳。他在其间笑着说：“这是你想象的那样吗？”我无法回答。我虽然满脸堆着笑容，眼泪却止不住地往下流。

第二天早上，我因做爱下身疼痛。早餐的时候，古迪斯说：“今天天气真好。你觉得呢，小麻烦？”

“是的，很好。”

“明天天气也会很好。”

“可能吧。”我说。

饭后，我找到尼娜，问她能否为我去集市提供一张通行证——因为萨贝没有放行的意思。我告诉她：“阿婶说在糖浆里放一点威士忌对你妈妈有好处，可以使她冷静下来，但我们一点儿糖浆也没有了。”

她写了一张通行证并递给我，还说：“任何时候你需要……糖浆或其他任何东西，就来找我。可以吗？”

其实我知道我们有共识。当然，如果她知道我要去做什么，她绝不会在那张纸上签名的。

※ ※ ※

我拄着我的兔子手杖走到军械库，手里提着一只篮子，里面装有破布、清洁剂、一根鸡毛掸子，肩上扛着一把长扫帚。格勒·杰克已经观察那个地方好一阵子了。他说每个月的第一个星期一，他们会开门，让人进去检查和维修，数一数武器，清洁枪械等。一个名叫希尔德的自由黑人女孩最近来打扫灰尘、给枪械上油，并清扫库房后面的厕所。格勒·杰克塞给她一枚硬币，叫她今天不要来。

丹麦给我画了一张子弹模具图。它看起来像一把钳子，不过这种钳子的头部合到一起会形成一个碗状，可以把铅灌进去制作子弹头。他说，一个子弹模具还没有他的手大，如果可以，就拿两个。他还说，最主要的是不要被抓到。

这也是我的主要任务。

军械库是一个圆形建筑，墙壁是两英尺厚的灰沙筑成的，有三个细长的窗户高高在上，并装有铁栅栏。今天，百叶窗收起来了，好让光线照进去。门口的卫兵想知道我是谁，希尔德去哪里了。我编了个故事，说她病了，叫我来替班。他说："你看起来好像都举不动扫帚。"

*哦，那你认为这扫帚是怎么上我肩膀的呢？是自己爬上去的吗？*这就是我想要说的话，但我看着地面。"是的，先生，但我是个能吃苦的人，你会看到的。"

他打开门。"他们今天要清洁枪械，离他们远点。干完活敲门，我会让你出去的。"

我踏进门以后，门砰地关上，咔嚓一下门又闩上了。

我站在那里，想尽快适应周围阴暗的环境，室内充满模具和亚麻籽油的味道，还有滞留在空气里的腐臭味。远处有两个卫兵背对着我，他们在一扇窗下拆枪——所有零部件都摊在桌上。其中一个卫兵转身说："是希尔德。"

我没纠正这个误认，开始扫地。

军械库是一间装满武器的大单间。我环视了一下四周，火药桶堆了半间屋子，一直堆到天花板。沿墙壁是排列整齐的木架，上面摆满长枪、手枪和成堆的炮弹，屋子后面有几十个木箱。

我扫啊扫，把整个地面扫了个遍，希望扫地的唰唰声能盖住我大口喘气的声响。屋子里不时回响起卫兵的说话声。

这把枪可以扣到半击发位置。看见击锤上的弹簧了吗？它坏了。

要确保推弹杆头上紧，并且上面没有锈。

当我在火药桶后面他们看不到的地方时，我的呼吸平缓了。我拿出鸡毛掸子，一个接一个地掸着木箱上的灰尘，并不时停下来扭头看身后，然后掀起箱盖偷偷朝里看。我看见里面有拴着皮带的牛角、一串铁手铐、铅块，还有一些细绳，我猜可能是导火索，但没有子弹模具。

然后我注意到一只旧的小军鼓靠在墙上，它的背后还有一个木箱。我小心翼翼地走过去，突然我的跛脚碰翻了鼓，扑通，鼓倒在了地板上。

接着传来靴子的跺步声。我一把抓起鸡毛掸子，掸子上的羽毛抽搐着，在我手里不停地摆动，好像它们活过来了似的。

卫兵朝我大声吼道："什么声音？"

"这里的鼓倒了。"

他眯起眼睛。"你不是希尔德。"

"不是，她生病了。我来替她的。"

他手里拿着一根从步枪上拆下来的长金属部件，并用它指着鼓说："我们这里不希望有这种粗心大意的事发生！"

"是的，先生，我会小心的。"

他回去工作了，但我的心却怦怦直跳。

我打开鼓旁边的那个箱子，里面至少有十个子弹模具。我慢慢地抽出两个，生怕弄出声响，然后把它们塞进我篮子里的破布下面。

然后我把空中的蜘蛛网扫掉，用油擦干净枪架。当我把希尔德该做的事都做好以后，便收拾起东西，在门上拍了拍。

“别忘了还有厕所要打扫。”门口的警卫一边说，一边指着军械库后面。

我转身朝那里走去，但我走过那里后，继续向前走。

※ ※ ※

那天晚上，我在房间里发现我的头发上有个小蜘蛛网。我拿来毛巾把头发擦干净，然后躺在故事被上，回想我出现在丹麦面前，从篮子里拿出一个子弹模具时他脸上的笑容。当我拿出第二个模具时，他拍了一下大腿，说：“你可能是我最好的副官了。”

我想入睡，但睡不着。过了一会儿，我走到后门廊，坐在台阶上，院子里静悄悄的。我扫了一眼马车房上层的房间，想知道古迪斯是否在晚饭后找过我。现在他一定睡着了。丹麦也睡了。我是唯一还没睡的人，我开始担心子弹模具头上那个碗状凹槽，那是倒铅的地方。那些子弹会杀害多少人啊？我可能今天会在大街上与他们中间的某个人擦肩而过，明天又与另一个人擦肩而过，我可能会与上百个因我而死的人擦肩而过。

一轮圆月高悬在天幕上，小小的，看上去就像子弹模具上的碗状凹槽般大小。那才是我所期盼的，但愿凹槽里灌进去的是明月，而不是铅。

萨　拉

抵达查尔斯顿时，我穿着我最好的贵格会信徒罩袍，一件平白领子的浅灰色衣服，配上一顶无边帽，给人一种谦卑的形象。在离开费城前，我已结束了预备期，正式被贵格会接纳，成为他们中间的一员。

时隔　年多没见到我，妈妈第　眼看到我时接受了我在她脸颊上的吻，并说：“我看你是以贵格会信徒的身份返乡。真的，萨拉，你怎么能穿成这样在查尔斯顿露面呢？”

我也不喜欢这种装束，但它至少是羊毛做的，不含奴隶的劳动。我们贵格会抵制南方产的棉花。*我们贵格会*——听起来真是怪怪的。

我强堆笑脸，不去管母亲的评论，因为我还不清楚到底她为什么会这么说。“……就这样欢迎我回家，是吗？你一定想我了吧？”

她还是坐在我最后一次见到她的老地方，坐在窗前那个褪了色的织锦摇椅里，穿着同样的黑衣服，手里握着横放在大腿上的恶魔般的金头手杖，仿佛自从我离开后她就一直坐在那里似的。除了周身平添了更多的衰老迹象，她似乎一切都没变。她脖子上的皮肤皱褶坠到领口，额头上的头发稀疏得像磨损的布边。

“亲爱的，我当然想你。由于你的背弃，整个家庭都遭受痛苦，但你不能穿成那样四处走动——你会立刻被误认为是贵格会信徒，他们反对奴隶制的观点在这里是众所周知的。”

我没想到这一点。我不停地用手掌搓着衣裙两侧，感觉我突然喜欢上这身土巴巴的衣服了。

门口传来说话声。“如果那就是你所谓的丑陋衣服，我倒是也想来一套。”

尼娜。她看起来焕然一新。她长高了，站起来比我高出几英寸，一头乌发披肩，颧骨更高了，浓眉黑眼。我妹妹已经长成皮肤偏黑的美人了。

她一把搂住我：“不要再离开了。”

就在我们俩紧紧相拥时，母亲喃喃自语起来，好像是在自言自语：“就这一次我和孩子意见一致。”

我和尼娜都笑了，接着，母亲也令人惊讶地笑了，我们三人一起在房间里的笑声在我心里产生了一种傻乎乎的快乐。

“……让我看看你。”我一边说，一边把尼娜的脸捧在手中。

母亲的眼睛从我的领口扫到衣服下摆，再到身后。“萨拉，对于这身衣服，我是挺在意的。这里有一家是贵格会信徒，他们家遭人扔鸡蛋了，这是昨天《查尔斯顿水星报》上登的。告诉她，尼娜。给你姐姐解释为什么查尔斯顿的人看到她这样四处炫耀会心情不爽。”

尼娜叹了口气。“城里有传言说，奴隶要造反。”

“……造反？”

“简直是胡说八道，”母亲说，“但大家听到后还是非常紧张。”

“如果你相信这些谎言，”尼娜说，“奴隶就将聚集在大街上，杀光所有的白人，焚烧掉这座城市。”

我手臂上的皮肤像被针扎了似的。

“烧杀之后，他们可能会掠夺国家银行，然后袭击城里的马厩，或者登上港口的船只，扬帆奔赴海地。”

母亲不屑一顾地“哼”了一声。“你能想象出他们设计如此周密的计划吗？”

我的心一坠。其实，我能想象到，不过没有想到杀戮——这是我没想到的部分。但是查尔斯顿居住的奴隶比白人多，他们为什么不计划解放自己呢？只有经过精心设计并拥有过人胆识才能取得成功。暴力是必须的。

我情不自禁地双掌按住胸口，仿佛在祈祷：“……亲爱的上帝。”

“不过你不要太当真，”尼娜说，“还记得埃奇菲尔德也有过类似情况吗？白人家庭都认为他们肯定会被谋杀在床上。这只是歇斯底里的表现。”

“……谣言背后是什么？是怎么传出的？”

“最初是从约翰·普里奥洛上校家的奴隶那里传出来的。显然，他听说要在码头起义的消息，并报告给上校，上校便报告当局了。警察局追根寻源——找到一个名叫威廉·保罗的奴隶。众所周知，他显然是个吹牛大王。这个可怜的家伙被逮捕了，关押在苦力房。”尼娜停了一下，全身颤抖。“我无法想象他们对他做了什么。”

母亲用手杖敲击地板。“市长已经解决了此事，贝内特总督已经解决了此事，我不想再讨论了。注意点，萨拉，现在气氛很紧张，火一点就着。”

我也渴望消除奴隶造反的可能性，但在我内心深处，我还是觉得它现在如同涨潮之力。

※ ※ ※

第二天上午，我去找小麻烦时，发现她和古迪斯坐在厨房外的台阶上，手里拿着一根针，推针的那只手上戴着一个黄铜顶针，好像正在缝一条围裙的边。我走近时他们两个都在窃笑，相互推搡着打情骂俏。见到我时，他们停止了。

古迪斯突然站起身，工装裤一侧的背带猛地滑落下来。看到小麻烦，我突然紧张起来，不知道她会如何回应我。我指着他掉了饰扣的地方。"……让小麻烦帮你缝一下。"我说，说完立刻感到后悔。这话听起来既专横又傲气。这并非是我想要与她重逢的方式。

"是的，主人。"他说，看了一眼小麻烦，离开了我们。

我弯下腰抱住她，用胳膊搂住她的肩膀。过了一会儿，她举起双臂，拍了拍我两侧的肋骨。

"尼娜说你要回来了。你不走了吗？"

"……可能还要走。"我在她旁边坐下。"……我们会见面的。"

"嗯，如果我是你，我会回到船上去。"

我朝她笑笑。屋檐上一道暗蓝色阴影在我们陷入沉默时笼罩着我们。我不知不觉地盯着她那只向内勾的跛脚，盯着她忙着做针线活的双手看，盯着她屈身干活的样子看，久违的愧疚感油然而生。

我不断地向她提问：我走后她过得如何，母亲对她怎样，其他奴隶是怎么撑过来的。我问她是否与古迪斯有特殊的朋友关系。她向我展示额头上的疤痕，称这是母亲的手艺。她说阿婶的视力不断下降，大部分烹饪由菲比做，萨贝根本比不上汤弗利，闵塔是个好心肠的人，她甘当"夫人的出气筒"。谈到古迪斯时，她只是咧嘴一笑，这一笑把她出卖了。

"……你知道奴隶要造反的谣言吗？"我最终还是问了。

她的手稍稍停了一下。"你为什么不告诉我你知道什么呢？"

我重复了尼娜所说的关于奴隶威廉·保罗所说的起义的事情。"……官方告诉民众，那些传言不真实。"我补充道。

她放下围裙。"是吗？他们不相信这是真的吗？"她脸上流露出如释重负的样子，我感觉起义不仅千真万确，而且她对此知之甚多。

"……即使他们相信这一计划存在，他们也会否认的，"我跟她说，希望她能明白这事有危险，"我怀疑他们不会公开承认此事。他们不想引起恐慌，也不想泄露秘密。如果他们发现丝毫有关阴谋的证据，相信我，他们会有所反应的。"

她拿起针线，我们再一次沉默，而且气氛更凝重。我注视着她的手上下移动，沿着裙边峰谷处飞针走线。接着，顶针发出闪光，使我回想起我们的过去——两个小女孩在屋顶上，她跟我讲黄铜顶针的真实故事。就是这只顶针吧，我浮想联翩。此刻在我的脑海里，我可以看到她躺在屋顶的瓦片上，眯着眼睛仰望天空与云彩，茶杯稳稳地摆放在肚子上，衣服口袋里塞满羽毛，羽毛头乱七八糟地从口袋里冒出来。我们相互泄露各自所有的秘密。那是我们曾经做的最接近平等的事情。我试图抓住心中的这幅画面，让它起死回生，但是它消融了。

我不再期望她向我敞开心扉。她现在要保守好她的秘密。

※※※

我和尼娜周日步行去贵格会的小聚会堂。步行到城市的另一边对我们而言特别远。我们手挽手漫步而行，一路上她讲述了我离开之后几个星期家里收到的信件，还询问我的健康状况。我忘记了母亲曾编造的故事，说我不在是因为我患上肺痨病。尼娜和我一边笑谈这些事，一边沿社会大街前行。

炎热的夏日下了一整夜的雨，早上空气凉爽而清新，充斥着桂花树的芳香。三角梅的粉色花瓣飘落在地上的水坑里，看见它们，在如此快乐的日子里有尼娜在我身边陪伴，我觉得我可能重新找回了我的归属感。

十天来的日子过得相对宁静。我尽量把家务事搁在一边，多花时间与尼娜长谈。她没完没了地问有关北方的事情，问贵格会信徒的事情，问伊斯雷尔的情况。我曾希望尽量避免提到他，但不经意间我还是流露出他的情况。小麻烦一直在回避我。谢天谢地，城里没有发生什么异常情况，奴隶暴动的报告随着人们忙于手头事务而不断减少。我开始认为是我对此反应过度了。

这天早上，我穿着母亲坚称的那件“废奴服”。作为贵格会信徒，我只允许穿这样的衣服，天知道，我是非常认真的。早餐前母亲就得知我打算参加贵格教聚会，还要带上尼娜。我们已经预感到母亲要发脾气了，所以干脆打哈哈蒙混过去，而且她也不知道我们决定走着去。

快到集市时，我们听见远处不断传来沉重的脚步声，然后是大喊声。正当我们拐过街角时，两个女奴隶从我们身旁冲过去，手里紧紧抓住裙子，拼命向前跑。此时一群南卡罗来纳国民军士兵朝我们走来，至少有一百来人。他们拿着军刀和手枪，军队两侧是市政卫兵，荷枪实弹，而不是带着通常使用的警棍。

那天是星期天集市日，通常会有许多奴隶聚集在街上。我和尼娜一动不动地站着，目睹他们被骑兵冲得仓皇逃窜。骑兵一边冲向他们，一边大声吼叫着驱散他们。

“发生什么事了？”尼娜问道。

我注视着周围的一片喧嚣，莫名其妙地惊呆了。我们来到卡罗来纳咖啡屋前，站在那里，我想，我们应该先躲进去，但店门锁住了。“我们应该回去。”我对她说。

然而，正当我们转身要离开时，一个沿街叫卖的小摊贩，一个不超过十二岁的小女奴惊恐万状地朝我们跑过来，突然跌倒了，篮子里的蔬菜撒在我们面前的路上。尼娜和我本能地弯下腰帮助她捡起萝卜、白菜，以及滚到一旁的土豆。

“走开！”一个男人大声喊道。“你！”

我抬头瞥见一名军官骑着马朝我们小跑而来。他是在对我和尼娜说话。我们直起腰，而那个女孩还在泥巴地上爬着拾起她那些摔坏的货物。

“……我们帮助她并没什么害处。”在他勒马停下来时，我说。不过，他的注意力并不在我手里的萝卜上，而是在我的衣服上。

“你是贵格会信徒吗？”

他有着一张瘦骨嶙峋的大脸，眼睛有点鼓，看起来或许要比实际的他更可怕，但当时我没能想到这点。害怕和恐惧从我的喉咙直往上冲，我的舌头，虚弱无力的家伙，像一条鼻涕虫似的躺在嘴里动弹不得。

“你听到我说话了吗？”他冷静地说，“我问你是不是那些鼓动反奴隶制的宗教贱民中的一员。”

我挪动着嘴唇，却什么也说不出来，只有可怕而无声的口型变化。尼娜走近我，紧紧扣住我的手指。我知道她想为我说话，但她忍住了，等待着。我闭上眼睛，听到从港湾飞来的海鸥在相互召唤。我想象着它们顺着气流滑翔，栖息在波浪上的景象。

“我是贵格会信徒。”我说，没有犹豫，几乎一气呵成。我听见尼娜松了口气。

两个白人男子感到有口角，便驻足观看。这时，我看到那个小女奴拎起篮子从他们身后夺路而逃。

“你叫什么名字？”军官问道。

“我叫萨拉·格里姆克。先生，你是谁？”

他懒得回答。“你不是格里姆克法官的女儿吗？一定是吧。”

“是的，他是我父亲。他已去世快三年了。”

“嘿，他没能活到看见你这副样子还真是件好事。”

“……你说什么？真搞不懂我的信念关你什么事。”我顿时产生一种起锚后自由漂浮的感觉，满脑子想到的都是父亲在朗布兰奇海滩生病的那天我漂浮在海上，漂到远离保护绳索的地方。

国民军的队伍终于走到我们面前，叽叽喳喳、大摇大摆地从那位军官身后走过。他提高嗓门压过嘈杂声说：“出于对法官的尊重，我不拘押你们了。”这时，他的马惊恐地昂起头。

尼娜破口而出：“你有什么权力——”

我打断了她，希望她不要蹚这个浑水，那样会使事态变得愈加危险。奇怪的是，我没有丝毫的愧疚感。“……拘押我？”我说，“凭什么？”

这时，一大群人来到那两个斜眼看我们的男人中间。一个穿着礼拜服的男人朝我吐唾沫。尼娜的手紧紧攥住我的手。

“你的信仰，甚至是你的外表，破坏了我在这里想维持的秩序，”军官说，“他们扰乱了好公民的宁静，给奴隶灌输不该有的观念。你灌输的那种叛乱思想目前正在我们城市中上演。”

“……什么叛乱？”

“你想假装没听说过谣言吗？奴隶们正在谋划屠杀他们的主人之后逃跑。我相信，也包括你和你这里的妹妹。此事今晚就要发生，不过我向你们保证，我们远比他们的计划聪明。”

他从马鞍抓手处提起缰绳，看了一眼路过的军队，然后转向我：“回家吧，格里姆克小姐。你在街上不受欢迎，而且你还有煽动性。”

“回家去！”人群中有人喊道，然后大家都跟着喊起来。

我缩成一团，怒视着他们愤怒的脸庞。“……你们想要让奴隶们干什么？”我大声喊道，“……如果我们不解放他们，他们将用任何手段解放自己。”

“萨拉！”尼娜惊奇地叫道。

正当人群开始对我进行恶毒的辱骂时，我抓住她的胳膊，沿着我们来的路快步往回走。“不要回头。”我对她说。

“萨拉，”她说着，上气不接下气，声音里流露出敬畏，“你已成为公开的反叛者。”

※※※

那天晚上没有奴隶暴动，以后也没出现。市政高官们的确曾经通过苦力房的残酷迫害查获了那个密谋的计划。在接下来的日子里，图谋造反的消息像传染病一样在查尔斯顿蔓延，弄得整座城市精神恍惚，惊恐万状。很多人被捕，据说还有更多没被捕的。我知道，可怕的反暴动措施才刚刚开始。居民们用破碎的瓶子加固篱笆墙头，直到可以安装永久性铁钉。防护栏很快就像装饰盔甲一样围住那些最雅致的家园。

在后来的几个月里，人们将建立苛刻的新秩序。新条例将进一步控制和限制奴隶，更加严厉的惩处将接踵而至。为了保护白人，人们还将建一座城堡。但接下来的一周里，人人惶恐不安。

我在大街上的蔑视行为已众所周知。母亲几乎没少给我白眼看，甚至连托马斯都来警告我，说如果我坚持那种愚蠢行为，他的公司就会受到伤害。只有尼娜站在我一边。

还有小麻烦。

一天下午晚些时候，她正在擦桃花木楼梯，突然一块顽石从客厅前窗飞了进来，砸碎了玻璃窗。我在二楼听到玻璃破碎的声音，匆忙下楼来，发现小麻烦正背靠着破窗户旁的墙壁，试图往外看又不想被人看见。她向我挥挥手，示意我退回去。“注意，他们还会再扔一块。”

一块鸡蛋大小的石头落在地毯上，周围都是碎片。街上飘来叫喊声。*奴隶情人。黑鬼情人。废奴派。北方妓女。*

我们相互目视对方直到声音消失。房间里变得寂静、安详，阳光洒在撞碎的玻璃上，将深红色地毯上的玻璃碎片演变成片片燃烧的火焰。此状令我有一种失落感，不是因为我被藐视，而是因为感到自己如此无能为力，因为我似乎什么事也不能做。我很快就要三十岁了，至今一事无成。

人们说，在极端情况下，时间会过得很慢，回到其静止的核心，并定格在那里，仿佛一切都静止了。在寂静状态里，我感到那种久违的、抑制不住的疼痛，想要知道我在这个世界该持什么观点。我感到那种渴望从未如此严肃认真过，甚至和我与生俱来的孤独相比有过之而无不及。此刻我脑海里闪现出盒子里的鸢尾花饰扣，以及把它放在里面的迷失女孩，回想起我是如何两次把它从查尔斯顿带到费城又带回来，带着它就像怀揣一个悲伤的、逐渐泯灭的希望。

房间那头，小麻烦几个大步走进撒满发光碎片的地毯。她弯下腰，捡起那块石头。我注视着她翻看手里的石头，心里明白我又要离开这个地方了。我要回到北方去创造我自己的生活。

小　麻　烦

惩罚的那天静悄悄地度过了。没开一枪，没引爆一只导火索。我们当中没有一人获得自由。但是，没有一个白人会再看我们一眼，会再认为我们不具有危害性。

我不知道谁被捕了，谁没有被捕。我不知道丹麦是安全的，还是悲惨的，还是两者都是。萨拉说最好别上街，但到了周三，我不能再等了。我找到尼娜，跟她说我需要通行证去买些糖浆回来。她写好后说："小心点。"

丹麦在他家的卧室里，背包中已经塞满衣服及钱。苏珊把我领到那里，她的眼睛哭得通红。我站在门口，一边深呼吸一边想，一切都是徒劳，但他还在这里。

房间里靠墙有一张铁床，上面盖着我缝制口袋藏匿名单的被子。被子上的黑三角布贴花恰到好处地铺展在红方块布贴花上，但在我看来，它们有些悲伤，像一只鸟儿的葬礼。

我对他说："那么，你要去哪？"

苏珊开始哭起来，他说："婆娘，如果你想要吵闹的话，就到别的地方去。"

她推开我穿过门，哽咽着说："去找你其他的妻子吧。"

我说："你要去找另一个妻子吗？"

窗户上的窗帘拉得严严实实，只在边上留下一条缝，透进一丝光线，像日晷一样照射在他身上。“迟早他们会来这里找我，”他说，“昨天他们抓走了奈德、罗拉和彼得。他们三人现在都在苦力房，我并不怀疑他们会不屈不挠，但是他们会受到折磨，直到供出名字。如果我们的计划有一天能实现，我必须远走他乡。”

我感到一阵不寒而栗。我说：“那我的名字呢？他们会说出是我偷了子弹模具吗？”

他坐在床上，坐在死黑鸟的翅膀上，双手在两膝间晃来晃去。过去在招募新人到家里来时，他总会高喊：*上帝对我说*，一副严肃而强大的样子，好像他自己就是上帝似的，而现在，他的脸色却变了。“别担心，”他说，“他们是跟着领头的干的——那就是我。没人会说出你的名字。”

我不愿问他问题，但我必须知道。“那些计划怎么办？”

他摇了摇头。“我担心的是那些家奴，他们不能明白自己生命的终结就是他们主人的新生。我们被出卖了，事情就是这样的。有一个人出卖了我们，警方安插了奸细。”

他收紧下巴，推床而起。“在我们准备动手的那天，军队重兵把守，致使我们的信使无法出城传递命令。我们无法点着导火索，无法取回武器。”他拿起一个粘着一根蜡烛的锡盘，猛地砸在墙上。“该死的，让他们下地狱去吧。*上帝啊*——”他的脸扭曲了。

我一动不动，直到他的肩膀放松下来，我觉得他不那么痛苦了，就说：“你尽力了，没人会忘记的。”

“不，他们会的，他们会忘记的。”他从床上拽下被子，塞进我怀里。“把这个拿走，去把名单烧了，马上就烧掉，我没有时间了。”

“你会在哪里？”

“我是一个自由黑人。我要去属于我的地方。”他说。他很小心，以防罗拉和他们说出我的名字后，白人来折磨我。

他拿起背包，朝门外走去。这不是我最后一次见他。但他说的话，*我要去属于我的地方*，却是他对我说的最后一句话。

※ ※ ※

我在厨房的炉火里把名单烧了，然后静观事态的发展。

四天后，丹麦在一个自由黑白混血女人的家里被捕了。七名法官对他进行审判。此前，这个城市里的每一个人，无论白人还是黑人，都知道他的名字。审判的传闻遍布大街小巷，充斥着家家户户的客厅与劳作庭院。奴隶们说丹麦·维塞是黑耶稣，即使他们杀了他，他也会在第三天复活。白人说他是条忘恩负义的蛇，咬伤了给他的温暖胸怀。大家说他是误导自己军队的将军，根本没有奴隶们认为的那么多武器。警方找到几条长枪和手枪，两个子弹模具，就这些。也许是格勒·杰克想到八月份再动手，所以让其余武器失踪了，但我很纳闷，是不是丹麦夸大事实了。当我拆开被子想拿出名单去烧掉时，我数了数，名单上只有两百八十三人，而不是他说的六千人。现在我相信，他只是想煽起火焰。试想一下，如果他成功了，每个四肢健全的人都将参加战斗。

判决的那天，萨贝派我跪在地上卷起地毯，然后刷洗过道的地板。那天天气炎热，我忙得汗流浃背也无法洗干净地板上的肥皂沫。我跟萨贝说，洗刷地板本该是冬天的活儿。他说："好啊，那你冬天还可以再洗啊。"我诅咒他，真不知道闵塔看上他什么。

我只能偷偷溜到游廊吹点风，这时萨拉走出来，说："……我想，你可能想知道，丹麦·维塞的审判已经结束。"

当然，世上没有一种方式能使这个人获得自由，但我还是把手伸过去抓住栏杆，虚弱地怀着希望。她来到我身边，把手放在我满是肥皂沫的衣服上。"……他们定他有罪。"

"他现在怎么样了？"

“他会被判处死刑，很抱歉。”

我表面上没有任何反应，其实我骨子里又一次发出悲伤的呻吟。

然而，我压根儿没想过要问萨拉为什么出来找我，并告诉我这个消息。她和尼娜都知道我有时离开是因为我自己的事，但是她们不知道我去了他家，不知道他称我为女儿，不知道他对我有什么特别之处。

“……他们在判决的同时，还颁布了一项法令，”她说，“……一种法官的命令。”

我仔细端详她的脸。她脸上的红雀斑在阳光下显得通红，眼睛里充满担忧。我知道她为什么会在这里，和我一起待在游廊上——就是因为这条法令。

“……任何黑人，无论男女，如在公共场合哀悼丹麦·维塞，都将被逮捕，受鞭刑。”

我把视线从她身上移至花园，古迪斯在那里留下了耙子、锄头和浇水壶。所有的植物都渴得耷拉着，一切都在枯萎。

“……求你了，小麻烦，现在听我说，按照法令，你不能穿黑色衣服上街，不能哭，不能说出他的名字，不能做任何事情来纪念他。明白吗？”

“不，我不明白。我永远不会明白。”我说，然后回去继续洗刷地板了。

※ ※ ※

七月二日那天日出前，我从我房间的窗户钻了出去，采取我一贯的方法，背顶房子，腿蹬围墙，向上挪动，然后翻过篱笆。向人乞求通行证？见鬼去吧。白人签个名，我就可以在大街上行走。见鬼去吧。

趁着天黑，我匆忙穿过城市。到杂志街的时候，天大亮了。我在苦力房四周偷偷观察，不知怎么的，猛然停住不动了。有一阵子，我的身体感觉好像又回到了苦力房里面。我能听见脚踏机在呻吟，能嗅出恐惧。我的脑海里出现了牛皮鞭抽打母亲背上婴儿的场景，感到自己在往下坠落。唯一阻止我退缩的是我想到了丹麦，他和他的副官们随时都会被带出苦力房大门。

法官挑选了七月二日为执行日，这是个人人皆知的秘密。人们说，丹麦和另外五人将于一大早在布莱克荒地被处决。那里是一片沼泽地，人们把海盗和罪犯挂在那里的橡树上。我认为，每个设法去那里的奴隶都出现了，也有白人，但直觉告诉我，我要先去苦力房，跟着丹麦到布莱克荒地。或许他会看到我，知道他不是独自一人走完生命的最后一英里。

我蹲在靠近大门的牲畜棚旁，不久就有足足四辆马车出来，厄运当头的人戴着镣铐坐在马车后座自己的棺材上。他们个个鼻青脸肿，显然挨了很多打——罗拉和奈德在第一辆马车上，彼得在第二辆车上，第三辆车上的两个男人我从未见过。最后一辆车上载着丹麦，只见他挺直腰杆坐在车上，神情肃穆。他没看见我站起身，沿途蹒跚地跟着他们。车队由重兵护卫，所以我只得离他们远一点。

马儿吃力地缓慢前行。我在远处尾随着，穿着鞋子的跛脚走疼了，我仍然努力跟上，希望他会看到我，这时发生了一件奇怪的事情。前三辆马车驶向布莱克荒地，而载着丹麦的第四辆马车却朝相反方向驶去。丹麦看上去很困惑，他试图站起来，但被一名卫兵按下去了。

他看着副官们随着车轱辘而去，便大声喊叫："要死得像个人！"他不停地喊着，此刻彼此的距离越来越远，车轮掀起滚滚烟尘，罗拉和彼得也大声回应道：*要死得像个人！要死得像个人！*

我不知道丹麦的马车驶向哪里，但我紧紧跟随其后，听着他们的喊叫声在周围回荡。这时，他的目光落在我身上，他一下子变得安静下来。在接下来的路程里，他注视着我跟在后面，渐渐地，我掉队了。

他们把他吊在艾士里大道旁空地上的一棵橡树上。除了四个卫兵、马和我，没人在那里。我所能做的只能是蹲在远处的棕榈树丛中观看。丹麦静静地走上高台凳，他们往他头上套绞索时，他一动不动。他走得正如他对别人喊叫的那样——像个人。他一直盯着我藏匿的棕榈树叶，直到他们从他的腿下踢开板凳。

当他垂下时，我把头扭过去了，眼睛盯着地面，听着从树上飘来的喘息声。环顾四周，寄居蟹在水面横行，用它们那愚蠢的小眼睛瞅着我，从黑泥洞口滑进滑出。

当我再看到丹麦时，他的躯体与挂在树上的青苔一起在摇晃。

他们把他放下，安置在木棺内，并钉上盖子。等马车沿着这条路消失后，我才从藏身地出来走到那棵树旁。树荫下一片宁静，就像什么事也没发生过，只有尘土上留下了板凳翻倒的擦痕。

附近有一个窑场。我知道他们会在那里埋葬他，那样就没人知道他埋在哪里。法官的法令说我们不能哭，不能说出他的名字，不能做任何事情来纪念他，但我从脖子上的小荷包上取下一小段红线系在一根低叉枝上做出标记。然后我一边失声痛哭，一边念叨他的名字。

第五部　*1826*年*11*月—*1829*年*11*月

小　麻　烦

还没到十一月份，古迪斯就咳嗽了。我前往马厩给他送去一些薄荷和红糖润喉，心想又是昏暗的一天，便在布上又添了一针。

那边的大宅里，夫人和尼娜在争吵。她们一会儿提到夫人对待我们奴隶的方式，一会儿又是尼娜拒绝出去社交。没有萨拉在这里把她们分开，她们会这样吵一整天。菲比在厨房里炖肉，她从阿婶那里得到的建议比她所需要的还多。闵塔不知躲到哪里去了，大概在洗衣房吧。至于萨贝，要是我没猜错的话，他一定是在地窖里，抽着格里姆克主人的烟斗。地窖里的酒已经没了，我总是闻到抽烟斗的烟味。

我沿着菜园慢慢走去，想看看古迪斯是否种了过冬的菜。到那里一看，地里除了土块什么也没种。花园也很凌乱——玫瑰花藤死死缠绕着夹竹桃，常春花四处疯长。夫人说，古迪斯没什么能力，但这人其实不懒，他极其讨厌被迫去照看她的南瓜和花儿。

就在我仔细打量着土地并替他担心时，我感觉有人在注视着我。我先看了看夫人的窗户，但没人。马厩的门开着，不过古迪斯背对着我，在给马搓洗。接着，我从眼角瞥见后门有两个人影。我朝他们看时，他们一动不动，就在强光下站着——一个老女奴和一个小女奴。她们想要什么？经常有奴隶来卖东西，但我从未见过到后门来兜售东西的奴隶。我不愿把她们轰走。那位老夫人的腰是弯的，看上去很柔弱。小女孩紧紧抓住她的胳膊。

我回过头，拄着手杖走过去，紧紧抓住兔子头。经过多年的把握，我感觉它非常平滑细腻。那女人和小女孩的眼睛一直盯着我看。走近后，我注意到她们戴着同样的褪色红头巾，女人有着黄棕色的皮肤。忽然，她瞪大眼睛，下巴开始颤抖，说："小麻烦。"

我突然愣住了，任由这声音在空中震颤，接着我明白过来，丢下手杖奔跑上去，跑到面前。看到我跑来，老妇人一屁股坐在地上。我跪下，把她抱在怀里。

我一定是大声喊叫了，因为古迪斯跑过来了，接着闵塔、菲比、阿婶，还有萨贝都来了。我记得他们在门口窥视着我们。我记得那个奇怪的小女孩说："你就是小麻烦吗？"而我则跪在地上，像摇新生儿一样摇着那个女人。

"亲爱的主耶稣啊，"阿婶说，"是夏洛蒂。"

※ ※ ※

古迪斯背着妈妈来到地下室房间，把她放在床上。大家都挤进来盯着她看，好像那是个幽灵。大家像森林中的鹿似的，都被冻僵了，不敢挪动一下。我感到很热，喘不过气。妈妈的眼皮又睁开了，我看到她眼睛里的白色已经开始变成她身上其他地方的黄色了。她看起来瘦得像根细绳，脸上布满皱纹，头发也变成盐白色。她十四年前失踪的，却老了三十岁。

小女孩盘坐在她身边的床上，眼睛不停地从一张面孔扫向另一张面孔。她皮肤黝黑，大骨架，大手大脚，脑门如同一轮满月，长得就像她爸爸。是丹麦的女儿。

我叫闵塔去弄块湿布来。就在我轻轻擦拭妈妈的脸时，她开始呻吟并扭动脖子。萨贝跑去叫夫人和尼娜了。她们到的时候，妈妈已经睁开眼睛。

整个床笼罩在未清洗的体味中，令夫人缩了回去，捂住鼻子。“夏洛蒂，”她站得远远地说，“是你吗？我从没想过我们还会见到你。你到底去了哪里？”

妈妈张开嘴，试图说话，但她的话只在空中划过，没有多大意义。

“我们很高兴你能回来，夏洛蒂。”尼娜说。妈妈向她眨眨眼，像是还没弄清楚是谁在说话。妈妈失踪时，尼娜也就六七岁而已。

“她头脑还清醒吗？”夫人问。

阿婶双手往臀部一搁。“她是筋疲力尽了，需要食物和长时间的休息。”然后她叫菲比把肉汤拿来。

夫人仔细端详着那个女孩。“这是谁？”

当然，这是人人都想知道的。小姑娘站起身来，瞪了夫人一眼，那眼神锋利得足以裁开纸张。

“她是我妹妹。”我说。

房间里静了下来。

“你妹妹？”夫人说。“真没想到。要我怎么处置她？我都快养不起你们这些人了。”

尼娜拽着她母亲向门外走去。“夏洛蒂需要休息。让她们照顾她吧。”

当门在她们身后关上时，妈妈抬起头，面带熟悉的笑容看着我。她的嘴上有个丑陋的大洞，那里原本有两颗门牙。她说：“小麻烦，看看你，看看你，我的女儿，真长大了。”

“我现在三十三岁了，妈妈。”

“都过去这么长时间了——”她的眼睛湿润了，这是我生平第一次见她流眼泪。我趴在她床边，把脸贴到她的脸上。

她轻声对着我耳朵说：“你的腿怎么啦？”

“我狠狠摔了一跤。”我低声说道。

在我用汤勺给妈妈喂汤时，萨贝叫大家都回去干自己的活儿去。小姑娘拿起她那碗汤一口气喝得精光。她们俩挨着睡了整整一下午。阿婶不时从门口探进头来，说：“还好吗？”她拿来松饼、牛奶煮蓖麻油，以及几张毯子，我琢磨着该是给我晚上铺在地上睡觉用的。她帮我在不弄醒她们的情况下脱掉她们的鞋子。当看到她们的脚生疮溃烂时，她在门口放了肥皂和一桶水。

小姑娘醒来一次，要尿壶。我带她出去上厕所。在等她时，我看着橡树上的叶子飘然而下。*妈妈就在这里*。对我而言，奇迹还没有出现，我还需要跪下祈求。她的样子令我震惊，我担心夫人可能会做什么。她把她们两个当成要从她皮肤上打掉的吸血鬼。

小姑娘走出厕所时光着脚。我说：“我们需要去洗洗你的脚。”

她低头看着自己的脚，张开嘴巴吐出粉红色的舌尖。她最多只有十三岁。*我的妹妹*。

我让她坐在院子里一只三条腿的凳子上。这里还能享受最后一点阳光的温暖。我把水桶和肥皂拿到外面来，把她的脚放在水中浸泡。我说：“你和妈妈走了多少天才到这里？”

自从今天早上在门口见到她到现在，她几乎没开过口。现在，她的话匣子打开了，说起话来滔滔不绝。“我不清楚。有三个星期吧，可能更长。我们一路从波弗特走来，威尔科克斯主人的家。我们在夜里行走，走商人小道，沿着小河边走。白天，我们躲在田里和水沟里。这是我们第四次逃跑了，所以我们学会了这么走。妈妈在我们的鞋子上和腿上擦辣椒和洋葱皮来糊弄狗。她说这次我们不会回头了，我们拼死也要试试。”

“等等。你和妈妈在此之前跑过三次，每次都被抓住了吗？”

她点点头，看着天上的云。她说：“有一次我们到了卡姆比河，还有一次到了埃迪斯托。”

她一边说，我一边从水桶里逐一提起她的脚，用肥皂擦洗。她喜欢做的事就是——侃侃而谈。

“我们带上烤玉米和干番薯。但是这些吃完了，所以我们就吃商陆叶和商陆果，找到什么吃什么。当妈妈走到某个地方实在走不动了，我就把她背在我背上走。我走一段歇一段，再背她走一段。她说，如果我有什么不测，你要坚持走下去，直到找到小麻烦。”

她告诉我很多事情。她们如何喝水坑里的水，舔黄樟树叶子汁，如何在沼泽地里爬到树上将四肢捆绑着睡觉，如何迷失在星光月下的黑夜里。她说，有一次，一个白佬乘坐马车路过，没有看到她们躺在他途经的沟里。渐渐地，她发现，妈妈说格勒话，那是岛上奴隶使用的语言。她是跟着种植园妇女们自然学会的。如果她看见一只鸟，她会说有一只比迪[①]；看见乌龟说库特[②]；看见白人男子说白佬。

我把她的脚放在我的大腿上认认真真地擦干。“你还没告诉我你的名字。”

“在水稻田里和我们一起干活的人叫我珍妮。妈妈说这不是我的名字。她说我们民族过去像黑鸟一样飞翔。我出生那天她看着天空，于是就叫我‘天空’。”

这个姑娘看上去不像她的名字，倒像个树干，像在田里犁地时碰到的一块顽石，但我很高兴妈妈给她取这个名字。我听见马厩里传来古迪斯的咳嗽声和马嘶声。我站起来时，她仰望着我说：“我们迷路时，她就跟我讲黑鸟的故事，不知道讲了多少遍了。”

我朝她笑了笑。“她过去也跟我讲过那个故事。”

我妹妹看上去没什么特别，听她说话，你会认为她很单纯，没有心机，我却从一开始就感受到她内心有妈妈那股韧性。

---

①“鸟”的英文为bird，音同“比迪”。

②“乌龟”的英文为turtle，音同“库特”。

※ ※ ※

那天晚上我在地铺上醒来，妈妈站在屋子中间背对着我一动不动，凝视着高处的窗户。周围一片黑暗，但她的头巾滑落了，头发像刚刚擦亮的银子般闪亮。屋子那边的床垫上，天空的鼾声均匀而响亮。听到我有动静，妈妈转过身，向我张开双臂。我不声不响地站起身来走向她，直接投入她的怀抱。此时此刻，她回到家，来到我的身边。

※ ※ ※

等我再次醒来时，大地晨曦普照。妈妈坐在床上，看着她的故事被。她一整夜都睡在上面却浑然不知。

我走过去，拍了拍她的胳膊。“我把被子缝起来了。”

她最后一次见到被子还是一大堆方块布呢。虽然布有些褪色，但她讲的故事都在上面，被缝成了一床被子。

“你把每片布都缝制得恰到好处，”她说，“真不知道你是怎么做到的。”

“我按照在你身上发生事情的顺序缝制的。”

菲比和阿婶端来早餐时，妈妈仍然俯身在被子上，认真查看一针一线。她轻轻抚摸了一下最后一片方块布，我知道那是关于丹麦的。一想到我得告诉她丹麦的事，我心里就很难受。

夜里，房间里很冷，于是我从洗衣房打来洗澡水，菲比在那里把水烧得滚烫。天空到角落里去洗她粗壮的身体，而我则解开妈妈的衣扣。“我们要烧了这件衣服。”我说，妈妈笑了，笑得很爽朗。

我为她制作的小荷包干瘪瘪地挂在她的脖子上，用的是一块新皮剪裁的皮带子。她把它从自己头上脱下了，然后递给我。“里面现在已经没什么东西了。”

我一打开，便飘出一股腐朽味。我把手指伸进去，摸到的都是陈叶的粉末。

妈妈坐在低矮的凳子上。我把她的胳膊从衣裙袖子里拉出来，把上衣脱到腰间。我能够看出她肋骨间的凹槽明显，乳房也像脖子上的荷包一样瘪塌塌的。我用破布在盆里蘸水帮她洗澡。当我走到她身后帮她洗背时，她身子本能地一挺。她背上的鞭痕像树根一样盘根错节，从肩膀处一直到腰间。她的右肩上被烙了一个字母 W。我足足花了一分钟的时间才触碰到所有的伤痛。

当我最终将她的脚放进水盆里时，我问道："你的牙齿怎么啦？"

"有一天都掉了。"她说。

天空发出嗯嗯声。她说："确切地说是被打掉的。"

"少啰嗦，你太会编故事了。"妈妈说她。

其实，天空讲的故事比妈妈知道她讲的多。来了还不到一周，她就跟我讲了妈妈是如何一抓住机会就在种植园随手搞些恶作剧。他们越是鞭打妈妈，她就越是在米袋上划洞。她打破东西，偷东西，藏东西，把脱粒镰刀埋在树林里，砍倒栅栏，还有一次竟然放火烧了工头的厕所。

在那边角落里，天空还是抓住妈妈牙齿的故事不放。"那是发生在我们第二次逃跑后。工头说，如果她再跑，她的牙齿就会毫不费力地一个个消失。他拿来一把锤子——"

"别说了！"妈妈大声喊道。

我蹲下来，盯着她的眼睛看。"别不想让我知道。该我见的我都见过。我知道这个世界是怎么回事。"

萨　拉

伊斯雷尔来拜访我，蓄着新长出来的贵格式短胡子。我们并肩坐在莫特家客厅的沙发上。他一边不停地摸着胡须，一边谈论着批发羊毛的成本和出奇好的气候条件。他的胡须浓得像丝绒刷的流苏，有不少已呈现灰色。他看上去更加英俊贤明，完全像换了一个人似的。

我在查尔斯顿曾尝试重新开始生活，结果以灾难收场，之后我又返回费城，并在卢克丽霞·莫特家租下一个房间，决心要为自己而活，我想我做到了。尽管我的宿敌凯瑟琳最近告诉我，我的小门徒明年要上学了，辅导课将于今夏初终止，我每周还是去绿山两次，辅导贝基学习。如果我要继续有事做，我就得另寻需要家庭教师的贵格会信徒家庭，但目前我还没去做这方面的努力。凯瑟琳现在待我比较友善了，不过当她看见伊斯雷尔在贵格会聚会上对我笑时，她还是会像蓓蕾似的收紧一下，而他从不理会，照样我行我素，也不会不来看我。他每月两次来莫特家客厅拜访我。

我现在看着他，不明白我们怎么会被困在这无尽的友谊高原上。各种谣言四起。伊斯雷尔的两个儿子反对他再婚，不是和谁再婚都不行，是唯独我不行。他在瑞贝卡临终前曾答应过她，他只爱她一个人。曾经有几个长辈以种种理由劝阻他再婚，什么他还没准备好，什么我尚未经过检验。毕竟，我不是正宗的贵格会信徒。在查尔斯顿，出生在种植园主阶层很重要，在这里贵格会背景很重要。有些事到处都一样。伊斯雷尔曾经对我说：“你是最有耐心的女人。”这对我来说可不算什么美德。

今天，除了他的胡子还有些新鲜感以外，伊斯雷尔的到访似乎渐渐地与以前的到访没什么两样。他谈论他的美利奴羊农场和羊毛染料，我却百无聊赖地摆弄着纸巾。谈话间隙，杯盏碰撞发出叮当声，孩子们说话，夹杂着吱吱作响的地板上追赶的脚步声。接着，毫无铺垫，他突然宣布：“我儿子伊斯雷尔要结婚了。”

他说这话时既平静又带有歉意，让我很尴尬。

“……伊斯雷尔？小伊斯雷尔吗？”

“他现在不小了，已经二十二岁了。”他叹了口气，仿佛心头掠过什么事情，我却荒唐地在想贵格会是否有某种法律禁止父亲在儿子成家后再婚，在想是否他的胡子并不代表他有新变化，而代表他在退缩。

到了要说再见的时候，他抓住我的手，并将其紧紧贴在他面颊黑乎乎的胡须上，闭着眼睛。当他睁开眼时，我感到他有话要说。我扬了扬眉毛。但接着，他便松开我的手，从长沙发上站起身。不管他心里曾经掀起何等波澜，波澜又缩回去了，悔悟着，没有表达。

他踌躇地走到门口，然后出了门，而我依然坐在原地，眼睁睁地目睹着：被动，以及对未来的彷徨。不是指伊斯雷尔——而是指我自己。

※ ※ ※

我和卢克丽霞坐在被她叫作工作室的小房间里。冬雨拍打在窗玻璃上，结成了冰。我们把椅子拉近壁炉，炉火噼里啪啦地燃烧着，仿佛在拨动竖琴弦。卢克丽霞正在打开下午刚到的小邮包，我在阅读被贵格会禁止的沃尔特·司各特爵士的小说。禁令反而使阅读更有趣。但眼下，炉火暖和得使人昏昏欲睡，于是我放下书，盯着火焰发呆。

一天中我最喜欢的是——孩子们上床后，卢克丽霞的丈夫詹姆斯去了他的书房，房间里只有我们两人聚在这个奇怪的小角落里。这是个单室间，里面只有两把沙发椅、一张大折叠桌、一个壁炉、几个靠墙的架子，以及一个宽大的窗户，从窗口可以看到屋后一片红桑葚树和黑橡树。在这间屋子里不做饭，不缝纫，不看护孩子，也不娱乐。屋里四处散落着文件和小册子、书籍和信件、美术调色板和正方形的天鹅绒布。她从花园找来死掉的漂亮的月形天蚕蛾，钉在布块上。这个房间只是为她所用。

我不知道我们在这里花了多少个夜晚聊天，或是像今晚这样，两个人各自静静地坐着。卢克丽霞和我的关系超越了朋友。不过我还是感觉到我们之间的差异。在贵格会的聚会上，我注意到了这种差异。当我看到她坐在演讲席时，她是那些人中唯一的女性。她起身说话的样子展现出无所畏惧的美丽。每天早上我下楼时，她的孩子们总是在那里喝燕麦粥。这时，我的心里会有一点空空的感觉，不是因为羡慕她拥有一份职业，不是因为这些小家伙，甚至不是因为那个与众不同的詹姆斯，而是因为某种未知的物种，一个支持她的职业并亲自做燕麦粥的丈夫。不，不是这个原因。我羡慕的是那种归属，她找到了她的归属。

“哎，这是你的信。”卢克丽霞拿着信冲着我说。这是尼娜的用纸，但上面不是尼娜的手迹。封面上的字迹稚气且不工整。萨拉·格里姆克小姐。

亲爱的萨拉，

妈妈回来了。尼娜说，我可以自己写信给你报告这个消息。她逃离了那个这段时间一直囚禁她的种植园。你应该看看她。她现在伤痕累累，满头白发，看上去很衰老。但她的内心一点儿没变。我日夜照顾她。她带来了我的妹妹，她叫天空。我知道那个名字是妈妈取的，寄托了她的期望。她总说有一天我们会像黑鸟一样飞翔。

夫人还总是对尼娜发脾气。尼娜常去长老会，现在开始惹麻烦了。上周来了个男人惩罚她，因为她说了什么。妈妈和天空是一个光明的希望。

写这封信花了太长时间。原谅我的错误。我不再阅读，不再学习文字。总有一天我还会的。

小麻烦

"希望不是坏消息。"卢克丽霞一边说，一边端详着我的脸，一定是我脸上的表情显得既振奋又心痛。

我大声给她念了这封信，没多说我们家有奴隶，但我跟她讲了小麻烦的事情。她伸手拍了拍我的手。

我们俩都没作声。这时黑夜里的冰雪变成雨水冲刷着窗户。我闭上眼睛，试想小麻烦与母亲团聚的场景，想象着她那个名叫天空的妹妹，以及夏洛蒂的伤疤与白发。

"……上帝为什么会让我们产生如此深切的渴望呢……假如这些渴望不能实现的话？"与其说我提出了一个问题，还不如说是发出了一声叹息。我在想夏洛蒂，想到她渴望自由，但话到嘴边时，我知道我也是在想我自己。

我真没期望卢克丽霞有什么反应，但过了一会儿，她说："上帝使我们心中充满各种各样违背现实结果的渴望——但事实上，那些渴望经常是不能实现的，不过，我不相信那是上帝所为。"她瞟了我一眼，笑了。"我认为我们知道那是人为的。"

她俯身向我。“生活总是与我们作对，萨拉，而且对小麻烦、她母亲以及她妹妹更糟。我们都渴望有一小片天空，不是吗？我认为，上帝在我们心里根植这些渴望的目的是，至少我们会尝试着改变事物发展的过程。我们必须努力，就这样。”

我感觉她的话在我打造的生活上撕开了一个洞，一个无法修补的洞。

我开始对她讲述，作为一个孩子，我渴望整个苍穹，渴望有一个女性完全没有尝试过的职业。我其实对做家教兴致寥寥，我不想让她觉得我一直满足于此，不过我没有明说，甚至尼娜也不知道我曾渴望成为一名律师，她不知道此事是如何以羞辱告终的。

“……但你不仅仅是在试着做一名牧师……你完全做到了……我常想，一个人是否必须领悟上帝的特别召唤才能担此重任。”

贵格会的牧师们一点也不像我过去常见的圣公会或长老会的神职人员那样。他们不站在讲台后面讲道，而是在会员凝神默思时一边演讲，一边听凭上帝引导。当然，任何人都能发言，但牧师们说得最多，这些人提供做礼拜的经文，他们的声音似乎与众不同。

她推了推盘在后脑勺凌乱的发髻。“我不能说我所感知的召唤有什么特别。我想要说什么，就能说什么。我想说出我的良心，就说出来了。当然，上帝号召我们所有的人都这样。”

“……你认为……我可以成为一名贵格会的牧师吗？”这句话在我心里憋了很长时间了。也许从我在船上初次见到伊斯雷尔时，他告诉我女牧师实际上是存在的那一刻起，我就想说了。

“萨拉·格里姆克，你是我认识的最聪明的人。你当然可以。”

※ ※ ※

我倚在床上，穿着我最温暖的羊毛睡袍，散着头发，趴在床桌上尝试着给小麻烦回信，小桌上还摆放着我最近慷慨买来的白镴墨水台。

1827 年 1 月 19 日

亲爱的小麻烦，

多么令人高兴的消息啊！夏洛蒂回来了！你有了一个妹妹！

放下笔，我盯着一排感叹号。我的话听起来像鸟儿在叽叽喳喳。这已经是我第五次尝试写信的开头了。

床上散落着被揉成团的纸球。你现在多么幸福，最初的开头我写了这句话，然后又担心她可能会认为我在暗示她所有的苦难都烟消云散了。于是，第二遍开头我写道：很高兴收到你的来信，但如果她不认识高兴这个词怎么办？我既怕文字读起来给人麻木不仁的感觉，又怕读起来显得居高临下，语气既不能太疏远，也不能太热络，结果我一句话也写不出来。我还记得——其实总是忘不了——我们俩在屋顶喝茶的情景，但那已经不复存在了，现在所剩的只有纸团了。

我拿起信纸，信手写下一大串好听的感叹句。墨水弄到了我手上，我举起手免得弄脏卢克丽霞的白鸭绒被，然后我将床桌从腿上挪开，走到水池边。当用肥皂洗不掉污渍时，我便在梳妆台的抽屉里翻找酒石粉。抽屉里装酒石粉的瓶子旁，搁着我的黑色熔岩盒，里面摆放着我那枚银质鸢尾花饰扣。我打开盒子，凝视着饰扣：暗银色的，看上去像一枚水下珍珠。

此枚饰扣是我生命中最常见的东西。我曾把它扔掉过，但它又回到我身边，这要感谢小麻烦。

我回到温暖的床上，把饰扣放在床桌上，看着它沐浴在灯光下。我靠在枕头上，回想起我的十一岁生日聚会，小麻烦就是在那次聚会上被赠送给我的。第二天醒来，我强烈地感觉到应该在这世上干点事情，干点大事情，比我自己还要大的事情。我用手抚摸着饰扣，是它自始至终为我守住这个秘密。

房间里的一切都被放大：壁炉里的柴灰落在炉膛外面，在护壁板上留下一道小小的刮痕，油墨的气味，饰扣上的鸢尾草蚀刻。

我拿起一页空白信纸。

1827 年 1 月 19 日

亲爱的小麻烦，

我心潮澎湃，努力想象着你和夏洛蒂以及你的新妹妹在一起的情景。我无法想象出你的感受，我为你高兴，同时，得知你母亲身上的伤痕我很难过，她一定经历了所有可怕的事情。但我现在不想谈那个，我只关注你们的相聚。

你知道吗？当我们还是小女孩的时候，夏洛蒂曾让我发誓将来要尽我所能帮助你获得自由。我们当时在柴堆那里，就是仓鸮孤儿待的地方。我对此记忆犹新，宛如昨天发生的事情一样。现在我向你坦白，这就是我教你读书的原因。我跟自己说，阅读是一种自由，是我唯一能给予的。抱歉，小麻烦，很遗憾我无法将誓言履行得更好。

我现在仍然保留着那枚被我扔掉后又被你捡回来的银饰扣。就在我给你写信这会儿，它就在墨水台旁，不断地提醒我那个一直在心里念念不忘的命运之神。怎么说呢？我只知道一粒橡子里蕴含着一棵橡树，我一直渴望用我的一生来培育这粒种子。我过去总想成为一名律师，这也许是因为父亲和托马斯干这行，但那已经是不可能的了。近来，我为将成为一名贵格会牧师而感到无比振奋。这样做至少给我提供了在我十一岁生日那天我就试图去做的事情的方式，那天你被残忍地送给我拥有。这让我有机会告诉任何人我不能接受这一点，我们不能接受奴隶制，它必须结束。我就是为之而生的——不是牧师，不是法律，而是废除奴隶制。我今晚才想明白这个问题，但它一直是橡子里孕育的橡树。

告诉你妈妈，我很高兴她又找到你。代我问候你妹妹。我做错过很多事情，甚至爱你都不得法，但我认为你仍是我的朋友。

萨拉

小 麻 烦

那年冬天，妈妈总是坐在厨房的炉火旁，无所事事。她比刚回来时胖了点，但她常会有段时间无法吞咽，一切就会从头开始。妈妈说，她每次见到我，我都带着一块饼干。

我们奴隶房有很大的空间，但我们三人还是一起待在地下室那间屋子里。古迪斯从育婴室拿来一张小床，我们把它靠在大床边，三个一模一样的人睡在镶被框下面。天空曾问那个钉在天花板上的木质东西是什么，我说："你从没见过镶被框吗？"妈妈说："嗨，你不是也从未见过稻田吗？甚至没见过小船。"

妈妈仍然闭口不谈她的事情。她总是说："事情已经这样了。"然而，大多数夜晚，她都会醒来在房间里来回踱步，似乎她并没有忘记那些往事。我意识到，她最放不下的事情就是针、线、布。一天，我跟她说，我需要帮助，并递给她针线篮。等我回来时，她正在飞针走线地干活儿呢。

最困难的是要给天空找份工作。她不会干洗衣服的活儿。我让萨贝给她试试打扫房间，跟我和闵塔一起给客人泡茶，但夫人说她不是干此活儿的料，会令客人反感。之后她便去厨房干活了，但她的唠叨劲儿令阿婶抓狂，她尽讲些野兔欺骗狐狸和熊之类的故事。她经常干完活后在门廊里唱格勒人的歌。*如果你不知道要去哪儿，*

你应该知道你从哪儿来。同一首歌唱来唱去。

※※※

冬末的一天早上，前门上的门环噼啪作响，律师修戈先生走了进来。他一边跺脚驱寒，一边把帽子递给我。萨贝立刻去禀报夫人。

我发现尼娜在她的房间，正准备去教堂上课。我说："快来，你要来看看你妈妈要干什么。修戈先生在那边——"

我话没说完，她就从房间飞奔而去。

我在关着门的客厅外溜达，但我听不清楚他们在说什么——只是些只言片语。抚恤金……银行……棉花破产……亏了。时钟铛铛敲了十下，满屋的钟声令气氛变得凝重。钟声逝去后，我听到夫人说到天空一词。也许她是在谈论笼罩世界的蓝色屋顶，但我知道那是指我妹妹。

我把耳朵贴在门上。就让萨贝发现了来撵我吧，我不在乎。

"她十三岁，看不出有任何干家务活儿的本事，但她身强体壮。"这是夫人的原话。

修戈先生叽里咕噜地说了眼下工资的问题，还说春季种植园开始种植时把她卖出去。

"你不能把天空与她母亲分开，"尼娜喊道，"这不人道！"

"我管不了那么多，"夫人说，"但我们必须面对现实。"

我的呼吸就像被手紧紧攥住胸口一样喘不上气来。我闭上眼睛，对这个可怜的世界充满厌倦。

当我在厨房里发现妈妈时，她独自一人与针线篮在一起。我在她身旁蹲下。"夫人打算在春天卖掉天空。我们要设法保住她。"

"卖掉？"她惊讶地看着我，然后眯起眼睛。"我们不能等到她来卖我的女儿，死也不能这样。"

“这世上一定有天空擅长的事情。”我说这话好像我妹妹脑袋瓜子笨似的，招来妈妈对我一通发火。

“别那么说！你妹妹有丹麦的聪明基因。”她摇了摇头。“他是她爸爸，我想你会想到这点。”

“是的，我想到了。”好像该是时候告诉她了。“丹麦，他——”

“活着的奴隶无人不晓他的事情。我们到波弗特来的一路上都听人在说这事。”

我没有告诉她我曾看到他被吊在树上，但我把其他一切都告诉了她。从我们唱耶利哥城的那座教堂开始，我讲了苦力房的事情，告诉她我从脚踏机上掉下来弄伤了脚，告诉她丹麦把我带回家，称我为女儿。“我为那个男人偷了子弹模具。”我说。

她用手指使劲推开眼皮，试图阻止眼皮耷拉下来。当她睁开眼时，眼中布满血丝。

“天空曾问我谁是她爸爸，”她说，“我告诉她，他是查尔斯顿的一个自由黑人，但他已经死了。她就知道这些。”

“你怎么不告诉她？”

“天空还是个小孩子，会说不该说的话。她最熟悉的就是稻田。让她在劳作庭院干活儿吧。”

※ ※ ※

天空去花园干活儿了，并认为这是她的荣耀。对她而言这是很自然的事情——如何深埋水仙球茎，何时剪玫瑰枝，如何将树篱修剪得像尼娜给她看的书里画的样子。种植蔬菜时，她从马厩铲来马粪掺在泥土里。她挖的播种沟笔直，撒了种子后用赤脚覆盖泥土，就像种稻谷一样。她一边锄地，一边对着植物唱格勒歌。看见甲虫时，她就用手把它们捡起来扔掉。

你不知道吧，弯颈南瓜能长到酒葫芦大小。牡丹花的个头大得如同粉红色汤碗，甚至夫人也专门过来观赏。每逢水仙花开、香气扑鼻时，她就会在花园里为朋友举行茶会，令大家羡慕不已。

夏天到了，天空仍然和我们在一起。

※ ※ ※

“你把那些碎布搁哪儿了？”妈妈问。她正在地下室房间角落里的缝纫桌上翻找东西。脚边的地上有个篮子，里面堆满了纺线锤、针线包、别针、大剪刀、卷尺，搁在脚边。

“碎布？还在原来的地方。在零头布包里。”

她伸手去拿。“你在这里放了些红色和棕色的棉花吗？”

“里面原来就有红色和棕色的棉花啊。”

我跟着她来到灵魂树下，乌鸦藏在树枝里。她背靠树干坐在阿婶刮鱼鳞的凳子上，继续干她的针线活儿。她剪下一块红方布，然后拿起大剪刀剪下一块棕色布，并将其剪成马车形状。

我说：“那辆马车就是你失踪的那天卫兵拖你走的马车吗？”

她笑了笑。

她在回忆往事。她不愿说发生在她身上的事情，而是用布来讲述。

萨　拉

秋天来临时，我和卢克丽霞出席拱街的贵格会聚会。在拥挤的前厅，我们发现自己就站在简·贝特曼身边。她紧盯着我缝在灰色衣裙领口的鸢尾花饰扣。的确，这枚饰扣华丽而昂贵，并且很大，有一枚胸针大小。我刚刚把它擦得亮亮的，所以在明亮的庭院里，它耀眼得像个小太阳。

我伸出手，抚摸着刻在银饰扣上的鸢尾花，然后转向卢克丽霞低声说道："我的饰扣冒犯了贝特曼夫人。"

她低声回应道："既然你时常令贝特曼先生不爽，那么以示公平，你也应该以同样的方式对待他妻子呀。"

我差点笑起来。

可以说，拱街上最有势力的人物塞缪尔·贝特曼每周都会批评卢克丽霞和我。几个月来，我们两人经常在聚会上发表反奴隶制言论，之后他就盯上我们了，称我们的讯息煽动分裂。当然，贵格会的成员都不赞成奴隶制，但许多人持事不关己的态度。他们在解放黑奴事业以何等速度完成的问题上意见有分歧，甚至伊斯雷尔也持渐进主义观点，相信奴隶制应该随着时间的推移慢慢消除。但最令贝特曼先生和其他人耿耿于怀的是女人在聚会上谈论此事。"只要我们谈论做我们丈夫的好伴侣，就没问题，也很好，"卢克丽霞曾经跟我说，“但是我们现在的话题触及社会事务或上天不容的政治话题，他们就像对待孩子那样要我们闭嘴！”

卢克丽霞给了我勇气。

“格里姆克小姐，莫特夫人，你们好！”一个声音说道。贝特曼夫人就站在我身旁，她看着我那枚奢侈的饰扣两眼发光。

在我们还没来得及回敬她的问候时，她说：“你衣领上那枚饰品真不寻常。”

“……相信你一定喜欢它。”

我认为她期望我感到愧疚。于是，她收起了那两片苍白的嘴唇，那看上去就像卷了边的马蹄莲。“哦，它很配你全新的性格。最近你在聚会中很健谈嘛。”

“……我只是想按照上帝的提示说话。”我说，这话的确显得我非常虔诚。

“真是怪了，上帝居然会提示你如此长时间地发表反对奴隶制的言论。希望你能接受接下来我要开导你的话，对我们很多人来说，你已经过于倾心此项事业了。”

甚至在卢克丽霞走近我身旁时，贝特曼夫人也不在乎，并且继续说道：“我们当中有些人认为废奴的时机尚不成熟。”

我义愤填膺。“……你根本不了解奴隶制……对此你一无所知，居然还敢说时机不成熟？”

我的声音穿越前厅，女人们的谈话戛然而止，她们都转向我们。贝特曼夫人喘着气——但我并没有罢休。“如果你是一个在卡罗来纳州农田里劳作的奴隶……我想你会觉得时机早已成熟。”

她突然转身大步离去，留下我和卢克丽霞面对大家的愕然与无语。

“我需要出去透透气。”我平静地说，接着我们从大会堂走到大街上，然后一路前行，经过简陋的砖房、柴火铺、水果摊，一直走到坎登渡轮码头。我们漫步过轮渡房，上了码头，码头上挤满了来自新泽西州的旅客。在码头的尽头，一群白色的海鸥迎着海风站在饱经风霜的木跳板上。我们在它们不远处停下脚步，抓住头上的帽子，凝视着特拉华河。

我低头看到我的手在颤抖，卢克丽霞也看到了。她说："你不会退缩，是吗？"她是指刚才的争吵，指我们女人有时不得不匆忙赶回安全地带的那种可怕倾向。

"不，"我对她说，"我不会回头。"

※ ※ ※

1828 年 2 月 16 日

亲爱的姐姐，

你是第一个也是唯一知道此事的人：我爱上了第三长老会教堂的威廉·麦克道尔牧师。在查尔斯顿，他就是那种"年轻、英俊、来自新泽西州的牧师"。他还不到三十岁，长得像过去挂在你房间里的画上的阿波罗。他来自莫里斯敦，是因为健康状况迫使他寻求更加暖和的气候，他才到这儿来的。哦，姐姐，他对奴隶制持强烈的保守态度！

去年夏天，他把我招进主日学校给孩子们当老师，我每周在那里工作很愉快。我曾经在课堂上声讨奴隶制的罪恶行径，因此受到校长麦金太尔博士的警示，你真该看看威廉是如何为我辩护的。后来他劝我，遇到奴隶制问题时，我们必须祈祷与等待。可我两者都不擅长。

他每周来拜访我，其间我们会讨论神学、教会以及世界现状等问题。他离开前必定要拉着我的手祈祷。我会睁着眼看着他皱着眉头发出动情的恳求。只要他感到上帝有一丁点儿被陶醉了，他就会放开我的手。

我还不知道威廉对我的心意，但我相信他会回应我的心意的。请为我而高兴吧。

你的，

尼娜

收到尼娜的信后，我来到莫特家的小后院，坐在红榆树下的长凳上。三月里像这样的天气已经很缓和了。番红花从冻土中破壳而出，蚂蚱和鸟儿在户外东蹦西跳，欣喜若狂。

我在膝盖上搭上一条小被子，然后将新眼镜架到鼻梁上。近来，文字开始变成模糊的花体字。我以为是我过度阅读而伤了眼睛——一年来，我坚持不懈地研读有关牧师的书籍——但我咨询的医生认为我的问题是人到中年所致。我拆开信，心想：尼娜，如果你看到我现在腿上盖着一条老妇人常用的小被子，戴着眼镜，你会觉得我有七十岁而不是三十五岁。

我一边阅读她信中所描述的麦克道尔牧师，一边想象着一位母亲的满意与担忧。我不知道他是否值得她爱，不知道妈妈对他的看法，不知道是否要返回查尔斯顿去参加她的婚礼。我也很想知道尼娜成为神职人员的妻子会是什么样，很想知道牧师是否了解自己将要打开一个什么样的潘多拉的盒子。

命运总是在捉弄人，就在此刻，伊斯雷尔来了。正当我把信折起来塞进口袋时，我抬头看见他朝我走来，既没穿外套，也没戴帽子。此刻是下午三点钟左右。

他从未提及我与简·贝特曼的那件事。毫无疑问，他是知道的。拱街上人人皆知。这件事将贵格会成员分为两派：一派认为我傲慢、无耻，另一派认为我富有激情、先发制人。我认为他属于后者。

当他在我旁边就座时，他的膝盖紧贴着我的腿，一股细细的暖流涌上我的心头。他依然留着络腮胡子，胡须经过仔细修剪，不过长了点，而且银色的更多了。除了在聚会上，我已经有几周没见过他了，他没有解释自己为何不在。我告诉自己，这种情况不可避免。

我取下眼镜。“……伊斯雷尔……真没想到。”

他有点迫不及待。我觉得像是空气受到了扰动。

“我想和你说话想了很久了，但我坚持没说。我不知道说了下面这些必须说的话，你会怎么想。”

当然，这不是指与贝特曼夫人的那场当众斗嘴。那件事已经过去几个月了。

“……有什么坏消息吗？”我问。

“我想这次会显得很唐突，萨拉，但我已下定决心要说出来，让事情有个着落，或者说开诚布公。五年来，我一直挣扎在与你的感情漩涡中。”

我突然感到呼吸停止。他把目光移向院子外面光秃秃的树上。“我一直为瑞贝卡悲伤，也许时间太长了，这种悲伤已成为一种习惯。我一直沉浸在对她的回忆中，无法释怀许多东西。”

他低下头。我想让他知道这没什么，但其实并非如此，我一声不吭。

“我是来说抱歉的，”他说，“在我还没把她放下时请你做我的妻子似乎不公平。”

这是一个道歉，不是求婚。“……你无须道歉。”

他继续往下说，完全不顾我说的话，全当我没说。“几个星期前我梦到过她。她来到我身边，握着那个挂坠盒，就是贝基曾坚持要你戴上的那个，她把它放在我手心里。当我醒来时，我有一种被她释放的感觉。”

我一直难过地盯着自己的双手，但当我抬头看着他时，我才意识到他发出的释放这个词是多么真实，一切都不一样了。

“你必须知道我很在乎你，”他说，“男人不该孑然一身。孩子们在长大，但小孩子仍然需要一位母亲，绿山需要一位主妇。凯瑟琳已经表示将搬回到她在城里的房子去住。我嘴笨说不好，我在请求——希望你做我的妻子。”

我曾想象过这一时刻：我会感到喜出望外，我会闭上眼睛，知道我的人生从此真正开始了。我会说，*最最亲爱的伊斯雷尔，我愿意*。世上的一切要求都会得到*肯定答复*。

但现在情况并非如此。我感到平静与奇怪。幸福被恐惧玷污了。有一瞬间我说不出话了。

我的沉默令他沮丧。“萨拉？”他说道。

“……我想要说可以……然而，正如你所知，我已决定从事一项职业。牧师……我的意思是说……我能否既是你的妻子，*又是*一名牧师呢？”

他瞪大了眼睛。“真没想到你想要在我们结婚后继续实现你的抱负。你真的想那样吗？”

“真的想，一心想。”

他脸上起了皱纹。“原谅我，我原以为你选择它是因为你放弃了我。”

他认为我的抱负是一种慰藉吗？我本能地站起来，走了几步。

我想起那天晚上在给小麻烦写信时，我与这个使命不期而遇，那种声音与把我引向北方来的声音一样的纯正。当我将饰扣缝在衣服上时，我就知道它不可能被取下来了。

我转身面对他，看到他站在那里，等待我的答复。“我不可能是瑞贝卡，伊斯雷尔。她的一生都是为你和孩子们而活的，我对你的爱不亚于她，但我不像她。我有许多事情要做。求求你，伊斯雷尔，别让我做出选择。”

他拿起我的手亲吻，先是一只手，然后是另一只手。我意识到我说过爱他了，而他并没有说爱我。他只谈到在乎我，需要我——他的在乎，孩子们的需要，绿山的需要。

“难道我，难道我们对你而言还不够吗？”他说。“你会成为一位好妻子和最好的母亲。我们一定不会让你与你的雄心大志擦肩而过的。”

他的话的意思是，我不能同时拥有他和我两个人。

小　麻　烦

我在树底下摊开一张简易木板床，把我的针线篮搁在上面。夫人决定要换新窗帘，以及客厅的台布，其实她根本不需要这些，不过这给了我一个出来与妈妈一起做针线活的理由。

妈妈每天都坐在树下干活儿，将她的故事缝到被子上。即使天下起毛毛细雨，我也无法使她挪动一步——她就像上帝在修补整个世界一样。当她晚上来到床上时，她的身上还带着那棵树的气味，树皮和树上白蘑菇的味道，弄得床垫上尽是来自泥巴地上的碎屑。

冬天已收拾好行囊离去。新叶争相从枝头冒出来，金穗仿佛皮毛从树干上脱落。我在妈妈身旁坐下，很想知道身处北方的萨拉现在怎么样了，她那苍白的脸色是否晒过太阳。她前一阵子写信给我，那是我收到的第一封信。大部分时间里，我都把它揣在口袋里。

托马斯妻子给了夫人一只黄铜鸟，我可以将布固定在鸟喙里，人们称其缝纫鸟。我将窗帘样板的一头夹在它嘴里，量着尺寸裁剪。妈妈在剪的贴花上是一名男子手持烙铁在火里烧。

“这男人是谁？”我问道。

“是威尔科克斯主人，”她说，“我们第一次逃跑被抓回去时，他用烙铁烙我。那时天空还不到七岁——我不得不等她长到能走远路的年纪再逃跑。”

“天空说你们逃了四次。”

“第二年她八岁时我们又逃跑了一次，然后在她九岁时还逃跑了一次，那时他们也用鞭子抽她，因此我不再试图逃跑了。”

“那你们最后这次是怎么想起来逃跑的呢？”

“我最初到那儿时，天空还没出世，威尔科克斯主人来看我。人人都知道他想要什么。当他把手伸向我时，我从炉火中拿起一勺烧红的煤块扔了过去，把那个男人胳膊上的衬衫烧了个洞。我第一次挨了鞭刑，但那是他最后一次骚扰我。当天空去年十三岁时，他又回来了，在她周围打转。我跟她说，我们要离开这里，而且这一次我们拼死也要尝试逃跑。”

我无法回答。我说：“嗨，你们成功了。你们现在到这里了。”

我们又继续做针线活了。在那边的花园里，天空正在唱歌：*如果你不知道要去哪儿，你应该知道你从哪儿来。*

※ ※ ※

天空自从来到这里还从未走出格里姆克家的围墙。夫人没有给她写过所属人文件。尼娜说，出门很危险。自丹麦事件以后，规定更加严格，白佬也更苛刻了，但我还是在下一次赶集时跟尼娜说：“给天空写一张通行证，就当是帮我了。我会跟在她后面看着的。”

我在天空的头上系一条新头巾，在她腰间围上一条熨烫过的围裙。我说：“就这样吧，在外不要多说话，好吗？”

在街上，我带她走小街小巷，遇到卫兵就提示她，教她从卫兵身边走过时眼睛如何向下看，遇到白人如何避让，以及如何在查理斯顿生存。

集市上一片繁忙的景象——男人们手捧堆满鱼的木板，女人们头顶洗衣盆大小的卖菜筐走来走去。小女奴也出来叫卖装在草帽里的花生饼。我们路过肉铺时，看见案桌上排着一排血淋淋的小牛头。这时天空的眼睛瞪得跟马蹄子一般大。“这些东西是从哪里来的呀？”她问道。

“你现在是在城里。”我对她说。

我教她如何挑选阿婶需要的东西——咖啡、茶、面粉、玉米粉、牛臀肉、猪油，教她如何讨价还价，如何找钱。这姑娘脑袋瓜子算账比我快。

买完东西以后，我说：“我们现在去个地方，我不希望你告诉妈妈、古迪斯，或其他任何人。”

当我们来到丹麦家时，我们站在街上，望着破损的白石灰墙。丹麦被处死后几个月的一天，我来过这里，一位从未谋面的自由黑人妇女来开门。她说她丈夫从这座城市买下了这所房子，还说她不知道苏珊·维塞后来的情况。

我对天空说：“你总是唱我们应该要知道自己从哪里来。”我指着房子，说：“这就是你爸爸住过的地方。他的名字叫丹麦·维塞。”

在我跟她讲他父亲的事情时，她的眼睛一直盯着门廊看。我说他是一名木匠，一个高大、勇敢而善良的人，比任何白人男子都有勇有谋。我说，查尔斯顿的奴隶们都叫他摩西。他一生致力于解放我们的事业。我告诉她他抛头颅洒热血的意义，以及我早已立下的血的誓言。

她说：“我知道他。他们把他吊死了。”

我说：“如果有机会，他一定会叫你女儿的。”

※ ※ ※

我们还有五分钟才吹灭蜡烛，这时妈妈突然从床那边低声问道：“那笔钱呢？”

我猛地睁开眼。“什么？”

“我攒的那笔用来赎买我们自由的钱啊。那笔钱怎么样啦？”

天空已经熟睡，呼吸中伴随着呼哧声。听到我们的说话声，她翻了个身，嘴里还叽里咕噜，不知道在说些什么。我支起胳膊肘，看着躺在我们中间的妈妈。“我以为你把它带走了。”

“那天我是出去送帽子了。我干吗要把所有的钱放在口袋里随身带呢？”

“我不知道，”我小声地说，“但不在这里。我四处都找过了。”

“好的，一直在你眼皮底下就没事——如果是条蛇就会咬你了。你第一次做的被子在哪里——就是有红方块和黑三角布块的那条？”

我应该知道的。

“我把它放在镶被框里了，与其他被子放在一起。你就把钱放在那儿了？”

她掀起被子，从床上爬起来。我点着蜡烛，摸索着跟在她身后。天空在炎热的黑暗中坐了起来。

“好了，起来吧，”妈妈跟她说，“我们要把床上头的镶被框摇下来。”

天空踉踉跄跄地来到我们面前，看上去一头雾水。这时我正抓住绳子往下拉，滑轮缺油不灵了。妈妈在框子里翻找着，然后在下面找到了那条被子。当她抖开被子时，旧被子的气味充斥整个房间。她在被里子上撕开一个口子，伸手在里面摸。只见她咧嘴一笑，便掏出一捆薄薄的东西，然后又掏出五捆，全都用细棉布包裹着，捆包裹的绳子烂了，一拿起来就散开了。“欸，看这里。”她说。

“你找到什么了？”天空问。

我们告诉她妈妈过去经常外出做雇工的事以后，大家高兴地在屋子里手舞足蹈，拿着钱看来看去，然后将钱放回镶被框里。我又摇动滑轮将其送回到天花板上。

天空继续睡了，我和妈妈却睁着大眼睛躺在床上。

她说："明天，你要做的第一件事就是用新绳子将钱捆起来，然后重新缝进被子里。"

"这些钱还不够赎买我们三个人唉。"

"我知道，我们现在只要坚持住。"

夜幕拉开，我开始进入梦乡，飘浮到天边。正当要飘过天际时，我突然听到妈妈说："我不期望获得自由。我得到自由的唯一途径就是让你获得自由。"

萨　　拉

1828 年 4 月 13 日

最亲爱的尼娜，

上个月，伊斯雷尔向我求婚了，他最终还是表明态度了。得知我拒绝他你会惊讶的。他不想我继续为做牧师做准备，至少做他的妻子就不能做牧师。我怎么能选择一个迫使我放弃获取有意义的人生的人呢？我选择我自己，无须慰藉。

你应该见过他。他无法接受一个人到中年的半老徐娘宁愿选择孤独也不选择他，这个受人尊敬、英俊潇洒的伊斯雷尔。当我给出答案时，他问我是否生病了，是否还是我自己。他解释了我错误的严重性，还说要我重新考虑一下。他坚持要我与长辈们谈谈，好像那些男人了解我的心思似的。

拱街上的人无法想象我会拒绝伊斯雷尔这样的人。他们认为我自私、误入了歧途。我是这样吗，尼娜？我是傻瓜吗？他有几周没来了，我觉得心神不定，怕我犯下终身错误。

我想要告诉你我意志坚定，但说实话，我害怕孤独与不确定的人生。我感到他仿佛已死去，我认为某种意义上说是这样的。我一无所有，唯有一颗跳动的心。它告诉我，我想要在这个世上做些事情。我不能为此而遗憾，不能为像爱他一样爱这个小小的跳动的心而遗憾。

祝愿你和你的麦克道尔牧师充满希望与幸福。

为你可爱的姐姐祈祷吧，

萨拉

我放下笔，封起信。此时已是深夜，莫特一家人都睡了。残烛摇曳，窗外漆黑一片。我一连几个星期都坚持给尼娜写信，但现在一切都结束了。一直以来，我为她扮演母亲、救助者、楷模的角色，似乎到了该摒弃这些角色的时候了。我不想再做那些事情了。我想成为我自己，成为她会犯错的姐姐。

※ ※ ※

当卢克丽霞把尼娜的信递给我时，我正在厨房按照阿婶的做法，用面粉、黄油、冷水，以及一勺糖做饼干呢。我没有一直盯着烘烤过程，但我的确时不时过来看看。我打开信，站在装面粉的钵子前。

1828 年 6 月 1 日

亲爱的姐姐，

振作起来。我结婚一事还谈不上。

我自己的情况虽说没你的悲惨，但也差不多。几周前，我在教堂聚会之前去要求家里的大人们放弃他们的奴隶，并公开谴责奴隶制，结果没人理睬。每个人，包括母亲、我们的哥哥托马斯，甚至麦克道尔牧师好像都认为我在犯罪似的。我只是请求他们放弃一种罪过，又不是放弃基督和《圣经》！

麦克道尔牧师在精神上与我一致，但是，当我催他将其私下对我说的话公开时，他就不干了。“请等等吧，”他跟我说。“请行动吧，”我果断地说，“请说出来吧！”

我怎么能嫁给一个如此胆小的人呢？

我现在别无选择，只有离开他的教堂。我已决定跟随你的脚步，成为贵格会信徒。我实在不敢想那可怕的教服和毫无吸引力的聚会堂，但我心意已决。

摆脱伊斯雷尔是件好事！世界取决于你那颗悸动的心，这对你已是安慰。

你的，

尼娜

读完信以后，我从松木桌子旁拉过一把椅子坐下。空气中飘浮着面粉尘埃。尼娜和我才分开几个星期，而我们俩同时都在品尝这种痛苦，似乎是一种奇怪的巧合。*摆脱伊斯雷尔是件好事*，她写道，但这并非好事啊。我害怕我会一生爱着他。我总在想，如果一生都与他生活在绿山会是什么样子。我痛苦地渴望着那种浪漫生活，作为一个有机会选择时却没有选择的人。如今坐在这里，我知道如果我接受伊斯雷尔的求婚，我也会后悔的。我已经选择了我最能忍受的遗憾。我选择了属于我的生活。

※ ※ ※

经过近两年的奋斗，我也没有成为一名公认的牧师。如今我努力工作，在儿童庇护所做慈善工作，希望能因此赢得贵格会妇女的认可。无数个夜晚，我嗅着石蜡味拜读有关贵格会的思想与信仰的文章。不过，关键是我要在聚会上发言，那实在令人沮丧。我一开口说话就紧张的毛病总是让我的口吃变得更糟，贝特曼先生总会大声地抱怨我“语无伦次”。据说牧师说话无须语词华美，但事实是，坐在演讲席上的牧师个个能言善辩。

我找到那位给我配眼镜的医生，希望他提供最终治疗的方法，但他谈到了手术，我害怕了。手术要切除舌根，并剔除多余的组织。我离开了，并发誓永远不再来。那一夜我彻夜难眠，坐在厨房里喝着热牛奶，吃着肉豆蔻果仁，一遍又一遍地重复邪恶的威利摆起来。这个短小的绕口令是尼娜小时候曾坚持要我操练的。

※※※

1828年10月8日

亲爱的萨拉，

我要被公开从第三长老会教堂赶走了。几个月以来，他们好像不喜欢我参加贵格会的聚会。母亲很震惊，她坚称自从我拒绝正式加入圣菲利普教堂起，我就开始倒霉了。照她的说法，在我十二岁时，我是个被你拽着线的木偶，现在我二十四岁了，是个被你直接从费城操控的成年木偶。你多能干啊！母亲还非要说我是个未婚木偶，多亏了我有自尊和一个三寸不烂之舌。

昨天，麦克道尔牧师来了，他告诉我必须回到"神挑选的人"当中去，或奉旨在教堂礼拜之前为打破誓约和忽视崇拜而受到审判。你遇到过这种事吗？我尽量平静地说："在你的庭上宣读指控我的文件吧，我会来为自己辩护的。"然后，我请他喝茶。正如母亲所说，我很自豪，甚至为我的自尊而自豪。但当他离开后，我逃回房间大哭了一场。我要接受审判！

母亲说，我必须放弃贵格会信徒的愚昧，回到长老会，否则众所周知的丑闻就会降临到格里姆克家。好吧，我们以前也都经历过，不是吗？父亲受到控告，你遇上那个卑鄙的伯克·威廉姆斯，还有你那令人畏怯的"潜逃"到北方。现在轮到我了。

依旧坚定的你的妹妹，

尼娜

※ ※ ※

两年来，我写给尼娜的信是最接近于父亲去世后写的日记的东西。我告诉她我如何练习说邪恶的威利摆起来绕口令，告诉她我害怕自己的声音会妨碍我实现我最大的希望。我写了在贵格会聚会上见到伊斯雷尔时的痛苦，写到他躲避我的样子，而他姐姐凯瑟琳则对我热情有加，那种表情与我第一次返回这里时她对我的态度相比，完全像换了一个人似的，简直令我无法想象。

我给尼娜寄去我住的单人间的素描画，并详细描述了我和卢克丽霞在此聊天的内容。我让她了解费城较为热烈的诉求：保证自由黑人不被赶出白人街区，禁止在聚会堂里设置“有色人长凳”。

“对我来说，这如同一个伟大的启示，”我写道，“废除奴隶制不同于希望种族平等。肤色偏见是一切的根本。如果这个问题不解决，黑人的苦难将会在废奴后很长时间内继续存在。”

尼娜在回信中写道：“真希望我可以把你的信件钉到集会街的公告栏上！”

这种想法一点儿都不会令我不快。

她在信中写到与母亲的较量，坐在贵格会聚会堂的枯燥，以及她在查尔斯顿做这些事所面临的疯狂排斥。“我还要待在这片奴隶制的土地上多久啊？”她写道。

后来，在一个令人慵懒的夏日，卢克丽霞将一封信放在我手中。

1829 年 8 月 12 日

亲爱的萨拉，

几天前，在去拜访我们教会的一位病人的途中，我正站在杂志街和阿奇代尔街的拐角处时，偶然遇到两个男孩——纯粹是两个孩子！——护送一个女奴去苦力房。她正恳求他们改变想法。见到我时，她更是眼泪汪汪地恳求道："求求您，太太，帮帮我吧。"我却什么也做不了。

我明白了，既然我在这里什么事也不能做，我就去你那里，姐姐。我要离开查尔斯顿，在十月下旬暴风雨季节过后乘船去费城。我们将在一起，在一起就没有什么能阻止我们了。

永远爱你的，

尼娜

※ ※ ※

一个多星期以来，我一直守候在凯瑟琳家里我的新房间窗口，等待尼娜出现。十一月的天气一直不好，推迟了她的海上行程，但是昨天终于云开雾散了。

今天，肯定是今天。

我的腿上放着一本细长的贵格会信徒手册，但我无法集中精力阅读。合上手册，我在狭窄的房间里走来走去，这间没有装饰的小单间与大厅对面为尼娜准备的那间屋子类似，不知道她会怎么看待那间屋子。

离开卢克丽霞家的确不是件容易的事，但是那里没有客房提供给尼娜住。伊斯雷尔的儿媳接管了绿山，这样凯瑟琳便搬回城里她的小房子去住。当她提出为我们俩提供食宿时，我欣然接受了。

我又一次来到窗前，看了看头顶上拨开云雾的蓝天，转而又朝河流看去。只见河边街道旁榆树成行，一片黄色。我突然对自己的生活感到惊讶。生活变得多奇怪啊，与我原先想象的是多么的不同。约翰·格里姆克法官的女儿——一位南方的爱国者、奴隶主、贵族——生活在北方这幢简朴的房子里，而且还是个未婚女、贵格会信徒和废奴主义者。

一辆四轮马车出现在街的尽头。我愣了一下，接着被栗色马的踢踏声吸引住了。它们昂首阔步走在林荫里。我突然撒腿跑过去。

当尼娜打开马车门时，看见我没戴披肩就朝她跑去，还披着一头乱蓬蓬的红发，她大笑起来。她身穿黑色长风衣，帽子甩在身后。她看上去一袭黑色，光彩照人。

“姐姐！”她大声叫着走下马车，扑到我怀里。

第六部　*1835*年*7*月—*1838*年*6*月

小 麻 烦

一大早上，我站在床边，俯视着还在睡梦中的妈妈，她像个孩子一样双手抱拳搁在下巴下面睡觉。我真不想吵醒她，但我还是拍了拍她的脚。她醒了，眼睛骨碌碌地转动。我说：“想起床吗？小夫人让我来找你。”

我们所说的小夫人是格里姆克家的大女儿玛丽。她婚后第一个夏天就守寡了，而且她丈夫尸骨未寒，她就将茶叶种植园交给那里的小伙子们，说那个地方将她与世界隔绝了太长时间。后来的事情我们人人皆知：她带上九个奴隶和许多衣服、家具出现在这里，东西多得房子里都搁不下。我听到夫人跟她说：“你没必要把整个种植园都搬来啊。”玛丽说：“你宁愿我把钱也丢下再走人吗？”

正当夫人只剩下三岁小孩的力气，连金头手杖也举不动的时候，小夫人来了，随时准备收拾残局。她眼角的线条像一道道深色的缝隙，头发里夹杂着银丝，但她还是原来的她。我们记忆最深的是，当玛丽还是个小女孩时，她就虐待自己的贴身女仆露西——宾娜的另一个女儿。就在玛丽带着家当浩浩荡荡地来到这里的那天，菲比从厨房蹿出来，大声喊着：“露西，露西吗？”见没人应答，她便冲到小夫人面前说：“你把我妹妹露西带来了吗？”

小夫人先是一愣，然后说：“哦，她早死了。”她看也没看菲比那张沮丧的脸，只顾盯着她的围裙看。“不知道你什么时候开午饭，”她说，“但从现在起，两点钟开始吃午饭。”

奴隶寝室很拥挤，床铺一个挨着一个，没有一点儿空间，有的人还睡在地板上。阿婶和菲比忙着一大家子的吃喝，小夫人让我和妈妈给她带来的每个奴仆做新工作服，以示欢迎他们来到格里姆克家。她没有带来女裁缝，但她带来了其他人以及他们家的二表兄。我们有了新管家、一名新洗衣工、小夫人的贴身女仆、一名马车夫、一名脚夫、一名男侍从，以及厨房、房间、院子里的新帮手。萨贝被贬回花园与天空一起干活儿。可怜的古迪斯整天坐在马厩里削棍子。我和他甚至失去了我们偶尔彼此示爱的小房间。

此刻在地下室的屋子里，妈妈还躺在枕头上。小夫人没有起用她。她问道：“她想要我干什么？”

“我们今天要准备很多人的茶会，她想要在餐巾上缝上缎带。看她那样子，像是只有你可以做这事。她让我摆台子。”

“天空在哪里？”

“天空在冲洗前门台阶。”

妈妈看起来很累。我知道她胃痛得要命，因为她一周以来一直吃得很少。她慢慢起身，瘦骨嶙峋的躯体看起来就像是从床垫里长出来的一根杆子。

“妈妈，你躺下。我来缝那些丝带。”

“真是个好孩子，小麻烦，你一直都是个好孩子。”

折叠好的故事被在她的床脚，她喜欢这样与被子近在咫尺。妈妈将被子打开，铺在腿上。此时是七月，天气炎热，时钟敲了一下。我纳闷，她是否出现了那种临终前的寒冷感觉。但接下来，她便将被子翻来覆去，直到找到第一个方布块。“这是我姥姥。当时星星从天而降，她被卖了。”

我挨着她坐下，她不是觉得冷，而是想再讲一遍被子上的故事。

她喜欢讲故事，已经忘了缝丝带的事情，而我逗留久了也可能会有麻烦，但这是妈妈，而且是在讲故事。她将被子的故事从头到尾讲了一遍，每个方块都讲到，她回来以后总是利用时间讲她缝的那些方块布上的故事，讲她被卫兵拉进马车带走的故事，讲她背着婴儿在水稻田里干活儿的故事，讲一个男人用左手烙她的肩膀、用右手打掉她牙齿的故事，讲她们乘着月光逃跑的故事。她最后指着第十五块方布，也是最后一块方布——那是我、妈妈还有天空，我们手挽着手形成一个圆环。

我站起身。“回去睡觉吧。”

“不，我睡醒了，就在这里待一会儿。”

她两眼发光，就像我们过去经常举行花园晚会时点的纸灯笼发出的那种光。

※ ※ ※

我站在餐厅里，面对着窗户，往大水晶果盘里装水果以及食物储藏间里所有没烂的东西。忽然，我看见妈妈慢吞吞地朝后院的灵魂树走去，身上紧紧裹着那床故事被。

我的手僵住了——她先滑动一只脚，歇一会儿，又滑动另一只脚。当她走到树跟前时，她将手扶在树干上，身子慢慢蹲下。这时，我的心怦怦直跳，觉得不大对劲。

我没有顾及小夫人是否在附近，便匆忙走出后门，拼命飞奔过去。

“妈妈？”

她抬起头，眼睛已不再闪光，只剩下黑色的灯芯。

我松了口气，站在她身旁：“妈妈？”

“没事。我来拿我的灵魂一起走。”她说话的声音听起来像是从体内某个遥远的地方传来的。“我累了，小麻烦。”

我尽量不让自己害怕。“我会照顾你的，别担心，我们会让你休息一段时间的。”

她笑了，那是她最悲伤的笑。她是想让我知道她会让自己休息的，但不是我希望的那种。我握住她的手，那是一双冰凉的手，是一把小鸟的骨头。

她又说了一遍：“我累了。”

她想让我告诉她没关系，拿上灵魂上路吧，但我说不出口。我跟她说：“当然，你累了。你辛辛苦苦了一生，只知道干活。”

“你不能这样记住我。不要记得我是个奴隶，辛苦干活。当你想到我时，你就说，她绝不属于那些人。她永远不属于任何人，只属于她自己。”

她闭上眼睛：“记住这些。”

“我会的，妈妈。”

我用被子裹住她的肩膀。此刻，高悬的树枝上乌鸦在呱呱地叫，鸽子在呻吟，风儿弯下腰，把她送上了天堂。

萨　拉

八月里一个闷热的早晨，我们来到贵格会聚会堂，一心想进去坐在黑人座位那一侧。

“……你确定我们要这么做吗？”我问尼娜。

她突然在一片枯黄的草地上停下脚步，此时琥珀色炙热的阳光从万里无云的天空照射在她的脸上。“但是你说过，黑人座位是一道障碍，必须破除！”

我是说过，而且就在昨晚说过。当时那个想法令我很激动，而眼下，在阳光耀眼的白天，这种想法并非像是要破除一道障碍，而更像是一个危险的信号。时至今日，拱街上的贵格会信徒对我反奴隶制言论的忍耐就像忍受户外成群的昆虫一样——对于昆虫你可以竭尽全力消灭它们，不理睬它们——但这完全不同。这是一种叛逆行为，它可能会不利于我成为贵格会牧师，而我为此已经奋斗了很长时间。坐在黑人一边的想法是我在阅读过《解放者报》以后产生的。那是一份反奴隶制的报纸，是我和尼娜放在我们的包裹里偷偷带回家的。我们将那份报纸折叠起来藏在尼娜的帽子里。这份报纸是由威廉·劳埃德·盖里森先生出版的，他可能是这个国家最激进的废奴主义者了。可以肯定地说，假如凯瑟琳在我们房间里发现哪怕一份这样的报纸，她便会迅速将我们逐出家门。我们把报纸藏在床垫下面，我现在不知是否应该回去把它们烧掉。

事实是，怎么做都不安全。整个夏天支持奴隶制的暴徒都在上演恐怖闹剧，不仅在南部，也在北方这里。他们将废奴主义者的印刷机抛入河中，烧毁自由黑人和废奴主义者的家园。仅在费城就有近五十人。暴力事件对我和尼娜是个冲击——地理位置似乎根本不是保障。废奴主义者也可能在大街上就遭受攻击——被质问、挨鞭子、被石头砸、被杀死。有些废奴主义者的脑袋是在悬赏清单上的，几乎人人都躲起来了。

我站在那里，看到尼娜脸上的失望。我想到卢克丽霞，希望她头戴白色蝉翼纱帽出现在我身边，希望看见她那双无所畏惧的眼睛，但是她和詹姆斯搬到另一个教区去了，因为他们发现拱街教区太保守。我本想跟她一起去的，后来凯瑟琳明确告诉我们，那样的话，我和尼娜就得另找住处，即使有其他住处，也很少有合适两个未婚姐妹住在一起的地方。有时我会想起那天途经特拉华州时，我跟卢克丽霞说我不会走回头路的话，而且我的确一直在尽最大努力去做，但我总是要做出妥协，做出很多小的让步。

“你不会临阵退缩，是吗？”尼娜说，“告诉我你不会的。”

我听到人群中传来伊斯雷尔的声音，他在呼喊贝基的名字。抬头望去，我看到他的背影消失在聚会堂里。我站了一会儿，闻到马鞍子上的热气，以及鹅卵石上的尿臭味。

“……我是会胆怯……但是来吧，他们阻止不了我。”

她伸手挽起我的胳膊，几乎是拽着我来到门口。只见她扬起下巴，俨然一副目中无人的样子。她从小就这样。瞬间，她在我眼中回到了十四岁时的样子。那天她坐在黄色沙发上，面对加兹登牧师，就是这样猛地扬起下巴，拒绝接受圣菲利普教堂的坚信礼。

在尼娜抵达费城后不久，贵格会就让她在一所幼儿园当老师，她对此不屑一顾。我们要求做的另一项工作却无人理睬——依我看，他们认为她身上有股傲气，需要通过给婴儿换尿布来打消。那些正值婚龄的人，包括简·贝特曼的儿子爱德华，争先恐后地扶她下马车，前呼后拥，以防她掉了什么东西，这样他们就可以随时帮她捡起来，但是她觉得这些人都很无聊。去年冬天她三十岁了，我开始默默地担心起来，不是担心她会变成像我这样的另一个爱米丽亚·简阿姨——我的确曾经跟她说，如果她摊上贝特曼夫人做婆婆，我们俩都得投河自尽。不，我担心她会像我一样，发觉自己四十三岁了还在贵格会拍着教徒的婴儿的背让他们打饱嗝。

黑人座位区在通往楼座的楼梯低下。一般情况下，这里由一个男人把守，以确保白人不会偶然坐在那里，且黑人不会越过那里。看到今天值守的是爱德华·贝特曼时，我叹了口气，似乎我们注定要一而再、再而三地与这家人成为新的敌人。

萨拉·麦普斯·道格拉斯和她的母亲格蕾丝身着贵格会信徒的衣帽坐在长凳上。通常她们是我们当中仅有的黑人。萨拉与尼娜年龄相仿，她在自己创办的黑人子女学校当老师。她母亲是个做女帽的。她们两人都因有废奴主义倾向而闻名，但当我们朝她们俩走去时，我第一次感到纳闷：她们是否会介意我和尼娜要做的事呢？我们的所作所为是否会牵连到她们呢？

此念头一掠过我的脑海，我便犹豫了。尼娜见我停下脚步，无疑又担心我会害怕，于是她大步走到长凳处，一屁股坐在一位老妇人旁边。

我记得立刻就有各种反响——道格拉斯夫人惊讶地大呼一口气，萨拉·麦普斯转身看着我，表示理解，爱德华·贝特曼健步冲向尼娜，大声说："不在这里，你不能坐在这里。"

尼娜不理他，两眼勇敢地注视着前方。这时，我溜到萨拉·麦普斯身旁。爱德华转向我说："格里姆克小姐，这是黑人座位区。

你们得离开。”

“……我们在这儿很舒适。”我说，说话间我注意到附近几排的人都扭过头来看热闹。

爱德华离开了，周围渐渐安静下来。这时我听到女人们摇起了扇子，男人们清了清嗓子。我希望麻烦赶快消失。但是，在大堂另一侧的长老席位那边传来一连串嘀咕声，于是我看见爱德华与他父亲一同折返而来。

我们四人全都本能地坐下。

“请您尊重贵格会聚会的神圣与传统，请从这个座位区离开。”贝特曼先生说。

道格拉斯夫人的呼吸开始变得急促起来，我因害怕给她们造成危险而心急如焚。就在这个节骨眼上，我想起一位自由黑人妇女，她曾经在婚礼上坐在白人座位区，并为此被迫清扫城市街道。我指了指这两名妇女。“……她们不属于——”我差点儿想说，*不属于我们这拨持不同政见的人*，但我把话收住了。“她们不属于这儿。”

“不对。”萨拉·麦普斯说。她看了一眼她母亲，然后抬头看着贝特曼先生说：“我们是一起的。我们一起坐在这里，不行吗？”

她把双手插进裙子的皱褶里，以此掩盖那双颤抖的手。目睹这一场景，我内心充满爱与悲伤。

贝特曼先生在等待，而我们则一动不动。“我最后再请求一次。”他说。他看上去既不相信，又被激怒的样子，对自己的正当行事胸有成竹，但他无法强行让我们离开。他会吗？

尼娜挺直身子，两眼炯炯发光。“我们是不会移动一步的，先生！”

他气得面红耳赤，转向我，咬牙切齿地低声对我说：“给我听好了，格里姆克小姐，管好你妹妹，还有你自己。”

他离开后，我看见萨拉·麦普斯和她母亲紧握双手并使劲地挤压，如释重负，再看尼娜，她一脸掩饰不住的欣喜。她比我勇敢，她一直都这样。我太在乎别人的想法，而她则不在乎。我谨小慎微，她大大咧咧。我是思想家，她则是实干家。我点燃火把，她传播火种。打那以后，我目睹了命运是多么的狡黠，一头是尼娜，另一头是我。

※ ※ ※

九月份一个惬意的下午，我和尼娜听到凯瑟琳招呼我们去喝下午茶的铃声，便从我们的房间走出来。她经常摇铃，诸如我们的信件到了，饭菜上桌了，或者她需要我们帮着做家务了。我们咚咚咚地下楼来，一点儿也没有注意到凯瑟琳的客厅里已经有人在那里了。几个年纪大的人挺直腰杆坐在椅子上，其余的人沿墙站着，伊斯雷尔也在其中。客厅里唯一的女人是凯瑟琳，她把自己安顿在邋遢的天鹅绒扶手椅里。我们无意中闯进了宗教裁判所。

我们两个都懒得收拾头发。我一头红发拖到腰间，尼娜则散发披肩，卷的卷，打结的打结。虽说我们这个样子和男士待在一起不合适，但凯瑟琳并没有叫我们回房间。她因吃了酸东西而噘起嘴，借此一笑，示意我们进入客厅。

自从我们第一次坐在黑人长凳区并拒绝起身已经过去三周了。除了贝特曼先生，没人对我们说过一句训诫的话。我们再次与萨拉·麦普斯、格蕾丝坐在一起，一周接着一周，不再有人来阻止我们。我曾错误地认为长老们已经默许了我们做法。显然，我错了。

我们俩并肩站在一起，等着某个人开口说话。阳光烤得玻璃窗滚烫，室内热得像烤炉，我感到一股冷汗顺着乳沟流淌下来。我试着捕捉伊斯雷尔的目光，但他靠着墙站在屋檐的阴影里。然后我的目光转向凯瑟琳，看到她的大腿上放着《解放者报》。

我的心一下子揪起来了。

她用拇指和食指夹住报纸的一角，并提起它，好像拎着一只被她在老鼠夹里发现的死老鼠的尾巴。“我国最臭名昭著的反奴隶制报纸的头版刊登的一封信引起了我们的注意。”她扶了扶眼镜——镜片厚得像瓶底。“请允许我大声朗读。1835 年 8 月 30 日，尊敬的朋友——”

尼娜喘着气说：“哦，萨拉，我不知道它会被刊登出来。”

我眯眼看着她焦急的目光，试图理解她在说什么。我明白了，我想说话，但张口结舌，唯有吐气。我只得一字一句地说：“……你……写信给……盖里森先生了？”

一张椅子在地板上刮蹭了一下，只见贝特曼先生大步向我们走来。“你想要我们相信你，拥有奴隶的家庭的女儿，写信给像威廉·劳埃德·盖里森这样的鼓动者，还认为他不会公开发表吗？他分明是在散布煽动性材料。”

她不懊悔，她目空一切。“是的，也许我真的认为他会公开发表！”她说。然后，她转向我：“人们正在为奴隶事业冒着生命危险。我们除了坐在黑人长凳区，其他什么也没做！我做了我必须做的事。”

突然间，我觉得她的所作所为是不可避免的。我们的生活绝不会走回头路了，她保证了这点。我不仅想把她拉入怀里感谢她，还想与她握手。

除了伊斯雷尔，其他人的脸上都写着冷酷与指责，在耀眼的阳光下，他们眉头紧锁。伊斯雷尔两眼盯着地板，仿佛想去任何地方，就是不要待在这里。

凯瑟琳继续往下读。尼娜凝视着远处的墙壁，越过他们的头顶眺望远方。这封信长而雄辩，极富煽动性。

“如果迫害是我们完成解放黑奴的手段，那么我要说，来吧，因为这是发自我内心深处庄严且深思熟虑后的信念，这个信念值得为之献身。安吉丽娜·格里姆克。”凯瑟琳折起报纸，放在地板上。

当然，关于她写信的消息将会传到查尔斯顿。母亲、托马斯，以及整个家族读到它都会感到愤怒与耻辱。她永远不会再回到家里——我不知道她是否想到过这些，无论谁听到这些话都会砰地关上门。

就在这时，伊斯雷尔从客厅后面发话了。我闭上眼睛，聆听他话音里的温文尔雅与突发的善良。“你们两人都是我们的姐妹。我们爱你们就像基督爱你们一样。我们来这里只是为了把你们带回到贵格会教友一边。你们充分悔改后仍然可以重新回到我们当中来，如同浪子回到父亲的怀抱——”

“你必须撤回这封信，否则就要被驱逐。”贝特曼先生言简意赅地说。

被驱逐。这个词像一个小刀片，光天化日之下几乎清晰可见。不能让这种事发生。我花了十三年的时间与贵格会信徒相处，花了六年时间追求贵格会牧师这个留给我的唯一职业，为此我放弃了一切，婚姻、伊斯雷尔，以及孩子。

我抢在尼娜之前开口。我知道她要说什么，那样的话刀片就会落下。“……求您了，我知道你们是仁慈的。”

“试着去理解吧，萨拉，你们坐在黑人区时，我们佯装没看见，”凯瑟琳说，“但这样做有点过分了。”她用手指托住下巴，指关节处闪烁着白光。“你还得考虑，如果不撤回那封信，你要去哪儿。我是替你们俩考虑，不过很自然，你们俩是不可能待在这里的。”

恐慌开始在我喉咙里膨胀。“……是不是太不应该写信了？……是不是太不应该多管闲事了？”

“问题就在于此——那些不是女人该做的事，”伊斯雷尔一边说，一边从墙角阴影处走出来，“当然，你不是不知道。”他的声音里饱含痛苦和沮丧，与我拒绝他求婚时的语气如出一辙，我知道他的话远不只针对那封信。“我们别无选择。你以这种方式来表明自己的主张，可这已经超出了贵格会的底线。”

我伸手去拉尼娜的手，她的手既黏又热。我看着伊斯雷尔，死死盯着他看。“……我们不能撤回这封信。但愿我自己也在上面签了名。”

尼娜紧紧握住我的手，紧得都弄疼我的手了。

小麻烦

8月4日

亲爱的萨拉，

妈妈上个月过世了。她在橡树下睡着后就再也没有醒来。她临终前一直在床上睡了六天，我和天空两人始终守在她的床边。你母亲花钱给她买了口松木棺材。

人们把她埋在彼得街的奴隶墓地。夫人让古迪斯用马车载着我和天空去她的安息地与她告别。天空现在已经二十二岁了，个子高得像个男人。我们俩站在墓地时，我还不到她的肩膀。在大家舂碎稻谷准备撒进坟墓时，她唱起了种植园里女奴们唱的歌。她说人们把稻谷撒进坟墓是为了帮助死者找到返回非洲的路。天空从厨房拿了满满一口袋稻米，一边往妈妈身上撒，一边唱着歌。

我唱起了一首儿时的老歌。跨过海，越过洋，鱼儿鱼儿带上我，带上我，把家还。唱完后，我拿出黄铜顶针，这是我从小就喜欢的东西，我把它放在妈妈的坟上，这样她就拥有部分的我了。

好了，我只想让你知道这些。我想她现在已经安息了吧。

希望你能收到此信。如果你给我写信，当心你姐姐玛丽，她现在监管这里的一切。那个从种植园带来的名叫赫克特的黑人车夫现在是管家，他专给她打小报告。

你的朋友，

小麻烦

我借着烛光在信封正面写下萨拉的名字和地址，尽我所能模仿夫人的笔迹。夫人的字现在写得很糟糕，这样我就可以制造任何信件，并当作她的信件寄出去。我用一滴蜡油封上信口，并盖上夫人的私章。我还要到她的房间去偷邮票——这么说吧，是借邮票。我打算在被发现邮票丢失前再弄枚邮票放回去。不过，信纸确实是被偷了。

房间那头，天空在睡觉，热得翻来覆去。我注意到她的手在妈妈常睡的地方摸来摸去，接下来我吹灭烛火，看着一丝烟雾在黑暗中渐渐消失。明天我会将此信偷偷放进要寄出的邮件堆里，希望没人会仔细看。

天空在睡梦中唱出了声音，听起来像是格勒人的歌，我想到撒在妈妈墓上的稻米，会把她的灵魂送到非洲。

非洲。无论我和天空在哪里，非洲是妈妈唯一所在的地方。

萨　　拉

每天我醒来时都感到不舒服，心里空荡荡的。凯瑟琳直到十月一日才叫我们打包走人，但没有任何人愿意接受被贵格会驱逐的两姐妹。卢克丽霞家现在挤满了孩子。街道上到处是传单——有贴在路灯柱子和建筑物上的，有散落在地上的——人们读到标题就会像街头那些衣衫褴褛的荡妇一般发出尖叫声："令人发指：最具反叛性格的废奴主义者就在你们中间。"标题下面，尼娜写给《解放者报》的信被全文刊登出来。即使是最低廉的寄宿处，也不让我们进门了。

我已经快绝望了，这时突然接到一封信，信封上没有回信人和回信地址。

1835 年 9 月 29 日

亲爱的格里姆克小姐，

假如你们有足够的胆量与我们一起坐在黑人长凳区，也许你们也会来和我们分享我们的家庭生活。在这里你们会找到更合适的住处。我和妈妈没什么东西可提供，仅有一间阁楼房间，里面有部分家具，不过房间里有个窗户，还有烟囱穿堂过，保持房间暖和。如果你们愿意，那就是你们的房间。我们只求你们不要对任何人提及此安排，包括你们目前的房东凯瑟琳·莫里斯。我们在兰卡斯特五号等着你们。

你们的同胞，
萨拉·麦普斯·道格拉斯

第二天，我们离开了旧生活，没有留下转发邮件的地址，也没说声再见，便乘坐马车来到小砖房。这里住的大多数是贫穷的白人。房子的前面被弯曲的木栅栏围住，大门上拴着一根链子，这样一来我们就得拖着行李箱向后门走去。

阁楼间光线较差，而且遍布蜘蛛网，一旦下面生火，房间就热烘烘的，还有一股刺鼻的柴火烟味，但我们毫无怨言。我们拥有一间屋子了。我们拥有彼此，拥有萨拉·麦普斯和格蕾丝这样的朋友。

萨拉·麦普斯受过良好教育，也许比我受的教育还要好。她上过这座城市里贵格会举办的最好的黑人免费学校。她常跟我说，在她还是一个小孩子时，她就知道她一生唯一的使命就是为黑人孩子创办一所学校。“很少有人理解这种强烈的意识，”她说，“大多数人，包括我母亲，觉得我牺牲了太多，不结婚，不生孩子，一心想着学生，但他们就是我的孩子。”我对她的理解远远超出她所能意识到的地步。她和我一样，酷爱读书，在她们家小客厅里的柜子里珍藏了许多宝贵的书籍。每个晚上，她都会用她那悦耳动听的嗓音为她母亲读书——弥尔顿、拜伦、奥斯丁——直到格蕾丝在椅子上睡着了她还在读。

她们家里到处都可以看到做到不同阶段的帽子，挂满屋里的支架。如果帽子还没完工，草图要么散落在桌子上，要么插进门边的镜框里。格蕾丝制作的是镶野生羽毛的大帽子，用来卖给商店，作为贵格会信徒，她绝不能戴自己的作品。尼娜说她是替别人活着，

但我认为她拥有一位艺术家的追求。

住在阁楼上的第一周，我们就把屋子打扫干净了，清除了灰尘和蜘蛛网，擦亮了窗户玻璃，还把两个不宽的床架、桌子、椅子以及嘎吱作响的摇椅都擦得干干净净。萨拉·麦普斯拿来一条手工编织的地毯、几床颜色鲜艳的被子，还拿来一张桌子、一盏提灯和一个小书架给我们摆放书籍和期刊。我们在屋檐下插了些常青树枝使空气芳香，将衣服挂在墙上的钩子上，我把我的白镴墨水台摆放在那张后拿来的桌子上。

到了第二个星期，我们就觉得很无聊了。萨拉·麦普斯曾经说过，我们进出要小心，邻居们不会容忍种族混住。但有一天，消息还是泄露出去了。一群坏男孩发现了我们，向我们扔鹅卵石，辱骂我们，*混合者*，*混合者*。第二天，房子的前墙上就被人扔了鸡蛋。

第三个星期，我们成了隐士。

※ ※ ※

十一月的时候，我便开始一边在椭圆形地毯上来回踱步，一边手里拿着书籍和过往的信件重新阅读，尽量使自己不再陷入儿时曾经有过的忧郁状态。我觉得我好像在拼命地坚持住自己的立场。如果走出了地毯，我仿佛就会跌入曾经有过的深渊。

在离开凯瑟琳家之前，我们收到一封小麻烦写来的信，告诉我们夏洛蒂的死讯。每次读到它——尼娜曾多次扬言要将那封信藏起来不让我看——我都会想起曾经许下的要帮助小麻烦获得自由的承诺。它困扰着我的一生。现在夏洛蒂走了，我不仅没有释怀，在某种程度上，这个义务反而更具约束力。我告诫自己要努力——我努力过。我有多少次给母亲写信，请求买下她以还她自由？她甚至不承认我曾有过这样的请求。

一天早上，妹妹正在用我们最后一点颜料捕捉窗外光秃秃的柳枝，我在地毯上沿着轮廓分明的路线走着。忽然，我收住脚步，眼睛盯着白镴墨水台看，足足看了几分钟。周围的一切都模模糊糊的，唯独那个墨水瓶清晰可见。

“……尼娜！你还记得妈妈过去是怎么让我们坐上几小时写道歉书的吗？这样吧，我来写一个……真心实意地为反奴隶制而道歉。你也可以写……我们两个都可以写。”

她呆呆地望着我，此刻我的所感所知立刻显现出来。“……必须去南方，”我说，“我们是南方人……我们了解你我这样的奴隶主……我们可以和他们交谈……不是说教，而是呼吁他们。”

她转身面向窗外，看似在仔细琢磨柳树，而当她回头时，我看到她眼中的闪光。“我们可以写一本小册子！”

她站起来，走进从窗户照进来投在地上的阳光里。“盖里森先生打印出了我的信，也许他也愿意打印我们的小册子，并寄给南部所有城市。但我们不要写给奴隶主看，他们绝不会听我们的。”

“那写给谁看？”

“我们要写给南部的神职人员和妇女看，让他们成为传教士，让他们的妻子、母亲和女儿成为传教士！”

※ ※ ※

我坐在床上，裹着羊毛披肩，伏膝埋头写作，尼娜则戴着她那顶旧皮毛镶边帽趴在小桌子上写。整个阁楼间寒冷刺骨，只听见笔尖在纸上划出的沙沙声，以及夜莺在黑夜里彼此的呼唤声。

整个冬天，阁楼间里被烟囱烘烤得闷热难忍，尼娜时常会推开窗户，让冰冷的空气吹进来。我们写字时，要么热得头发昏，要么冻得瑟瑟发抖，很少享受到舒适的环境。我们的小册子快完成了——我的小册子标题是：*写给南方各州神职人员的一封信*，尼娜的标题是：*呼吁南方的基督教妇女*。她针对女性，我针对神职人员，我们这种考虑颇具讽刺意义：我很不擅长与男人打交道，而她偏偏擅长这个。她坚持认为，反过来，她对上帝知之甚少却去写上帝，才更具讽刺意义呢。

我们列举了南方人支持奴隶制的所有论点，并一一加以驳斥。写东西时，我不会口吃，写起来一气呵成，一吐为快，无所顾忌，真是大快人心。有时，我会边写边想起父亲，想起他临终前所做的残酷忏悔：你认为我不痛恨奴隶制吗？你认为我不知道是贪婪之心阻碍了我凭良心做事吗？但是，大多数时间，是夏洛蒂的名字跃然纸上。

在我们楼下的厨房里，我听到萨拉·麦普斯和格蕾丝往炉子里添柴火。那是一个难伺候的旧拉姆福德牌炉子，呼哧呼哧冒出浓浓的黑烟。很快，我们就闻到烹饪蔬菜的味道——有洋葱、萝卜、甜菜叶——于是我们便收工下楼去了。

我们走进去的时候，萨拉·麦普斯从炉子旁转过身，头上烟雾缭绕。“有新写好的给我们吗？”她问道。她母亲正在揉面，停下手来听我们的答复。

“萨拉快写完了，”尼娜说，“她今天将写完最后一句，我希望明天完成！”

萨拉·麦普斯像在课堂上为孩子们拍手那样拍拍手。我们习惯饭后坐在客厅里，我和尼娜大声给她们朗读我们写的最新内容。格蕾丝有时对我们描述的我们眼中的奴隶制感到很痛苦，她会用各种各样的方式情绪爆发，并因此打断我们——真可恶！难道他们不知道我们也是人吗？多亏上帝的恩典。最后，萨拉·麦普斯就会拿来制帽用的篮子，这样她母亲就会拿起帽子继续干活儿，从而转移了她的注意力。

“尼娜，今天有你的一封信。”格蕾丝一边说，一边擦去手上沾着的面，从围裙里掏出信。

很少有人知道我们的行踪，只有在查尔斯顿的母亲和托马斯知道，我也曾给过小麻烦地址，但我从未收到过她的回信。在贵格会教友中，除了卢克丽霞没人知道，因为我们担心萨拉·麦普斯和格蕾丝会因为我们而受到牵连。然而，这封信上的笔迹一个也不像。

尼娜扯开信封时，我在她身后透过她肩膀望去。

“是盖里森先生的来信！”尼娜大声喊着。我都忘了——尼娜几个星期前曾写信给他，描述我们的写作工作。他热情地回应了我们，并请我们完成后交给他。我无法想象他想要干什么。

1836年3月21日

亲爱的格里姆克小姐，

附上纽约的伊莱泽·怀特给您的信。因为不知道怎么联系您，他托我转发这封信给您。我想您会发现这封信极为重要。

我祈祷您和您的妹妹正在撰写的专题文章很快能到我的手上。

上帝赐予您勇气，

威廉·劳埃德·盖里森

尼娜抬起头，搜寻着我的目光，她的眼睛里充满惊愕。她深吸一口气，大声读起随函信件。

1836年3月2日

亲爱的格里姆克小姐，

我谨代表美国反奴隶制协会将这封信写给您。该组织即将授予并派遣四十位废奴代表在所有的自由州[①]集会上发言，以转变人们对我们事业的态度，并赢得人们的支持。阅读过您写

① 自由州：南北战争前禁奴的州。

给《解放者报》的信后，我们注意到信中表达的呐喊，以及给人带来的敬畏。执行委员会一致认为，您对南方奴隶制罪恶的认识以及您慷慨激昂的声音将是一笔宝贵的财富。

我们邀请您加入我们这项伟大的道德事业，也欢迎您的姐姐萨拉加入。我们已获悉她的牺牲精神以及坚定的废奴主义观点。我们相信，有她的陪伴，您可能会更能胜任这项使命。如果两位同意成为我们仅有的女代表，我们会安排两位在纽约的私人包间与女性交流。

我们希望您于明年九月十六日来参加为期两个月的代表培训。伟大的废奴主义演说家西奥多·韦尔德将指导这次严格的训练。您的巡回演讲将于十二月开始。

期待您虔诚的决定与回复。

您最真诚的，
伊莱泽·怀特
美国反奴隶制协会秘书

我们四人面面相觑，既惊讶又茫然。此时，尼娜突然过来搂着我。“萨拉，这都是我们希望的，而且超出了我们的希望。”

我一动不动地站在那儿，任凭她紧紧地拥抱我。萨拉·麦普斯从碗里舀了一小把面粉，像婚礼上撒花瓣那样撒到我们头上，笑声随着锅里的蒸汽一同升起。

“想想看，我们将要受到西奥多·韦尔德的培训。”尼娜说。此人“废除了”俄亥俄州的奴隶制。据说他要求严格，原则性强，从不妥协。

我草草应付了吃饭、看书。当我们钻进被窝时，我很高兴天黑了下来。我静静地躺着，希望尼娜认为我睡着了，但从离我两臂远的她的床上传来说话的声音：“没你陪伴，我是不会去纽约的。”

“……我……我没说我不去。我当然要去。”

“你一声不吭，我不知道你是怎么想的。”

“……我太高兴了，真的，尼娜……只是……我得演讲，以最公开的方式演讲……还要和一帮陌生人在一起……我得用嗓子说话，而不是写在纸上。”

整个晚上我的脑海里一直出现这样的画面：就在我张口结舌的当口，纽约的妇女们便开始在椅子上动来动去，眼睛盯着膝盖头。

“你是站在会堂演讲，”尼娜说，“别让你的口吃阻止你成为一名牧师。”

我呆呆地望着头顶上黑色的椽木，觉得这话说得有道理。我开始明白自己最怕的不是说话，而是自己老了，疲倦了。我惧怕所有的一切——一个女废奴主义代表怀揣国家使命东奔西走。我想说：*这些事是我干的吗？是女人干的吗？*但那不是我的声音，是父亲的声音，是托马斯的声音，是伊斯雷尔、凯瑟琳和母亲的声音，是查尔斯顿的教会和费城贵格会的声音。如果我能做到，那不会是我的声音。

小 麻 烦

我被差去阿杰斯码头附近。此时一艘蒸汽班轮正离开港口。它是世上了不起的东西，船桨发出雷鸣般的轰隆声，主烟囱吐着浓烟，人们排队站在顶层甲板上挥动着手绢。我注视着它，直到浪花在水面上安静下来，船消失在最后的蓝色边际里。

小夫人派我去取两瓶进口的苏格兰威士忌。我急匆匆地赶路，以免迟到。她近来把大部分跑腿的活儿都派给我去。当她派种植园奴隶去取物件时，他们要么空着篮子回来，要么篮子里依然装着要他们送出去的字条。他们不认识从拉格广场到巴特利岛的路。如果他们走运的话，她会罚他们没有晚饭吃并饶了他们；如果他们不走运的话，他们就要挨赫克特五鞭子。

上周，天空编了一首歌谣，在花园里吟唱。*小夫人玛丽，就像一条蛇。小夫人玛丽，要用耙子揍。*我告诫她，不要唱，赫克特不是聋子，会听到的，但天空依然歌不离口，结果她遭到铁钳夹嘴巴的惩罚。这本来是惩罚奴隶偷吃东西的，不过也常用来惩罚奴隶嚼舌根。四名男子按住天空，使劲将弹簧钳塞进她的嘴里，并在她脑袋后面收紧夹钳。她声嘶力竭地尖叫，我紧紧咬住脸颊两侧，直到鲜血渗出，口腔里充满铜腥味。天空有两三天不能吃饭，不能说话。她坐着睡觉，这样铁钳不会割伤她的脸。她醒来就不断呻吟，这时我会将一块湿布从夹钳下面塞进去，这样她就能吸到水。

我从苏格兰威士忌酒店出来，一直想着天空嘴角被撕破的地方，想着事发后她不再唱歌。接着，我听到喊叫声，还闻到一股子烟味。

老交易所上空升起一股浓烟。我第一个想到丹麦，这座城市终于像他想要的那样着火了。我撩起裙子，拄着兔子手杖在鹅卵石的地上奔走，想让我的腿跑得快点。威士忌酒瓶在篮子里叮当作响。脚疼牵动我的屁股，像被针扎一样。

在百老汇大街街角，我停下脚步，本以为是城市着火了，其实是交易所门前燃起了一堆篝火。一群人围着火站成一个圈。从邮局出来一个男人，他站在台阶上朝火里扔纸，一扎扎地往火里扔。每一扎纸落下，便溅飞起一股烟灰，人群随之大呼小叫。

我不知道他们为何如此开心，一门心思想去探个究竟，但我知道小夫人已经放出话，回去迟了要挨鞭子，跟走失受同样的惩罚。

我一瘸一拐地低头走路，突然看到街上有一张被人踩过的纸没被烧掉，我走过去把它捡起来。

纸张的底边被烧焦了。写给南方各州神职人员的一封信——萨拉·格里姆克。

我站住，呆若木鸡。萨拉，萨拉·格里姆克。

“把那个给我，黑鬼！”一个男人吼道。只见他又老又秃，在酷热的夏日里，身上散发着酸臭味。“拿过来！”

我瞧了瞧他那双泡在泪水里的红眼睛，把纸塞进口袋里。这是萨拉的名字，上面写着她的话。他们可以烧掉其他纸，但别想烧掉这张。

后来这天晚上回来，天空和古迪斯会到我床前，说：小麻烦，你在想什么？你应该把那玩意儿给他，但我就是没给。

我没把他的话当回事，转身就走，想逃离他那身臭味和那双抢夺之手。

他一把抓住我的篮子柄，猛地一拽，我也猛地往回一拉。只见他抓住篮子，身子摇晃了一下，说道："你想干吗？我会让你把纸带走吗？"然后他眼睛朝下看，这个半醉的蠢货，看到篮子里的威士忌。这可是查尔斯顿最好的苏格兰威士忌。他伸出灰色的舌头，舔了舔嘴唇。

我说："这样吧，你拿酒，我拿这张纸。"说着，我把篮子从胳膊上滑下来，留给他，就一瘸一拐地走了，拄着我那根狡猾的兔子手杖消失在人群里。

我走着走着，走过集市。这时，太阳在港口洒下橙色，树荫降临到花园的围墙。街上，南来北往的马车急匆匆往家赶。

我不急不忙地走着，我知道等着我的将是什么。

快到格里姆克大宅的时候，我看到轮船在靠岸，刷着白漆的建筑物门上有一个招牌：查尔斯顿轮船公司。一个手握怀表的男人在锁前门。当他离开时，我绕到船的平台上，躲在大木箱后面，看着鹈鹕劈刀般俯冲下来。这时，我从口袋里掏出那张纸，烧焦的碎片掉在我手上。我得仔细辨认纸上的字。如果有不认识的字，我就盯着字母看，直到明白词义。一般我也都能想起来，就像天上的云彩，总能形成图画。

尊敬的朋友，

作为南部一个忏悔的奴隶主，我想对您说，我们明确地知道，黑人不是应该拥有的财产，而是应受到上帝保佑的人……

※ ※ ※

小夫人让人在月光下鞭打我。

我出现在门口时，不仅迟到了，而且既没有带回进口威士忌，又没了她给我的买酒钱，于是她吩咐赫克特来修理我。户外一片漆黑，放眼望不到边，闪烁的星星和月光将赫克特的身影投射在地上，一清二楚。他收起牛鞭，解开皮带。

我一直寄希望于妈妈，现在她不在了。

赫克特把我的手绑在厨房的一根柱子上。上一次我挨鞭子是因为学识字——只挨了一鞭子，大家说那叫舔一下糖——当时汤弗利也是将我绑在这根柱子上。

这次，十鞭子。代价是读了萨拉的文字。

我背对着赫克特等着他动手。我能看到古迪斯蹲在药草园附近的暗处，天空躲在暖和的厨房旁边，眼睛忽闪忽闪的，像个夜间小动物。

我放下眼皮，不再看这个世界。到底为什么？为什么每次都这样？

第一鞭子下来时，我的身上感到火辣辣的，如同一根烧红的拨火棍戳进我的皮肉。我听到衣服上棉布撕裂的声音，感到皮肤裂开了，双腿顿时失去平衡。

我大声哭喊着，因为我实在忍不住，因为我身材矮小，皮包骨头。我哭喊着以唤醒沉睡中的上帝。

萨拉书中的话令我耳目一新：上帝保佑的人。

在我的脑海里，我看见了那艘轮船，看见了转动的船桨。

※ ※ ※

第二天，我给小夫人量身做连衣裙，一条出门穿的塔夫绸连衣裙，就是人人都需要的那种。她装作什么事都不曾发生，表现出很体贴的样子。小麻烦，你觉得这个金黄色怎么样，太淡了吗？……你的针线活儿没人比得上，小麻烦。

当我展开皮尺测量她的腰到脚踝的尺寸时，背上紧绷的皮肤撕裂地拉扯着，一股细流顺着脊背往下淌。菲比和天空用牛皮纸吸着我背上的糖液，以保持伤口干净，但这并没有减轻我的疼痛。我每走一步都痛苦不堪。最终，我摔倒在地板上，再也爬不起来了。

小夫人站在试衣箱上转了一圈。这使我想起格里姆克主人书房里那台老旧的地球仪旋转起来的样子。

大宅前门传来铃声，接着我就听到赫克特的鞋子踢踏踢踏的，从走廊到客厅。夫人正在那里喝茶，他大声喊道："夫人，市长到。他说要你到门口来。"

玛丽走下试衣箱，探出脑袋想看个究竟。夫人如今老了，头发白如纸，但她还能走。我听到她的手杖快速的咚咚声，接着飘来她的马屁精嗓音："海恩先生！真是荣幸啊。请进，来和我一起喝茶。"她就像逮到一只大苍蝇似的。

小夫人开始手忙脚乱地穿上鞋子。她和夫人总是喜欢吹捧市长。罗伯特·海恩先生主管查尔斯顿的水务。他们称他是违抗联邦法令者。

"恐怕这不是社交拜访，格里姆克夫人。我是来谈公务的，是关于你的女儿萨拉和安吉丽娜。"

小夫人站着不动了。她慢慢退回到门口，一只脚穿着鞋，另一只脚光着。我在一旁也小心翼翼的。

"我很遗憾地通知你，萨拉和安吉丽娜不再受这座城市的欢迎。你应该通知她们，如果她们回来探亲，将会被逮捕并囚禁起来，直到另一艘轮船把她们带回北方。这不仅是为了这座城市的福祉，也是为她们好——查尔斯顿现在对她们愤怒至极。她们一旦露脸，无疑将会遭遇暴力。"

周围顿时鸦雀无声，只听见大宅的老骨架在我们周围嘎吱嘎吱地作响。

“明白了吗，夫人？”市长说。

“完全明白了，你现在应该理解我。我女儿可能有邪恶的见解，但她们不该受到如此的侮辱和轻蔑。”

前门砰的一声，然后是手杖的咚咚声，接下来，夫人站在门口，嘴唇颤抖着。

卷尺从我的指间滑落，卷曲着躺在我脚边的地板上。我不可能再见到萨拉了。

萨　拉

我坐在讲台上，注视着观众席上的一张张面孔。大家全神贯注地聆听着尼娜的发言，四周的空气沸腾了，仿佛在啪啪作响。这是我们的就职演说，我们不会像反奴隶制协会先前预想的那样，潜居在某个旅店的接待室里，面对二十个腿上放着绣花绷子的女人。我们是在纽约一个庄严的大厅里发表演讲。这是个有着雕花楼座的大厅，里面摆满了红色天鹅绒座椅。

整整一周，各种报刊对我们姐妹俩效仿范妮·莱特所提出的新奇而不良的想法加以猛烈抨击。大街上贴满了传单，告诫女人待在家中，甚至连反奴隶制协会都对继续移师公共会堂演讲感到紧张。他们差点儿就取消了一切安排，把我们送回旅店。

正是西奥多·维尔德站出来谴责了反奴隶制协会的懦弱。人们称他为“废奴部落的雄狮”，而且只要理由充分，他就会根据需要变得非常强大。“我会随时随地捍卫这些女士们发表反对奴隶制言论的权利。从这一伟大时刻起，欺负她们荒唐至极！”

他挽救了我们。

尼娜在讲台上走来走去，振臂高呼，声音传遍所有楼座。“我们站在你们这些南方妇女面前，向大家揭露可怕的奴隶制……”她奢侈地买了一件当下流行的深蓝色连衣裙穿在身上，衬托出她漂亮的头发。我不禁在想，如果维尔德先生看到此时的她会作何感想。

尽管他领导了我和尼娜以及其他的三十八位代表的培训工作，教我们演讲技巧，但他似乎永远不确定要给我们俩提什么建议。我们是应该像人们通常认为的那样如淑女般纹丝不动地站着，轻声细语地说话，还是像男人那样举手投足，充分表现自己？“你们看着办吧。”他总是这样对我们说。

他对我们表现出他所谓的兄弟般的兴趣，经常去我们的住所看望我们。当然，他真正感兴趣的还是尼娜，所以我对他所说的兄弟之情表示怀疑。尼娜不承认这一点，却被他吸引。在来纽约之前，我曾把维尔德先生想象成一位严厉的老者，结果他却是个年轻人，一个既严厉又和蔼的年轻人。他三十三岁，未婚，一头深棕色鬈发，有一对摄人心魄的蓝眼睛，看上去英俊潇洒，但他患有严重的色盲症，总是穿着各种颜色错搭的衣服。我们觉得他的样子很讨喜，不过我敢肯定，吸引尼娜的并非这些东西。我认为打动尼娜的正是他的寡言少语，总是那几个字：*你们看着办吧*。

“女奴是我们的姐妹，”尼娜一边呼喊一边张开双臂，好像我们被一大群人围着，“我们绝不能抛弃她们！”她以此结束演讲，整个大厅立刻爆发出雷鸣般的掌声，所有的女人都站起身来。

掌声经久不息。我的脖子两侧热流涌动。轮到我发言了。在听过我的演讲排练以后，协会成员决定让尼娜先于我演讲，因为他们担心如果我先讲的话，恐怕没什么人能坚持听完我的演讲再听她的演讲了。我从座位上站起来，是否还能想起要说的话，我心里没底。

当我走向讲台时，我的两条腿如海绵般软软的。我一度紧紧抓住讲台边，此刻我充分意识到，所有这些人中，唯有我站在这里。我凝视着无数张等待的面孔，突然想到，在我那个身材高挑、艳丽夺目的妹妹之后发言，我看起来肯定是个奇观，甚至令人惊愕不已。我身材矮小，且已到中年，相貌平庸，鼻梁上架着一副小眼镜，穿着一身老旧的贵格会信徒服。我现在穿着这些衣服觉得很舒服。*我就是我*。想到这里我笑了，环顾一下四周，看到台下的女人在朝我微笑，我想她们明白我在想什么。

话匣子一旦打开，我便滔滔不绝，一口气说了几分钟，然后看了看尼娜，仿佛在说：*我没结巴*！她朝我点了点头，眼睛睁得大大的，一脸灿烂的笑容。

小时候，我的口吃毛病就像这样来无影、去无踪，但它一直伴随着我，我甚至认为它会伴我终生。我说啊，说啊，不停地倾诉着我目睹的奴隶制的种种罪恶。我跟她们说起小麻烦以及她的妈妈和妹妹。我毫无保留地向坐在台下的女人们倾诉。

最后，我从眼镜架上方看了看台下，稍加思索。“我们不要再沉默了。我们女人要表明立场支持奴隶。我们不能再沉默，直到他们获得自由。”

然后，我转过身，回到座位上。与此同时，女人们都站起身来，掌声响彻大厅。

※※※

连续几周我们在纽约的大型集会上发表演说，然后在新泽西州举办了一场大型活动，接着去哈得孙河沿岸的城镇演讲。每到一处，女人们成群结队，堪比《圣经》中记载的面包和鱼的故事。在波基普西的一间教堂里，由于人群过于拥挤，楼座破裂了，教堂不得不疏散人群，迫使我们将演讲转移到户外。当时正值二月，天气严寒阴冷，然而没有一个女人离场。我们每到一个城镇，都会鼓励女人们成立自己的反奴隶制协会，并呼吁她们为请愿书收集签名。尽管我的口吃时隐时现，但幸运的是，在大多数演讲时，它都善意地溜走了。

我们开始变得小有名气，同时臭名昭著。从那年冬天到来年春天，几乎这个国家的每份报纸都刊登了关于我们事迹的新闻。反奴隶制报纸公开发表了我们的演讲稿，演讲稿还被印刷成无数小册子，甚至连我们的前总统约翰·昆西·亚当斯也同意接见我们，并承诺要把妇女们收集的请愿书提交给国会。在南方的几个城市，我们的肖像与盖里森先生的肖像挂在一起。母亲捎信来说，我们即使不怕蹲监狱，也绝不能再踏上查尔斯顿的土地。

维尔德先生是我们的生命线。他为我们写联名信，赞扬我们的努力，称赞我们勇敢、坚定、顽强。他时不时会给尼娜留条附言：*安吉丽娜，大家都说你的演讲深入人心。作为你的培训导师，我真希望能邀功领赏，但这都是你的功劳。*

四月里一个怡人的下午，他没有事先打招呼，突然出现在加瑞特·史密斯位于纽约彼得伯勒的乡间别墅。在我们最后一轮演讲期间，我和尼娜要在这里待几天。他说，他来这里是为了和协会最大的捐助者史密斯先生商讨协会的财政事宜，但没人会看不出这里面的巧合。每天早晨，他和尼娜沿着通往果园的小路漫步。他也邀请了我，不过我看了一眼尼娜就婉言谢绝了。他陪同我们参加下午的演讲，并在大厅外等候。到了晚上，我们三人和史密斯夫妇坐在客厅里，讨论我们事业的发展战略，回顾我们的冒险行动。当史密斯太太提出女人该道晚安时，西奥多和尼娜就会彼此交换眼神，一副不情愿离开的样子。这时他会说："那么好吧，你们得休息了。"尼娜这才难过地慢慢走出房间。

他走的那天，我在窗口看到他们俩散步回来。天下雨时，他们正在外面，这是近来常有的突如其来的太阳雨。他把外套举过头顶，为他们俩搭成一个小帐篷，不慌不忙地走着。我能看到他们笑得很开心。

他们俩走上门廊，抖落身上的雨水，这时他低头亲吻了妹妹的脸颊。

※※※

六月里，我们来到马萨诸塞州的埃姆斯伯里，住在一个名叫惠蒂尔太太家的小板房里，进行为期两周的休整。我们很快将要在新英格兰开始演讲活动，直到秋季，可是我们已精疲力竭、衣衫褴褛，急需应季的新衣。此外，我遇到风就有点儿咳嗽，怎么也好不了。惠蒂尔太太双颊绯红，体态丰满，她总是给我们做各种美味浓汤，让我们服用鱼肝油，拒绝一切造访者，硬要我们在月亮升起之前上床就寝。

好些日子以后，我们才发现她是西奥多的密友约翰·格林利夫·惠蒂尔的母亲。我们坐在客厅，喝着茶，听她讲述她儿子的事情，以及他和西奥多的深厚友谊。我们这才明白她为什么会接纳我们。

"这么说你一定很了解西奥多吧？"尼娜问道。

"泰迪[①]？哦，他就像我儿子，像约翰的兄弟一样，"她摇了摇头，"我想你们已经听说过他们俩发的毒誓了吧？"

"毒誓？"尼娜说道，"不，我们一点儿都不知道。"

"嗨，我可不赞同他们的誓言，我觉得太偏激了。我这个年纪的女人毕竟想抱孙子了。但是他们两个是讲原则的人，跟他们没法讲道理。"

尼娜直挺挺地坐在椅子边上，我眼见着她脸色暗淡下去。"他们发的什么誓？"

"他们发誓，直到废除奴隶制才结婚。老实说，在他们有生之年几乎不可能实现！"

那天晚上月亮落下很久以后，我被敲门声惊醒了。尼娜站在门口，脸色看上去像防波堤似的痛苦地紧绷着。"我受不了了。"说着，她便趴在我的肩膀上。

① 泰迪是西奥多的昵称。

※ ※ ※

1837 年夏天，数以千计的新英格兰人赶来听我们的演讲，而且第一次有男人出现在听众里。起初几个人，接着有五十人，再后来是上百人。我们公开向女性演讲已经够糟了——还公然面对男性演讲，这下我们彻底颠覆了清教徒的世界。

当男人首次在演讲大厅亮相时，我对尼娜开玩笑说："他们将点燃焚尸的柴堆。"说这话时，我尽量装作毫不在意的样子。当时我们俩开怀大笑，但后来的事情变得一点都不好笑。

我不准女人施教，也不准许她管制男人，我要她安于沉静。《圣经》中还有比这更令人难堪的句子吗？那年夏天，新英格兰的每一个布道坛上都在宣扬这句话，意在影射格里姆克姐妹。公理会通过一项决议谴责我们，敦促大家联合抵制我们的演说，随之而来的是许多教堂和公共会堂把我们拒之门外。在佩伯雷尔，我们被迫在养着牛羊的牲口棚里演讲。"你们都看到了吧，就连小旅馆也没地方让我们演讲了，"尼娜跟他们说，"但是不管怎么样，智者都来了。"

正如西奥多在信中描述我们的那样，我们竭力表现得勇敢、坚定、顽强，并开始利用演讲来捍卫我们的话语权。"我们为自己主张权利就是为每位女性主张权利。"我们在洛厄尔、伍斯特、达克斯伯里以及其他每个地方的集会上都发出同样的呐喊。你真该看到这些女人是怎样聚集到我们身边的，有些人甚至像安多弗女勇士那样撰写公开信为我们辩护。我的老朋友卢克丽霞千里迢迢从费城捎信来，信中只有四个字：*姐妹，加油！*

我们使得这个国家陷入了一片骚动，这是我们始料未及的。女性享有权利是个全新而陌生的话题，因而它成了众矢之的，但突然间，这个话题的辩论一直蔓延到俄亥俄州。人们把我妹妹的名字改成"魔鬼尼娜"，称我们为"女教唆犯"。从某种意义上来说，我们点燃了导火索。

八月的最后一个星期，我们回到惠蒂尔太太的小屋，仿佛从战场上下来。我感到身心疲惫，不知自己是否还能继续秋天的演讲活动。最后一点儿斗志似乎已从我身上消散。我们夏日里最后一次会议在大厅外一群愤怒男人的叫嚣声中结束。他们站在马车上，扯着嗓子高呼“魔鬼尼娜”。我们离开时，他们朝我们扔石头，一块石头击中我的嘴巴，下嘴唇顿时肿得像根红肠，十分难看。我不知道惠蒂尔太太会怎么说，也不知道她是否还会收留我们——我们现在举目无亲、备受鄙夷——然而当我们到她家时，她紧紧搂着我们，亲吻我们的额头。

在我们避难的第三天，我沿着梅里马克河溜达回来，发现尼娜斜靠在窗户上，头紧挨着玻璃，双眼闭合，胳膊下垂，好像睡着了。她看上去就像一个停下来的旋转陀螺。

听到我的脚步声，她转过身来，指着茶几上那份打开的《波士顿早报》。惠蒂尔太太总是很谨慎地不让我们看到报上的社论，但尼娜还是在面包盒里发现了报纸。

8 月 25 日

> 一段时间以来，格里姆克姐妹四处演说，写传单，在公开场合抛头露面，不守妇道，至今未嫁。为什么老女人都是废奴主义者呢？因为她们无法寻觅到丈夫，所以就把希望寄托在黑人身上，或许她们能使杂交变成一种时尚吧……

我读不下去了。

“还有个消息，今天下午西奥多就要到了，伊莱泽·怀特和惠蒂尔太太的儿子约翰也一起来。我收到他们的来信时，你正好不在家。惠蒂尔太太正在那里做肉馅饼呢。”

整个夏天，尼娜都没提起西奥多，但她的脸上明摆着，她望眼欲穿。

※※※

下午三点，他们到了。我的嘴唇几乎恢复了正常，而且说起话来也不会让人觉得嘴巴里塞满了东西，不过还是有点儿疼，所以我闭口不语，静静地等待他们说明此行的目的，回味着以前西奥多为我们辩护的话——*从这一伟大时刻起，欺负她们荒唐至极！*

今天，他穿着深浅不一的两种绿色衣服，让人一看就想闪开。他走到壁炉架旁，拿起一块贝雕仔细地审视着。接着他把目光移向尼娜，说："格里姆克姐妹不知疲倦地为反奴隶制运动做出贡献，无人能比，令人钦佩。"

"听听，你们听听。"亲爱的惠蒂尔太太说道。可我注意到她儿子耷拉着眼皮，这才明白他们来的目的。

"你们应该得到赞扬，"西奥多接着说，"然而你们鼓动男人成为你们的听众，这种做法使我们深陷争议的漩涡，使我们无法集中精力关注废奴运动。我们此行就是想说服你们——"

尼娜打断了他。"说服我们像供人玩赏的哈巴狗那样，心满意足地趴在饭桌下等着你们扔下面包屑吗？你们就希望那样？"她的指责言辞犀利，一句接一句，我在想，她是不是在冲着他和约翰发的婚姻毒誓发火。

"安吉丽娜，请听我们说完，"他说，"我们站在你们一边，真心实意地支持你们。我跟所有的人都支持你们的话语权。不让男人参加你们的集会是完全没有道理的。"

"……那你为什么还这么说？"我反问道。

"因为我们派你们去演讲是让你们代表废奴运动而非女性。"

他瞥了一眼约翰，约翰的浓眉和消瘦的脸庞使我觉得他们两人不只是如同亲兄弟，简直就是亲兄弟。

“他只是想说眼下解放奴隶更迫在眉睫，”约翰补充道，“我也支持女性事业，但是你们总不能因为某些微不足道的个人委屈而去讨伐民众，从而忽略奴隶解放事业吧？”

“*微不足道*？”尼娜大声说，“我们的权利就是说些微不足道的东西吗？”

“与废奴事业相比吗？是的，就是这样。”

惠蒂尔太太从椅子上站起来。“是吗？约翰！作为女人，我认为我在你开口说话之前并没什么委屈！”

“为什么必须非此即彼呢？”尼娜问道，“我和萨拉从未停止过废奴运动的工作。我们既为奴隶说话，也为女性说话。难道你们看不出来，如果不是这样被束缚，我们为奴隶做的事会多上一百倍！”她转身面对西奥多，向他投去最美丽、最哀怨的目光：“难道你就不能和我站在一起、和我们站在一起吗？”

他长长地吸了口气，脸上的神情将他的内心暴露无遗——他在爱情与苦恼之间挣扎——然而他肩负使命。正如惠蒂尔太太所说的，他是个坚持原则的人，无论对错。“安吉丽娜，我把你当作朋友，最亲密的朋友。违背你的意愿对我其实是一种折磨，但现在应该是支持奴隶的时候。我们共同从事女性事业的那一天终将到来，但不是现在。”

“主张权利之时，就应在权利被否决之日！”

“对不起。”他对她说。

屋外，狂风飞舞，掀动着桦树叶，透过敞开的窗户，我们隐约可以听到风吹树叶的沙沙声，闻到桦树的气味。突然间，我的思绪回到了从前，我在家里后院的劳作庭院里的橡树底下玩耍，用哥哥的弹珠在地上拼成*萨拉走*的字样，接着一个女奴被拖出牛舍，挨了一顿鞭打。我没有尖叫，没敢出声，我什么也没说。

年长的怀特先生这时开口了，他直奔主题：“这事确实让我揪心，不过你们煽动大家关注女权损害了我们的事业，因为这样做有可能会分裂废奴运动。我相信你们也不希望如此。我们只要求你们把听众群仅限于女性，并且不要再进一步谈论女性改革。”

*让格里姆克姐妹闭嘴——难道没完没了吗？*我看着怀特先生，他坐在那里揉搓着患关节炎的手指。我又把目光转向约翰和西奥多——这帮好男人打着废奴的幌子，美其名曰为了我们的利益、为了他们的利益、为了更崇高的利益，想温柔地、当然也很仁慈地压制我们。这一切我们早已熟知，他们这一套只不过是以另一种形式让我们沉默。

他们到这里来以后，我只开过一次口。我似乎毕生都在努力小心翼翼地找回很久以前遗留在橡树下的声音。怒不可遏的尼娜已不再争论了，她看着我，好像在哀求我说点什么。我抬手摸了摸嘴唇上依然残留的最后一点红肿，积压在心中一个夏天的愤慨油然而生。我想，这可能是平生仅有的一次，我将愤怒转化为铿锵有力的话语。“你们怎么可以让我们回到小旅馆去？”说着我站了起来，“违背我们自己的良心？违背外面姐妹们的良心？我们不希望搞什么分裂活动，当然不希望——想到这个我就伤心——但是，只要我们还被男人踩在脚下，我们就不可能为奴隶做什么。你们随心所欲吧，谴责我们也好，不再支持我们也罢，无论如何我们都会坚持下去的。好吧，先生们，劳驾把你们的脚从我们的脖子上挪开！”

※ ※ ※

那天晚上我开始撰写第二本宣传册《论性别的平等》，一直写到破晓时分。在男人们试图劝说我们放弃时，我的脑海里就已形成了开篇的第一句话：*凡是男人做的有道德的事，女人做起来同样有道德。女人被造物主赋予相同的权利、相同的职责。*

小 麻 烦

春天来了，家里所有繁重的清扫和晾晒的工作都开始了。用鬃毛刷子忙活了一整天以后，每到晚上，我就和天空回到地下室的房间里，倒在床上。躺下后，我看到的第一件东西就是镶被框，我头顶上方真正的屋顶。我会想起藏在那里的一切——妈妈的那床故事被、钱、萨拉的宣传册，还有她写给我的那封承诺给我自由的信件——看到这些东西都安然无恙地悬在头顶，我便会开心地进入梦乡。

一个星期天早上，我把镶被框摇下来。天空一声不吭地看着我抚摸那床缝上黑三角的红被子，摸着缝在被子里的钱。我把包着萨拉的小册子的细棉布打开，目不转睛地盯着它看了一会儿，然后又把它包起来。接着，我把故事被铺在框架上，我们俩站在那里，看着妈妈的人生。我把手心放在第二块方贴布上——那是一个在田间劳作的女人，一群奴隶在她头顶上空飞翔。所有的希望都随风飘荡。

我们没听到门外小夫人的声音。妈妈以前用的门闩早就不见了。小夫人没敲门，猛地冲了进来。“我要去圣菲利普教堂，需要那件紫红色披肩。你要替我缝补好。”她的目光从我身上扫向镶被框。“这是什么？”

我上前一步想挡住她的视线。“哦，我忘了你披肩的事了。”我想尽量把这事给糊弄过去，可是她从我身边擦身而过，看到被子上有粉色、红色、橙色、黑色，各种颜色，都是妈妈喜欢的颜色。

“我马上就去缝补披肩。”我说。没等她看明白那是什么，我就从挂钩上取下绳索，把镶被框升了上去。

她举起一只手：“住手！你如此迫不及待，是不想让我看这个东西吧。”

我把绳子固定住，心里扑通扑通地跳。天空紧张地哼起了小曲儿。我把一只手指放在嘴唇上让她安静，可自从她遭受那场铁钳灾难以来，我再也不忍心让她保持沉默了。我们俩你看我，我看你，而小夫人则眯着眼睛挨个儿方块布看，就像在阅读一本书。他们对妈妈所做的一切——都在那儿。单腿站立式惩罚、鞭刑、火烙、重锤敲击。妈妈的身体一块一块地躺在镶被框上。

包裹萨拉小册子的细棉布已暴露无遗，旁边就是藏钱的被子，明显可以看见棉絮里钱捆的形状。我想把这些东西都藏起来不让人看到，但我一动没动。

这时她转身面对我，耀眼的朝阳照射在她的脸上，她那乌溜溜的眼珠瞪得大大的。她问道：“是谁做的？”

“我妈妈夏洛蒂做的。”

“啊，真令人毛骨悚然！”

真不知我那时怎么那么声嘶力竭地大叫。我说：“在她身上发生的事情才叫令人毛骨悚然！”

她双颊涌现出暗红色。“看在上帝的份上，你竟然觉得她的一生只有暴力和残忍。我是说，这并没有表明她为何罪有应得。”

她又看了看被子，目光扫过被子上的贴花。“这里的人对她不薄，这一点毫无疑问。她逃跑后所发生的事情我说不上来，因为那段时间我们也照顾不到她。”小夫人说这话时一边搓着手，就像在盆里洗手一样。

这床被子令她羞愧难当。她走到门口，又回头看了看，我知道她绝不会让它留在这个世上。我们一离开房间，她就会派赫克特把被子拿走。他会把妈妈的故事烧成灰烬。

我站在那里，等待小夫人的脚步走远。然后，我低头看着被子，看着在天上飞翔的奴隶，我宁愿死也不想当奴隶。冥冥中我感到那种恨闪耀出美好的星光。我一屁股坐在地板上，美好的星光就在眼前。

天空把头发扎成一个小把，没戴头巾。她弯下腰看我时，发梢碰到我的脸，一股鬃毛刷子的味道。她说："你没事吧？"

我抬头望着她："我们要离开这里。"

她听到我说的话了，却不敢相信。于是她说："你说什么？"

"我们要离开这里，不然就死在逃跑的路上。"

天空像摘花一样毫不费力地把我拽起来。从她脸上，我看到了丹麦的脸，她与那天他坐在棺材上走向死亡时的神态一模一样。我始终想要自由，但从未有自由之地可去，也不知如何到达自由之地。这已不重要了，我现在没有自由简直不能呼吸。我们得离开这里，哪怕是坐在自己的棺材上。妈妈就是那样走完一生的。她过去常说，你得弄清楚你想成为针的哪一头，是缝上线的那头，还是戳破布的那头。

我从镶被框上揭下被子并叠好，想起里面的羽毛，以及羽毛里面饱含的对蓝天的记忆。

"拿着，"我边说，边把被子放在天空的胳膊上，"我得去给那个女人缝补披肩了。把被子放进那个麻布袋里，然后交给古迪斯，叫他和马鞍褥子藏在一起，别让任何人靠近它。"

※※※

除了缝披肩，我还干了另一件事。我趁小夫人站在卧室的时候，从她的书桌上拿走了她的印章，放进了自己的口袋里。

直到天黑我才提笔写信。

1838 年 4 月 23 日

亲爱的萨拉，

希望你能读到这封信。我和天空要离开这里，不然就死在逃跑的路上，我们是这么认为的。我不知道该怎么做，不过我们有妈妈留下的钱。现在我们只需要有一个地方可以去。我在信里留下地址。希望有朝一日能和你再相会。

你的朋友，
小麻烦

萨　拉

五月十四日下午两点，一场婚礼在费城云杉街的一栋房子里举行——阳光熠熠生辉、蓝天白云悠悠。这天看似千真万确，却又虚无缥缈。我记得，当时我站在餐厅里目睹婚礼进行，却仿佛置身其外，仿佛从沉睡中惊醒，仿佛从冰冷的被褥里出来迈入新的一天。一种生活结束，另一个生活开启。

出乎我们预料，妈妈寄来了一张贺卡，恳请我们写信向她描述婚礼的细节。*尼娜会穿什么？*她问道，*哦，我要能看到她该多好！*当然，她也表达了尼娜嫁为人妻后她如释重负，希望我们都能从长期不正常的生活中回归。尽管如此，她的来信还是洋溢着一位暮年母亲的爱。她称我们为亲爱的女儿，对我们远离家乡感到悲伤。*我会再见到你们吗？*她在信中写道。有好些日子，这个问题时常出现在我的脑海里。

我凝视着站在窗前的尼娜和西奥多，他们将立下婚姻誓言。用尼娜的话说，此时此刻他们心里想到什么就会说什么，幸好妈妈不在场。她会期望尼娜身着象牙色蕾丝婚纱，或是蓝色亚麻礼服，手捧玫瑰或百合。可是尼娜认为这些没有任何创意而取消了，取而代之的是令人瞠目的别样婚礼。

她穿着一件棕色的廉价棉布连衣裙，配一条白色宽饰带，戴一双白手套。与她相配的是新郎西奥多上身的棕色外衣，搭一件白色马甲，下身穿一条米色马裤。她手里抓着一把刚从后院采摘的白色杜鹃花，我注意到她在西奥多外套的扣眼里插了一根小嫩枝。妈妈是不会允许穿棕色礼服的，更不要说让一个黑人牧师来主持祷告。

当费城的报纸公布这场婚礼，并暗示会有不同种族的宾客出席时，我们就担心会有示威者——诽谤、叫嚣、扔石头——然而万幸的是，除了受邀的宾客，没有示威者出现。萨拉·麦普斯和格蕾丝也来了，还带来几个我们熟悉的自由奴隶。我们把婚礼与城里的反奴隶制大会安排在同一时间，这样一来，国内最著名的废奴主义者都能齐聚现场，诸如盖里森先生、加瑞特·史密斯夫妇、亨利·斯坦顿、莫特夫妇、塔潘夫妇、韦斯顿夫妇以及查普曼夫妇。

这将成为一场闻名遐迩的废奴婚礼。

尼娜正在面对西奥多说话，我突然不自觉地想起了伊斯雷尔，心头随之涌上一丝淡淡的忧伤。每逢此时，我就如同偶遇一个我不曾知道的空房间，走进去，却被曾经在此居住过的鬼魂刺伤。我再也不敢误闯这个地方，但如果再次闯入，它总是让我感到撕心裂肺的痛。

凝视尼娜，她是那样光彩照人。我想象自己站在她的位置，身边是伊斯雷尔，我们正在互立婚约，这个念头可以帮我疗伤。其实我知道我不再需要伊斯雷尔，我现在不想结婚，然而这种可能性的幽灵，这种可怕的诱惑力依然撕扯着我的心。

我闭上眼睛，晃了晃脑袋，想甩掉脑子里残存的憧憬。当我睁开眼再次看着新郎新娘的时候，许多蜻蜓在窗外飞来飞去，像一阵绿色的暴风雨掠过，随后便消失了。

尼娜大声宣誓爱他、尊重他，故意避开服从二字。西奥多尴尬地念起独白，对将妻子财产的控制权给予丈夫的法律深表遗憾，并宣布放弃对尼娜的所有权。说到这里他不自然地咳了一下，似乎想镇定一下自己，接着便开始爱的告白。

我们早已把那天发生在惠蒂尔太太家小板房里的对峙抛到了脑后，不是因为西奥多真心承认自己的立场错误，而是那件事以后，他就像任何一个恋爱中的男人那样，说话轻言细语了。废奴运动正如男人们所料分裂成两大阵营，我和尼娜沦为更坏的贱民，但这也开启了我们的女权事业。

当尼娜打开西奥的求婚信时，我就在场。这封信是去年深冬时节收到的。当时我们在费城做长时间修整，与萨拉·麦普斯和格蕾丝住在一起，是在为后来在波士顿剧场举行系列演讲做准备。读完了来信，尼娜把信纸往腿上一撂，放声大哭。当她读给我听时，我也哭了，不过我的泪水里掺杂着喜悦、悲伤与害怕。我想看到她结婚，想要她像我自己一样幸福，但我何去何从呢？接连好几天，我都无法聚精会神地准备演讲稿，也无法掩饰内心被剥夺的感觉。我无法想象没有她后独自一人的生活，但我也不想成为一个住在家里、碍手碍脚的累赘亲戚。我无法想象西奥多会要我住在那里。

有一天，尼娜来找我，我正在萨拉·麦普斯的前屋里。她一屁股坐在我椅子边的脚凳上，一言不发，直接打开《圣经》，高声朗读路得对拿俄米说的那段话：

不要催我离开你，或不跟着你而返回；你往哪里去，我也往那里去；你在哪里住宿，我也在那里住宿；你的族人就是我的族人；你的上帝就是我的上帝；你在哪里死，我也在那里死，并葬在那里；除非死将你我分离，愿上帝惩罚我，重重地惩罚我。

合上《圣经》，她说："我们是不会分开的，这是不可能的。我结婚后你必须搬过来和我一起生活。西奥多让我转告你，我的愿望就是他的愿望。"

西奥多在新泽西州的利堡买了一个小农场。我们形成了一个奇怪的三人组，不过我和尼娜还是常在一起。我们可以继续为废奴运动和女权运动奋笔疾书、辛勤工作。我还会帮忙做点家务活；等他们有了孩子，我就成了孩子的姨妈。一种生活结束，另一种生活开启。

餐厅里，牧师正在做祷告，不知为什么，我没有像往常那样闭上眼睛，而是看着尼娜伸手去握西奥多的手。之前我们已经商量好，要给这对夫妻两个星期的私人空间，然后去利堡与他们会合。但此刻我想起了妈妈以及她在信中提出的问题：我会再见到你们吗？一位老太太的心愿似乎更令人悲伤，于是我想，我是否应该抓紧工作之余的时间去看望她。

"你们都看到了，我们俩已结为夫妻。"祷告结束后，尼娜当众宣布。

※※※

花园里摆放着一张铺着白色亚麻桌布的餐桌，桌上散放着一盘盘糖果和刚刚采摘的鲜花——毛地黄、粉色杜鹃花、毛茸茸的飞蓬花瓣。糕点师在结婚蛋糕上抹了一层蛋清制作的奶油，每一层都涂上糖浆，以匹配尼娜白棕色调的主题，还有一大碗加糖的黑加仑汁。那些滴酒不沾的废奴主义者都在那儿排队等候，假装以为果汁还未发酵。我喝下满满一杯，由于喝得过猛，感到头有点晕乎乎的。

我在四五十位客人中踉跄穿梭，寻找卢克丽霞、萨拉·麦普斯和格蕾丝，略带醉意地想：这里都是我们的朋友，我们的人，感谢上帝，今天没人谈论世间的残酷。我碰到惠蒂尔太太的儿子约翰，自从去年八月正面交锋以来，我们就一直没见过面。他正在朗读自己写的一首诗，诗中讥讽西奥多违背曾经许下的不结婚誓言，逗得在场的人开怀大笑。他把西奥多比作本尼迪克特·阿诺德。他一看到我，就像姐妹似的热情打招呼。

卢克丽霞先发现了我。我们已多年没见了。她喜笑颜开，拉着我走到花园一角盛开的杜鹃花旁，我们单独聊了起来。“亲爱的萨拉，我简直不敢相信你们设法成功了！”

我的脸一下子红了起来。

“真的，”她说，“你和安吉丽娜现在可是美国最有名的女性了。”

“……你是说最臭名昭著的吧？”

她笑了笑：“也可以这么说。”

我的脑海里浮现出以前我和卢克丽霞在她的工作室里的情景，那时我们彻夜长谈。我那时年纪轻、焦躁、困顿，因找不到奋斗目标而忧心忡忡。真希望时光可以倒流，让我去告诉她一切都会好起来的。

我抬头瞥见萨拉·麦普斯和格蕾丝穿过花园，朝我们大步走来。在过去的一年半时间里，我和尼娜几乎不停地在旅行，除了去年冬天拜访过她们以外，我们几乎没见到过她们。我张开双臂搂住她们俩和卢克丽霞，卢克丽霞早在拱街时就认识她们俩了。

当萨拉·麦普斯从手袋里拿出一封信递给我的时候，我一眼就认出那是小麻烦的笔迹，尽管信封上盖着我姐姐玛丽的印章。我迫不及待地扯开信，心情沉重地读完小麻烦的短信。当时有报道称，逃跑的奴隶开始找到从肯塔基州越过俄亥俄河的路径，或者是从马里兰州到费城和纽约的路线，但几乎没有从遥远的南方出逃的报道。*我们要离开这里，不然就死在逃跑的路上。*

“怎么啦？”卢克丽霞问道，“你好像诚惶诚恐的。”

我给她们读了信，然后把信折起来，双手明显地在颤抖。“她们会被抓住的，或被杀死。”我说。

萨拉·麦普斯皱了皱眉头。“她们已不是孩子了，一定知道自己在干什么。”

她从未去过查尔斯顿，根本不了解那些决定奴隶生死大权的法律法令，也丝毫不了解什么是城市卫队、宵禁令、通行证、搜查、守夜、治安委员会、奴隶捕手、苦力房、不可能之事，以及惨绝人寰，等等。

“她们来投奔我们了。”格蕾丝说道，似乎刚刚反应过来。

“欢迎她们的到来，”萨拉·麦普斯接着说，“她们可以住在阁楼上你们原先住的那间屋子里，还可以去学校帮忙。”

“她们从未走过这么远的路。”我说。

我突然想到，小麻烦和天空或许已经动身，于是我又打开信看了看写信日期：四月二十三日。

“这封信是三个星期之前写的，”我对她们说，其实更是对自己说，“……我怀疑她们现在并未离开，因此还来得及采取行动。”

“但你能做什么呢？”卢克丽霞问道。

“我不知道我能做什么，但我不能坐在这里袖手旁观……我要回一趟查尔斯顿，至少我可以试着劝说母亲把她们卖给我，这样我就能给她们自由了。”

我以前曾要求过母亲，不过这次我要亲自去求她。

她曾叫我亲爱的女儿。

小 麻 烦

站在楼上的凹室窗口，我凝视着窗外的港口，想起十岁时我第一次见到大海的情景。海水哼着小曲儿不知疲倦地昂首阔步，流向远方。现在我快四十五岁了，双脚不再适合舞蹈，它们只想离开这里。自从那顿鞭打以后，小夫人就不再让我出门，但我一有机会，总会溜到这里来。有时候我也会像今天这样，带着要做的针线活坐在窗台上度过一个上午。只要我在干活，不乱说话，对小夫人言听计从地点头说：*是，夫人；是，夫人；是，夫人*，她是不会管我的。

今天，天气酷热，烈日当头。我推开窗户，风呼呼地刮着，捎来海滩泥土的气息。从我站立的位置可以看到一艘轮船正缓缓靠近东湾。看着船只从那个码头进进出出，我知道了很多东西。轮船每周大多数日子都来，来之前会有一艘清障船为其开道，然后才能听到轮船螺旋桨的轰鸣声，拖船的喘息声，以及码头上奴隶喊来叫去忙着抓绳索、放跳板的嘈杂声。

当轮船再次起程时，我看见一辆辆马车驶入挂有船舶公司标志的白色建筑物，人们会进去稍作停留。在那边码头登陆处，奴隶们忙着卸货，将马车里的大箱子、货物以及一包包邮件搬到船上。一到十点钟，乘客们便穿过街道，女人们在奴隶的帮助下走过跳板进入船舱。船要等到卫兵出现才能离开码头。通常有两个卫兵，有时也会来三个，他们要自下而上巡视整个船只——先是第一层甲板，然后去第二层，最后是驾驶舱。有一次他们还把每个旅行箱都打开，才让装船。就是那次我才知道他们是在搜查偷渡的奴隶。

周四的班轮直达纽约，然后再转船到费城——我是从客厅偷来的《查尔斯顿信使邮报》上得知的。报上能查到所有班轮的时刻表，票价是五十五美元。

今天班轮登船处空无一人，但我今天来凹室不是看船来了，而是想找一条上船的路。最近几个星期以来，我一直锲而不舍，小心翼翼。*是，夫人；是，夫人*。此刻我坐在这儿，耳边有蒲葵在风中沙沙作响，我想起了那个在铜浴缸里洗澡的小女孩，想起了那个偷子弹模具的女人。我喜欢那个女孩，喜欢那个女人。

我把在海港的所见所闻在头脑里过了一遍，把我知道的一切都过了一遍。我静静地坐着，双手一动不动，闭上眼睛，思绪跟随海鸥飞翔，周围的世界如同鸟翼般左右摇摆。

当我起身站立时，浑身都在颤动。

※※※

接下来的一个星期，在赫克特分配当天的活儿时，他叫闵塔把房间的寝具取下拿到洗衣房去洗。我不假思索地说：“哦，让我来吧，可怜的闵塔，她的背还疼着呢。”她好奇地看着我，却没说什么，反正能歇就歇着吧。

那天在凹室的时候，我的脑海里曾闪现一个画面——*礼服*。我看到过夫人们穿着黑色礼服哀悼她们的丈夫，帽子上垂挂着黑色的面纱，手上戴着黑手套。这一切历历在目。

我走进夫人的房间，扯下被单和枕套，注意听楼梯上有没有脚步声，有没有手杖触地的咚咚声，然后我打开大衣柜最下层的抽屉。这些年来夫人的丧服、礼帽和手套都是由我折叠并摆放好的。我曾用亚麻布把这些衣物包裹起来，在里面放了樟脑丸以防蛾卵，并将其放在底层抽屉里。再次光顾这里，我真担心这些衣物早已不在了，担心本想防蛾卵的樟脑丸会招来耗子，然而就在这时我的手已触碰到那块亚麻布。

我朝包裹里瞄了一眼，果然还是那件我做的最奢华的礼服——黑色天鹅绒上缝满了几百颗黑色玻璃珠子。有些珠子已经松动，散落在包裹里。帽子上的面纱有两处被蜘蛛扯破，需要修补。另外，我忘了手套是露指的，我得把手指织上。我将这些东西飞快地放进床单，然后裹起来，并打了个结。我把包袱放在门外，便匆匆走进小夫人的房间。

小夫人的丧服差不多是用同样的方法存放在她的五斗柜里，不同的是她用的是雪松屑而不是樟脑丸。我不知道该如何除去这些刺鼻的味道。我把她的礼服、帽子和手套用床单紧紧裹起来，把两个包袱往背上一扛，拄着手杖下了楼，径直往地下室走去。

那天晚上，我和天空把床拖到门后顶住门，然后她穿上夫人的黑色天鹅绒礼服，站在那里，没扣饰扣。因为天空像太太一样是个水桶腰，所以我还得把上身放宽一点，衣长增加六英寸，衣袖加长两英寸。有其父必有其女，这一点都不假。

小夫人的衣服尺寸正常，不过里面的空间足够容纳两个我。

我们唯一缺少的东西就是鞋子，一双合适的鞋子。我们只有奴隶穿的鞋子，还算凑合。

那天晚上我就开始忙活起来。天空给我拿线，递剪刀，看着我一针针地缝。她还唱起了她最喜欢的格勒歌：*如果你不知道你要去哪里，你应该知道你是从哪里来。*

我对她说："我们现在知道我们要去哪里了。"

"是啊。"她说。

"我们现在就要准备好八天以后的周四乘船离开。"

她拿起挂在摇椅上的围裙，手伸进口袋掏出两个小瓶子，看上去像阿婶用来装药酒的那种瓶子。"我煮了些白夹竹桃茶。"

我从头到脚感到一阵不寒而栗。白夹竹桃是世上最致命的一种植物。哈叟街上曾有一株白夹竹桃树着火，一个男人就因为吸入了烟雾倒地死亡。天空瓶子里的棕色液体会让我们蜷缩在地上作呕不止，直到咽气，这个过程用不了多久。

"我们要离开这里，不然就死在逃跑的路上。"天空说。

萨　　拉

我到达查尔斯顿时正赶上雷雨大作。正当轮船轰隆隆地驶入港口时，闪电将天空撕出道道裂缝，暴雨倾盆而下。尽管如此，我还是走出船舱，站在上层甲板檐下，看着这座城市渐渐驶入视线。我已经有十六年没有见过这座城市了。

轮船剧烈晃动着驶过位于港口的萨姆特堡，这里的建筑跟我当年离开时没有太多变化。环绕港口的陆地如同古老的水中海市蜃楼，渐入眼帘。巴特利岛上一幢幢白色房屋在灰蒙蒙的雨雾中若隐若现。回到阔别已久的家乡，我心里瞬间产生一种渴望，然而随即取而代之的则是失去归属感的痛楚。这是个美丽的地方，也是个野蛮之地。它将你吞噬，使你与它融为一体。如果你不能被同化，它就会把你像吐一颗李子核那样吐掉。

十六年前我心甘情愿离开这里，不过这个城市当时似乎也像我背弃它一样驱逐了我。久别后重逢，看见城外沼泽地里草木生长旺盛，看到家家户户屋顶上的观船窗和观海瞭望台，以及房屋后面的圣菲利普教堂和圣米迦勒教堂如同伸出的黑手指般伫立着，我既不为热爱查尔斯顿感到遗憾，也不为曾经离开它伤感。地理位置造就了现在的我。

一阵风将我的帽子从脑后吹落，帽带挂在脖子上。就在我转过头去抓帽子时，透过船舱大厅的窗户，我注意到一对夫妇，他们看上去来势汹汹。他们正从新港结束社交活动后返家，在船离开纽约后不久他们就认出了我。我尽可能避开所有人，但这个女人始终好奇地盯着我。“你是格里姆克家的女儿吧？”她问道。“就是那个……”话没说完，她就被丈夫拉开了。她是想说，我就是那个背叛他们的人。

此刻他们怒视着我，瞪着我被雨水打湿的裙子和被风吹得呼呼的帽子。我敢肯定，一旦上了岸，那个男人一定会向当局报告我的归来。或许返乡原本就是个可怕的错误。我离开他们走到船头，此时头顶一声霹雳，我便消失在发动机的隆隆声中。查尔斯顿会原谅发生在这里的很多事情，但它不会原谅背叛。

※ ※ ※

我到家不到一小时就找到了小麻烦。家里那么多地方，她偏偏在楼上的凹室里做针线活儿。当她看到我站在面前时，她把手中正在缝制的奴隶服和针线统统扔到地板上，跳了起来。由于一条伤腿，她打了个踉跄。在她设法站稳时，我伸手扶住她，并情不自禁地上前紧紧抱住她，她也紧紧抱住了我。

“我收到你的信了。”我轻声告诉她，唯恐隔墙有耳。

她摇了摇头说：“但你不是因为那封信，不是因为我才回来的吧？”

“当然是。”我说。我捡起地上的衬衫，然后我们坐在铺着垫子的窗台上。

她还是扎着那条红头巾，整个人看上去几乎没有什么变化，眼睛依然大得像口碗，只是眼里的金光黯淡了点儿。她还像过去那么娇小，但不再软弱，不再脆弱，而是精炼而专注。

一根手杖搁在我们中间，握手处刻着一只奇异的兔子。她把手杖移到一边说：“你回来不是想阻止我们的吧？”

“这很危险，小麻烦，我替你们担心。”

“是的，那样做或许很危险，但是我更害怕我的后半辈子都得向你妈妈和姐姐卑躬屈膝。”

我压低嗓门儿，近乎耳语地悄悄告诉她，我计划劝说母亲把她们两个卖给我。

“嗯哼。”她苦笑了一声。

我没料到她会如此反应。我的目光越过她，扫视整个港口，看到远处一艘被雨水冲刷得干干净净的轮船。

她在座垫上动了动身体，呼出一口气。“我从未见到夫人对我做过一件好事，就是这样。但是你大老远地赶来——从未有人对我这样过——所以值得一试。如果她愿意卖掉我们，我会付出我的一切，四百美元。”

“不必这样——”

“不，我别无选择。”

这时玛丽任命的男管家赫克特提着我的行李箱上楼来，我们俩立刻终止谈话。他在我们俩身上贼溜溜地看了很久，让人觉得很不舒服。我站起身说：“我得先去安顿一下了。”

“你去忙吧，记得跟她说说，”小麻烦轻声说，“但不要让我们等太久。”

※ ※ ※

我整整等了四天，好像一回来就向母亲提出请求太轻率了——我想让母亲相信我这次回来只是为了看望她。

星期二下午，我和玛丽陪着母亲坐在客厅里，大家不停地扇动手中的扇子驱赶炎热，我趁机谈起了这件事。接下来是一阵难熬的沉寂，谁也不想打破这种沉寂。我们已经谈完了所有无伤大雅的话题：下雨的天气、从查尔斯顿通往萨凡纳的铁路奇观、尼娜婚礼的概况、兄弟姐妹的情况、未曾谋面的侄儿侄女的情况。只要有一丝希望能保证给小麻烦和天空自由，我们都不会提及我的那些被各种报刊炒得沸沸扬扬的绯闻，也不会提及废奴、奴隶制、北方、南方、宗教、政治以及去年夏天我被剥夺在这个城市的所有权利的话题。

“人们都在议论纷纷，萨拉。”玛丽的话打破了沉默。我瞥见她和母亲交换了眼神。她们彼此步调一致，非常默契。我内心陡然回荡起一阵少女时代的孤独，使我再次感到自己像一个与周围格格不入的古怪小孩，甚至此时此刻，在我记忆的某个角落响起了宾娜的声音：可怜的萨拉小姐。这些荒谬的孩提时代的感受是从哪儿突然冒出来的？

“外面谣言四起，大家都知道你回来了，”玛丽说，“司法长官上门调查只是迟早的事。如果你还待在家里，我不知道你希望我们怎么回答。我们不可能像窝藏逃犯那样把你藏起来。”

我转向母亲，看着她将目光转向游廊。客厅的窗户都敞开着，夹竹桃浓烈的气味儿涌了进来，浓得让人感到恶心。

“你希望我走吗？”

“这不是我们希望不希望的问题，”母亲说，“如果当局来人调查，我是不会把你交给他们的，当然不会。你是我的女儿，你依然是格里姆克家族的一员。我们只是想，如果你能缩短探亲时间，大家都会好过一些。”

让我惊讶的是，她泪眼汪汪。她的身体已经发福，头上白发稀疏，上了年纪的脸庞上仿佛铺砌了厚厚的鹅卵石。她注视着我，泪水开始止不住地溢出。我从椅子上站起来向她走去，窘迫地弯下身体，张开双臂拥抱她。

她紧靠着我片刻，但立刻又直起身体。我没有回到座位上，而是径直走向窗户边，转过身，鼓足勇气。

“我不会连累你们的，我打算乘坐下一班轮船走。不过在我离开之前，我有一个请求。我想买下海蒂和她的妹妹天空。”

"买下她们？"玛丽说，"但是为什么？你从不参与买卖奴隶的呀！"

"玛丽，看在上帝的分上，她的意思是给她们自由。"母亲说。

"随便你开什么价，"我走到母亲身边，"求你了，我会把这看作是你对我最大的仁慈。"

玛丽站起来，走到母亲座椅的另一边。"我们不能没有海蒂，"她说，"查尔斯顿没有几个女裁缝能和她相比，她是不可替代的。别人还可以考虑，但海蒂不行。"

母亲盯着自己的双手，肩膀随着呼吸上下微微起伏，我感觉有一线希望。

"有法律规定，事情不好办啊，"她说，"解放奴隶需要立法机关的特别授权。"

"是难办，但是有可能办的啊。"我回答道。

这时，她内心似乎有某种屈服，开始向我低头。玛丽也感觉到这点。她把一只手放在母亲的手中，两只手紧紧握在一起。她说："我们不能没有海蒂，我们也一定会想她的。她要去哪里？谁会照顾她？她在这里还有个家。"

"这里不是她的家，是她的牢房。"我说。

玛丽愣住了："我们不需要你来跟我们谈奴隶制，我也不会站在这里与你辩论。这是我们各自的生活方式。"

她的话令我愤怒，但我思忖片刻，想知道此刻我住嘴是否会有助于得到母亲的支持。为了权宜之计牺牲真理对吗？母亲还是会一意孤行，不是吗？我想知道，我在外慷慨陈词，而在生我养我的家里，我却缄默不语，这怎么可能？

我内心深处认输了——多年生长于此，与难以守卫的理念共存。"你们的生活方式！那又能说明什么？奴隶制是魔鬼制度，不能捍卫！"

玛丽的脖子绯红。“上帝委派我们照顾她们的。”她气急败坏地说，有些紧张慌乱的样子。

我怒不可遏，向她走近一步。“听你的意思好像上帝是南方的白人！好像我们拥有上帝的形象！你简直满口胡言。黑人和我们是同一种生灵，没什么两样。白色并非是神圣的，玛丽！它没有权利限定一切。”

我想，从未有人用这种口吻跟她说过话。她大吃一惊，转身走了。

我无法解释我这种一触即发的怒气，这种大彻大悟，以及来自生活的胆识和权威。这也让我吃了一惊，我闭上眼睛开始祈福，仿佛终于回到了出发的原点，觉得自己不再是一个背井离乡的流亡者了。

母亲抬了抬手说：“我累了。”她边说边拄着她那根金头手杖挣扎着站起身。她走到门口，又转过身，平视着我说：“我不会把海蒂和天空卖给你的，萨拉。很抱歉让你失望了，但我会做出让步的。”

※ ※ ※

在漆黑的地下室里，我的敲门声似乎被吞噬了，听不见。已过午夜时分，我直到此时才来找小麻烦，趁着大宅里的人都进入了梦乡，我便穿着睡衣悄悄溜到这里。提灯在我手中晃来晃去，将地上的人影照得转来转去，我轻轻叩响小麻烦的房门：快点，小麻烦，快醒醒！

“谁在外面？”她压低嗓音，听起来很惊慌的样子。

“没事儿，是我，萨拉。”

她把门拉开了一条缝，让我钻了进去。她握着一根蜡烛，烛光在她下巴下方摇曳着，她的眼睛显得格外明亮。

"很抱歉叫醒你，但是我们必须谈一谈。"

屋子另一头，天空坐在床上，披散的头发如同一把大黑扇子。我把提灯放下，朝她点了点头。我回到家不久，就看见她在花园里干活了，双膝跪地，手中握着一把泥铲在地上挖。花园被她收拾得如同仙境，满园的鲜花五彩斑斓，修剪的灌木郁郁葱葱，条条小径蜿蜒曲折。我置身于花园，闲庭信步。天空没等我走近，就站起身大步向我走来，浑身散发着新鲜泥土和绿色植物的气味。她身材魁梧，看上去不像小麻烦，也不像夏洛蒂。在我眼里，她桀骜不驯、狡黠机灵。她问道："你就是萨拉？"我说是的。她咧嘴笑了："小麻烦说你是格里姆克家最好的人。"

"我可不敢这么说。"我笑着回答。

"或许并非吧。"她说。我立刻就喜欢上了她。

我环顾了一下这个位于地下室的房间，里面摆放着两张床，显得比以前更拥挤了。她们把两张床并排挤放在窗户下方。

"怎么样？"小麻烦问道。但还没等我回答，她似乎就猜到了。"你母亲不愿卖掉我们，是吗？"

"是的，对不起，她不愿意。但是——"

"但是什么？"

"她同意等她去世后给你们俩自由。她说她会起草一份文件加到她的遗嘱里。"

小麻烦站着不动，紧盯着我，灯光忽闪忽闪地照在她身上。这不是我们任何一个人希望看到的，但结果恰恰如此。

"她已经七十四岁了。"我说。

"她会比最长寿的蟑螂活得还要长的，"小麻烦说，她看了看天空，"我们后天就离开这里。"

我吓了一跳，但同时也松了口气。我仔细打量着她，感受到了她骨子里的那股不服输的劲儿。于是我说："告诉我，我能帮什么忙？"

小　麻　烦

在准备逃离的前一天晚上，我和天空在黑暗中蹿来蹿去，忙着收拾所有的东西。我们偷偷出门溜进马厩，从一堆马鞍褥子里找到妈妈的被子，然后搬着东西穿过劳作庭院，此刻无数星星从天而降。我们抱着被子、黑色礼服、帽子、面纱、手套、手帕从地下室爬到萨拉的房间，再上二楼，来回折腾了三趟。我拖着那只跛脚跑上跑下，每次都要经过夫人和小夫人的门口。我们穿着袜子蹑手蹑脚地走路，好像一不留神地板就会塌陷似的。

搬完最后一趟以后，萨拉闩上了门。我还隐约记得她曾经教我读书时把锁眼遮住的事，我们曾在灯光下窃窃私语，就像现在这样。我把衣服挂在她的衣橱里，这些衣服现在都合我们的身了。面纱被熨得非常平整。我在天鹅绒和绸缎衣服上喷洒夫人用的薰衣草香水，使其有白人女士的香味。我还在礼服的衬里缝了几个口袋装钱，还可以装萨拉的宣传册、妈妈的红头巾，以及我们的目的地费城的住址。

天空说兔子比狐狸更狡猾。

萨拉把她的旅行箱打开，我把妈妈的故事被放在箱底的绸缎内衬上。我拿上那床缝着红方块和黑三角的被子，也想放进去——那是我亲手缝制的第一对黑鸟翅膀，但我发现箱子太小，不能占据这么宝贵的空间了。于是我说："把这个留下吧。"

萨拉从我手上把被子拿去，放进箱子里。"我宁愿把我的衣服留下——它们不值什么钱。"

我知道她这样做很危险，她自己也很清楚。我读过报纸，如果传播带有煽动性的出版物要被判处二十年监禁，协助奴隶逃跑同样会被判处二十年监禁。

我看着她把自己的几件物品折叠后放在我们的被子上面，心想：*这已不是离开这里前的萨拉了。*她目光坚毅，话音毫不动摇，不再像从前那样犹豫不决。她已经被锻炼得出类拔萃了。

萨拉披散的头发像丝蔓一样在脖子周围悬荡，如同我拴在灵魂树上的红线。这时我看到那个存在于我们之间的奇怪的东西。*不是爱，对吗？那是什么？*它始终就在那儿，在我心里，那个圆圆的东西，一个针线包，上面扎着针，被牢牢地固定在那儿。两个女孩子坐在屋顶上，杯子里的茶已经凉了。

她盖上了箱子。

我让天空去地下室房间休息，我自己一会儿就过去——因为我还有一件事要做。接着，我便慢慢走下楼梯，出了后门，拄着手杖向灵魂树奔去。

我站在树下，月光透过树叶间隙洒在我的脸上。我感到猫头鹰在眨眼，风在呼吸。我回头看了看大宅子，仿佛妈妈就站在楼上的窗前往下张望，等着给我扔下一块太妃糖；仿佛她就站在车辙里，一条腿从身后吊起，脖子上套着一根皮带；又仿佛她静静地靠着树干坐着，腿上放着针线活儿。

我弯下腰，拾起满满一捧从树上落下的残物——橡子、嫩枝和一片卷曲着的树叶——把它们全塞进挂在脖子上的荷包里。之后，我顿时精神抖擞起来。

※※※

第二天早晨，我们的一切都与往常一样。天空提着篮子去菜园采摘熟了的西红柿和生菜。夫人叫我用砂纸把她的象牙扇上发黄的地方擦掉。我在凹室里一边用砂纸擦着扇子，一边不时地注视着窗外的轮船。港口的海水泛起一道道涟漪，好似裙摆上的荷叶边。

萨拉在走廊另一头的客厅里跟夫人告别，她不会再见到她母亲了，她心里很清楚这一点，夫人也明白。此时大宅里的气氛就像羽管键琴上奏起的一个长音符。萨拉的行李箱已经上锁，放在前门口，一切都在里面——妈妈的故事，一群黑鸟。

时钟响起，我默默数了数，敲了九下。这时萨拉从客厅走出来，眼睛红肿。我放下象牙扇，将我的兔头手杖倚靠在窗边，跟着她走进她的房间。

萨拉穿着一件浅灰色连衣裙，领子上有一粒很大的银饰扣，那是她自童年时就寄予所有希望的饰扣。她穿过隐门走进了游廊，扶栏远望在花园里干活的天空。她向天空挥了挥手，意思是*离开花园，进屋来。经过奴隶寝室。如果被小夫人拦住的话，就说萨拉传唤我。*

天空敲门的时候，我已经穿好衣服，脸上涂了一层面糊。她笑了，说："你看上去像个鬼似的。"

"周围有人吗？"萨拉问道。

"只看到赫克特，他让我告诉你古迪斯已经把马车备好了。"

我把天空后背的衣服拉链拉上，然后帮她涂抹好脸，大家谁也没说话。萨拉紧锁眉头，在房间里来回踱步，挂在胳膊上的拉绳手袋荡来荡去。

我们戴上手套，固定好帽子，把面纱放下拖及腰部。我和天空还把几小瓶夹竹桃汁藏在袖子里——萨拉不必知道这个。

透过面纱，整个房间就像弥漫着一层黎明前的薄雾。

我听到马儿嘚嘚地从劳作庭院那边沿着大宅过来，这时我内心如翻江倒海。我尽量不让心飞得太高，尽量不去想北方那些自由的黑人妇女想要接纳我们，住在她们带烟囱的阁楼间里的事情，可我实在无法克制。我们可以在她们的学校里帮忙，可以帮她们缝制帽子。我还可以缝被子拿去卖，天空也能打理花园。

萨拉把她母亲的金头手杖递给我，接着仔细地打量着我们说：“到大街上我就得装作不认识你们了。”

我们迅速下了楼。如果小夫人碰巧路过，那也只能这样了，继续走就是了。不要为任何人停下脚步。当我们下到楼梯底层时，我发现原先放着萨拉行李箱的地方空荡荡的，接着便看见赫克特站在门口，两只眼睛直勾勾地盯着我们看。

萨拉对他说：“母亲让我送她的客人回家。你可以走了，古迪斯会帮我们的。”

赫克特沿着过道慢慢地走了。瞧他看我们的眼神——他发现了什么吗？不过我们倒是没碰到小夫人。

我们迈出前门，外面的世界从眼前掠过。我扭头看了看天空，看见她面纱后面飘浮着一团白色。

※ ※ ※

当古迪斯把马车停到有“轮船公司”标志的地方时，我们罩着面纱的脑袋已经热气腾腾了，汗水顺着脖子往下流。天空提了提裙摆透气，薰衣草的芳香掺和着身体的汗臭味儿一起飘了出来。

古迪斯扶着我下了马车，低声说道：“天啦，小麻烦，你在干什么？”

我们无意愚弄他，因为我知道，赫克特或许也明白是怎么回事了。我回过头，想看看他是否和小夫人一起坐着马车从东湾追赶过来。

我说："古迪斯，对不起，我们要走了。不要出卖我们。"

他双唇抿了一下，我感受到了他的双唇曾经触碰过我的地方。他是我认识的最好的人。无须言表，我的心已经和他的心交织在一起了。

他紧紧握着我的手，透过黑色面纱，我看到他脸色黯淡。他说："照顾好自己，姑娘。"

我们在等船票上船，等着有人问：*你是谁？*

我们越过跳板上了船，微风拂面，船身起伏。这时我想起了夫人和她对上帝的虔诚。我们曾经读完了《圣经》，又回到这个女人身边。此刻我们是行走在水上的耶稣。

我们从一堆行李箱、木桶、捆包和板条箱中穿过，然后经过锅炉房上了二层甲板，在船舱大厅里的一条凳子上坐下，等着卫兵的例行检查。船舱里刷了白漆，桌子靠窗摆放，被固定在地板上。乘客们三三两两地站着，身着最好的衣服，有的人叼着烟斗在吞云吐雾。大家不时地朝我们看，好奇我们为什么戴着黑面纱。萨拉在离我们不远处坐着。她戴着帽子，始终低着头。

两个卫兵缓缓走了进来，我听见天空的呼吸急促起来。一个卫兵在左边巡视，另一个在右边。他们朝乘客们点头，不时地跟他们闲聊几句。我低头突然看见天空的鞋尖从她漂亮的长裙底下露了出来。那是奴隶穿的打满补丁的棕色鞋子，那也是一双积聚了无限悲伤的鞋子。

一个卫兵在我们面前停下，问我："你们要去哪里？"

我的奴隶口音一定会像天空的鞋尖一样将我们暴露。我抬起头看着他，他歪戴着卫兵帽，蓄着新长出来的金色胡须，绿眼睛。在他身后，透过脏兮兮的窗户，我看到海水波光粼粼。

"夫人？"他说道。

萨拉在凳子上动了动身体。我担心她会走过来解释什么，也担心天空此刻会哼唱起来，还担心自己积压在心头的恐惧会突然爆发。这时我想起我正身穿寡妇服，于是我动了动嘴唇，故作要回答他的样子，却由于悲伤，哽咽得说不出话来。其实我不必佯装伤心，我确实为我的人生而伤心，为我的生活、我的所见所闻、为我所失去的东西而伤心，泪水情不自禁地流淌下来。

我发自内心轻轻地哀泣，他往后退了一步，说：“对不起，请节哀，夫人！”

他走开了，这时一小块白色东西从我的下巴处脱落下来，面粉块“啪”的一声掉在我的裙子上。

轮船引擎启动了，我们坐着的长凳抽搐了一下，接着飘来了机油的气味和喷涌的浓烟味儿。乘客们都离开船舱走向甲板，挥动着手帕与亲人道别。我们也走了出来，看到码头上的奴隶正甩开粗壮的绳索。远处，圣米迦勒教堂的钟声敲响了。

我们三人站在船头，紧紧抓住栏杆，等待着。海鸥盘旋而过，船身忽左忽右，破浪向前。当船桨开始转动时，萨拉把手搭在我的胳膊上，看着这座城市远去。这是缝制在故事被子上的最后一片方块布。

此时此刻，我想起了妈妈，想起她将永远长眠于此。人们都说别回首，过去的就让它过去吧，我却总想回首往事。

在清晨的霞光里，查尔斯顿渐渐消失了。

轮船驶离港口时起风了，把我们的面纱吹得扑哧扑哧地响。我听到黑鸟在拍打着翅膀。我们驶入波光粼粼的海面，驶向遥远的地方。

作　者　按

2007年，我前往纽约的布鲁克林博物馆观看朱迪·芝加哥的《晚宴》。当时，我正在写一本回忆录——《与石榴同行》。与我一同前往的还有我的女儿安·基德·泰勒。我那时并没有在构思下一部小说，脑子里除了有一个模糊的概念，即我打算写关于两姐妹的故事以外，并没有想要写什么具体内容。至于两姐妹是谁，她们生活在何时、何地，以及她们有哪些故事，我一无所知。

《晚宴》是一部不朽的装置艺术作品，旨在庆祝西方文明社会里的女性成就。芝加哥的宴会桌上摆放着用来纪念三十九名女嘉宾的丰饶多汁的餐具，装置中央的白色陶瓷地板上刻着另外九百九十九位对历史做出过重要贡献的女性名字。正是在人物介绍区的展板上阅读那九百九十九人的名字时，我偶然发现了来自南卡罗来纳州查尔斯顿的姐妹萨拉和安吉丽娜·格里姆克。我也曾在那个城市居住过，怎么就没听说过她们呢？

那天离开博物馆时我就在想，我是否已经找到了想要写的姐妹。于是，我回到家乡查尔斯顿。一旦开始挖掘她们的生活，我就胸有成竹了。

后来才知道，我曾驱车经过格里姆克姐妹家那幢默默无闻的房子十多年，却不知道这两位女性是最早的女性废奴主义的代表人物，她们也是美国最早的女权主义重要的思想家。萨拉是美国第一个撰写全面的女权主义宣言的女性，安吉丽娜是第一位在立法院演讲的女性。十九世纪三十年代后期，她们俩可以说是美国最负盛名也最臭名昭著的女性，然而知道她们的人似乎不多，甚至在她们家乡的城市也是如此。我对她们的不了解感觉就像是自己的一种失败，这也证实了芝加哥的观点——女性的成就在历史上被不断地抹杀掉。

萨拉和安吉丽娜出生在查尔斯顿一个集权力与财富于一身的贵族家庭，属于英国概念中地主豪绅的社会阶层。她们虔诚，温文尔雅，穿梭于社会精英的圈子。然而在十九世纪，几乎没有女性会“闹腾”到她们那种地步。她们俩经历了漫长而痛苦的蜕变，与家庭决裂、与曾经的宗教信仰决裂，逃离家园，摒弃传统，成为流亡者，最终沦为查尔斯顿的贱民。哈丽特·比彻·斯托夫人的小说《汤姆叔叔的小屋》完全是受《美国的奴隶制度》影响以后写成的。《美国的奴隶制度》是一本发表于1839年的小册子，先于《汤姆叔叔的小屋》十五年，由萨拉、安吉丽娜，以及安吉丽娜的丈夫西奥多·韦尔德共同撰写。当时格里姆克姐妹正在为既要立即解放奴隶，又要争取种族平等而四处奔波。种族平等的观点即便在当时的废奴主义者中也是很激进的。在卢克丽霞·莫特和伊丽莎白·卡迪·斯坦顿发起的塞尼卡福尔斯大会的前十年，格里姆克姐妹就在为争取妇女权利而战斗，并遭到最初的强烈抵抗而伤痕累累。

当我阅读关于这对姐妹的资料时，萨拉和她所战胜的困难越来越吸引我。在踏上公众舞台之前，萨拉经历了渴望职业、希望破灭、背叛、单恋、孤独、缺乏自信、被放逐，以及令人窒息的被迫沉默。在我看来，她似乎不是单纯地克服了这些，才给自己创造了很多翅膀，而是利用了这些。给我印象深刻的不仅是她作为改革者的生活，还有她作为一个女人的生活。她是如何成为她自己的呢？

我的目的并非是要虚构一个单薄的萨拉·格里姆克的历史，而是要被她的生活激发出灵感，再现一个丰满的故事。在研究过程中，我深入挖掘她的日记、信函、演讲稿、报纸报道、萨拉自己的作品以及大量传记材料，从而形成了我对她的欲望、斗争和动机的理解。我赋予萨拉的声音与内在是出自我个人的诠释。

我试图忠实于历史中萨拉生活的轮廓。书中囊括了她的大部分重大事件与成长经历，以及大量的事实细节。我偶尔也使用了萨拉作品中她自己的话语。然而，小说中有关她的书信内容是我自己创作的。

小说内容与萨拉的文献记载差距最大、最明显之处是我虚构了萨拉与故事人物海蒂·小麻烦的关系。从我决定写萨拉·格里姆克的故事的那一刻开始，我就觉得有必要也创造一个被奴役的人物，并赋予她能够与萨拉的生活交织在一起的生活与声音。我觉得我必须这么写，必须把她们两个的世界都展现出来。接着我突然想到一个诱人的细节：在萨拉还是个小女孩时，她得到一个叫海蒂的小女奴做贴身侍女。根据萨拉的叙述，她们的关系变得很亲密。萨拉无视南卡罗来纳州的法律和她那位曾经帮助撰写这些法律的法学家父亲，选择教海蒂读书，为此两人都受到了严厉的惩罚。不过，有关海蒂的叙述仅此而已。除了她不久便死于一种不明疾病以外，再没有更多关于她的记载。我立刻想到她的故事就是我的故事的另一半。我要让海蒂复活，我可以想象所发生的事情。

此外，我还推断并创作了萨拉生活中许多其他事件，并将故事与真实事件糅合在小说里。例如，文献明确记载，萨拉不善于面对公众演讲，需要非常努力才能口头表达自己的观点，但并没有任何材料表示她曾有语言障碍。这点和我在小说里写得不一样。萨拉的确在丹麦·维塞策反前几个月回到查尔斯顿，我在书中也是这么写的，很可能是因为她想要逃离她对伊斯雷尔·莫里斯的感情。在查尔斯顿期间，她公开发表反奴隶制的观点，煽动对抗，但是她在街上与一位南卡罗来纳州国民军军官公然对抗的故事是我虚构的。尽管萨拉认识卢克丽霞·莫特，和她参加过拱街同一个聚会堂的活动，并从莫特的贵格会牧师生活中受到启发，但她从未在莫特家里居住过。她与同样参加拱街聚会堂活动的萨拉·麦普斯·道格拉斯的关系也是如此。两个萨拉结为永恒的朋友，但是在安吉丽娜的煽动性信件被刊登在《解放者报》上以后，萨拉和安吉丽娜并没有在萨拉·麦普斯家的阁楼避过难。当住在凯瑟琳·莫里斯家不舒服、不受欢迎时，她们便到罗得岛及其他地方与朋友们住在一起。我虚构阁楼这一段主要是想为小麻烦和天空创造一个未来的密室。这些都只是我将事实与虚构融为一体的方式。

在时间安排上我也时不时发挥一点小小的自由。我想象小麻烦在苦力房被伤害致残的脚踏机在历史上的确存在，只不过被我提前七年安放在了那里。对查尔斯顿非洲教会的突然袭击事件发生在1818年6月，比我所描述的早一年。正是这次事件促使丹麦·维塞变得激进。我还使字母歌提前出现。故事里的萨拉在黑人主日学校教过孩子们唱字母歌，她确实曾在那里任教。虽然安吉丽娜写给废奴主义报纸的信的确将这对姐妹推上公共舞台，但是如我所示，萨拉并没有立刻赞成她妹妹发表的公开声明。萨拉往往比小说家们所希望的转变得慢些。她花了整整一年时间才下定决心全身心投入后来令她大放异彩的革命工作。我还不得不提到，萨拉和安吉丽娜并没有立即被贵格会的保守派分支组织逐出，但安吉丽娜的信的确招致教会监督委员会的谴责与训斥，教会还威胁要与她们撇清关系。实际上三年后，这对姐妹才被驱逐出贵格会——安吉丽娜是因为嫁给了非贵格派信徒，而萨拉则是因为参加了她的婚礼。

萨拉十二岁时成为她妹妹的教母，从此两人走上了奇特而感人的共生道路，这让我觉得她们不会太介意我偶尔将安吉丽娜的所做所言移植到萨拉身上。她们写信呼吁南方妇女和神职人员的反奴隶制小册子就是一个较为突出的例子。最初产生这个想法的是安吉丽娜而不是萨拉，安吉丽娜比萨拉早一年写出了她的小册子。然而，一旦萨拉潜心撰写自己的文章时，她便成为更有成就的理论家和作家，而安吉丽娜则继续扮演她那个时代一位最闪亮、最有说服力的演说家角色。萨拉的《论性别平等的信》发表于1837年，她提出的女权主义观点如此大胆，激励和影响了诸如露西·斯通、艾比·凯利、伊丽莎白·卡迪·斯坦顿和卢克丽霞·莫特这样的女性。此外，查尔斯顿邮政局公开焚烧的是安吉丽娜的小册子，并警告格里姆克夫人，她的女儿再返回查尔斯顿就要被逮捕。不过，可以说萨拉在这座城市也不受欢迎。

我对两姐妹从1836年12月至1838年5月的公开巡回演讲活动进行了删减和加强，将视角对准她们在外演讲时遭遇到的诋毁、责难、敌意和暴力袭击。她们动摇、撼动并最终冲破了那些否认美国妇女在美国政治与社会各领域发声与露面机会的性别障碍。在这场风波中，安吉丽娜曾打趣地说："我们废奴妇女正在将世界翻个底朝天。"引用我的小说中萨拉的嘲笑则更加尖锐："我对我们的兄弟们唯一的要求是，劳驾把他们的脚从我们的脖子上挪开。"

至于故事讲完以后两姐妹的状况如何，她们自从安吉丽娜结婚以后便退出严酷的公共生活，部分是因为安吉丽娜脆弱的健康状况。她们一边抚养安吉丽娜和西奥多的三个孩子，一边积极参与反奴隶制和选举权相关组织的活动，不知疲倦地收集请愿，救助格里姆克家的一些奴隶，帮助他们获得自由。她们的力作《美国的奴隶制度》在《汤姆叔叔的小屋》出版前比任何反奴隶制小册子的销量都多。萨拉的余生一直从事写作，令我感动的是，她最终翻译并发表了拉马丁的传记作品《圣女贞德》，那是她十分敬佩的勇敢女性形象。这对姐妹开设了多所寄宿制学校，给孩子们讲述许多重要废奴主义者的事迹。拉里坦湾联盟学校是新泽西州一个合作式的乌托邦群体，在那里任教的过程中，她们接触到一些改革派和知识分子，如拉尔夫·沃尔多·爱默生、布朗森·奥尔科特和亨利·大卫·梭罗。有趣的是，我还读到梭罗看到灰白头发的萨拉穿着女权主义的灯笼裤四处游荡时，觉得那是一道奇异的风景线。

萨拉后期在历史上发生的最令我喜欢的一件事是在1870年。那是她在马萨诸塞州的海德公园的家中离世的前几年。当时她和安吉丽娜率领四十二名妇女前往镇上的选举站。她们顶着暴风雪前行，一路将她们的非法选票投进一个象征性的投票箱。这是姐妹俩最后一次公开的蔑视行为。萨拉活到八十一岁，安吉丽娜活到七十四岁。尽管两姐妹时常发生冲突，但是拴住她们的那条不寻常的纽带从未被打破，她们也从未分开过。

除了萨拉和安吉丽娜，我的书中还包括其他历史人物，通过我自己对他们历史的领悟而呈现：西奥多·韦尔德，著名的废奴主义者，安吉丽娜的丈夫；卢克丽霞·莫特，另一位著名的废奴主义者，女权主义的先驱；萨拉·麦普斯·道格拉斯，自由黑人废奴主义者，教育家；伊斯雷尔·莫里斯，富有的贵格会信徒，两次向萨拉求婚的鳏夫。（她的日记表明，尽管她拒绝了他的求爱，她还是深爱着他。她坚持认为，一定要将成为一名贵格会牧师作为她的天职。也许她认为她不能同时拥有婚姻与独立。）还有凯瑟琳·莫里斯，伊斯雷尔的姐姐，贵格会的保守派长者，萨拉和安吉丽娜曾经的寄宿家庭的主人；威廉·劳埃德·盖里森，激进的废奴主义报纸《解放者报》的主编；伊莱泽·怀特，美国反奴隶制协会秘书长；诗人约翰·格林利夫·惠蒂尔，西奥多·韦尔德的朋友，和西奥多一起发誓要等到奴隶制终结才结婚，西奥多却食言了。我想补充说明，这两人是妇女权利的支持者，然而在写给萨拉和安吉丽娜的信中，他们却极力迫使两姐妹停止争取妇女权益事业，因为他们担心这样会分裂废奴主义运动。在几个男人来到惠蒂尔夫人的农舍并命令两姐妹停止为妇女而斗争的虚构场景中，安吉丽娜回应西奥多的一些激烈言辞其实是她在写给西奥多的信中所言。萨拉和安吉丽娜没有听从那几个男人的话。其实正如历史学家格尔达·勒纳指出的那样，她们是那种将妇女权益与废奴事业紧密联系在一起的人，结果是有人将其看成是一种危险的分裂，有人视其为一种杰出的联盟。无论是哪一种，她们拒绝停止斗争这一点，在推动妇女权益事业进入美国生活的方面发挥了充满活力的作用。

我试图尽可能准确地呈现格里姆克家族成员。萨拉的母亲玛丽·格里姆克是一个众所周知的骄傲、难缠的女人。据萨拉最早的传记作者凯瑟琳·伯尼所言，格里姆克夫人虔诚、心胸狭窄、对孩子的感情含而不露，对奴隶通常非常残酷，对他们常施以惯用的严厉惩罚的方式。就我所知，她没有对奴隶采用单腿站立式惩罚，但的确存在这种惩罚方式，萨拉自己将其详细描述为“查尔斯顿最早的几个家庭之一使用过”。我所呈现的萨拉的父亲，法官约翰·格里姆克，以及他生活中的事件与文献记载非常接近，对萨拉最喜欢的哥哥托马斯的描述也如此。坦诚地说，我基本上虚构了萨拉的姐姐玛丽（“小夫人”），因为关于她的历史几乎一无所有。尽管我找到一份资料指出她未婚，但其他资料列出其配偶为未知，我还是把她嫁给了一个种植园主，后来她成了寡妇返回娘家。然而，她确实一直效忠于奴隶制，直到她于 1865 年去世才有悔改之心。我的故事是建立在这个细节之上的。

参观格里姆克家在东湾街的房子令我兴奋不已。虽然房屋的历史只能追溯到大约 1789 年，但约翰·格里姆克拥有它可能是在 1784 年他结婚的时候。它一直属于这个家庭，直到 1839 年格里姆克夫人去世。如今该房屋保存完好，由一家法律事务所占用。很可能房子里某些原来的布局和内饰依旧没变，包括壁炉、柏板护墙、代尔夫特瓷砖、松木地板和贴脚线。漫步穿过房子，我可以想象小麻烦在二楼凹室凝视远处的港口，想象当奴隶们躺在卧室门外的地板上睡着时，萨拉从楼梯扶手滑下来到她父亲书房的情景。我甚至被允许上到阁楼，在那里我看到了通往屋顶天窗的梯子。我不敢说天窗是否原来就有，但我可以想象萨拉和小麻烦小时候爬过窗口的样子。此情此景促发了我构想她们在屋顶喝茶并相互吐露自己秘密的情节。

查尔斯顿历史基金会给我提供了很大的帮助。他们提供了一份文件，里面包含约翰·格里姆克 1891 年逝世后不久对其查尔斯顿大宅里的库存和所有“货物及财产”的估价。在研读这份又长又细致的列表时，我惊奇地发现了十七名奴隶的姓名、年龄、角色和估价。这些名字出现在布鲁塞尔地毯和十一尺棉布与亚麻布之间。这些发现令我难以释怀，最终我将这些发现融入故事情节，即小麻烦在书房翻到了库存簿，并发现她和夏洛蒂名列其中并已明码标价。

小说中所有被奴役的人物都出自我的想象力，除了丹麦·维塞的副官们，他们都是真实存在的人物：格勒·杰克、星期一·盖尔、彼得·波亚斯，以及罗拉和奈德·班尼特。除了盖尔，其他所有人都因为参加起义而被处以绞刑。维塞本人是个自由的黑人木匠，其生活、策反、遭逮捕、审判以及被处死等情节我都试图再现，并尽量接近历史的记载。我并没有捏造维塞赢得号码为 1884 的彩票，然后用得来的钱赎回他的自由，并购置了位于牛市街的房子那些离奇的具体情节。坦率地说，我不知道我是否会有勇气去编造这种故事。在公开报道中，据说维塞与五名同谋者一起被绞死在布莱克荒地，但我选择了自十九世纪二十年代以来一直在查尔斯顿的一些黑人公民中口头流传的描述，他们说维塞是被独自一人吊死在一棵橡树上的，目的是要秘密处决他。据说维塞在城市附近有几个“妻子”，并与她们生养了好几个孩子，所以我擅自做主将小麻烦的母亲描述成他的一位“妻子”，将天空说成是他的女儿。

一些历史学家质疑维塞策划奴隶起义这件事是否真实存在及其真实性的程度，但我一直认为，维塞不仅完全有能力策划这起事件，他也确实尝试过。我这么做是想表达对众多被奴役的和自由的美国黑人的认可。他们为了自由而战斗、策反、抵制直至献出生命。通过大量阅读各种女奴抗议和逃逸的真实史料，我才得以塑造夏洛蒂和小麻烦这样的人物和故事情节。

小说中的故事被是受到哈丽特·鲍尔斯那些具有深刻意义的被子的启发。哈丽特是一位来自佐治亚州的女奴，她用非洲贴花技术讲述《圣经》事件和历史传说。她的两条幸存的被子至今分别存放在华盛顿特区的美国国家历史博物馆和波士顿美术博物馆。我专程前往华盛顿去看鲍尔斯的被子，看过以后觉得，被禁止读书写字的女奴能够以这种颠覆性的方式来表达自己的心声，使记忆鲜活，并保护她们非洲的传统文化遗产，似乎是真实合理的。我设想，像其他人使用纸和笔一样，夏洛蒂使用布和针创造了视觉回忆录，试图将她的生活事件呈现在一条被子上。研究中最令我着迷的一部分就是花上大把的时间来阅读奴隶被以及非洲纺织品上的符号和意象，正是这些阅读引导我去理解代表黑鸟翅膀的黑三角形的概念。

如果你想坚持不断地深入阅读这部小说中相关的历史内容，或者更多关于哈丽特·鲍尔斯被子的故事，你或许会想要探索以下这些可读性很强的书：[①]

The Grimké Sisters from South Carolina: Pioneers for Women's Rights and Abolition, by Gerda Lerner.

① 以下是作者的参考文献，保留原文较为合适。

The Feminist Thought of Sarah Grimké, by Gerda Lerner.

Lift Up Thy Voice: The Grimké Family's Journey from Slaveholders to Civil Rights Leaders, by Mark Perry.

The Politics of Taste in Antebellum Charleston, by Maurie D. McInnis.

Denmark Vesey: The Buried Story of America's Largest Slave Rebellion and the Man Who Led It, by David Robertson.

Africans in America: America's Journey Through Slavery, by Charles Johnson, Patricia Smith, and the WGBH Series Research Team.

To Be a Slave, by Julius Lester, with illustrations by Tom Feelings (Newberry Honor book).

Stitching Stars: The Story Quilts of Harriet Powers, by Mary Lyons (ALA Notable Book for Children).

Signs & Symbols: African Images in African American Quilts, by Maude Southwell Wahlman.

在本书的写作过程中，朱利叶斯·莱斯特教授的一席话在不断地激励我。他的话我一直立在我的书桌上："历史不只是事实和事件。历史也是心灵的痛楚。我们重现历史，直到我们能够在自己的心里感受到另一个人的痛苦。"